JOSHUA TREE
PHILIPP TREE

DAS SIGNAL

BE
Belle Époque Verlag

Joshua Tree Ltd.
Kronou 70, App 202
1026 Nicosia
Zypern

joshuatree@weltenblume.de
www.weltenblume.de

philipp@philipptree.de
www.philipptree.de

Lizenzausgabe des Belle Époque Verlags, Tübingen, mit freundlicher Genehmigung der Autoren.

Lektorat: Philip Mehlhop
Korrektorat: Gabriele Rögner
Cover: Elementi.Studio
Besonderer Dank: Viktoria M. Keller

Herstellung: Custom Printing, Warszawa, Polen

ISBN: 978-3-96357-065-0

VORWORT

Liebe Leserinnen und Leser,

nanu, was steht denn da auf dem Cover? *Joshua Tree und Philipp Tree?* Ja, richtig gelesen. Es gibt zwei von unserer Sorte. Der eine schreibt seit 2017 Bücher, der andere kümmerte sich bisher als leitender Oberarzt um seine Patienten. Aber: Leser von Joshua Trees Büchern kennen Philipp Tree schon, ohne es zu wissen, und zwar hat er das eine oder andere Mal als Skriptdoktor ausgeholfen, wenn sein jüngerer Bruder nicht weiter wusste. Auch die vielen medizinischen Passagen bisheriger Bücher fanden seine helfende Hand. Ein wenig seiner Kreativität ist also seit geraumer Zeit zwischen den Zeilen in den Plots und Szenen der *Joshua Trees* zu finden. Aus dieser Kreativität ist jetzt eine lesbare Handschrift geworden, denn »Das Signal« ist unser erstes gemeinsames Buch, an dem wir schon seit etwa einem Jahr herumdoktern. Bislang haben wir allerdings zwischen Weltreise und Klinik keine Zeit gefunden. Im Januar 2019 sollte aber alles anders werden und wir haben uns zusammen eingeschlossen und den bereits vorformulierten Plot mit heißer Feder in ein fertiges Buch gegossen. Dabei hatten wir eine Menge Spaß, wie man an den einen oder anderen augenzwinkernden Referenzen erkennen kann. Wir haben uns einige Späße und pop- sowie nerdkulturelle Anspielungen erlaubt, die Ihnen hoffentlich häufiger ein Lächeln ins Gesicht zaubern werden.

Diese Verweise spiegeln sehr gut wider, was uns im Kreativen als Brüder verbindet: Wir sind mit denselben Serien, Computerspielen und Büchern aufgewachsen, haben so

ziemlich denselben Geschmack, der sich erst bei Dr. Who trennt und sind das weltweit (anerkannt!) unschlagbarste Team, wenn *Tabu* gespielt wird. Häufig reichen nur ein oder zwei Worte, und wir wissen, was der jeweils andere sagen will. So ähnlich war es auch bei der Ausarbeitung und Umsetzung dieses Buches. Wir haben uns erstaunlich flüssig und einmütig die Bälle zugespielt und die Story zu Papier gebracht, die wir erzählen wollten.
Mit »Das Signal« halten Sie nun den ersten Band einer Reihe in den Händen, die wahrscheinlich eine Trilogie werden wird. Wir hoffen, dass Ihnen dieser *doppelte Tree* gut gefällt, und freuen uns sehr über Rückmeldungen und Feedback. Das Schönste wäre nämlich, diese Zusammenarbeit in Zukunft noch vertiefen zu können.

Herzlich, Philipp & Joshua Tree

PROLOG

Östliches Finnland, 11.01.2020

»Hooo!«, machte Mika und winkte Kimo vom Bug des kleinen Motorboots aus zu, damit der die Geschwindigkeit drosselte. Kurze Zeit später knirschte feiner Kies unter der Aluminiumhartschale und er reckte einen Daumen hoch. So flink, wie sein mittlerweile stattlicher Bauch es zuließ, sprang er auf den kleinen Strand, zog das Seil hinter sich her, das am Bug befestigt war, und machte es an einem vereisten Baum fest.

»Die Nacht ist wirklich erstaunlich klar«, meinte Kimo, als er den Motor gestoppt und die erste Kiste an den Strand getragen hatte. Mit zufriedenem Gesichtsausdruck starrte er in das endlose Schwarz mit den zahllosen, funkelnden Sternen hinauf. Sein Atem legte sich immer wieder als feiner Nebel über das Sternenband – passend zu dem weißen Schimmer der Milchstraße, die sich als heller Streifen von der Schwärze abhob.

»*Kyllä!* Einen besseren Blick kriegen wir wohl nicht.«

»Ich hoffe nur, dass die Fahrrinne nicht zufriert, ehe wir wieder abfahren«, gab Kimo zurück und deutete auf den dunklen Streifen, der vom Strand durch die weiße Fläche des zugefrorenen Sees zum Parkplatz, an dem sie ihren Wagen abgestellt hatten, führte.

Mika nestelte an seinem Handgelenk, um Handschuhe und Ärmel voneinander zu trennen und auf die Uhr schauen zu können. »Minus zwölf Grad. Aber wir haben kaum Wind, ich denke, dass wir kein Problem haben werden.«

»Alles klar, nach Hause fahren wir jetzt sowieso nicht

mehr. So ein wichtiges Ereignis mit einem so klaren Himmel kriegen wir alten Säcke wahrscheinlich nie wieder geboten.«

Nachdem beide einen Schluck heißen Ingwertee aus ihren Thermoskannen genommen hatten, machten sie sich daran, den Inhalt der beiden Kisten auszupacken: Zwei baugleiche Teleskope vom Typ Skywatcher Black-Diamond NEQ-5 – wuchtige Rohre in glänzendem Anthrazit mit kräftigen Dreibeinen, jedes zehn Kilo schwer.

Die Insel, die sie seit zwanzig Jahren für ihre Hobbyastronomie nutzten, diente ihnen mit dem relativ langen Strand und dem kleinen Wäldchen im Sommer für ausgedehnte Camping- und Grillausflüge mit ihren Familien. Jetzt im Winter war der flache Strand perfekt, um mit Teleskopen den Nachthimmel abzusuchen – vor allem in einer so klaren Nacht, tief in der Natur und fernab der Lichtverschmutzung durch Städte und Dörfer.

Der Aufbau dauerte eine knappe halbe Stunde, in der sich ihre Finger in Eiszapfen verwandelten, und die tief eingeschneite Umgebung immer kälter zu werden schien.

»Ich hoffe, dass sich die Flugbahn nicht mehr groß verändert«, meinte Mika irgendwann und blies sich warme Atemluft in die Hände, bevor er die letzten Stellschrauben festzog, nachdem er die Höhe des Stativs eingestellt hatte.

»Bisher waren die ESA-Daten zur Berechnung der Flugbahnen noch bei jedem Kometen extrem genau. Wieso sollte es diesmal anders sein?«

»Keine Ahnung, die NASA hat auch zwei Wochen lang gesagt, die Voyager 1 sei nicht verschwunden, sondern in einen geplanten Kommunikationsstopp getreten. Was haben sie gestern in der Pressemitteilung verlautbart?«

»Dass der Kontakt abgebrochen ist«, antwortete Kimo und sah seinen Freund von der Seite an. »Aber das ist was anderes als zu verschwinden. Das Ding ist über vierzig Jahre alt. Ich halte es für ein Wunder, dass es überhaupt so lange durchgehalten hat da draußen.«

»Früher wurden die Sachen eben noch solide und für die Ewigkeit gebaut.«

»Stimmt.«

»Hullu!«, rief Mika plötzlich und deutete mit einem breiten Grinsen, das seinen gefrorenen Bart wackeln ließ, auf den kristallklaren Nachthimmel. Kimo folgte seiner Geste und machte große Augen. Eine Kaskade heller Sternschnuppen blitzte oberhalb des Sternbilds Aquila auf.

»Mann, das fängt ja gut an! Hullu!«

»Wie lange noch bis zum Vorbeiflug von Cassandra?«

»Zwölf Minuten«, gab Kimo nach einem kurzen Blick auf sein Smartphone zurück und kniff ein Auge zusammen, um durch sein Teleskop das Gestirn abzusuchen. Als er fortfuhr, klang seine Stimme nasal, weil sein gesamtes Gesicht zur Seite verzogen war: »Ich hoffe, dass die App präzise genug ist.«

»Du hast den Schweif doch in den Nachrichten gesehen. So ein riesiges Ding kann man gar nicht übersehen.«

»Ich hoffe, du hast recht.«

Die noch vorhandene Zeit verbrachten sie schweigend in der absoluten Stille der Abgeschiedenheit, die nur die östlichen Seengebiete Finnlands zu bieten hatten, und die sie beide so sehr liebten. Mika betrachtete für einige Zeit die Mondkrater, die ihn seit seiner Kindheit faszinierten. Für ihn sahen sie geradezu irdisch aus, was ihre extreme Entfernung zur Erde nur noch fantastischer wirken ließ. Alles am Mond war vertraut und gleichzeitig zutiefst fremd – ein Widerspruch, der ihn immer wieder zum kleinen Bruder der Erde zurückkehren ließ.

Irgendwann gab Kimos Smartphone einen hellen Dreiklang von sich und Mika lief ein Schauer der Aufregung über den Rücken. Der dichteste Vorbeiflug eines Kleinkometen in der Geschichte der Himmelsbeobachtung, und sie hatten eine der klarsten Nächte erwischt, die sie sich für dieses kosmische Spektakel hatten wünschen können. Für einen Augenblick schien sich Mikas gesamtes Universum zu einer perfekten Synchronizität zusammenzufinden und er spürte eine Zufriedenheit, so vollkommen, wie er sie nur selten erlebt hatte. Durch das Teleskop folgte sein rechtes Auge den eingeblendeten Bahnen der integrierten Sternenkarte, die den exakten Vorbeiflug von Cassandra vorhersagte. Er atmete einige Male ein und aus, vor lauter Vorfreude angespannt wie eine Sprungfeder, doch bis auf zwei kurz aufblitzende Sternschnuppen blieb der Himmel zwischen den funkelnden Sternen Schwarz.

»Hm, sind die Daten richtig?«, fragte er, das Gesicht noch immer zerknautscht und das Auge dicht an das kleine Rohr gepresst, damit er nicht Gefahr lief, doch noch etwas zu verpassen.

»Ich denke schon. Ich schaue mal auf die App, sag Bescheid, wenn du irgendwas siehst, ja?«, antwortete Kimo und es raschelte kurz, als er sein Smartphone aus der Tasche kramte.

»Und?«

»Paska!«, fluchte Kimo und Mika zog sich enttäuscht von seinem Teleskop zurück.

»Wir haben ihn verpasst, oder?«

»Nein, die App sagt, dass der Sichtkontakt verloren gegangen ist.«

»Was? Wie kann das sein?«

»Wahrscheinlich wieder wie vor zwei Jahren, als der Komet Barb 22-1 vorbeifliegen sollte, über Südamerika auseinandergebrochen ist und als Sternschnuppenschauer geendet hat.« Kimo schnaubte frustriert und trat so heftig gegen einen der größeren Kieselsteine des Strands, dass der in den Tiefschnee auf dem See flog.

»So eine Scheiße! Ich dachte, dass diese Eierköpfe von den Raumfahrtbehörden wenigstens rechnen können«, grollte Mika und schüttelte enttäuscht den Kopf, als etwas in seinem Blickfeld aufflackerte und er sich zur Seite drehte. »Au Mann!«

»Was denn?«, fragte Kimo, der bereits begonnen hatte, sein Teleskop abzubauen. »Die ganze Scheiße umsonst rausgeschleppt.«

»Da hat schon wieder jemand sein Haus abgefackelt.« Mika deutete nach Osten, wo ein heller Lichtschein am Horizont über den Baumwipfeln aufleuchtete.

»Die Russen lernen einfach nicht dazu. Ich hoffe nur, dass sie nicht wieder unseren Wald niederbrennen, weil deren Feuerwehr zu unfähig oder besoffen ist.«

»Paska Venäjä!«

»Das kannst du laut sagen«, brummte Kimo zustimmend und schloss seine Kiste ab. Kurze Zeit später hatten sie das Boot bepackt und fuhren durch die Dunkelheit auf dem See in Richtung Parkplatz. Mika leuchtete am Bug die schmale Fahrrinne aus, in der das Wasser wie Quecksilber im Sternenlicht schimmerte und irgendwie gruselig aussah.

Am Ziel angekommen, hievten sie das Boot auf den Anhänger von Kimos Toyota Landcruiser und deckten es mit einer Plane ab, bevor sie sich in jenen setzten und die Heizung aufdrehten.

»Das ist echt eine Kacke, Mann«, seufzte Kimo, als sie auf die kleine Landstraße abbogen, die vom Mekrijärvi See in ihr Dorf Putkela führte. Als im Radio Korpiklaani mit ihrem Lied Tapporauta ertönte, drehten sie laut auf und schmetterten den melodiösen Mix aus finnischem Folk und hartem Metal mit.

»Lästä saapu inehmoine,
Koillisesta kuninkaine,
Anto ahjon, pisti palkeet,
Manamalmin valjastaikski
- synty tapporauta.«

»SYNTY TAPPORAUTA!«, grölten sie den Refrain, als Kimo plötzlich auf die Bremse stieg, und Mika sich vor Schreck an der Armatur über dem Handschuhfach abstützte.

»Paska!«, fluchte er, als sie ins Rutschen kamen und der Lichtkegel ihrer Scheinwerfer in der undurchdringlichen Schwärze der verschneiten Straße hin und her wogte. Die kurz angestrahlten Baumreihen rechts und links mutierten zu wabernden Schatten inmitten der Schneemassen und für einen Moment fürchtete er, dass sie sich überschlagen und als eines jener Unfallfotos enden würden, die er jeden Sonntag in der Zeitung sehen musste.

Einen Herzschlag später standen sie heftig atmend quer auf der verlassenen Straße, vorne und hinten nichts als Dunkelheit und das einzige Geräusch war das Klickern des Warnblinklichts, das sich offenbar selbständig eingeschaltet hatte.

»Paska, bist du verletzt?«, fragte Kimo heiser und sah besorgt zu seinem Freund.

»Mhm«, machte Mika und schüttelte wie gelähmt den Kopf. »Was war denn los? Heilige Scheiße.«

»Ich habe irgendetwas über die Straße huschen sehen, ich hätte schwören können, dass das eine Person war.«

Mika lief es kalt den Rücken hinunter und mit einem Mal fühlte er sich wie in der Kulisse eines Horrorfilms, als sein Blick auf den Waldrand fiel, der von ihrem Scheinwerfer kaum durchdrungen wurde. Eine diffuse Angst legte sich schwer auf seine Glieder, als er sich ausmalte wie plötzlich etwas – oder jemand – durch das Scheinwerferlicht laufen könnte.

»Ich glaube, wir sollten mal nachsehen.«

»Bist du verrückt?«, fragte Mika und schüttelte entschieden den Kopf. »Man steigt nie nachts aus dem Auto.«

»Was? Vielleicht braucht jemand unsere Hilfe!«

»Paska! Können wir wenigstens zurückfahren und nicht aussteigen?«

»Stell dich nicht so an. Du guckst zu viele Horrorfilme!«, meinte Kimo und deutete auf das Handschuhfach. »Gib mir mal die Taschenlampe.«

Mika öffnete die Klappe und reichte seinem Freund die lange MagLite, die der kurz prüfend an- und ausschaltete, bevor er seine Tür öffnete und der piepende Warnton der Bordelektronik ansprang und sie darauf hinwies, dass die Zündung noch angeschaltet war.

»Ich gehe nachsehen, bleib ruhig hier, wenn du willst.«

»Verdammter Mist!«, brummte Mika und stieg ebenfalls aus. Als Angsthase wollte er nicht dastehen, auch wenn sich alles in ihm dagegen sträubte, den Schutz ihres Fahrzeugs zu verlassen.

Im roten Rücklicht leuchtete der Schnee wie glühende Lava, während er Kimo hastig hinterherlief, der sich als schwarze Silhouette vor dem Lichtkegel seiner Taschenlampe abzeichnete. Als er ihn eingeholt hatte, blieb Kimo abrupt stehen.

»Paska!«

»Was ist denn jetzt?«, fragte Mika alarmiert und fühlte sich, als liefe Starkstrom durch sein Rückgrat.

»Sieh dir das an«, hauchte sein Freund und leuchtete den kleinen Schneestreifen zwischen Straße und Waldrand aus, hinter dem sie aus unendlich vielen Augen beobachtet zu werden schienen.

Mika schluckte schwer und trat an Kimos Seite, um herauszufinden, wovon der sprach, als er wie vom Schlag getroffen stehenblieb. Mitten im knietiefen Schnee lag eine blasse Gestalt mit aufgerissenen Augen und atmete heftig ein und aus. Ihr Kopf war kahlrasiert und eine Platzwunde zog sich von der Stirn zum Hinterkopf. Ihr Körper war in ein langes OP-Kleid gehüllt und ihre blauen Lippen bewegten sich, als führe sie stumme Selbstgespräche.

»Paska! Paska! Paska!«, jaulte Mika und wäre am liebsten sofort fortgerannt, wenn Kimo ihn nicht am Kragen gepackt und ihm eindringlich in die Augen gesehen hätte.

»Mika! Beruhige dich! Setz den Notruf ab, sofort!«

»Ich ...«

»Sofort, Mann!«

Während Mika mit zitternden Händen sein Smartphone aus der Tasche kramte und die Notrufnummer wählte, ging Kimo vorsichtig einen Schritt näher und zuckte zurück, als sich die Augen des blassen Mannes ruckartig auf ihn hefteten. Beinahe wäre er rücklings in den Schnee gefallen, als er über seine eigenen Füße stolperte, doch er fing sich im letzten Augenblick.

Hastig leuchtete er wieder zu dem Fremden, aus Angst, der könnte sich plötzlich auf ihn stürzen, doch die Augen des Blassen waren aufs Neue in den Himmel gerichtet. Hinter ihm rief Mika hastig etwas in sein Telefon, doch Kimo hörte gar nicht zu. Eine plötzliche Angst machte sich in ihm breit und er stupste seinen Freund an, als der aufgelegt hatte.

»Hast du ihnen die Kilometerangabe des Begrenzungspfahls durchgegeben?«

»Ja«, meinte Mika heiser und nickte, ohne den Blick von dem Fremden abzuwenden. »Die sind in spätestens zehn Minuten hier. Wieso?«

»Lass uns abhauen!«

»Was? Der erfriert hier doch! Ich dachte ...«

»Ich habe gerade ein ganz mieses Gefühl. Wir sollten schleunigst verschwinden.«

»Keine Einwände, Mann«, stimmte Mika ihm schließlich zu, und, ohne sich noch einmal umzudrehen, rannten sie zu ihrem Toyota zurück, der wie eine Insel aus Licht inmitten eines Meeres aus Dunkelheit Sicherheit versprach.

Helsinki, 11.01.2020

Die dritte Lampe von rechts flackerte in einer abweichenden Frequenz und wirkte irgendwie heller als die anderen. Missmutig verharrte Bill auf dem Gang und starrte sie an, als würde sein Blick wie auf Schienen zu ihr hingeführt. Diese Abweichung von der Norm, dieser dezente Hinweis auf fehlende Zuverlässigkeit, ärgerte ihn.

Er liebte die Nachtdienste in der Klinik, die Ruhe, die wenigen Menschen und die stillen, langen Gänge, die im warmen Licht der Deckenlampen geradezu heimelig wirkten – abgesehen von einzelnem Stöhnen leidender Patienten. In dem Maße, wie die Tage laut und chaotisch waren, waren die Nächte in der Klinik ruhig und geordnet. Genau deshalb musste man den Nachtdienst einfach lieben – er war perfekt.

Doch nun störte diese eine kleine Lampe den Eindruck der Perfektion. Mit einem leichten Zucken in den Mundwinkeln wandte sich Bill vom Anblick der Störung ab und setzte seinen Weg über den Flur zwischen den beiden Stationen fort. In Gedanken ging er seine To-do-Liste durch: Zimmer 10, Frau Hiltji, Zustand nach Kraniotomie und Tumorresektion – Antibiose und Laborwerte prüfen; Zimmer 5, Herr Johnson, Drainage prüfen, und zum Schluss im Stationszimmer vorbeischauen und klären, ob alles okay ist … Wer hatte heute Nachtdienst in der Pflege? Anschließend wollte er sich noch einmal mit seinen Forschungsdaten befassen und die neue Studie aus China lesen. Angeblich hatten die Chinesen im Tierexperiment einem Affen ein vollkommen neuartiges Brain-Computer-Interface (BCI) implantiert. Sie behaupteten nicht nur, dass sie extrem hochauflösend die Impulse des gesamten

Motorcortex erfassen könnten, nein, sie beteuerten sogar, dass es ihnen gelungen sei, direkte visuelle Impulse über Elektroden im Sehnerv übermitteln zu können. Kurz gesagt versicherten sie also, dass sie nicht nur den Bereich des Gehirns auslesen konnten, der für alle willkürlichen Bewegungen zuständig ist, sondern darüber hinaus auch noch visuelle Wahrnehmung erzeugen konnten. Sollte das stimmen, wäre das ein riesiger Fortschritt und er könnte die Erkenntnisse der Chinesen in seinen eigenen Entwurf eines BCIs einfließen lassen. Steve und er hätten einen erfolgreichen, nächsten Entwicklungsschritt auch dringend nötig. Zwar war Bill noch nicht so verzweifelt wie Steve, doch auch er machte sich Sorgen, dass ihr Start-up scheitern könnte, wenn sie nicht bald einen ersten Prototypen für eine lauffähige Mensch-Maschine-Schnittstelle vorweisen konnten. Die Tür von Station sechs glitt hinter ihm mit einem satten Schmatzen ins Schloss und sperrte den Flur mit seiner defekten Lampe aus.

* * *

Das schrille Läuten seines Telefons riss ihn aus seinen Gedanken und zum wohl hundertsten Mal ärgerte er sich über die Sparmaßnahmen der Klinik, die ihn zwangen, mit einem Telefon zu arbeiten, bei dem man noch nicht einmal den elenden Klingelton gegen einen vernünftigen tauschen konnte. In welchem Jahrhundert lebten sie überhaupt?

»Portit, Neurochirurgie«, meldete er sich.

»Hallo, hier ist die Zentrale, wir haben einen angekündigten Notfall aus Ilomantsi, zirka dreißigjähriger Mann, bewusstlos, mit Hinweisen auf ein Schädel-Hirntrauma. Er kommt mit dem Helikopter. Erwartete Ankunft in zirka zwei Stunden, die Daten werden gerade in das KIS übertragen.«

»Verstanden«, sagte Bill und legte auf. Wieso schicken die mitten im Nachtdienst einen Bewusstlosen in die Neurochirurgie?

Zielstrebig eilte Bill auf das Stationszimmer zu, öffnete die Tür und schritt direkt auf den Rechner zu.

»N'abend, Tilda«, sagte er über die Schulter gewandt und setzte sich direkt an den Computer, ohne auf eine Antwort zu warten.

»Guten Abend, Bill«, hörte er aus der hinteren rechten Ecke die weiche Stimme der Krankenschwester. »Wie geht es dir heute? Hast du schon nach Frau Hiltji geschaut? Ich habe ihr direkt um acht noch einmal Blut abgenommen und die Laborwerte sollten vorliegen.«

»Hmm, mache ich noch«, raunte Bill abwesend zur Antwort. »Ich muss kurz einen angekündigten Notfall prüfen und schauen, ob ich das OP-Team aktiviere, dann kümmere ich mich darum«.

Auf dem Monitor vor ihm erwachte endlich das KIS zum Leben und forderte ihn zur Eingabe von Patientendaten auf. Bill klickte sich durch die Menüs des Krankenhausinformationssystems, bis er den Notfall gefunden hatte. Kurz überflog er den Arztbrief aus der Notaufnahme in Ilomantsi – alles sah nach einer Bewusstlosigkeit aufgrund eines Schädelhirntraumas nach Einwirkung stumpfer Gewalt aus. Der Patient war offensichtlich halbwegs kreislaufstabil, allerdings hatte die erste neurologische Untersuchung einen positiven Babinski-Reflex beidseits ergeben, welcher jedoch in einer weiteren Untersuchung nicht mehr aufgetreten sei.

Ungewöhnlich, aber kein Grund für eine Verlegung zu uns, dachte Bill und suchte weiter nach einer Erklärung, warum man den Patienten mitten in der Nacht über fünfhundert Kilometer zu ihnen transportierte. Einige Zeilen später wurde es spannend und Bill las flüsternd mit, während sich in seinem Kopf ein Bild zusammensetzte:

... in der äußeren Inspektion des Craniums imponiert, bei fehlender Kopfbehaarung, eine Platzwunde von zirka 10 cm Durchmesser, ohne tastbare Instabilitäten der Schädeldecke und, soweit ersichtlich, ohne Eröffnung der Schädelhöhle. Hinter dem rechten Ohr befindet sich ein 6 cm durchmessender und zirka 2 cm hoher, runder, metallisch wirkender Fremdkörper, der fest mit dem Schädel verbunden zu sein scheint. Es besteht eine gewisse Ähnlichkeit zu einem Cochlea-Implantat (CI), jedoch finden sich weder Herstellerbezeichnungen noch entspricht es in der Form irgendwelchen bekannten Produkten. Die durchgeführte Bildgebung (CT) ergab keine Hinweise auf weitere Bestandteile eines CIs, jedoch stellten sich multiple, dezente Raumforderungen in sämtlichen Bereichen des Gehirns dar ...

Okay, dachte Bill und spürte erstes Interesse aufsteigen: *Hat ihm jemand den Schädel eingeschlagen oder war es ein Unfall gewesen? Worauf, um Himmelswillen, könnten die vielfachen Raumforderungen hinweisen, und was hat es mit dem unbekannten Implantat auf sich? Weiter vorne stand etwas geschrieben, dass man den Mann angeblich in der Wildnis nahe der russischen Grenze gefunden hatte ... Ob das Implantat irgendeine geheime russische Technik darstellte und der Mann vielleicht ein geflohener Geheimagent war? ...* Er zeigte sich selbst einen Vogel. *Bill, jetzt übertreib es nicht, du bildest dir doch sonst was auf deine überragende Intelligenz ein, und nun kommst du mit solchen James-Bond-Fantasien um die Ecke ...*

In seiner Neugierde vollends gefangen, überflog Bill die weiteren Zeilen mit dem üblichen Blabla und konzentrierte sich auf die Befunde der Bildgebung. Offensichtlich war sich der Radiologe bezüglich der Interpretation der Schnittbilder vollkommen unsicher und attestierte lediglich, dass es keine Hinweise auf knöcherne Defekte gebe, und die höchst dezenten Raumforderungen keiner ihm bekannten Erkrankung entsprechen würden und er nicht ausschließen könne, dass es sich um Fremdkörper handle. Er empfehle die erneute Bildgebung mittels höher auflösender CT und gegebenenfalls die Durchführung einer MRT, falls das unbekannte Implantat eine solche zulassen würde.

Seltsam – was es damit wohl auf sich hatte?

In der abschließenden Zusammenfassung fand sich ein weiterer spannender Hinweis: Die im Verlauf aufgetretene Dekortikationsstarre und Cushing-Triade bildeten sich nach Diuretikagabe (Mannitol Inf Loe 15 % und Furosemid 100 mg i. v.) und Sedierung mittels Diazepam (10 mg i. v.) umgehend zurück. Keine Hinweise auf eine Stauungspapille.

Bill strich sich mit dem Zeigefinger über das Kinn, wie er es immer tat, wenn er in Gedanken versunken war. *Warum zeigt Patient X Zeichen eines erhöhten Hirndrucks? Warum verschwanden die Zeichen wieder? Und was hat es mit diesem Fremdkörper hinter seinem Ohr auf sich?*

Erst als es in der Leitung klingelte, realisierte Bill, dass er zum Telefon gegriffen und die Nummer der Radiologie gewählt hatte.

»Finholm, Radiologie«, meldete sich eine Frauenstimme am anderen Ende der Leitung.

»Portit hier, aus der Neurochirurgie. Wir haben einen angekündigten Notfall aus Ilomantsi, Fallnummer 2001B97 im KIS, ich brauche für ihn das komplette Programm mit CT und möchte ihn auch ins MRT schicken. Bitte lesen Sie die Vorbefunde und bereiten Sie alles vor.«

»Sie wissen aber schon, wie spät es ist und wie lange das dauert? Außerdem warum eine MRT? Sie wollen doch nicht notfallmäßig eine Tumorresektion mitten in der Nacht vornehmen, oder?«

Selbst Bill entging der leicht genervte Unterton in ihrer Stimme nicht, obwohl er nach Meinung seiner wenigen Freunde kaum ein Gespür für so etwas hatte.

»Es ist zweiundzwanzig Uhr sechsunddreißig, und nein, ich gehe nicht davon aus, dass eine notfallmäßige Tumorresektion erfolgen muss. Bitte lesen Sie die Vorbefunde und bitte bereiten Sie alles vor.« Bill legte einfach auf, um eine weitere Auseinandersetzung gar nicht erst entstehen zu lassen. Nun würde es sich endlich einmal auszahlen, dass die Neurochirurgen die einzigen in der Klinik waren, die einen Facharzt Nachtdienst machen ließen, während sich überall sonst die Assistenzärzte die Nächte um die Ohren schlagen mussten. Nicht, dass er die Hierarchiekarte ausspielen wollte, aber wenn er etwas noch mehr hasste als Konflikte, dann waren es Zweifel an seiner fachlichen Kompetenz. Das OP Team würde er lediglich in Bereitschaft versetzen, damit es gegebenenfalls schnell gehen konnte. Nachdem die entsprechende Nachricht im KIS abgesetzt war, wandte er sich den Bildgebungsdaten zu und studierte sie erneut.

Er war zwar kein Radiologe, doch die Interpretation von kranialen CT Bildern bereitete ihm keine Schwierigkeiten. An Ende musste er jedoch feststellen, dass die Auflösung der Bilddaten wirklich keine weiteren Aussagen ermöglichte und insbesondere die Weichteilgewebe nicht differenziert genug dargestellt werden konnten. Das kleine Krankenhaus in Ilomantsi war offensichtlich mit einem sehr alten Computertomographen ausgestattet. Gut, dass seine Forschungsgruppe über die letzten Fördergeldanträge genug Drittmittel hatte anwerben können, um ein neues neun Komma vier Tesla MRT-System zu finanzieren, das seit wenigen Wochen zur Verfügung stand. Damit würde sicherlich einiges mehr ans Tageslicht kommen.

»Hey, Bill«, hörte er Tilda direkt neben sich sagen. »Bist du fertig mit deinem Notfall? Frau Hiltji wartet und Herr Johnson klagt über stärker werdende Kopfschmerzen. Kannst du dich bitte darum kümmern?«

»Mache ich.«

Zügig, aber mit der notwendigen Sorgfalt, kontrollierte er die neuen Laborwerte von Frau Hiltji, die offensichtlich nicht an einer postoperativen Infektion sterben würde, sondern eher, weil sie ihre Insulintherapie nicht im Griff hatte. Nachdem eine kurze Untersuchung von Herrn Johnson keine relevanten neurologischen Auffälligkeiten ergab und seine Herz-Kreislaufparameter stabil waren, trug Bill schnell noch Ibuprofen zur Kopfschmerzbehandlung in die Patientenakte ein.

»Alles erledigt, Tilda. Falls es Herrn Johnson nicht zeitnah besser gehen sollte oder sich sein Zustand verschlechtert, ruf mich nochmal an. Ich bin in der Notaufnahme und warte auf den angekündigten Patienten.«

Tilda nickte und winkte ihm zum Abschied zu, während sie ihren Kaffee trank.

* * *

Mit einem lauten Zischen öffneten sich die Schiebetüren zum Landepad der Notaufnahme und plötzlich drang der ungefilterte Lärm des Hubschraubers an Bills Ohren. Zusammen mit zwei Krankenpflegern und einer Transportliege lief er nach draußen und stemmte sich mit geducktem Oberkörper gegen den Wind der Rotoren.

Aus der offenen Seitentür des Helikopters stieg der Notarzt und wartete auf sie. Während die Krankenpfleger den blassen Patienten samt seiner Infusionen auf ihre Liege hoben, brüllte ihm der Notarzt seine Übergabe entgegen: »Zirka dreißigjähriger Patient, komatös, Vitalparameter zwischendurch schwankend, aktuell aber stabil, Sauerstoffsättigung bei achtundneunzig Prozent, Herzfrequenz stark schwankend, zumeist etwas tachykard, Blutdruck hundertvierzig zu neunzig. Ich habe ihm außer der Infusion und dem Sauerstoff nichts gegeben, da er sich immer wieder selbst stabilisiert hat, und ich keine Ahnung habe, was da los ist. Viel Spaß damit, er ist nun Ihr Patient.«

Bill nickte lediglich, streckte den Daumen hoch und entfernte sich vom Hubschrauber, der kurze Zeit darauf abhob und in der wolkenverhangenen Nacht über Helsinki verschwand. In Gedanken schon bei der Diagnostik, half er den Pflegern beim Schieben der Liege, bis sie in die Wärme der Notaufnahme zurückgekehrt waren.

Der Patient wirkte auf Bill irgendwie fremdartig. Ob es die fehlenden Haare oder der blasse Hautton waren? Oder hatte es mit diesem leeren Gesichtsausdruck zu tun?

Manche Menschen wirkten im Koma wie versteinert und andere wach, nur mit geschlossenen Augen. Doch dieser Mann war irgendwie anders. Was er wohl ganz alleine in der Wildnis nahe der russischen Grenzen zu tun gehabt hatte?

Während Fred, der Internist der Notaufnahme, sein Routineprogramm abspulte, um mögliche internistische Ursachen abzuklären, führte Bill eine kurze neurologische Untersuchung durch und stieß am Ende auf den beschriebenen Fremdkörper hinter dem rechten Ohr.

Wie ein Cochlea-Implantat soll das aussehen? Auf keinen Fall, eher wie eine übergroße Knopfbatterie mit Chromverkleidung ...

Seine Finger tasteten vorsichtig über die glatte Oberfläche, die sich deutlich wärmer anfühlte, als er erwartet hatte. Er spürte einen feinen Rand zwischen dem Objekt und der Haut des Patienten und konnte bei genauerem Hinsehen erkennen, dass das Objekt offensichtlich in einer Art Verankerung steckte, welche anscheinend fest mit dem Schläfenknochen verbunden war. Leicht zog er daran, doch nichts geschah.

Als er etwas stärker zog und damit den Kopf des Patienten bewegte, blickte der Internist zu ihm herüber und zog eine Augenbraue hoch. Auch drehen oder drücken erbrachten keine Resultate, sodass Bill es letztendlich aufgab.

»Okay Fred, spricht etwas dagegen, dass ich den Patienten zu den Radiologen verfrachte? Ich wüsste gerne, was es mit der Platzwunde an seinem Kopf und vor allem mit diesem Ding hier auf sich hat.« Er deutete auf das seltsame Objekt unter seinen Fingern.

»Aus meiner Sicht nicht wirklich, Bill. Ich warte auf die Laborwerte und melde mich bei dir, aber aktuell scheint zumindest sein Kreislauf stabil zu sein.«

* * *

In der Radiologie wartete bereits eine junge Frau in blauer OP-Kleidung auf ihn. Mit ihren langen blonden Haaren, den strahlend blauen Augen und der offensichtlich durch viel Sport geformten Figur wäre sie genau Bills Typ gewesen. Hätte sie nicht beide Arme vor der Brust verschränkt und ihn mit regloser Miene angefinstert, hätte er sich vielleicht sogar getraut, sie anzusprechen. Er hätte gar nicht auf ihr Namensschild sehen müssen, um zu wissen, dass sie jene Dr. Finholm war, mit der er telefoniert hatte. Offensichtlich trug sie ihm ihr letztes Gespräch noch nach, was er nicht verstehen konnte, da er zweimal bitte gesagt hatte.

Bill setzte ein, wie er hoffte, ermunterndes Lächeln auf und wies mit einer Hand auf den im Bett liegenden Patienten. »Hey, hier ist der Patient aus Ilomantsi mit dem unklaren radiologischen Befund.«

Sie wandte den Blick von ihm ab und dem Patienten zu. »Ich habe mir die Befunde angesehen und, auch wenn ich nicht verstehe, warum es nicht bis morgen warten kann, habe ich alles vorbereitet. Ich hoffe, Ihnen ist klar, welches Risiko wir eingehen, wenn wir dem Patienten Kontrastmittel verabreichen, ohne irgendetwas über mögliche Allergien oder dergleichen von ihm zu wissen?«

»Mir ist durchaus ...«

»Und was ist das hier?« Sie hatte sich dichter zu dem Patienten begeben und wies auf das Implantat an seinem Kopf. »Wenn da auch nur ein winziger Bruchteil magnetischer Substanzen verarbeitet ist, kann er nicht in unser MRT! In so einem schwachen Magnetfeld wie dem des alten Teils in Ilomantsi mag das ja noch gut gehen, aber mir sind keine Implantate bekannt, die über drei Tesla hinaus zertifiziert sind – geschweige denn für unser neues neun Komma vier Tesla MRT. Ich will dieses Risiko nicht eingehen. Wir müssen zuerst herausfinden, wer er ist, oder zumindest was dieses Ding da genau ist!« Ihr Blick war fordernd auf Bill gerichtet, der jedoch nicht daran dachte, so schnell aufzugeben.

»Haben Sie den Bericht nicht gelesen? Wir wissen nicht, wer er ist! Weder die Polizei in Ilomantsi konnte etwas über ihn herausfinden noch unsere Recherche in der Versichertendatenbank. Da er von irgendwelchen Campern in der Wildnis nahe der russischen Grenze gefunden wurde und keinerlei Papiere bei sich hatte, können wir noch nicht einmal davon ausgehen, dass er Finne ist. Warten, bis eine erweiterte Suche der Behörden etwas erbracht hat, können wir aber auch nicht, denn bis dahin wird er wahrscheinlich nicht überleben!«

»Okay, dann können wir gerade nicht herausfinden, wer er ist, doch das ändert nichts daran, dass ich recht habe – es ist zu riskant, ihn in unser MRT zu schicken!« Ihr Gesicht nahm eine Härte an, die selbst Bill nicht übersehen konnte und die ihm deutlich machte, dass er einen Kompromiss in die Wege leiten musste, wenn er hier nicht Stunden vergeuden wollte.

»Na schön, dann machen wir zunächst das CT, schauen uns an, ob wir mehr über dieses Implantat herausfinden können und entscheiden dann weiter.« Er wollte noch ein

ein CT machen können Sie doch, oder? hinzufügen, sparte sich dann aber jede weitere Bemerkung, als sie nickte, und begann, das Bett in Richtung CT 1 zu schieben. »Na kommen Sie schon, Sie können mir ruhig beim Schieben helfen.«

* * *

Gerade als der Patient auf dem Tisch des CTs lag, sich die Tür geschlossen hatte, und Bill zusammen mit der Radiologin am Rechner hinter der Strahlenschutzscheide stand, begann sich der mobile Monitor am Bett des Patienten mit einem schrillen Warnton zu melden und blinkte Rot. Bill und Dr. Finholm liefen in den CT-Raum und ein schneller Blick auf die Anzeige offenbarte eindeutiges Kammerflimmern.

»Scheiße«, brach es aus der Radiologin, die auf einen Schlag ihre Gesichtsfarbe verloren hatte und irritiert zu Bill sah. »Er war doch bis eben noch vollkommen stabil! Ich habe ihm doch gar kein ...«

»Hören Sie auf und verständigen Sie das Reanimationsteam!«, fiel ihr Bill ins Wort und beförderte den Patienten so vorsichtig wie möglich auf den Boden, um mit der Reanimation zu beginnen.

* * *

»Aufhören, es hat keinen Sinn mehr!« Bill sackte auf dem nächstgelegenen Stuhl zusammen und stützte sich keuchend auf die Ellenbogen. Sein Blick wanderte zu dem verstorbenen unbekannten Patienten. Nach dreißig Minuten Reanimation musste jemand den Mut aufbringen, ihn für tot zu erklären und die Maßnahmen einzustellen. Die meisten Beteiligten wirkten erschöpft und frustriert, wie sie im Raum standen und offenbar nichts mit sich anzufangen wussten. Doch niemand kritisierte seine Entscheidung. Alle wussten, dass man den Kampf gegen den Tod nicht immer gewinnen konnte und dass nach einer halben Stunde erfolgloser Reanimation bei Asystolie nicht mehr mit einer Rettung des Patienten zu rechnen war.

Einige Zeit später waren das gesamte Reanimationsteam und mit ihm das gut koordinierte Chaos verschwunden, sodass nur noch Bill und die Radiologin zurückgeblieben waren. Sie teilten den Raum mit einer drückenden Stille und einem Geruch nach Stress und Blut.

Dr. Finholm hielt noch immer die Tasse in den Händen, die er ihr gebracht hatte und starrte auf den zugedeckten Toten. Mittlerweile war der Kaffee mit Sicherheit kalt geworden, doch das schien sie gar nicht zu bemerken.

»Ihr erster Toter?«, fragte Bill, den die Stille langsam irritierte.

»Nein, aber der erste Patient, der mir während meiner Untersuchung wegstirbt«, antwortete sie mit einem hohlen Widerhall in der Stimme.

»Kommen Sie, Sie müssen wieder in Gang kommen und etwas tun, damit Sie nicht so viel grübeln.«

»Was denn tun?«

»Naja, er ist zwar tot und damit können wir die Kontrastmittelgabe vergessen, aber das Geheimnis seines Implantats können wir noch immer lüften.«

»Portit, er ist tot«, warf sie ihm mit aufgerissenen Augen und ungläubigem Gesichtsausdruck entgegen.

»Ja, ich weiß, aber wollen Sie nicht auch wissen, warum? Und sehen Sie es mal positiv – wegen der Strahlung braucht er sich keine Gedanken mehr zu machen!«

»Sie sind selbst für einen Chirurgen ziemlich pietätlos, wissen Sie das?« Plötzlich stand sie auf und schob das Bett mit dem Toten in Richtung CT. »Kommen Sie Portit, bevor ich es mir anders überlege.«

* * *

Letztendlich erwies sich Dr. Finholm als neugieriger als Bill gedacht hätte. Er hatte ihr vorgeschlagen, doch Kontrastmittel zu injizieren und dann noch einige Thoraxkompressionen durchzuführen, um es ins Gehirn zu transportieren, doch diesen Vorschlag hatte sie als vollkommen inakzeptabel abgelehnt. Nachdem die hochauflösenden CT-Bilder jedoch ein höchst filigranes Netzwerk aus minimalen Raumforderungen offenbart hatten, sah sie endlich die Notwendigkeit eines MRTs ein.

Ein kurzer Check mittels Magneten ergab keine Hinweise auf Magnetismus bei dem Implantat und auch ein vorsichtiges Annähern an das MRT zeigte keine Reaktion. Letztendlich überzeugten all diese Versuche sie, dass keine Gefahr bestand.

Was sich schließlich im neun Komma vier Tesla MRT zeigte, war eine derartige Überraschung, dass beide zunächst stumm vor dem Monitor saßen und schwiegen.

Die Falle

Montana, 12. März 2031

»Hast du die Tür abgeschlossen?«

»Ja, Papa.«

»Hast du deinen Schlüssel in die Tasche gesteckt?«

»Ja«, antwortete seine Tochter geduldig und drehte sich auf der Fußmatte zu der massiven Holztür in ihrem Rücken, bevor sie ihm mit großen Augen zunickte. »Ja.«

»Gut. Wie viele Schritte bis zum Draht?«, fragte er.

»Papa, jeden Morgen?«

Als er sie ansah, fielen ihre kleinen Lippen leicht hinab und sie seufzte ergeben.

»Einunddreißig.«

»Und?«, hakte er unnachgiebig nach.

»Einunddreißig von meinen Schritten und zweiundzwanzig von deinen«, zählte sie auf und deutete mit ihrer kleinen Hand nach vorne. Sie zitterte leicht in der morgendlichen Kälte und die kleinen blonden Härchen auf ihrer Hand waren aufgestellt. Als sie zu ihm gesehen und festgestellt hatte, dass er nickte, wanderte ihr ausgestreckter Arm nach rechts. »Vierundvierzig und neunundzwanzig nach rechts.«

»Gut.«

Ihre Hand beschrieb einen Halbkreis und zeigte an ihm vorbei in die entgegengesetzte Richtung. »Dreißig und einundzwanzig nach links.«

»Wir gehen heute nach vorne und checken die Kaninchenfallen«, erklärte er und überprüfte noch einmal den Sitz seines Rucksacks, was sie ihm nach einem kurzen Seitenblick gleichtat. Schließlich nahm er sein Jagdgewehr und hängte sich den Riemen über die Schulter. Die gefüllte Colaflasche, die mit Isolierband auf dem verlängerten Lauf aus gekerbtem Aluminium klemmte, war bereits rissig und verblichen wie das Relikt einer vergangenen Epoche. Ihr Anblick erinnerte ihn an eine Zeit, als der weiße Schriftzug auf rotem Hintergrund noch überall zu sehen gewesen war. Hier draußen in der Wildnis wirkte er eher wie eine im wahrsten Sinne des Wortes verblasste Erinnerung.

»Okay, Papa«, erwiderte June ruhig und sah zum Waldrand nach vorne, der sich wie ein Halbkreis aus dichtgedrängten Fichten und Birken um die Lichtung scharte, auf der sich ihre Blockhütte befand. Nicht zum ersten Mal fühlte er sich belagert.

»Was denkst du über das Wetter?«, fragte er June mehr als Aufforderung denn als echte Frage.

Seine Tochter rückte ihre Mütze zurecht, aus der dickes blondes Haar auf ihre schmalen Schultern quoll und machte zwei präzis gemessene Schritte vorwärts. Als er es ihr nachmachte und neben ihr stand, drehte sie sich um und sie sahen über das Schindeldach ihres Hauses die Bergwand hoch, die sich dahinter in den Himmel streckte. An der Spitze des grün bewachsenen und von weißem Puderschnee bedeckten Hanges wirbelten graue Wolkenfetzen um die Spitze und versperrten die Sicht auf den rauen Fels, der sonst eine Art Krone bildete und wie ein Gesicht aussah.

»Die Wolken bewegen sich sehr schnell, folglich ist es weiter draußen windig«, erklärte June mit einem Finger an den Lippen und warf ihm einen vorsichtigen Seitenblick zu. Als er stumm nickte, fuhr sie etwas selbstsicherer fort. »Das Thermometer hat drei Grad angezeigt, demnach kann es sein, dass es regnet oder schneit. Die Wolkendecke sieht von unten aber glatt aus, also wird es wahrscheinlich nicht regnen oder schneien. Nicht bald.«

»Gut. Was bedeutet das für uns?«

»Wir bleiben vorsichtig und gehen nicht zu weit fort. Wir behalten den Himmel im Auge, und wenn es regnet oder schneit, gehen wir zurück.«

»Warum tun wir das?«, hakte er nach.

»Damit wir nicht krank werden.«

»Richtig.« Er fasste sie an der Schulter, weil er sie sanft drücken wollte, um sie zu loben, hielt aber inne und drehte sie stattdessen Richtung Waldrand und deutete auf den von Reisig übersäten Grasboden vor ihren Füßen. »Was denkst du über den Boden?«

June hockte sich hin und ihre Bewegungen sahen noch immer ein wenig ungelenk aus. Er wünschte sich, dass sie schnell groß werden würde, stark und selbstständig, damit er sich nicht so viele Sorgen machen musste. Sie zog ihre selbstgestrickten Fäustlinge aus und berührte das nasse Gras, in dem sich die Fußabdrücke von vielen Jahren, da sie immer dieselben benutzt hatten, im Matsch abzeichneten.

»Er ist nass, aber der Matsch ist noch recht hart vom letzten Frost«, befand sie. »An einigen Stellen wird er schon aufgeweicht sein, im Wald, wo es wärmer ist, weil der Wind da nicht so stark ist.«

»Was heißt das für uns?«

»Wir müssen vorsichtig sein und auf unsere Fußspuren achten.«

Als er sie weiterhin fragend ansah, fügte sie schnell hinzu: »Wir hinterlassen niemals Spuren.«

»Gut. Gehen wir.« Er stapfte voran, nutzte die alten Fußspuren, um seine verbliebenen einundzwanzig Schritte präzise auszuführen. June tat es ihm auf seiner rechten Seite nach und sah konzentriert nach unten.

»Papa?«

»Ja?«

»Müssen wir das wirklich jeden Morgen machen?«, fragte sie und ihre Stimme klang kleinlaut, obwohl er den Eindruck hatte, dass sich ein leicht rebellischer Unterton eingeschlichen hatte. Er wartete, bis sich ihre Worte wie sanfter Morgennebel aufgelöst hatten.

Es tut mir leid, dass du so ein schreckliches, strenges Leben führen musst, Kleines, dachte er und zwang sich, sein Gesicht nicht weich werden zu lassen, wobei ihm sein dichter Vollbart half. Laut sagte er: »Weil wir sterben, wenn wir einen Fehler machen. Du weißt es.«

»Warum wollen die Anderen uns töten, Papa?«

»Weil wir hier leben.«

»Sehen die Anderen aus wie wir?«

»Wir reden später. Still jetzt«, sagte er, als er seinen neunundzwanzigsten Schritt ab der Haustür beendet hatte und nach dem silbrigen Glänzen zu seinen Füßen suchte. Als er es gefunden hatte, stieg er mit einer präzisen Bewegung über den Stolperdraht und wartete, bis June es ihm nachgemacht hatte.

Als sie hinter dem beinahe unsichtbaren Draht standen, nahmen sie sich wie jeden Morgen die Zeit, um aufmerksam und in absoluter Stille in den Wald zu sehen und zu lauschen. Als Erstes fiel ihm wie immer der vielstimmige Vogelgesang auf, der sich wie ein dicht gewebtes Tuch aus Lärm über sie senkte und ihn nervös machte. Er hatte jedes Mal das Gefühl, dass sich unter dem Deckmantel dieses Klangteppichs selbst ein Panzer an ihn anschleichen konnte. Aber am Ende kam es darauf an, wie gut er und June Geräusche filtern und einordnen konnten – dafür war dieses Innehalten essenziell, auch wenn June meist ungeduldig aus den Augenwinkeln zu ihm sah. Er tat, als würde er es nicht bemerken, um ihr wenigstens kleine Momente einer normalen kindlichen Reaktion zu ermöglichen, aber es sorgte ihn. Sie musste lernen und besser werden. Immer besser werden, so wie er hatte lernen müssen.

Er blickte auf seine Armbanduhr und reckte nach exakt fünf Minuten einen Daumen in ihre Richtung. Sie erwiderte die Geste gehorsam und sie machten sich auf den Weg, den leicht abfallenden Hang hinab zu den Kaninchenfallen am Fluss.

Die Fichten wirkten noch immer angeschlagen von den Schneemassen des Winters, der sich erst im Verlauf der letzten Wochen zurückgezogen hatte. Die Äste hingen schlaff herab und die Nadeln waren von einem gräulichen Grün, das eher an Krankheit als an Leben erinnerte. Die vielen Birken boten einen noch depressiveren Anblick: Ihre Rinde hatte sich größtenteils abgeschält und schimmerte in schmutzigem Weiß, das ihn an alte Aufnahmen von der Tschernobylkatastrophe und die kontaminierten Wälder rings um den Reaktor erinnerte. Die feuchten, kahlen Äste taten ihr Übriges, um diesen Eindruck zu verstärkten. Selbst der nasse, von totem Laub bedeckte Boden schien ihnen entgegenwerfen zu wollen, wie allein und bedroht sie hier lebten.

Als sie eine halbe Stunde bergab gegangen waren und peinlichst darauf geachtet hatten, keine Spuren zu hinterlassen, erreichten sie den Fluss. Er schlängelte sich durch das lange Tal, das wie eine Wanne zwischen den schneebedeckten Bergen des Glacier National Parks lag. Da beide Ufer an dieser Stelle von kleinen Auen umgeben waren, die von dichtem Gras und Gestrüpp überwuchert wurden, konnte man von hier über die Baumwipfel bis zum Apikuni Mountain sehen, hinter dem sich das ehemalige Reservat des Blackfeet Stammes befand. Die schroffen Hänge und die von Wind und Wetter umtosten Gipfel der Giganten um sie waren von einer so atemberaubenden Schönheit, dass es ihn jedes Mal betrübte, dass er vor einer solch romantischen Kulisse einen dermaßen unbarmherzigen Kampf ums Überleben führen musste – vor allem für seine Tochter, die gerade über ein kleines Stück Gras zum Ufer des kleinen Flusses lief, dessen Stromschnellen laut plätscherten und dann innehielt. Sie sah prüfend stromaufwärts und winkte ihm zu. Daraufhin atmete er tief durch und bewegte sich gegen die Strömung, bis er etwa hundert Meter weiter an einer anderen freien Stelle stand und das weiß schäumende Wasser nach Kadavern absuchte. Als er nichts erkennen konnte, gab er ihr einen Wink und machte sich auf den Weg zurück zu ihr. Wie immer, wenn er sich weiter von ihr entfernt hatte als einige Schritte, ging sein Puls dabei ein wenig schneller.

Zurück bei ihr hatte sie bereits ihre beiden großen Feldflaschen gefüllt und sich um den Gürtel gebunden. An ihrer Hüfte sahen die Flaschen geradezu riesig aus, und es versetzte ihm abermals einen Stich, ansehen zu müssen, wie sie sich mit dem zusätzlichen Gewicht abmühte. Aber sie musste stärker werden und über ihre Grenzen hinausgehen, so oft es eben möglich war.

»Gehen wir jetzt die Kaninchen holen?«, fragte sie und lächelte scheinbar zufrieden, als er nickte.

Natürlich verstand er sofort, dass sie sich ganz und gar nicht darauf freute. Er ließ es ihr bisher immer durchgehen, dass sie immer wieder die Augen schloss, wenn er die gefangenen Kaninchen tötete und an einen Ast band, damit sie sie zurücktragen konnte. Es war seine Art, sie darauf vorzubereiten, für sich selbst sorgen zu können.

Sie verließen den Flusslauf und gingen stromabwärts, zurückgezogen im Schutz des Waldrands, sodass sie gerade noch durch die vorderen Baumreihen lugen konnten. Sie wanderten schweigend in Richtung der kleinen offenen Ebene im westlichen Teil des Tals, wo sich besonders viele Kaninchenpfade befanden. Es handelte sich um eine tiefgrüne Fläche aus Rasen, vereinzelten Büschen, Sträuchern und etwas verloren wirkenden Bäumen. Graue Findlinge ragten kahl und glatt inmitten der Vegetation auf und boten mit ihren moosbewachsenen Hälsen eine reichhaltige Nahrungs- und Wasserquelle für die Kaninchen und Hasen, die hier so zahlreich vorkamen.

Bevor sie durch die letzten Bäume traten, hielten sie an und suchten die Ebene nach unnatürlichen Bewegungen ab.

»Nichts«, sagte er irgendwann.

»Nichts«, wiederholte auch June und schließlich gingen sie vorsichtig auf das weiche Gras hinaus, das unter ihren Wanderstiefeln bei jedem Schritt leicht schmatzte. Nach etwa zehn Metern stießen sie auf kleine schwarze Kotbälle. Er zeigte darauf und June kräuselte die Stirn.

»Sieht aus wie vom Fuchs«, stellte sie fest und für einen kurzen Moment huschte ein Ausdruck der Erleichterung über ihr glattes Gesicht. Ihre rosigen Wangen hoben sich ein wenig, als der Anflug eines Lächelns ihren Mund breiter werden ließ. Er bedachte sie mit einem strengen Blick und der Ausdruck war so schnell wieder verschwunden, wie er aufgetaucht war.

»Das ist nicht gut, weil er die Kaninchen verscheucht oder aus den Fallen gestohlen haben könnte«, erklärte sie wie mechanisch und er nickte.

»Hoffen wir, dass wir Glück haben. Du willst sicher nicht hungrig ins Bett gehen, oder?«

»Aber wir haben doch noch ganz viele Bohnen und Zimtcracker!«

»Die heben wir auf, falls mal schlechtere Zeiten anbrechen.«

»Ja, Papa.« June ließ die Schultern hängen und folgte ihm den kleinen Kaninchenpfad entlang, als er sich wieder in Bewegung setzte.

Nach einigen Minuten fanden sie die erste Falle, die jedoch leer war. Die Schlaufe des langen Schnürsenkels war unberührt geblieben, also ließ er die Konstruktion nach einer kurzen Überprüfung unangetastet. An einer Stelle, an der sich zwei Kaninchenpfade kreuzten, musste er kurz überlegen und bog dann nach links ab, wo er schon von weitem sehen konnte, dass an dem Ast eines der alleinstehenden Bäumchen etwas Massiges baumelte. Automatisch beschleunigte er seine Schritte und fand tatsächlich ein dickes Kaninchen, das an einer langen Schnur hing, die an einem der oberen Äste befestigt war. Auf dem Boden lagen einige Stöckchen und die Reste von aufgebissenen Nussschalen. Als er das Kaninchen packen wollte, begann es zu zucken und zu strampeln. Offenbar war sein Genick beim Sprung der Falle nicht gebrochen.

»Ich hole es runter«, sagte er, als er Junes entsetzten Gesichtsausdruck sah und deutete nach unten. »Du baust die Falle wieder auf und erklärst mir dabei die einzelnen Schritte.«

Seine Tochter nickte schnell, dankbar, den Blick von dem strampelnden Fellknäuel abwenden zu können und hockte sich auf den Boden, wo sie kurz warme Luft in ihre Hände blies und sich an die Falle machte.

»Das angespitzte V-Stück stecke ich wieder in den Boden und klopfe es mit einem Ast fest«, erklärte sie, während sie das gebogene Aststück im Boden befestigte und das freiliegende, ebenfalls angespitzte Holz von der Dicke eines Flaschenhalses etwas mehr als handbreit daneben hielt. Mit der freien Hand nahm sie ein dünnes, gerades Ästchen und hielt es prüfend zwischen V-Stück und Holz. »Der Abstand zwischen beiden entspricht der Länge des Köderholzes.«

June klopfte auf das längliche Holz in dem feuchten Boden. Er befreite das schwächer werdende Kaninchen aus der Schlaufe und packte es fest im Genick. Das dünne Seil reichte er seiner Tochter hinab, die es mit flinken Fingern entgegennahm, das schmale Holz, das sich über der Schlaufe befand, in dem V-Stück einsetzte und mit dem länglichen Hölzchen gegen den gegenüberliegenden Pflock verkeilte. Die sich selbst zuziehende Schlaufe zog sie größer und legte sie über dem Hölzchen, das als Trittauslöser diente, ab. Der Ast diente nun als Sprungfeder. Als Letztes griff sie in ihre Tasche und legte vier Nüsse unter das Auslösestöckchen. Dann sah sie zufrieden zu ihm auf und lächelte zufrieden, als er nach prüfendem Blick nickte.

»Heute bist du dran«, sagte er und hielt ihr das schwach strampelnde Kaninchen entgegen, dessen Kopf reglos in seinem festen Griff verharrte.

Zuerst schob sich Junes Unterlippe nach vorn, dann weiteten sich ihre Augen, und ein Ausdruck von Panik machte sich in ihnen breit. Angst und Entsetzen flammten auf und schlugen ihm so heftig entgegen, dass er am liebsten geschrien hätte. Er wollte das Kaninchen fortwerfen und sich zu ihr hinabbeugen, um sie in den Arm zu nehmen, und ihr versichern, dass sie niemals etwas so Schreckliches würde tun müssen, wie dieses niedliche Kleintier zu töten, doch mit all seiner Willenskraft zwang er sich, eine harte Miene beizubehalten.

Es ist ihr Bestes, redete er sich wie ein Mantra immer wieder ein und hielt ihrem herzzerreißenden Blick stand. *Sie muss es lernen, um zu überleben, wenn mir etwas zustoßen sollte. Sie muss so hart werden wie die Natur in diesem Tal und so unerschrocken, wie ich es mit einem Kind nie sein kann.*

»Nein, Papa, ich will nicht!«, weinte sie schließlich und dicke Tränen kullerten über ihre fülligen Wangen. Jede einzelne traf ihn wie ein Pfeil ins Herz.

»Du musst.« Er reckte das Kaninchen noch ein wenig vor und packte erst ihre linke, dann ihre rechte Hand und legte sie um den Hals des Tiers. »Fest zugreifen. So.«

June hielt den Hals zitternd umklammert und das Kaninchen so weit von sich wie möglich.

»Halte es jetzt auf den Boden und zieh dein Messer«,

wies er sie kühl an und half nach, als sie sich nicht bewegte.

June schluchzte, als sie ihr wuchtiges Messer zog. Die Spitze vibrierte geradezu unter dem leichten Zittern ihrer Hände und glänzte im trüben Morgenlicht wie der kalte Tod.

»Du hältst den Griff nach unten und schlägst damit senkrecht auf das Genick so fest du kannst. Genau hier«, sagte er und deutete auf die flauschige Stelle oberhalb ihres kleinen Händchens, mit dem sie das Tier auf den Boden drückte. »Los jetzt.«

»Ich kann nicht«, wimmerte sie und schniefte.

»Du musst aber!«, erwiderte er härter als beabsichtigt.

»Warum bist du so böse, Papa? Ich will das Boubaka nicht töten!«

»Das ist nicht Boubaka, das ist Essen.« Er biss seine Zähne fest aufeinander, als er an die gezeichneten Bilder von Boubaka dachte, dem kleinen Kaninchen in ihrem Kinderbuch, aus dem er ihr jahrelang vorgelesen hatte. Boubakas Welt war in Ordnung gewesen: Ein friedlicher Wald, in dem es keine Gefahren und nur Eintracht zwischen den Bewohnern gegeben hatte. Doch dieser Wald existierte nicht mehr – jedenfalls nirgendwo außerhalb alter Kinderbücher und das musste sie so schnell wie möglich lernen. Wenn er sich von seinen Sentimentalitäten leiten ließ, wäre das fahrlässig und ungerecht seiner Tochter gegenüber.

»Bitte, Papa, nein!«, flehte sie und sah ihn mit tränennassen Augen an, dass er schwer schlucken musste.

»Du musst es lernen, Kleines«, entgegnete er ein wenig sanfter und kniete sich neben sie, um ihr einen Arm auf die Schulter zu legen. »Du isst die Kaninchen doch auch, die wir fangen. Vor dem Essen steht nun einmal das Töten und du bist jetzt groß genug, das zu lernen. Wenn ich einmal nicht mehr ...« Er stoppte sich und atmete tief durch.

»Du bist ein starkes Mädchen. Ich war in deinem Alter nicht so stark – im Gegenteil, ich war selbst später noch viel schwächer als du heute. Ich weiß, dass du es kannst und ich werde sehr stolz auf dich sein.«

»Aber Boubaka ist so freundlich ...«

»Das ist nicht Boubaka und das weißt du. Boubaka lebt in einer besseren Welt, aber wir müssen in der Welt leben, in der wir nun einmal leben. Das bedeutet, dass du mit dem Wald eins werden musst. Was isst der Bär?«

»Lachs.«

»Was isst der Fuchs?«

»Kaninchen«, murmelte sie, von einzelnen Schluchzern unterbrochen.

»Und Bär und Fuchs töten den Lachs und das Kaninchen, richtig?«

Sie nickte mit einem schmalen Schmollmund.

»Sind der Bär und der Fuchs deshalb böse?«

»Nein.«

»Genau. Sie sind, was sie sind, und tun, was sie tun müssen. Daran ist nichts Böses, das ist der Lauf der Natur. Du tust nichts, was nicht natürlich und normal wäre und was Bär und Fuchs nicht auch tun würden.«

Auch wenn es noch viel zu früh für dich ist, diese Lektion zu lernen, fügte er in Gedanken hinzu und schluckte gegen seinen Drang an, ihr gut zuzureden und sie zu trösten.

»Ich ...«, sie stockte und sah wieder auf das Kaninchen hinunter, das jetzt stillhielt und sich nicht mehr regte.

»Zähl bis drei und dann machst du es, okay? Genau wie nachts, wenn du Wasser aus dem Brunnen holst. Drei Sekunden darfst du Angst haben, aber wenn du bei Drei angekommen bist, tust du es«, schlug er vor und June rang um einen tapferen Gesichtsausdruck.

»Eins ...«, begann sie und ihre Nasenlöcher blähten sich wie bei einem scheuenden Pferd.

»Zwei ...« Sie hob den Knauf ihres Messers hoch und

starrte mit aufgerissenen Augen auf das Fellknäuel zwischen ihren Fingern herab.

»Drei.« Ihre Hand sauste herab und traf das Kaninchen direkt unter dem Schädel. Ein hässliches Knacken, gefolgt von einem feuchten Knirschen, erklang und June ließ das Messer fallen, um das Gesicht in ihren blutverschmierten Händen zu verbergen.

Er streifte seine erzwungene Härte ab und schloss sie fest in seine Arme, wo sie ungehemmt zu weinen begann.

»Das hast du gut gemacht, Kleines, wirklich gut.«

Helsinki 12.01.2020

Langsam schoben sich die ersten Sonnenstrahlen durch den winterlichen Frühnebel und ließen die Gebäude beidseits der Tölögatan Straße wie schlafende Riesen erscheinen. Bill verfiel in einen schnelleren Schritt und bog in die Sibeliuksenkatu ein, um zur gleichnamigen Haltestelle der S-Bahn zu gelangen. Sein Kopf war voller Gedanken an die zurückliegende Nacht und die Entdeckung, die er gemacht hatte.

Jede Zelle seines Körpers kündete zwar von den Strapazen des Nachtdienstes, doch an Schlafen war nicht zu denken. Er musste unbedingt in die Firma und mit Steve über alles reden. Wenn sie jetzt die richtigen Schritte unternahmen, und etwas Glück hatten, konnte ihnen der große Durchbruch gelingen.

Als er die Bahn von der Uusimaa auf die Sibeliuksenkatu einbiegen sah, begann er zu laufen und erklomm schwer keuchend die Stufen des ersten Waggons.

Gerade noch geschafft, ging es ihm durch den Kopf und er ließ sich auf einen der vielen freien Sitze fallen, als die Bahn holpernd Fahrt aufnahm. Bill zückte sein Smartphone und rief Steve an.

»Hallo, hier ist die Mailbox von Steve Työpaikkaa, ich bin gerade dabei die Welt zu retten, also stört mich nicht und hinterlasst Nachrichten nach dem Pieeeeeeeeeeeeeeeep.«

Wann wird Steve endlich erwachsen und spricht was Vernünftiges auf seine Mailbox, dachte Bill zum hundertsten Mal.

»Steve, hier ist Bill, ich bin auf dem Weg in die Firma und das solltest du auch sein. Ich habe eine wirklich wichtige Entdeckung gemacht. Das ist der nächste Schritt für unser Produkt, also beeil dich!«

Als er aufgelegt hatte, durchlief ihn ein Schauer und seine Nackenhaare stellten sich auf. *Hätte ich das besser nicht auf die Mailbox sprechen sollen? Was, wenn doch der russische Geheimdienst hinter der ganzen Sache steckt und die vielleicht schon mein Telefon abhören? Oder wenn sie uns hacken ... verdammt, ich muss vorsichtiger werden.*

* * *

Endlich angekommen an der Gjuterivägen Nummer Vier holte Bill seinen Schlüssel aus der Umhängetasche und schloss die alte Stahltür mit der Aufschrift *Brain Vision Oy* auf und betrat die noch im Dunkeln liegende Lagerhalle. Der vertraute Geruch von Staub und Ozon und das Surren der Serverschränke umfingen ihn, als er die Tür hinter sich zuzog und in die Halle trat. Er hing Jacke und Tasche an die schiefe Garderobe neben der Tür und ging zum großen Schreibtisch, den Steve und er aus Holzböcken und Sperrholzplatten zusammengebaut hatten, und der sich mittlerweile in genau die Art von Chaos verwandelt hatte, die Bill vollkommen zuwider war. Aber Steve hatte den Schreibtisch schnell zu seinem Hoheitsgebiet erklärt und ihn, wie er es nannte, *gemütlich* gemacht.

Da Bill seinen Freund gut kannte, wusste er, dass eine Diskussion darüber vollkommene Zeitverschwendung wäre, sodass er einen zweiten Schreibtisch für sich gezimmert hatte, an dem alles seinen festen Platz hatte.

Er setzte sich auf den abgenutzten Bürostuhl, schaltete seinen Rechner an und startete den *DICOM Viewer* um die mitgebrachten Bilddaten aus der Radiologie zu betrachten. Schnell nahm er noch einige Modifikationen an dem 3D-Modell vor, das sie bereits in der Nacht auf dem Klinikrechner erzeugt hatten. Dr. Finholm war zwar eine ganz solide Radiologin, aber ihr fehlte das notwendige Informatik-Knowhow, das Bill in seinem parallelen Informatikstudium erworben hatte. Dank der Optimierungen in der Virtualisierung von Gehirnen und der präziseren Modellierung von 3D-Modellen aus Schichtbilddaten, die er mit Steve programmiert hatte, konnte er den Detailgrad um ein Vielfaches steigern.

Gut, die meiste Programmierung hatte Steve erledigt, dafür hatte der einfach eine Begabung, die ihm selbst fehlte, doch einige der zentralen Ideen stammten ganz klar von ihm.

Auch wenn Bill bereits wusste, was ihn erwartete, war er wieder vollkommen erstaunt und die zusätzlichen Details, die er nun erkennen konnte, verstärkten diesen Effekt noch.

Wo bleibt Steve denn bloß? Warum ist er noch nicht hier oder hat sich wenigstens gemeldet? Er griff zu seinem Smartphone und schickte eine Nachricht: *Bin in der Firma, warte auf dich, beeil dich und bring Frühstück mit.*

Dieses Mal war er vorsichtiger gewesen und hatte bewusst vermieden, sensible Hinweise zu geben. Die Gedanken an den russischen Geheimdienst oder andere Institutionen dieser Art gingen ihm nicht mehr aus dem Kopf.

Nachdem er drei weitere Nachrichten an Steve geschickt, zweimal angerufen hatte und zweimal die Mailbox antwortete, beschloss er, dass er die Wartezeit auch sinnvoll nutzen konnte, und vertiefte sich in die Analyse der Daten.

* * *

»Hey Bill, aufwachen, du Schlafmütze!«

Bill schreckte hoch, als er seinen Namen vernahm und jemand ihn an der Schulter rüttelte. Er blickte in Steves breit grinsendes Gesicht. Offensichtlich war er über der

Arbeit eingeschlafen – und den Tastaturabdrücken in seinem Gesicht nach zu urteilen, sogar für einen längeren Zeitraum.

»Mein Gott, Bill, du siehst echt fertig aus. Hör auf mich und lass diese ollen Nachtdienste sein, die machen dich echt fertig, und wie willst du je eine Frau finden, wenn du dir Nacht für Nacht in der Klinik um die Ohren schlägst?«

Bill ignorierte dieses immer wiederkehrende Thema seines Freundes. Er hatte Wichtigeres zu tun, als seine Zeit mit einer Beziehung zu verschwenden.

»Wie spät ist es? Und warum hast du dir so viel Zeit gelassen?«

»Hey, es ist erst neun Uhr und ich konnte nicht eher kommen, weil Lisa mal wieder mit ihrer Schwangerschaft zu kämpfen hatte. Das kleine Alien in ihrem Bauch trainiert offensichtlich gerade Kickboxen.«

»Na egal, ich habe etwas ...«

»Hier ist übrigens das bestellte Frühstück.« Steve schob eine braune Papiertüte zu Bill hinüber. Mit knurrendem Magen öffnete der die Tüte und fand eine Plastikschale mit lauwarmem Haferbrei, einigen Beeren und eine kleine Tüte Milch.

»Hat Lisa für dich gleich mitgekocht«, sagte Steve und zeigte grinsend auf den Brei. »Sie sagte, dass du dringend eine Frau brauchst, sonst würdest du wahrscheinlich verhungern und ziemlich sicher alleine sterben.«

»Charmant«, kommentierte Bill zwischen zwei Löffeln seines Haferbreis, den er gierig hinunterschlang.

Als Steve mit einer frischen Kanne Kaffee ankam, hatte er alles aufgegessen und schob den entstandenen Müll zur Seite, da er es nicht mehr abwarten konnte, Steve von seiner Entdeckung zu berichten.

»Okay, Steve, hör mir zu: Ich habe etwas wirklich Spannendes entdeckt und ich bin mir sicher, dass es für uns endlich den großen Durchbruch bedeuten kann.« Er zeigte auf seine Monitore, auf denen das frisch gerenderte 3D-Modell des Gehirns von Patient X aus Ilomantsi zu sehen war. »Heute Nacht kam ein unbekannter Patient mit dem Rettungshubschrauber in die Klinik. Sie hatten ihn irgendwo in der Pampa nahe der russischen Grenze aufgesammelt, bewusstlos, mit einer Kopfverletzung und einem unbekannten Implantat hinter dem rechten Ohr ... ach, was erzähle ich, das ist gar nicht wichtig. Wichtiger ist das hier ...« Bill gab einen Befehl in die DICOM-Konsole ein und plötzlich legte sich ein blaues Netz aus feinsten Linien über und in das gesamte Gehirn. An einigen Stellen bildete es etwas dickere Knotenpunkte und alles in allem wirkte es wie die Stilisierung eines neuronalen Netzes in einem Gehirn.

»Dieses Netzwerk haben wir mittels DT-MRT Aufnahme im Gehirn des Patienten gefunden. Wenn man die Ansicht dreht«, sagte er und verschob das 3D-Modell so, dass man das rechte Ohr und das dahinter liegende Implantat erkennen konnte, »sieht man, dass dieses Netzwerk von dem Implantat ausgeht oder zumindest damit verbunden ist.« Seine Stimme wurde immer eindringlicher und schneller. »Steve, kannst du verstehen, was das bedeutet? Erkennst du es? *Das* ist genau das, was wir die ganze Zeit versucht haben – nur um Welten komplexer! Ich bin mir hundertprozentig sicher, dass das ein vollständiges BCI ist, und wir hier einen Prototypen sehen, der einen absoluten Entwicklungssprung darstellt!«

»Wow, bist du dir mit den Ergebnissen des Modells wirklich sicher?«, ergänzte Steve und konnte einen leichten Zweifel in seiner Stimme nicht verbergen.

»Steve, Dr. Finholm und ich haben die Ergebnisse zweimal überprüft und auch wenn die Software in der Klinik nicht so fortschrittlich ist wie unsere hier, ist sie zumindest so solide, dass die Ergebnisse sicher stimmen!«

»Und der Patient, was sagt er dazu?«

»Gar nichts, er war durchgängig bewusstlos und ist letztendlich verstorben. Er kann also keine Einwände gegen eine weitere Untersuchung haben. Seine Identität ist unbekannt und deshalb glaube ich auch nicht, dass jemand ihn vermisst oder sucht.« Bill blickte voller Euphorie zu Steve, dessen Miene jedoch davon kündete, dass er nicht in gleichem Maße hochgestimmt war.

»Bill, angenommen das stimmt alles, angenommen dieser Mann hat die fortschrittlichste Gehirn-Computer-Schnittstelle aller Zeiten in seinem Kopf, dann wird ihn ganz sicher jemand vermissen und suchen! Niemand baut so fortschrittliche Technik in einen Menschen ein und verliert das Interesse daran! Das riecht nach richtig viel Ärger mit der Regierung, Geheimdiensten, der NSA, den Illuminati, SPECTRE oder weiß der Himmel welch einer fiesen Organisation. Ich hoffe, niemand weiß, dass du die Daten aus der Klinik mitgenommen hast?«

»Ich bin ja nicht blöd«, sagte Bill mit einem gekränkten Unterton in der Stimme. »Ich habe eine Backdoor im System genutzt und niemand wird die Spur finden.« Er suchte Steves Blick und fixierte ihn eindringlich. »Das ist die große Chance für uns, und unsere Idee, all den Menschen da draußen zu helfen, die von solch einer Schnittstelle profitieren würden! Wenn wir sie nicht nutzen und sie bei den Geheimdiensten oder wem auch immer im Keller verrottet, hilft das niemandem weiter. Wenn ich diese Chance in den Händen halte, muss ich sie nutzen! Du weißt, dass ich alles tun würde, um Janika zu helfen und hier ist sie nun, die Chance. Näher waren wir unserem Ziel noch nie.«

Wie immer, wenn er an seine kleine Schwester dachte, spürte er einen Kloß in seinem Hals anwachsen. Als seine Eltern vor fünfzehn Jahren ums Leben gekommen waren, hatte man Janika als einzige lebend aus dem Autowrack bergen können. Ihre Verletzungen waren jedoch derart massiv gewesen, dass man ihr linkes Bein und ihren linken Arm nicht hatte retten können. Seitdem musste seine Schwester ein Leben voller Einschränkungen führen und all die dummen Prothesen, die man ihr verpasst hatte, machten die Sache aus seiner Sicht nur noch schlimmer.

Er hatte sich schon damals geschworen, dass er einen Weg finden würde, um seiner Schwester wieder ein normales Leben zu ermöglichen. Nur deshalb hatte er sich letztendlich für die Forschung an BCIs entschieden, und nur, weil die universitäre Forschung viel zu langsam war, hatte er den Schritt mit dem Start-up überhaupt gewagt.

Steve musste das Leid und die Entschlossenheit in seinem Blick bemerkt haben oder er hatte die Wahrheit in Bills Worten erkannt.

»Ist ja gut, Bill. Machen wir also das Beste daraus, aber es muss uns beiden klar sein, welches Risiko wir damit eingehen, und sobald auch nur ein Regierungsvertreter oder sonst jemand Finsteres an unsere Tür klopft, werden wir alles gestehen, alles zurückgeben oder was auch immer tun, damit sie uns in Ruhe lassen! Ich habe eine Frau, Bill, und bald auch ein kleines Kind. Ich werde die beiden keinem unnötigen Risiko aussetzen!«

»Okay, abgemacht. Wir werden alle möglichen Sicherheitsvorkehrungen treffen und uns absolut bedeckt halten, bis wir einen klaren und sicheren Plan haben! Damit wir mit den Daten auch wirklich etwas anfangen können, habe ich übrigens noch etwas mitgebracht.«

Bill griff in die Tasche seines zerknitterten Jacketts und zog einen runden, metallisch glänzenden Gegenstand heraus.

»Ist es das, was ich denke, dass es das ist?«, fragte Steve mit einer Mischung aus Neugierde und Aufregung in der Stimme. Zur Antwort nickte Bill einfach nur.

»Du hast es dem Toten geklaut? Einfach so?«

»Nein, nicht *einfach so*, es war ziemlich fest mit einer Art implantiertem Sockel verbunden, aber einige Zeit, nachdem der Patient verstorben war, ist es abgefallen. Mach dir keine Sorgen, Steve, der Tote hat sowieso nichts dagegen und morgen kann ich es ja wieder zurückbringen! Die Pathologen sind heute und morgen alle auf einem Kongress in Oslo. Die werden ihn erst übermorgen obduzieren und ich habe bereits eingetragen, dass ich dabei sein möchte. Das ist ein ganz normales Unterfangen, dass der behandelnde Arzt bei der Obduktion eines Patienten oder Verstorbenen anwesend ist. Ich werde also das Implantat zurückbringen und zugleich die Möglichkeit haben, mir das Ganze direkt im Gehirn des Mannes anzuschauen. Wenn möglich, bringe ich Proben mit.«

»Du willst das Gehirn eines Toten öffnen und darin rumprokeln?« Steves Stimme klang schrill und er verzog das Gesicht, als hätte ihm Bill gerade vor die Füße gebrochen. »Ich vergesse immer wieder, wie eklig ihr Mediziner alle seid.«

Bill schüttelte den Kopf und reichte Steve das Implantat. »Schau es dir an und guck, ob du einen Weg finden kannst die Daten auszulesen. Ich wüsste gerne mehr darüber, damit ich bei der Obduktion weiß, worauf ich achten muss. Vielleicht gibt uns das Ding ja nähere Hinweise.«

»Hm«, brummte Steve, als er den runden Gegenstand entgegennahm und von allen Seiten begutachtete. »Ich kann gar keine offensichtliche Schnittstelle erkennen ... hier unten vielleicht? Lag es hier auf dem Sockel am Kopf des Mannes auf?« Er deutete auf die etwas rauere und am Rand abgerundete Seite des Implantats.

»Ja«, antwortete Bill. »Dort war es mit dem Sockel verbunden, der etwas kleiner ist als das Implantat, sodass sich ein dünner Rand zwischen dem Implantat und der Haut des Patienten ergibt.« Bill zeigte auf eine runde Erhebung in der Mitte. »Korrespondierend zu dieser Stelle gibt es auf dem Sockel eine kleine Einbuchtung, an der sich ein Tropfen gebildet hatte. Ob es Liquor war oder etwas anderes kann ich nicht genau sagen.«

»Na gut, versuchen wir mal unser Glück. Hast du zufällig auch eine CT des Gerätes mitgebracht?«

»Nicht direkt, das wäre zu auffällig gewesen, aber hier habe ich den gesamten Datensatz des kranialen CTs und darauf ist das Implantat komplett erfasst.«

Schnell öffnete Bill den entsprechenden Datensatz und transferierte ihn auf Steves Konsole. Steve goss sich derweil eine Tasse Kaffee ein und setzte seine Kopfhörer auf. Er nannte die Dinger seine *Denkkraftverstärker*, wobei Bill sich nicht vorstellen konnte, wie man sich bei dem Electro-Pop-Gedudel, das Steve als Musik bezeichnete, überhaupt konzentrieren konnte. Er wusste aber, dass er für seinen Freund nun erst einmal abgeschrieben war. Wenn Steve entschieden hatte, ein Rätsel zu lösen und sich darin vertiefte, war er derart absorbiert, dass man neben ihm wahrscheinlich die gesamte Lagerhalle hätte abreißen können und er hätte es nicht bemerkt.

Bill mochte diesen Zug an seinem Freund. Er kannte solche Zustände von den wirklich spannenden OPs. Wenn er Eingriffe am Gehirn oder Rückmark vornahm, war er so fokussiert, dass nichts anderes in seinem Leben Bedeutung hatte – dann gab es nur die Präzision seiner Arbeit und den Weg zu einem perfekten Ergebnis.

Da er zwar über ein solides Informatik-Knowhow verfügte, sein technischer Sachverstand jedoch bei weitem nicht in die Nähe von Steves kam, beobachtete er noch einige Zeit, wie Steve zunächst ein paar Spannungsmessungen vornahm und sogar eine Lupe hinzuzog und zwischendurch immer wieder auf seine Monitore blickte. Irgendwann verlor er jedoch das Interesse, weil er nicht mehr genau verstand, wobei er da gerade zusah.

Bald überfiel ihn eine bleierne Müdigkeit und er schaffte es gerade noch zu dem alten Sofa, das hinten links in der

Ecke neben dem Kickertisch stand. Warum sie einen Kicker brauchten, war Bill zwar vollkommen schleierhaft, denn weder er noch Steve hatten jemals damit gespielt – doch bei der schrecklichen *Start the Start-up Party,* auf der Steve und die Bank bestanden hatten, waren einige von Steves Freunden der Meinung gewesen, dass jedes Start-up einen Kicker brauchte. Seither war er zu einer Zuchtstation für Wollmäuse verkommen.

Wenn wir den großen Durchbruch schaffen und endlich aus der zugigen alten Halle rauskönnen, zieht das Ding nicht mit um, schoss ihm durch den Kopf, bevor ihm die Augen zufielen. Er versank sofort in tiefen Schlaf, der Träume von seiner kleinen Schwester mit sich brachte. Mal strahlte sie bis über beide Ohren, als sie das erste Mal Fahrrad fuhr, mal tanzte sie elegant zu einer fröhlichen Melodie, doch immer war es das Implantat von Steve und ihm, das es ihr ermöglichte, ihre Prothesen wie eigene Gliedmaßen zu kontrollieren.

* * *

Bill erwachte, als er ein lautes »*Heilige Scheiße*« hörte, das gellend durch die alte Fabrik hallte. Er rieb sich die Augen, gähnte kurz und setzte sich auf.

»Steve, was ist los?«

»Bill, komm rüber, das musst du sehen. Das ist atemberaubend und schockierend und unglaublich und phänomenal und ...« Steves Stimme klang schon wieder schrill und seine letzten Worte hatte er so schnell gesprochen, dass sie am Ende nur noch ein wirres Durcheinander ergaben. Er stand hinter seinem Schreibtisch und winkte aufgeregt, als könne es ihm nicht schnell genug gehen, dass Bill endlich zu ihm kam.

Der setzte sich gähnend in Bewegung und wurde schlagartig wach, als er bei einem Blick auf die Uhr sah, dass es bereits sechzehn Uhr war. Nachdem er den Schreibtisch umrundet hatte, offenbarte sich ihm ein Chaos, das selbst für Steves Verhältnisse erstaunlich war. Kabel, Schrauben, Platinen, Drähte, ein Mikroskop, diverse zerlegte Gerätschaften und vieles mehr türmten sich auf dem Schreibtisch und ringsum auf dichten Haufen. Nur in der Mitte war neben der Tastatur ein kleiner Bereich frei geblieben und was dort lag, schockierte Bill zutiefst.

»Du solltest es analysieren, nicht zerstören und komplett zerlegen! Was hast du getan, Steve, das Ding ist unser einziger Hinweis, wir können kein neues organisieren!« Fassungslos blickte er auf das geöffnete Implantat, das nun an diverse Kabel angeschlossen war und auf einer kreisrunden Scheibe lag, die wie das Innenleben des Blu-Ray Laufwerks aussah, dessen traurige Überreste Bill gerade noch irgendwo in dem großen Haufen links neben dem Tisch erspäht hatte.

»Nur die Ruhe, Bill, ich habe alles im Griff, aber um dieses Baby zu knacken, musste ich es im wahrsten Sinne des Wortes wirklich erst einmal *knacken*. Der Deckel ließ sich nicht öffnen, aber ohne an das Innenleben zu gelangen, konnte ich nichts machen. Glaub mir, Bill, es hat sich gelohnt, es ist der Wahnsinn!«

Bill atmete einige Male tief durch, bis sich sein Puls wieder halbwegs normalisiert hatte und die Wut gegenüber seiner Hoffnung auf erste zielführende Erkenntnisse verblasste.

»Na gut, Steve, dann raus damit: Was hast du gefunden?«

»Das hier« Er zeigte auf einen etwa erbsengroßen, durchsichtigen Würfel mitten in dem Gewirr des offenliegenden Implantats. »Das ist so ein abgefahrener Scheiß, dass ich es gar nicht sofort erkannt habe, doch jetzt ist es klar! Das ist ein mehrdimensionaler Speicher, wahrscheinlich ein spezielles Quarzglas.« Hektisch wies er auf den Monitor. »Und das, *das* sind meine Berechnungen zur Datenkapazität und …«, Steve holte Luft, um sich nicht erneut in seiner Aufregung zu verhaspeln, »und wenn diese Berechnungen auch nur halbwegs korrekt sind, befindet sich auf diesem süßen kleinen Baby mindestens ein Zettabyte Daten – oder mehr!«

Bill stieß einen anerkennenden Pfiff aus und rieb sich mit dem Zeigefinger über das Kinn. *Ein Zettabyte!* Steve erkannte Bills Begeisterung und sein Grinsen wurde noch breiter.

»Glaub mir, Bill, es kommt noch besser …«

Der Schatten

Montana, 16. März 2031

»Papa?«, fragte June, als sie wie jeden Abend in ihren Sesseln vor dem Kamin saßen und Bücher aus ihrem prallgefüllten Holzregal lasen.

»Ja, Kleines?«

»Was ist ein Kondom?«

Er runzelte die Stirn und sah sie über den Rand seiner Originalausgabe von Schöne Neue Welt an. Vielleicht war es doch keine so gute Idee gewesen, ihr zu sagen, sie könne jedes Buch von der mit Lernen markierten Regalreihe aussuchen. Es war schwer genug gewesen, sie dazu zu bringen, jeden Abend mindestens zwei Stunden Bildungslektüre zu lesen, da er ein miserabler Lehrer war.

»Das benutzten Männer zur Verhütung«, grummelte er ein wenig ungelenk in seinen dichten Bart.

»Verhütung?«

Seufzend senkte er sein Buch und zwang sich, sie anzusehen. »Wenn Männer und Frauen miteinander schlafen um, äh, Kinder zu machen, dann gibt es auch Zeiten, in denen sie ... also ... keine Kinder machen wollen.«

»Warum machen die dann Sex?«, fragte June neugierig und sah ihn verständnislos an.

»Steht das nicht da drin?« Er deutete auf das Lexikon, das auf ihrem Schoß geradezu riesig aussah.

»Nein.«

»Also Erwachsenen ... macht Sex Spaß.«

»Außer sie sind verheiratet«, entgegnete sie mit dem unschuldigen Ich-weiß-was-Gesicht, das nur ein Kind zustande bringen konnte.

Er widerstand dem Drang, das Gesicht in seinen Händen zu vergraben, und schüttelte den Kopf. »Wo hast du das denn her?«

»Das hast du damals gesagt, als Mami noch da war«, gab sie zurück und ihr Gesichtsausdruck blieb ungerührt, was ihn tief traf. Einige Zeit hatte er versucht, die Erinnerung an ihre Mutter am Leben zu erhalten, sich aber irgendwann entschieden, das Gegenteil zu tun. Schmerzhafte Erinnerungen würden ihr nur weh tun und sie verleiten, Fehler zu machen und weich zu werden. Jetzt zu sehen, dass er Erfolg gehabt hatte und damit die Erinnerungen an seine Frau und ihre Mutter verriet, traf ihn wie ein Fausthieb.

»Erwachsene reden manchmal wirres Zeug, Kleines«, sagte er und räusperte sich.

»Also dieses Kondom, das sieht aus wie ein zu langer Hut«, fuhr June fort und strich mit ausgestrecktem Zeigefinger interessiert über eine Zeichnung, die er aus der Distanz nicht erkennen konnte. Er wusste nicht, was schlimmer war, die Tatsache, dass sie wahrscheinlich niemals in den Genuss von Sexualität kommen würde – ein Gedanke, der für ihn als Vater durchaus akzeptierbar war – oder er dieses Gespräch führen musste, obwohl es für sie keine Relevanz hatte. Von Beginn an hatte er ihr eingebläut, wonach er selbst immer gelebt hatte: Es gibt keine dummen Fragen, nur dumme Antworten und sie durfte ihn jederzeit alles fragen, was er aber eher gesagt hatte, damit sie möglichst viel über das Überleben lernte.

»Die Dinger sind auch hässlich«, murmelte er.

»Wie bitte?«

»Nichts, schon gut. Äh, also Kondome zieht man über den Penis, damit die Frau nicht schwanger wird und man keine Krankheiten überträgt«, sagte er ganz schnell und war erleichtert, als die Worte aus seinem Mund waren und er sie hinter sich gebracht hatte.

»Penis«, wiederholte sie und gluckste belustigt – ein Laut der echten Fröhlichkeit, der unter diesem Dach viel zu selten zu hören war und ihm das Herz wärmte. Sein Blick glitt zu den schweren dunklen Vorhängen, mit denen die Fenster zugezogen waren, damit man von draußen kein Licht sehen konnte.

»Vielleicht könntest du es mal hiermit versuchen«, schlug er vor und lehnte sich weit über die Lehne seines Ohrensessels, um das Herbarium Medica Canada aus dem Regal zu ziehen und ihr zu reichen.

»Aber Papa«, nölte sie enttäuscht. »Ich kenne das doch auswendig.«

»So?«, fragte er und hob eine Augenbraue in ihre Richtung. »Nenn mir die drei häufigsten Heilpflanzen in unserem Tal.«

»Kanadische Orangenwurzel, Rhamnus Sanddorn und kanadische Blutwurzel.«

»Blutwurz«, korrigierte er. »Nenne mir ihr Aussehen und ihre Verwendung.«

»Äh, also die Orangenwurzel hat gelbe kleine Blüten, die schon fast leuchten und lange weiße Stängelchen habe. Sie hilft gegen Entzündungen zum Beispiel in der Nase oder an den Augen.«

»Schleimhäute. Weiter.«

»Der Rhamnus Sanddorn hat glatte grüne Blätter, die man schwer erkennen kann, weil sie so normal aussehen. Man muss auf die gelblichen Knospen achten. Verwendet wird es, damit man kacken kann.«

»Hey, so reden wir nicht.«

»Aber du sagst immer, dass Pragmatismus das neue Beten ist«, gab sie stur zurück, obwohl ihr Augenausdruck verriet, dass sie gar nicht verstand, was sie da von ihm rezitierte. Seufzend bedeutete er ihr mit einem Wink, fortzufahren.

»Kanadische Blutwurz sieht aus wie die Gänseblümchen

in Boubakas Wald«, freute sie sich und lächelte. Ihre Zähne glänzten im warmen Schein des prasselnden Kaminfeuers und wärmten ihm das Herz noch mehr, als die heißen Scheite es vermochten. »Man kann sie zerstampfen und mit Zwiebelsaft verrühren, wenn man Husten hat.«

»Sehr gut«, lobte er sie zufrieden. »Wenn ich eine tiefe Schnittwunde habe, woraus machst du dann eine Salbe?«

»Aus dem großen Wiesenknopf, der zwischen kleinen Gräben wächst, wo es immer feucht ist, und ...« Sie geriet ins Stocken, als er sie abwartend ansah. Offenbar hatte sie nicht damit gerechnet, dass noch eine weitere Zutat wichtig war, und begann zu rätseln. Sie kaute versunken auf ihrer Unterlippe und ihre Stirn bekam kleine Fältchen. Er lächelte und hielt ihr das Buch erneut hin.

Seufzend nahm sie es entgegen und schlug enttäuscht ihr Lexikon zu, das sie behutsam neben ihrem Sessel ablegte.

»Ich mache eine Runde«, verkündete er und sie nickte, ohne aufzusehen.

Seinem Ritual entsprechend überprüfte er zuerst den Sitz der Vorhänge aus dicker Wolle, die er mit einem Handtacker befestigt hatte, und die sich dicht an die Bretter schmiegten, mit denen er die Fenster kurz nach dem Einzug verrammelt hatte. Der kleinste Lichtschimmer konnte sie verraten und all das zunichtemachen, was er hier aufgebaut hatte.

»Ich möchte mitkommen, Papa«, hörte er June sagen, als er vor der Tür stand und sich gerade die Jacke mit dem Pelzkragen angezogen hatte und nach seinem Gewehr langte.

Überrascht sah er zu ihr, als sie von ihrem Sessel kletterte und auf ihn zu kam. Sie hatte noch immer Angst vor der Dunkelheit und meldete sich nie freiwillig, um auch nur zum Ausleeren der Eimer rauszugehen, wenn es dunkel war. Vielleicht hing es mit der Schlachtung des Kaninchens zusammen, die sie vor einigen Tagen unter seiner Anleitung hatte vornehmen müssen. Irgendwann während der blutigen Prozedur hatte sie aufgehört, ihn zu verfluchen und zu weinen und eine innere Stärke gefunden, die ihn einerseits stolz machte und andererseits schuldig fühlen ließ. Er wusste noch genau, wie sie dreingesehen hatte, als sie sich mit dem blutigen Handrücken trotzig die Tränen fortgewischt, und das Kaninchen gehäutet hatte. Das Fell konnten sie danach nicht mehr verwenden, aber ihre neugewonnene Entschlossenheit umso mehr.

»Natürlich, Kleines.« Er schnappte ihre Jacke von dem Haken an der Wand und warf sie ihr entgegen. »Wir machen eine kurze Runde. Links, Mitte, Rechts.«

»Ist gut.« Sie zog den Reißverschluss ihrer Jacke zu und schlüpfte in ihre Gummistiefel.

Es war ein wenig wärmer geworden in den letzten Tagen, doch abends war es merklich kühler als am Tag. Er schätzte, dass das Thermometer noch nicht über sieben Grad geklettert war.

In der totalen Finsternis des wolkenverhangenen Abends schlichen sie an der linken Hauswand entlang und hielten alle fünf Schritte an, um ihrem Ablauf entsprechend zu lauschen, ob sie irgendwelche verdächtigen Geräusche ausmachen konnten.

Glöckchen, klingeln die Glöckchen? Nein, die Nacht ist still.

Er machte in drückender Dunkelheit einundzwanzig Schritte nach links. Den Draht am Boden konnte er nicht sehen, obwohl er wusste, dass er sich direkt vor seinen Füßen befinden musste. Doch seine Schritte waren genauestens einstudiert und kein Glöckchen klingelte in den Baumwipfeln über ihm. Mit zusammengekniffenen Augen sah er zwischen den schwarzen Stämmen vor sich durch und suchte nach irgendwelchen Bewegungen in dem kontrastlosen Grau, in das sich die Finsternis verwandelte, wenn er nur lange genug hinsah.

Einige Atemzüge lauschte er, als er nichts sehen konnte, hörte jedoch nur den fernen Ruf einer Eule. Ansonsten herrschte vollkommene Stille, abgesehen vom leichten Rauschen des Windes in den Baumkronen, das allerdings so leise war, dass der Pulsschlag in seinen Ohren es beinahe übertönte.

»Weiter«, flüsterte er. Und bewegte sich vierunddreißig Schritte im Halbkreis nach vorne, am Waldrand entlang bis er vor der Stelle stand, an der sie normalerweise von der Haustür geradeaus gingen. Diesmal hockte er sich hin und bedeutete June mit einer knappen Handbewegung, es ihm gleichzutun.

Sie strich sich eine blonde Haarsträhne aus dem Gesicht und spähte ebenso angestrengt wie tapfer in die Nacht zwischen den Bäumen. Angespannt, nicht ängstlich. Offenbar hatte die Schlachtung des Kaninchens wirklich einen Schalter in ihr umgelegt.

Habe ich sie um ihre kindliche Unschuld beraubt? Bin ich ein schlechter Vater? Mit schwerem Herzen riss er den Blick von ihr los, als sie keuchte und die Augen aufriss.

Alarmiert von ihrem plötzlichen Gesichtsausdruck warf er den Kopf herum und sah in die Dunkelheit.

War das gerade ein huschender Schatten gewesen? Oder hatte er so schnell die Blickrichtung geändert, dass die unzähligen dunklen Flecken und Schemen im Wald ihm einen Streich spielten?

June quiekte verängstigt und ohne nachzudenken, riss er sie an sich, hielt ihr eine Hand vor den Mund, damit sie keinen weiteren Laut machte, und starrte weiter gebannt zwischen den Bäumen umher.

Nichts regte sich. Die vielen Schatten lagen ganz ruhig oder bewegten sich ab und zu in gleichmäßigen Bewegungen, wie sie nur der Wind erzeugen konnte. Nichts Außergewöhnliches. Um sicherzugehen wartete er noch zehn Minuten ab und ließ June los, als er noch immer nichts hatte sehen können.

»Pssst jetzt«, ermahnte er sie und hielt einen ausgestreckten Zeigefinger vor seinen Mund. Ihre Augen waren zwar noch immer geweitet und ihre Brust hob und senkte sich beunruhigend schnell, doch sie nickte hastig.

Siebenundzwanzig Schritte im Halbkreis nach rechts und sie hatten den kleinen Holzschuppen erreicht, in dem sich das meiste Werkzeug befand. Von dort konnte er das Rohr als langen Schatten erkennen, das vom Schornstein in den Berg führte, wo es sich in einer natürlichen Höhle ausbreitete. Er hatte diese Konstruktion kurz nach ihrer Ankunft gebaut, damit sie nicht durch eine simple Rauchwolke vom Kamin ihren Aufenthaltsort verrieten. Auch hier wandte er sich wieder dem Unterholz zu und lugte angestrengt zwischen den Bäumen hindurch. June hielt er dabei vor sich und drückte sie mit beiden Armen an seine muskulöse Brust, um sie ein wenig zu beruhigen und ihr die Angst zu nehmen. Offenbar hatte sie sich überschätzt und war doch noch nicht so abgebrüht, wie sie es gerne hätte.

Als auch hier nach zehn Minuten keine Bewegungen oder Geräusche zu erkennen waren, schlich er mit ihr zurück zum Haus und stellte zufrieden fest, dass nicht der kleinste Lichtfleck das Kaminfeuer im Inneren verriet.

Sobald sie eingetreten waren und die Tür hinter sich verschlossen hatten, atmete June erleichtert aus. »Ich habe was gesehen, Papa!«

»Was denn?«

»Einen Schatten!«, sagte sie und ihre Augen huschten unruhig hin und her. »Ich glaube, das war ein Mensch!«

»Bist du sicher?«, fragte er ruhig, wohl wissend, dass sie vermutlich nur die Bewegung eines tiefhängenden Astes oder eines Tiers gesehen hatte – der Rest stammte vermutlich von ihrer Angst, die der Fantasie eines Menschen nur allzu oft Streiche spielte.

»Ich ...«

»Denk dran, Kleines: Wir müssen uns sicher sein, wenn wir einen Notfall auslösen«, ermahnte er sie und hockte sich vor ihr nieder, um ihr direkt in die Augen sehen zu können.

»Ich ... also ... ich glaube ja«, sagte sie und zitterte am ganzen Leib. Als er es sah, fasste er sie an beiden Armen und rieb an ihnen, als wolle er sie aufwärmen.

»Alles gut, du bist jetzt in Sicherheit.«

Sie hatte keinen anderen Menschen gesehen, seit sie zwei Jahre alt gewesen war, und konnte sich mit Sicherheit nicht mehr daran erinnern. Er hielt es eher für möglich, dass sie am liebsten andere Menschen sehen wollte und deshalb eine Geschichte erfand. Oder sie hatte recht, dann jedoch wunderte ihn, dass er nichts gesehen hatte, obwohl er so lange Ausschau gehalten hatte.

»Papa, ich habe Angst«, wisperte sie und bei dem Tonfall ihrer Stimme stellten sich ihm die Nackenhaare auf. »Können wir nicht in den Keller gehen, wo es sicher ist?« Sie deutete auf die schwere Eichentür mit dem wuchtigen Vorhängeschloss hinter ihr, die sich zwischen dem Treppenaufgang ins Obergeschoss und der kleinen Küche befand.

»Nein!«, bellte er sofort und sah sie mit einem so finsteren Blick an, dass sie zurücktaumelte.

»Nein«, wiederholte er etwas sanfter und zog sie zu sich zurück. »Der Keller ist tabu, das weißt du. Was hast du gelernt, hm?«

»Sei aufmerksam, sei leise, hinterlasse keine Spuren, gehe keine Risiken ein ...«, zitierte sie seine Überlebensregeln und kam ins Stocken.

»Und?«

»... und gehe niemals, unter keinen Umständen in den Keller.«

»Ja. Ich mache dir einen Vorschlag, ja? Wenn du Angst hast, ist das okay, solange sie dich aufmerksamer und vorsichtiger macht. Wir gehen jetzt nach oben«, er deutete zum dunklen Treppenhaus, das von dem Licht aus dem Kamin nicht beleuchtet wurde, »und legen uns mit dem Gewehr auf die Lauer. Von dort können wir hinausschauen und sehen sofort, wenn sich etwas bewegt.«

»O... okay«, sagte sie und packte mit ihrer linken Hand seine rechte, und zwar so fest, dass er sich zu sorgen begann.

»Was ist denn mit dir los, Kleines?«

»Gehen wir nach oben? Bitte, bitte!«

Er ging voran, June dicht bei sich, und stapfte die Treppenstufen hinauf. Die sechzehnte überstieg er, weil sie knarzte. Unter dem schrägen Dach gab es ein Badezimmer und ein Schlafzimmer. Letzteres besaß zwei Fenster nach vorne hinaus Richtung Wald, die ebenfalls mit schweren Vorhängen verhängt, aber nicht zugenagelt waren. Das spärliche Licht von unten reichte gerade aus, um zur Tür zu finden, die er aufschob und kurz wartete, damit sich ihre Augen an die Dunkelheit gewöhnen konnten. Dann machte er fünf Schritte nach vorne, zwischen seinem und ihrem Bett hindurch und ertastete den rechten Vorhang, den er ein Stück zur Seite schob.

Das fahle Licht, das von den vom Mond beschienenen Wolken ausging, reichte gerade aus, um die schattenhaften Bäume zu erkennen, genau wie die hellere, halbkreisförmige Fläche davor – die kleine Lichtung zwischen Haus und Waldrand. Schnell sah er nach links und rechts: keine Bewegungen.

»In Ordnung«, sagte er leise und schob ihren kleinen Hocker vors Fenster, damit sie gut hinaussehen konnte. »Wir bleiben so lange hier, bis wir deinen Schatten gesehen und erschossen haben, oder es hell wird, einverstanden?«

June nickte hastig und schien sich ein wenig zu beruhigen. Also spähten sie gemeinsam in die Nacht, auf der Suche nach ihrem Schatten.

»Papa?«, fragte sie irgendwann leise und er schreckte aus seiner Anspannung hoch, die beinahe in einen Sekundenschlaf übergegangen war.

»Ja?«

»Ich habe Angst vor dem Keller.«

»Wieso?«

»Weil du immer nur hingehst, wenn ich schlafe und manchmal höre ich seltsame Geräusche von da.«

»Mach dir keine Sorgen. Dort befindet sich nichts, was eine Gefahr darstellen würde«, log er und sah nach draußen, um ihr nicht ins Gesicht sehen zu müssen.

»Aber warum darf ich dann nicht hin?«, hakte sie nach.

»Weil das ein Ort ist, an dem ich mich um unser Überleben kümmere. Es gibt einfach Orte, an die nur Erwachsene gehen dürfen, weil es für Kinder zu gefährlich wäre. Der Keller gehört dazu. Du darfst niemals versuchen, dorthin zu gehen, hast du mich verstanden? Du wirst bald in ein Alter kommen, wo dir nichts wichtiger ist, als das Gegenteil von dem zu tun, was ich dir sage und es wird Zeiten geben, in denen du versucht bist, in den Keller zu gehen, aber das darfst du nicht. Ist das klar?«

»Ja, Papa ... sei nicht böse, bitte«, flehte sie und sein Herz setzte einen Moment aus.

»Ich bin dir nicht böse, Kleines. Du bist mein Ein und Alles und egal, was ich tue, ich tue es nur für dich. Immer. Vergiss das nie«, sagte er schnell und schloss sie in seine Arme. »Irgendwann wirst du alles verstehen, das verspreche ich dir.«

»Wenn ich groß bin? Ich hasse es, nicht erwachsen zu sein!«

»Oh, du bist viel erwachsener als viele Erwachsene, die ich kannte, glaub mir.« Er ließ sie wieder los, wuschelte ihr durch die Haare und suchte aufs Neue die Lichtung und den Waldrand ab. Es musste bereits tief in der Nacht sein und die Suchaktion würden sie morgen mit bleierner Müdigkeit bezahlen müssen, doch er musste an June denken. Mit der panischen Angst in ihren Augen hätte sie ohnehin keinen Schlaf gefunden und so schärfte sie wenigstens ihre Aufmerksamkeit.

»Papa?«, fragte sie nach einer Weile wieder.

»Mhm?«

»Der Schatten ...«

»Was ist damit?«

»Ich habe ihn wirklich gesehen«, flüsterte sie so angespannt, dass er eine Gänsehaut bekam, die sich wie flüssiges Eis über seine Arme in die Kopfhaut fortsetzte. »Ich habe mir das nicht ausgedacht, um deine Aufmerksamkeit zu bekommen oder so etwas.«

Irritiert über ihre Worte, die viel eher zu einem Erwachsenen gepasst hätten, sah er sie an. »Das weiß ich, Kleines, das weiß ich. Wenn du etwas siehst, musst du es mir immer sagen. Vielleicht war es diesmal nur ein Hirsch oder ein Reh und vielleicht wird es auch die nächsten neunundneunzigmal ein Hirsch oder ein Reh sein. Aber beim hundertsten Mal könnte es ... etwas anderes sein und dann kommt es darauf an. Es ist besser einmal zu viel Alarm zu schlagen als einmal zu wenig, hörst du? Wir müssen nur noch ein bisschen durchhalten, nur noch ein bisschen.«

»Gehen wir fort?«, fragte sie hoffnungsvoll.

»Ich weiß es noch nicht. Ich arbeite momentan an etwas und wenn es Erfolg hat ... müssen wir vielleicht hier fort«, erklärte er ein wenig umständlich.

»Ich würde gern fortgehen, ich mag es hier nicht.«

»Ich weiß, Kleines. Das hier ist auch kein Ort für ein

Kind.« In Gedanken fügte er hinzu: Dieser Ort besteht nur aus Gesetzen, strengen Abläufen und Entbehrungen. Kein Kind sollte das ertragen müssen und schon gar nicht meines. »Denkst du, dass wir jetzt schlafen gehen können?«

»Ich denke, ja«, meinte sie müde und atmete tief in ihre kleine Brust ein. »Vielleicht war es wirklich nur ein Hirsch oder ein Reh.«

»Ganz bestimmt«, versicherte er ihr und sie wandten sich vom Fenster ab, nachdem er noch einen letzten, besorgten Blick in die Finsternis geworfen hatte.

Helsinki 14.01.2020

Hässliche grüne Kacheln säumten den Flur der Pathologie, die im Untergeschoss der Klinik untergebracht war. Der Geruch von Desinfektions- und Reinigungsmitteln vermischte sich mit dem von dem Weihrauch des kleinen Andachtsraumes, den man vor einigen Jahren in einem nicht mehr genutzten Lagerraum notdürftig eingerichtet hatte. Die alte Kapelle auf dem Hinterhof hatte einem Bauprojekt weichen müssen, und anscheinend besaßen die Toten keine so gute Lobby wie die Betenden, sodass aus der Übergangslösung ein Dauerzustand geworden war.

Bill erhaschte im Vorbeigehen einen Blick in den Andachtsraum, in dem zwei Menschen Arm in Arm vor einem Sarg standen.

Ziemlich kleiner Sarg, dachte Bill und wandte schnell seinen Blick ab. Stattdessen fokussierte er sich auf die vor ihm liegende Aufgabe, denn Ablenkungen konnte er sich ab jetzt nicht mehr erlauben.

Mit schwitzigen Händen öffnete er die Tür mit der Aufschrift *Obduktion 2*. Dahinter befand sich ein Vorbereitungsraum mit einer kleinen Bank, einigen Spinden und zwei großen Edelstahlwaschbecken. Bill schnappte sich eine Hose und ein Hemd der vorbereiteten OP Kleidung und zog sich um. Er wusch seine Hände und begab sich durch die Tür mit dem großen Sichtfenster in den tatsächlichen Obduktionsbereich. Dr. Österman war noch nicht da, aber auf dem großen Edelstahltisch in der Mitte des Raumes lag bereits ein Leichnam unter einem weißen Laken. Ein kurzer Blick offenbarte ihm die erstarrten Züge des Unbekannten aus Ilomantsi.

Glück gehabt, dachte Bill und ließ seine linke Hand in die Tasche seines Kittels wandern, wo sich seine Finger um den Probenbehälter mit dem Implantat schlossen. Nach einem verstohlenen Blick über die Schulter legte er ihn schnell auf das Kopfende des Tisches.

Steve und er hatten die letzten Tage kaum geschlafen, um das seltsame Stück Technik in Steves 3D-Drucker nachzubauen. Dabei hatten sie genau genommen nur die äußere Hülle nachbauen können, denn das Innenleben gab ihnen noch immer zu viele Rätsel auf und war so komplex, dass es völlig aussichtslos erschien, es binnen Stunden oder Tagen nachzubauen.

Darum lag dort ein nur äußerlich identisches Gerät, das Steve innen mit einigen Bauteilen aus einem Herzschrittmacher und einem Cochlea-Implantat versehen hatte. Alles ohne jegliche Funktion, aber es sah dem Original zum Verwechseln ähnlich und wenn sich wirklich jemand die Mühe machen sollte, das Ding auseinanderzunehmen, würde er zumindest etwas Vertrautes finden und hoffentlich keine weiteren Fragen stellen.

Viel spannender ist die Frage, ob sie meine Geschichte glauben werden. Dass es einfach abgefallen ist, stimmt ja wirklich, und dass ich es nicht geschafft habe, es früher in die Pathologie zu bringen, kann man mir sicherlich als Nachlässigkeit durchgehen lassen.

Sorgfältig blickte sich Bill im Raum um und inspizierte die ungewohnte Umgebung. An der rechten Wand stand eine umfangreiche Sammlung verschiedenster Probenbehälter und links neben dem Tisch befanden sich auf einem Rollwagen diverse Sägen, Skalpelle, Haken und weiteres Werkzeug für die Obduktion.

Um sich zu beruhigen und möglichst keinen Fehler zu machen, ging Bill in Gedanken nochmals seinen Plan durch. Er hatte ihn zwar schon so oft mit Steve durchgesprochen, dass der ihn irgendwann für *vollkommen ver-*

rückt, pedantisch und paranoid erklärt hatte, doch er wusste es besser: Präzision war jetzt entscheidend. Er musste gegen Regularien und Gesetze verstoßen, um an das Gehirn des Patienten zu gelangen und es weiter untersuchen zu können.

»Guten Tag. Dr. Portit von den Neuroklempnern, nehme ich an?«

Bill zuckte leicht zusammen, als er die tiefe Männerstimme hinter sich hörte und drehte sich um. Vor ihm stand ein wahrer Hüne mit breiten Schultern, Oberarmen wie Baumstämmen und glänzender Glatze. Automatisch machte Bill einen Schritt zurück, um etwas Abstand zwischen sich und den Anderen zu bringen und nicht ständig zu seinem Gegenüber aufschauen zu müssen.

»Ja, der bin ich. Sie müssen Dr. Österman sein. Freut mich, Sie kennenzulernen.« Schnell reichte er seinem Kollegen die Hand und ging über die kleine Stichelei des Anderen hinweg.

Österman ergriff die ihm angebotene Hand und schüttelte sie kräftig.

»Gut, dann wollen wir mal schauen, woran Ihr Patient gestorben ist.«

Schwungvoll zog er das weiße Laken vom Leichnam, der splitternackt auf dem Tisch lag. Die Haut schimmerte wie Wachs im kalten Licht des Raumes und wies an der gesamten Unterseite die typischen roten Totenflecken auf, die sich durch die kühle Lagerung relativ hell darstellten.

»Dann erzählen Sie mal, Herr Kollege, was wissen Sie über den Mann und seine Krankengeschichte, wie hat sich die Behandlung dargestellt und worauf müssen wir bei der Obduktion besonders achten?«, fragte Österman geschäftsmäßig.

»Zur Vorgeschichte kann ich kaum etwas beitragen. Der Mann wurde notfallmäßig aus Ilomantsi zu uns verlegt, nachdem er dort Hirndruckzeichen gezeigt hatte und man in der kranialen Bildgebung Hinweise auf multiple Raumforderungen fand. Er wurde bewusstlos bei uns eingeliefert, war laut erster internistischer Einschätzung ausreichend kreislaufstabil, nachdem man ihn aufgewärmt hatte, und wurde im CT plötzlich reanimationspflichtig. Zunächst zeigte sich Kammerflimmern, das nach frustraner Defibrillation in eine Asystolie überging. Vierzig Minuten später habe ich ihn für tot erklärt.«

»Das klingt nach zwei spannenden Untersuchungsfeldern. Dann schauen wir uns Hirn und Herz mal genauer an, hm?« Dr. Österman griff in eine Box im Regal hinter sich und reichte Bill einen Einmalkittel. »Den sollten Sie anziehen und ich würde Ihnen außerdem empfehlen, Handschuhe, Schutzbrille und Mundschutz aufzusetzen.«

Bill folgte dieser Empfehlung und nachdem beide entsprechend ausgestattet waren, nahm Dr. Österman ein Skalpell zur Hand und setzte es am Unterbauch, kurz über dem Schambein des Mannes, an. Bevor er mit dem Schnitt begann, hob er den Blick und schaute zu Bill auf.

»Können Sie bitte zwei Haken nehmen und mir behilflich sein? Mein Assistent hat heute Urlaub, deshalb könnte ein wenig Unterstützung nicht schaden.«

Bill schnappte sich zwei Haken und stellte sich so dicht an die gegenüberliegende Seite des Tisches, dass er die Schnittkanten auseinanderziehen und die Bauchhöhle öffnen konnte.

Das Ticken der alten Wanduhr über der Tür peitschte seine Ungeduld mit jedem Zeigerschlag voran, während der Pathologe wie in Zeitlupe jedes einzelne innere Organ entnahm, auf eine Waage legte, ausmaß und einen kurzen Befund in sein Diktiergerät sprach. Nachdem Darm, Leber, Gallenblase, Nieren und Milz, sowie die Bauchspeicheldrüse und der Magen entnommen waren, war die Luft des Raumes von einem Geruch durchdrungen, der Bill zwang, nur noch durch den Mund zu atmen. Er war überhaupt nicht anfällig für Ekel oder gar Übelkeit, wenn es um Operationen oder auch Obduktionen ging. Er konnte alles anschauen, und auch alles anfassen, doch Gerüche wie dieser stellten für ihn immer wieder eine echte Herausforderung dar.

Dr. Österman schien in keiner Art und Weise irritiert, sondern arbeitete stoisch vor sich hin, immer wieder eine eingängige Melodie summend. Da nun der gesamte Bauchbereich untersucht war, griff er zur Säge und öffnete den Brustkorb, indem er rechts und links die Rippen durchsägte und nach einigen weiteren Schnitten das Thorax-Schild abnahm, sodass der Blick auf die Lungenflügel und das Herz frei war.

Wie bei den Bauchorganen erbrachte auch die Untersuchung der Thoraxorgane keine wirklich überraschenden Erkenntnisse. Das Brechen einiger Rippen hatte Bill schon während der Thoraxkompressionen im Rahmen der Reanimation gehört, sodass er davon nicht überrascht wurde. Es fanden sich sämtliche Spuren der Reanimation, die zu erwarten gewesen waren und sonst nichts Spannendes.

»Nun gut, dann wollen wir uns dem wirklich interessanten Bereich widmen. Schauen wir doch erst einmal von außen, was es mit diesem Sockel hier auf sich hat.« Dr. Österman wies auf die Stelle hinter dem rechten Ohr, auf der das Implantat gesessen hatte. »Das Ding in dem Behälter ist dort an seinem Kopf befestigt gewesen?«

»Ja, es war fest mit seinem Kopf verbunden und muss irgendwann nach seinem Tod abgefallen sein. Ich habe es später auf dem Boden gefunden und eingesammelt.«

Österman nahm den Probenbehälter in die Hand und drehte ihn vor seinen Augen, sodass er die Implantatskopie von allen Seiten betrachten konnte. Jede Sekunde, die verstrich, machte Bill nervöser. Schließlich zog der Pathologe die Augenbrauen zusammen und führte es näher an seine Augen, bis er schlussendlich blinzelte und meinte: »Naja, so etwas habe ich noch nie gesehen, aber was auch immer es ist, damit wird sich wohl die Staatsanwaltschaft befassen. Kümmern wir uns lieber um das, was wir verstehen: um die medizinischen Hintergründe zu diesem Patienten.«

»Die Staatsanwaltschaft?« Selbst in Bills Ohren klang seine Stimme bei dieser Frage ein wenig schrill. Also senkte er sie ein wenig, als er fortfuhr: »Was hat denn die Staatsanwaltschaft damit zu tun?«

»Naja, auf dem Totenschein stand, dass die Todesursache ungeklärt ist, und das wiederum führt bei einem offensichtlich jungen Menschen unweigerlich zu Ermittlungen der Staatsanwaltschaft, um auszuschließen, dass wir hier das Opfer eines Verbrechens sehen. Sie waren sogar schon da und haben sich eine Kopie der Akte mitgeben lassen und werden nach Abschluss der Obduktion auch diesen Bericht anfordern. Am besten packen wir das Ding gleich dazu. Je schneller die den Fall abschließen, um so besser für uns. Unser Kühlhaus ist voll und solange die Staatsanwaltschaft ihre Ermittlungen nicht abgeschlossen hat, dürfen wir den Leichnam weder bestatten noch einäschern.«

Bills Gedanken überschlugen sich, als er versuchte, die logischen Konsequenzen dieser neuen Informationen zu sortieren.

Warum habe ich nicht an den Totenschein gedacht? Wahrscheinlich hat die Finholm den Schein ausgefüllt – verdammt! Okay, beruhige dich, Bill! Überleg dir deine nächsten Schritte gut. Wenn die Staatsanwaltschaft jetzt anfängt alles zu untersuchen, müssen wir uns Mühe geben, dass sie gar nicht erst auf die Idee kommt, weitere Untersuchungen anzustellen. Das wiederum bedeutet, dass sie keine großen Ungereimtheiten feststellen darf, und sie darf keine Hinweise finden, die mich als irgendjemand anderen als den diensthabenden Arzt erscheinen lassen. Ich muss mit Dr. Finholm reden, um herauszufinden, ob sie eventuell schon mit der Staatsanwaltschaft gesprochen hat, und was sie zu den Befunden der Bildgebung als Bericht verfasst hat.

»Dr. Portit, wenn ich um Ihre Aufmerksamkeit bitten dürfte?« Erklang die Stimme von Österman, der ihn mit hochgezogener Braue anschaute. Bill sah, dass sich der Pathologe an dem Sockel hinter dem Ohr zu schaffen gemacht und bereits erste Hautschichten und das dünne Unterhautfettgewebe ringsherum freigelegt hatte. Der Sockel war dadurch etwas gelockert und Österman hielt ihn gerade so weit mit einer Pinzette hoch, dass Bill darunter einen Strang erkennen konnte, der sich aus unglaublich vielen einzelnen Fasern zusammensetzte, die wiederum von der gesamten Unterseite des Sockels zur Mitte hin zusammenliefen und dort in ein gemeinsames Bündel mündeten. Dieses Gebinde verschwand direkt im Schläfenbein des Patienten und schien zumindest in gewissem Maße elastisch zu sein.

Sieht aus wie ein Kabelbaum, dachte er verwundert.

»Haben Sie eine Idee, was das sein könnte? Ist Ihnen so etwas aus der Neurochirurgie bekannt? Sie bauen doch lauter verrücktes Zeug in Gehirne ein ...«, unterbrach Österman seine Grübeleien.

»Nein, so etwas habe ich noch nie gesehen und es entspricht auch keiner mir bekannten Technik. Weder in Bezug auf das Gerät selbst noch in Bezug auf den gewählten Zugang. Ist es Ihnen möglich, den Schädel so zu öffnen, dass wir die Struktur nicht beschädigen? Ich wüsste gerne, wie sie im Schädel des Patienten verläuft.«

»Natürlich ist mir das möglich.« Österman zog erneut eine Augenbraue hoch und klang etwas verschnupft über diesen offensichtlichen Zweifel an seiner Kompetenz.

Nachdem der Pathologe die Kopfhaut komplett mobilisiert und wie ein Tuch vor das Gesicht des Toten gezogen hatte, ertönte das schrille Kreischen der Knochensäge und er begann, die Schädeldecke zu öffnen.

Alles etwas weniger kritisch, wenn der Patient eh tot ist, dachte Bill und studierte die Handgriffe des anderen Mannes. Sie waren grob genug, dass er ihm keine Karriere in der Neurochirurgie nahegelegt hätte, aber schienen doch einstudiert und präzise genug für diese eher rabiate Arbeit zu sein.

Österman legte die Säge zur Seite, nachdem er einen gleichmäßigen dreihundertsechzig Grad Schnitt ausgeführt hatte. Mit einem leichten Schmatzen löste sich der abgetrennte Teil der Schädeldecke, als Bill diesen anhob und dabei den kritischen Blick des Pathologen einfach ignorierte.

Gebannt starrte er auf das Gehirn und war fast enttäuscht, als er auf den ersten Blick nichts Ungewöhnliches erkennen konnte. Erst bei genauerem Hinsehen entdeckte er einige Faserbündel, die neben Blutgefäßen zu verlaufen schienen. Ganz vorsichtig, um keine Strukturen zu beschädigen, machte er sich mit einer feinen Sonde vom Beistelltisch auf die Suche nach der Eintrittsstelle des Faserstrangs. Als er sie gefunden hatte, zeigte er Österman die Stelle. Der nickte bloß und streckte ihm eine Hand entgegen. Der Latexhandschuh war von Blut und Hautresten verschmiert.

»Sehr schön, Kollege Portit, ich weiß, dass die Gehirne der Lebenden ihre Domäne sind, doch das hier ist meine Baustelle. Der Patient lebt nicht mehr, sind wir uns da einig? Wenn Sie also so freundlich wären, sich wieder auf die Assistenz zu beschränken, und mir die Sonde zu überlassen?«

Bill ignorierte den Affront und reichte Österman abwesend das Gewünschte, während er in Gedanken rückwärts zählte, bevor er eine Antwort gab.

»Dürfte ich einen Vorschlag machen? Um diese unbekannte Struktur nicht sinnlos zu beschädigen, sollten wir das Schläfenbein so weit einsägen, dass wir diesen Sockel samt Faserstrang herausnehmen können und den Strang nicht zerschneiden müssen. Ich würde das Gehirn des Mannes gerne weiter untersuchen. In meinem Labor sind wir bestens dafür ausgestattet.«

»Was den Faserstrang angeht: Ja! Was die weitere Untersuchung des Gehirns angeht: Nein! Das werde ich *lege artis* entnehmen und schneiden, um es auf mögliche Todesursachen zu untersuchen. Anschließend wird es zusammen mit dem Rest des Leichnams beigesetzt oder eingeäschert – sobald die Staatsanwaltschaft den freigibt, natürlich. Alles andere wäre rechtswidrig!«

»Können wir die Obduktion des Gehirns wenigstens um einen Tag verschieben? Wir haben doch den neuen 3D-Scanner angeschafft. Ich denke, die Krankenhausleitung würde zustimmen, dass dies hier ein besonderer Fall ist, der sich als einer der ersten Fälle für den Scanner eignet, meinen Sie nicht?«

»Ich glaube nicht, dass ...«

»Ein Implantat, das unter seltsamen Umständen mitsamt einer Leiche bei uns eingeliefert wird – unbekannte Hardware und die Staatsanwaltschaft steht uns schon auf den Füßen. Ich denke, wir sollten versuchen alles richtig zu machen!«

»Hm, vielleicht ...«

»Ganz sicher. Ich informiere die Leitung, dann kann die das entscheiden. Oder möchten Sie dagegen Einspruch erheben?«, bohrte Bill nach und warf seinem Gegenüber einen langen Blick zu.

Österman schien sich kurz zu winden und nickte dann widerwillig. »Alles klar. Wir warten bis morgen, aber Sie übernehmen den Zirkus mit der Leitung.«

»Natürlich.«

* * *

Dieses Mal war es anders, das musste die Anspannung sein. Alles Beruhigende, das Bill normalerweise mit Nächten im Krankenhaus verband, war verschwunden. Die Ruhe war nicht mehr wohltuend, sondern schien wie ein schwerer Schleier aus Vorahnungen und kalter Bedrohung auf ihm zu liegen. Er wusste nicht, wie oft er sich umgedreht hatte, doch er konnte es einfach nicht lassen: Wann immer er das kleinste Geräusch vernahm, blickte er sich um oder zuckte zusammen. Dabei war er ganz alleine in der Pathologie. Hier gab es niemanden, der Nachtdienst hatte und in der Regel verirrte sich zu dieser Zeit auch niemand hierher. Er hasste Österman dafür, dass der ihm das antat. Wäre er bereit gewesen, ihm das Gehirn für weitere Untersuchungen zu überlassen, hätte Bill nicht hier unten herumschleichen müssen wie ein gemeiner Verbrecher. Ihm wäre die ganze Aufregung erspart geblieben und vor allem hätte er gegen keine Gesetze verstoßen müssen. Aber wie man es auch drehte und wendete, es ging nicht anders. Wenn er die Chance auf ihren Erfolg und damit auch die Chance auf eine Heilung von Janika wahren wollte, musste er es tun. Sie hatte ein normales Leben verdient.

Klick machte das Schloss der Tür zum Kühlraum der Pathologie, als es sich entriegelte, nachdem Bill seine Keycard vor den Sensor gehalten hatte. Hastig schaute er sich um, ob jemand das Geräusch gehört hatte.

Idiot, wer soll dich hören? Wer soll jetzt da sein, wenn vor einer Sekunde schon niemand da war?

Schnell öffnete er die Tür, betrat den Raum und schloss sie sofort wieder hinter sich. Der Raum vor ihm lag in vollkommener Finsternis und er konnte nicht einmal die eigene Hand vor Augen erkennen. Der Geruch nach Desinfektionsmitteln, der ihm bereits am Morgen in die Nase gedrungen war, hing hier deutlich intensiver in der Luft.

Er tastete vom Türrahmen aus die Wand entlang, bis seine Finger einen Lichtschalter fanden und die Deckenleuchten surrend eine nach der anderen zum Leben erwachten. Die plötzliche Helligkeit irritierte ihn kurz, doch er bewegte sich zielstrebig auf die lange Wand mit den Kühlkammern zu. In Kammer vierzehn lag der Tote aus Ilomantsi, dessen Gehirn er sich nun ausleihen wollte. Das wusste er so genau, weil er ihn dort mit Dr. Österman abgelegt hatte. Gerade als er den metallenen Griff in die Hand nahm, um die Kammer zu öffnen, ertönte hinter der Tür zum Flur ein lautes Rattern. Bill kannte dieses Geräusch nur zu gut. Es entstand immer dann, wenn man eines der Krankenhausbetten über die Schwelle des Fahrstuhls schob.

Panik stieg in ihm auf und seine Gedanken rasten wie eine wildgewordene Herde aufgeschreckter Pferde. Er musste schleunigst verschwinden! Er blickte sich in dem Raum um und hörte von draußen jemanden pfeifend näher kommen.

Bill rannte zur Tür, schnappte sich auf dem Weg dorthin ein weißes Laken aus einem Regal und machte das Licht aus. Er lief in vollkommener Finsternis in die Mitte des Raumes und hoffte, dass er sich die Position der beiden Seziertische gut genug eingeprägt hatte. Unter Aufbringung seiner ganzen Willenskraft unterdrückte er einen Aufschrei, als er mit voller Wucht gegen den vorderen der beiden Tische rannte, der jedoch derart solide mit dem Boden verbunden war, dass er sich keinen Millimeter bewegte. Mit zusammengebissenen Zähnen legte er sich auf die Liege, zog seinen weißen Kittel so eng wie möglich heran und legte das Laken über sich.

Genau in dem Moment hörte er wie etwas Schweres –

wahrscheinlich das Bett, dachte er, gegen die Tür stieß und einen dumpfen Hall im Raum erzeugte.

»Mist«, tönte eine Stimme von draußen und kurz darauf erklang das *Klick* des sich entriegelnden Schlosses.

Bill hielt die Luft an und tat etwas, was er schon seit dem Tod seiner Eltern nicht mehr getan hatte. Er betete, und das mit aller ihm zur Verfügung stehenden Inbrunst. Möge Gott oder irgendjemand dafür sorgen, dass er nicht auffiel und entdeckt wurde.

»So, meine Dame, da wären wir. Ich weiß, das hier ist nicht das Ritz, aber dafür ist es schön ruhig und die Nachbarn machen keinen Stress.«

Ein leichtes Kichern erklang und Bill glaubte, anhand eines kurzen Windhauchs zu spüren, wie ein Bett an ihm vorbeigeschoben wurde. Seine Augen waren fest auf das Laken über seinem Gesicht geheftet und die Vorstellung, dass es jeden Moment hochgezogen werden könnte und er auffliegen würde, machte ihn beinahe wahnsinnig.

»Na gut, dann schauen wir doch mal, wo wir heute Nacht ein lauschiges Plätzchen für Sie finden ... Kammer zehn ...« Ein Klacken ertönte. »Nein, dieses Zimmer ist leider schon besetzt. Dann sehen wir mal in Zimmer elf nach ...« Erneut ein Klacken. »Hm, wir scheinen aber gut belegt zu sein. Tut mir leid, die Dame, auch mit Zimmer elf wird es heute nichts. Am besten blicken wir gleich mal eine Etage höher. Zimmer sechzehn, fast schon eine Suite ...« Wieder ein Klacken. »Wunderbar, für Zimmer sechzehn kann ich Ihnen offensichtlich ein Angebot machen.«

Nun drang das Surren der Servomotoren des fahrenden Hubtisches an Bills Ohren und er vernahm, wie etwas Schweres umgelagert wurde und der Hubtisch sich erneut in Bewegung setzte. Dann das leichte Schaben des Tisches der Kammer und ein Klicken, das vom Schließen der Kammer kündete.

»Ich wünsche eine angenehme Ruhe, werte Dame.« Kurz

darauf rollte erneut ein Bett an ihm vorbei und Bill hatte wieder den Atem angehalten.

»Na, wer hat dich denn hier liegen lassen? Hat man für dich kein Zimmer mehr frei gehabt?« Die Stimme war ihm nun so nah, dass der seltsame Freak wahrscheinlich direkt vor ihm stehen musste, doch Bill schloss fest seine Augen, sodass er nichts sehen konnte und er dachte gar nicht daran, sie noch einmal zu öffnen. Warum ging der Idiot nicht weiter und erzählte seine blöden Sprüche irgendjemandem, den es interessierte? Konnte er sich nicht endlich aus dem Staub machen?

»Naja, egal, ich kann mich nicht um alles kümmern, und wahrscheinlich ist es dir ziemlich egal, wo du liegst.«

Das Bett und die Person bewegten sich weiter und nach einer gefühlten Ewigkeit hörte Bill, wie sich die Tür des Raumes wieder schloss. Nur zur Sicherheit und um seinem Herzen die Chance zu geben, sich ein wenig zu beruhigen, blieb er noch eine Weile liegen. Als er sich sicher war, dass der verrückte Typ nicht zurückkommen würde, stand er auf und tastete sich langsam durch die Dunkelheit zum Lichtschalter.

Was für kranke Leute hier arbeiten!

Als das Licht dieses Mal anging, verschwendete er keine Zeit und lief zu Kammer vierzehn, öffnete sie, zog den Tisch heraus und griff nach dem weißen Eimer, auf dessen Deckel in krakeliger Handschrift *Gehirn* vermerkt war.

Nichts wie weg hier!

Der Hirsch

Montana, 17. März 2031

In der Nacht bekam er kaum ein Auge zu. Wirre Träume von Schatten, die mal ein Mensch, mal ein Hirsch waren, wechselten sich mit diffusen Eindrücken von klingelnden Glöckchen ab. Mehrere Male schreckte er hoch, bis er verstand, dass nicht die Stolperdrähte ausgelöst worden waren, sondern sein besorgtes Gehirn ihm im Halbschlaf Streiche spielte.

June hatte sich offenbar zu ihm gelegt und atmete neben ihm tief ein und aus. Wenigstens hatte sie Schlaf gefunden. Nach einer Viertelstunde war er sicher, dass sie nicht aufwachen würde, und schlich hinaus, um im Keller seiner Arbeit nachzugehen. Wenn er schon nicht schlafen konnte, wäre es besser, produktiv zu sein, als im Dunklen zu grübeln, bis ihm der Kopf rauchte. Kurz vor Sonnenaufgang kehrte er ins Schlafzimmer zurück und weckte June, die brav aufstand und sich ins Badezimmer begab.

Als sie später in der kleinen Küche standen und Bohnen aus Konserven mit getrocknetem Kaninchenfleisch aßen, kam ihm eine Idee. Er musste etwas gegen ihre Angst tun und gleichzeitig seine Tochter wieder aufmuntern.

»Hast du auch von einem Hirsch aus Schatten geträumt?«

June nickte stumm und rieb sich die dunklen Ringe unter den Augen.

»Was würdest du davon halten, wenn ich heute anfange, dir das Schießen beizubringen?«, fragte er und lächelte müde, als die Augen seiner Tochter immer größer wurden.

»Wirklich?«

»Wirklich.«

June sprang auf, umrundete den kleinen Tresen, der sie voneinander trennte und schlang ihre kleinen Ärmchen um ihn.

»Ist ja gut, ist ja schon gut.«

»Danke, Papa.«

»Du musst mir nicht danken. Es ist Zeit, dass du es lernst. Du bist jetzt groß und stark genug, um eine Waffe abfeuern zu können.« In Gedanken fügte er hinzu: *Und es wird uns guttun, wenn wir den Schatten aus unseren Alpträumen erlegen können.*

»Aber ...« June sah besorgt Richtung Tür. »Ist das nicht zu laut und dann kommen die Anderen?«

»Keine Sorge, ich kenne einen Ort, an dem ich mit dir üben kann, ohne dass wir gehört werden. Außerdem sind die Anderen ganz, ganz weit weg von hier. Was sich dort aber in der Nähe befindet, ist eine kleine Lichtung, auf der ich schon einige Male Hirsche und Rehe beim Grasen gesehen habe.«

Seine Tochter machte große Augen, in die sich ein Schleier Furcht schlich.

»Wenn wir einen Hirsch finden, können wir ihn erlegen und haben genug Fleisch für den gesamten Frühling und ich kann dir eine neue Jacke nähen«, erklärte er.

»Dann brauchen wir keine Kaninchen mehr töten?«, fragte sie hoffnungsvoll und die Angst in ihren Augen wich kindlicher Begeisterung, als er nickte.

»Iss auf und zieh dich an, dann gehen wir los. Einverstanden?«

»Ja, Papa!« June schlang den Rest ihres proteinreichen Frühstücks hinunter und lief so hastig nach oben, dass er schon befürchtete, sie würde über die eigenen Füße stolpern. Über die Tatsache, dass sie gegen die Regeln verstoßen hatte, indem sie ihre Dose hatte stehen lassen, sah er in diesem Fall hinweg und drückte ein Auge zu. Geduldig räumte er ab und zog sich seine Tarnkleidung an, bevor er sein Gewehr überprüfte und in den Keller ging. Hinter sich schloss er ab.

Kurze Zeit später kehrte er mit einer schallgedämpften P99 zurück, von der er ausging, dass June sie halten und abfeuern konnte. Er drehte den Schlüssel in dem schweren Vorhängeschloss um und überprüfte den Sitz, bevor er sich June zuwandte, die bereits in grünem Flecktarn neben der Tür wartete und halb ängstlich, halb neugierig Richtung Kellertür schaute.

Die Pistole war nicht geladen, aber er überprüfte sie trotzdem noch einmal, bevor er sie ihr reichte. »Mach dich schon mal mit dem Gewicht vertraut. Der lange Schalldämpfer ist recht schwer und zieht die Schusswaffe nach unten. Wir brauchen etwa eine Stunde bis zu dem Ort, also wechselst du am besten ab und zu die Hände beim Tragen.«

»Ist gut.«

Vor der Haustür angekommen, hielten sie inne und während er die Umgebung nach Gefahren absuchte, hörte er June hinter sich abschließen.

»Fertig?«

»Fertig.«

Dieses Mal gingen sie nach rechts in Richtung der Bergwand und er legte exakt neunundzwanzig Schritte zurück, June vierundvierzig, bis sie den Stolperdraht erreichten. Wieder hielten sie ihrer Routine entsprechend an und lauschten.

»Nichts«, sagte er irgendwann.

»Nichts.«

»Also gut. Bleib hinter mir und halt die Augen offen, ja? Achte auf größere Äste, es könnten schon einige trockene dabei sein.« Er sah in den wolkenlosen blauen Himmel des nördlichen Montana und nickte, als er von der klobigen Bergspitze über der Hütte kaum Schnee herunterwehen sah. Kein Wind bedeutete eine größere Chance, später tatsächlich noch auf Damwild zu treffen, das sie so weniger schnell wittern würde.

Ihr Weg führte sie am steil aufsteigenden Berghang entlang, der noch einige hundert Meter über ihnen von grünem Moos und Gräsern bewachsen war, bis er, für den Glacier National Park typisch, in schroffen Fels überging bis zur schneebedeckten Spitze. Der Wald selbst war von dichten Nadelbäumen dominiert, die es schwierig machten, viel weiter als fünfzig Meter zu sehen, ihnen dafür aber auch gute Deckung vor möglichen Beobachtern boten. Der Boden war feuchter geworden und nicht mehr gefroren wie in den letzten Tagen – ein weiteres Zeichen, dass der Frühling dieses Jahr extrem früh einsetzte. Ein weiterer Vorteil für sie, da das Reisig im Unterholz nicht knarzte und jeden ihrer Schritte dämpfte.

Nach einer knappen halben Stunde, die sie schweigend und im Gänsemarsch am Berghang entlanggingen, bog er an der einsamen Birke ab, die sich auf einer kleinen Lichtung zwischen den Fichten befand und stieg geradeaus den Berg hinab Richtung Fluss, der sich etwa eine halbe Stunde westlich von hier befand.

»Oh, ein Ballonschiff!«, sagte June irgendwann hinter ihm und er blieb stehen, um mit abgeschirmten Augen nach oben zu sehen. Er brauchte nicht lange zu suchen, bis er den riesigen Zeppelin fand, der gemächlich über den Himmel zog. Er war so Weiß, dass er ihn beinahe für eine symmetrische Wolke gehalten hätte.

»Ein Luftschiff«, korrigierte er seine Tochter und zog sie etwas weiter in den Schutz einer der Fichten.

»Ist das eins von denen, die unsere Luft sauber machen?«, fragte sie neugierig und in ihrem Gesicht war abzulesen, dass sie am liebsten zwischen den Ästen hervorgetreten wäre, um wieder nach oben schauen zu können.

»Ich schätze schon.« Und es sucht nach solchen wie uns.

»Warum macht es die Luft sauber, wenn es böse ist? Die Luft sauberzumachen ist doch besser, als sie schmutzig zu machen, oder?«

»Besser bedeutet nicht immer besser für jeden, Kleines«, erklärte er und streckte prüfend seinen Kopf unter den dichtbewachsenen Ästen hervor. Das Luftschiff war bereits deutlich weitergezogen, also bedeutete er ihr mit einem knappen Wink, ihm zu folgen.

Fünf Minuten später erreichten sie den Ort, den er für ihre ersten Übungen mit einer Schusswaffe auserkoren hatte: Eine kleine Schlucht, die von einem lange versiegten Wasserfall in den abfallenden Hang gegraben worden war. Sie war etwa fünfzig Meter lang und zwei Meter breit und sah beinahe aus wie ein Tunnel, weil sie sich nach oben hin etwas verjüngte. Das Wichtigste aber war, dass sie nicht nur einen recht flachen steinigen Boden besaß, sondern die Wände dicht mit grünem Moos bedeckt waren, die jedes Geräusch schluckten.

»Das sieht unheimlich aus«, bemerkte June, als sie vor dem Eingang zur Schlucht standen und sie nach unerwünschten Bewohnern wie Bären oder Wölfen absuchten.

»Du brauchst keine Angst haben, du hast jetzt das hier.« Er tippte auf die Pistole, die in ihrer Hand viel zu groß aussah.

»Aber ich dachte, dass man Bären damit nicht töten kann?«

»Das stimmt, aber dafür hast du dein Pfefferspray dabei, schon vergessen?«

»Nein. Ist gut.«

Vorsichtig traten sie in das Zwielicht der kleinen Schlucht und rochen sofort den modrigen Gestank von zu viel Feuchtigkeit und zu wenig Sonnenlicht. Immerhin roch es nicht nach Hinterlassenschaften eines Grizzlys, der gerade aus dem Winterschlaf erwacht war. Aus seiner Jackentasche zog er zwei runde Hölzer von der Größe einer Coladose, die er unterwegs eingesammelt hatte und stellte sie auf einem kleinen Findling am vorderen Ende der Schlucht auf. Dann nahm er June an der Hand und machte zehn Schritte in die andere Richtung, bis sie an einer besonders engen Stelle zwischen den beiden feuchten Mooswänden standen und sich zu den beiden Zielen umdrehten.

»So. Ich erkläre dir jetzt, wie die Pistole funktioniert, okay?«

»Okay!«, sagte sie mit heller Aufregung in der Stimme und reichte ihm die P99.

Er wartete noch einen Moment, lauschte ein letztes Mal in die Stille, konnte aber nichts hören bis auf das Geschnatter einiger Spatzen hoch über ihnen.

»Das hier ist der Schlitten.« Er fuhr mit einem Finger über die Oberseite und zog den Schlitten mit einem kurzen Handgriff zurück, sodass sie in die leere Ladekammer blicken konnte. »Die Patrone, die gerade geladen ist, liegt immer in dieser Kammer. Wenn du ein neues Magazin einlegst«, er zog ein Magazin aus seiner Tasche und schob es von unten in den Griff, »musst du immer einmal den Schlitten zurückziehen, um nachzusehen. Beim Nachladen geht das normalerweise automatisch, weil der Schlitten nach dem letzten Schuss ganz nach hinten gezogen ist und ohne weiteres Zutun nach vorne springt, wenn das neue Magazin drin ist.«

»Hab verstanden.«

»Das hier«, er deutete auf den kleinen Hebel oberhalb des Abzugs, »ist der Sicherungshebel. Du lässt die Pistole immer gesichert, bis du schießen willst, klar?«

»Ja, Papa.« Sie nickte aufmerksam und er brummte zufrieden.

»Wenn du anlegst, streckst du deinen Arm aus, weil der Rückstoß dir in die Schulter schlägt. Erschrick nicht, du wirst ein Gefühl dafür entwickeln. Der Zeigefinger liegt immer auf der Fassung neben dem Abzug, damit du nicht aus Versehen im falschen Moment abdrückst. Erst wenn du wirklich schießen willst, schiebst du deinen Finger über den Abzug, okay?«

»Okay.«

»Also gut.« Er lud die Waffe durch und überprüfte die Sicherung, bevor er sie an June weitergab. Dabei hielt er ihre Hände zu jeder Zeit fest, damit sie nicht versehentlich einen Fehler machte und sich oder ihn verletzte. »Ziel auf das rechte Holzstück mit einem Auge. Genau so. Streck den Arm, aber nicht komplett, damit eine leichte Beuge im Ellenbogen verbleibt und dein Gelenk keinen Schlag bekommt. Sehr gut.«

»So?«, fragte sie mit der Zunge zwischen den Zähnen und klang dabei sehr konzentriert.

»Ja. Aber pass auf deine Zunge auf, sonst beißt du noch darauf.«

»Oh.«

»Wichtig ist auch, dass du niemals auf Ziele schießt, die zu nah sind, wenn es sich nicht um ... Tiere oder Andere handelt«, erklärte er und deutete auf die moosbedeckten Wände neben ihnen. »Wenn du die Steine triffst, gibt es sogenannte Querschläger – Splitter, die dich verletzen können.«

»Ist gut.«

»Hast du ein Gefühl für das Gewicht?«

»Es ist schwer«, protestierte sie.

»Ich weiß. Ziel jetzt auf die Mitte des Holzstücks und drück beim nächsten Ausatmen ab«, wies er sie an und hielt ihre Hände fest. Es war wichtig, dass ihr erster Schuss positiv in Erinnerung blieb und sie nicht die Motivation verlor, also half er unauffällig nach, sodass es einen dezenten Knall gab und das Hölzchen zersprang.

»Perfekter Schuss!«, frohlockte er und horchte kurz nach den Spatzen. Sie sangen noch immer. Beruhigt klopfte er June auf die Schulter, die sich sichtlich freute und deutete auf das zweite Holzklötzchen.

Bei jedem ihrer Schüsse half er ein bisschen weniger nach, bis sie den letzten Schuss beinahe selbst bewerkstelligte und das linke Holz sogar streifte, dass es umfiel.

»Ich bin wirklich stolz auf dich«, sagte er anerkennend und ihr glücklicher Gesichtsausdruck sandte eine Welle väterlicher Wärme durch seine Glieder. Diese Momente kamen nicht besonders oft vor, da ihr Leben nur aus Anspannung und festen Regeln bestand, also freute es ihn umso mehr, wenn sie sie doch ab und zu fanden.

Er stellte sicher, dass sich wirklich keine Patrone mehr im Lauf befand und gemeinsam sammelten sie die leeren Hülsen ein, bis sie genau fünfzehn kupferfarbene Kegel in der Hand hielten. Er verstaute sie schnell in seinem Rucksack und stopfte nasses Laub dazu, damit sie nicht klimperten, bevor er auch die Hölzchen vor der Schlucht vergrub.

»Gehen wir nach dem Wild sehen.«

»Okay, Papa«, stimmte sie zu und fasste ihn unterwegs an der Hand. Das tat sie äußerst selten. Er drückte sie und schlich gemeinsam mit ihr durch das Unterholz zu der kleinen Lichtung, bis er meinte, sie auf etwa hundert Metern zwischen den Bäumen erkennen zu können.

Er ließ ihre Hand wieder los und bedeutete ihr, sich auf den Boden zu legen. Nachdem er sein Jagdgewehr mit dem improvisierten Schalldämpfer von der Schulter gezogen und durchgeladen hatte, folgte er ihr in das nasse Reisig und reichte ihr seinen Feldstecher, bevor er durch das Zielfernrohr nach vorne spähte.

Zuerst fand er nicht zwischen den Bäumen hindurch,

doch plötzlich wurde es grün und er sah die etwa fünfzig Meter durchmessende Lichtung.

»Papa!«, zischte June von links, doch er hatte es bereits gesehen: Auf der Lichtung graste tatsächlich ein einzelner Hirsch. In Wirklichkeit hatte er damit gerechnet, dass sie hier Stunden auf der Lauer liegen und sich einen abfrieren würden, nur um womöglich mit leeren Händen wieder nach Hause zu gehen, wenn es dunkel wurde. Doch seine Augen täuschten ihn nicht. Mitten im Fadenkreuz seines Zielfernrohrs stand ein Hirschbulle mit mächtigem Geweih und einer Schulterhöhe von mindestens einem Meter. Er graste in aller Seelenruhe und machte keinerlei schreckhafte Bewegungen.

»Haben wir ein Glück«, murmelte er und zwinkerte June zu, die aufgeregt durch ihren Feldstecher sah und sich ständig über ihre fülligen Lippen leckte.

Als er den Damhirsch wieder durch das Zielfernrohr verfolgte, graste dieser noch immer in aller Seelenruhe, sah ab und zu auf und kaute genüsslich auf dem jungen Gras, das noch reich an Nährstoffen war. Sein Geweih glänzte vor frischem Tauwasser. Beim nächsten Ausatmen ließ er das Fadenkreuz, mit dem er geradeso über die wuchtige, gefüllte Colaflasche auf dem verlängerten Aluminiumlauf blicken konnte, zu dem ihm zugewandten Schulterblatt des Hirschs wandern. Er beruhigte seinen Atem, damit sich das Kreuz nicht so stark bewegte, und zielte ein kleines Stück hinter das Schulterblatt. Da er die Zeit und Ruhe für einen Blattschuss hatte, wollte er alles richtig machen. Wenn er fehlerlos traf, würde er an dieser Stelle Herz, Lunge oder ein großes Blutgefäß treffen und der Hirsch mit einem letzten Aufbäumen innerhalb von Sekunden sterben.

Drei ... zwei ... eins ...

Gerade als er abdrücken wollte, ruckte der Kopf des Damwilds in Richtung einer Geräuschquelle, die er nicht sehen konnte und es war schneller aus seinem Fadenkreuz verschwunden, als er zusehen konnte.

»Verdammt!«, fluchte er leise und wollte bereits frustriert aufstehen, als sich ein heißer Schauer über seine Haut legte. Was hatte der Hirsch gesehen?

Angespannt suchte er die Lichtung ab, strich mit seinem Blick über das nasse Gras und einige Sträucher, zwischen den Bäumen hin und her und über einen einsamen Findling hinweg.

Moment mal, dachte er und ließ das Fadenkreuz zurückwandern, bis er zwischen dem Findling und einer gräulichen Birke eine Gestalt erkannte, die er vorher mit einem Busch verwechselt hatte.

»Pssst«, zischte er June zu und spürte, wie sein Herz so heftig zu schlagen begann, dass es aus seiner Brust zu springen drohte.

Die Gestalt war definitiv ein Mensch, der in einem Busch hockte. Sie trug dunkle Tarnkleidung und hatte das Gesicht schwarz bemalt, darum hatte er sie erst nicht als das erkannt, was sie war: ein Sucher.

Er brauchte einige Augenblicke, bis er das brünierte Sturmgewehr sah, das der Sucher gegen den Boden gedrückt hielt, während er aus weißen Augen die Umgebung absuchte.

Am liebsten wäre er sofort aufgesprungen und hätte June mit sich fortgerissen, um so schnell zu flüchten, wie ihre Füße sie trugen, doch damit hätte er sie wahrscheinlich sofort verraten. Also widerstand er jedem inneren Drang, der nach Flucht schrie und sah mit puckerndem Puls in den Ohren zu, wie der Fremde sich umsah.

Ich könnte ihn einfach hier und jetzt ausschalten, dachte er und schnaubte frustriert, weil er doch wusste, dass das eine dumme Idee war. Was, wenn er mit seinen zitternden Händen verfehlte? Nur ein Funkspruch des Suchers und sie waren erledigt. Was, wenn er traf und das Verschwinden des Suchers andere Sucher auf den Plan rief? Auch dann waren sie erledigt.

Nein, ihre beste Chance war, dass er in eine andere Richtung weitersuchte. Zwar waren sie nur eine Stunde von ihrer Hütte entfernt, doch eine Stunde in eine Richtung war in der dichten Natur des Nationalparks so viel, als lebten sie in einer anderen Region. Selbst für geübte Jäger und Fährtensucher war dieser Wald ein kaum zu navigierendes Dickicht, das kaum prägnante Landmarken aufwies und für jeden Unkundigen zur Falle werden konnte.

Und wenn er uns doch entdeckt, können wir immer noch verschwinden und uns ein neues Versteck suchen, dachte er. Es wäre nicht das erste Mal, auch wenn er seine Arbeit zurücklassen müsste, was einer Katastrophe gleichkäme und ihn lange Zeit zurückwerfen würde.

Nach einer Weile zog sich der Sucher aus dem Busch zurück und verschwand im Unterholz. Es war erschreckend, wie fließend und wohldosiert dessen Bewegungen waren.

Heftig atmend wartete er noch fünf Minuten ab, bis er sich auch sicher war, dass der Sucher nicht an anderer Stelle wieder aufgetaucht war und traute sich dann zum ersten Mal, sein Auge vom Zielfernrohr zu nehmen und June anzustupsen.

Seine Tochter war wie erstarrt und zitterte leicht, machte aber eine tapfere Miene.

»Komm, wir kriechen zurück zu der großen Fichte«, flüsterte er und sie nickte stumm.

So krochen sie langsam und so leise wie möglich – obwohl ihm jedes Rascheln wie ein Gongschlag vorkam – in den Schutz einer kleineren Fichtenansammlung zurück und wagten es dann, aufzustehen und gebückt weiterzulaufen. Sie nahmen denselben Weg, den sie gekommen waren, hielten immer wieder an, um sich umzusehen und ihre Spuren zu verwischen, bis sie nach über zwei Stunden am Stolperdraht ankamen.

Vorsichtig duckten sie sich zwischen den Bäumen und suchten die Lichtung vor dem Haus und das Haus selbst ab. Erst nach einer halben Stunde, in der sich nichts regte und kein Klingeln der Glöckchen ertönte, wagten sie sich vorsichtig aus ihrer Deckung und huschten zum Haus, wo sie das Schloss überprüften. Offenbar war es noch verschlossen und es sah nicht aus, als hätte sich jemand grob Zutritt verschaffen wollen.

Schwer atmend schlüpften sie ins Haus und verriegelten die Tür hinter sich, bevor sie gleichzeitig mit den Rücken an dem glatten Holz hinabrutschten und er June fest an sich drückte.

»Ist nochmal gut gegangen«, beruhigte er sie, genau wie sich selbst. »Ist nochmal gut gegangen.«

Helsinki 20.01.2020

»Guten Morgen«, rief Bill laut und drückte mit seinem Fuß die Tür zur Lagerhalle hinter sich ins Schloss, während er zwei Kaffeebecher und eine große Papiertüte in den Händen balancierte. »Ich habe Frühstück mitgebracht!«

Schniefend zog er die Nase hoch und wollte sich schon schütteln, um den restlichen Schnee von der Jacke zu bekommen, doch im letzten Moment erinnerte er sich an die heißen Getränke in seinen Händen und unterließ alle weiteren abrupten Bewegungen. Der Duft der Cappuccini stieg ihm angenehm in die Nase und weckte die Vorfreude auf etwas Warmes, um die Kälte des Winters aus seinen Gliedern zu vertreiben.

»Guten Morgen«, erklang es murmelnd von Steves Schreibtisch. »Du solltest öfters irgendwo einbrechen und mich nachher um Hilfe fragen, das zahlt sich scheinbar aus.«

»Ha, ha«, knurrte Bill und setzte seine Einkäufe in einer kleinen Lücke im Chaos auf Steves Schreibtisch ab.

»Na, na, na«, intonierte Steve mit tieferer Stimme als sonst und auch wenn er noch irgendwo in den Kabelwäldern unter seinem Schreibtisch versteckt war, konnte Bill förmlich sein feistes Grinsen und den verbal erhobenen Zeigefinger sehen. »Es ist Teil unseres offiziellen Friedensvertrags, dass du für einen Monat jeden Morgen Frühstück für mich mitbringst *und* dass ich dich, so oft ich möchte, mit deiner kleinen James-Bond-Nummer aufziehen darf.«

»Diese Vereinbarung würde vor keinem Gericht dieser Welt bestehen, da ich zum Zeitpunkt derselben ganz klar nicht im Vollbesitz meiner geistigen Fähigkeiten war, sondern alle Symptome einer akuten Belastungsreaktion aufgewiesen habe! Ich war also gar nicht voll geschäftsfähig, sondern hätte eher sowas wie Mitgefühl verdient.«

»Warst du denn voll *geschäftsfähig*, als du in die Pathologie eingebrochen bist und dafür, ganz der Meisterdieb, der du nun einmal bist, deine persönliche Keycard verwendet hast, nur um später festzustellen, dass das letzte Systemupdate deine kleine Backdoor geschlossen hatte und du das Logfile der Türzugriffe nicht mehr manipulieren konntest? Und warst du voll geschäftsfähig, als du mich in diesen kriminellen Akt hineingezogen hast, bei dem ich mich in den Klinikserver hacken musste, um zu erledigen, was du nicht konntest? Womit ich natürlich unweigerlich auch zu einem Kriminellen wurde und wir doch alle wissen, dass ich zu attraktiv bin, um im Gefängnis lange zu überleben ... und von der Sünde bezüglich der Einäscherung der Leiche reden wir gar nicht erst ...«

»Es macht dir wirklich Spaß, mich damit aufzuziehen, oder?«

»Oh ja.«

»Na ja, besser so, als dein Schweigen, die Aufregung und die irren Gedanken, alles hinzuschmeißen, ertragen zu müssen, gerade jetzt, wo wir so kurz vor einem Durchbruch stehen.«

»Apropos Erfolg ... gib mir mein Frühstück und den Cappuccino und wenn es mir geschmeckt hat, muss ich dir etwas wirklich sehr Spannendes zeigen, das ich entdeckt habe.« Steve tauchte aus dem Kabelgewirr unter seinem Schreibtisch auf, hielt das Ende eines Patchkabels in der Hand, das er kurz irritiert betrachtete und dann fallen ließ. Er rieb die Hände aneinander und griff mit seinen speckigen Fingern nach der braunen Papiertüte.

»Oh ja, und nochmals oh ja«, sagte er mit strahlendem Gesicht und zog das Lachsbrötchen und die kleine Dose

Kaviar aus der Tüte. »Das ist ein Frühstück für echte Champions.«

Bill schnappte sich den anderen Cappuccino und ging zu seinem Schreibtisch. Er führte einen kurzen Check der Daten durch, fand aber nichts Spannendes. Die Rechenleistung ihrer Server reichte absolut nicht aus, um all die möglichen Modelle in einer halbwegs annehmbaren Zeit zu berechnen, sodass er sich wohl oder übel gedulden musste.

Sein Blick fiel auf die Taskleiste seines Computers, wo ihn ein kleiner wackelnder Briefumschlag daran erinnerte, dass er seine Mails lesen musste. Neben dem üblichen Spam und den Newsfeeds fand sich auch eine Nachricht ihres Bankberaters, der sich beschwerte, dass er sie per Telefon nicht erreichen konnte, und dass sie dringend einen Termin vereinbaren müssten, um die heikle finanzielle Lage ihrer Firma zu klären.

Bill wusste, dass sie mit den letzten Einkäufen für Geräte und Materialien ihr Finanzpolster weit über Gebühr strapaziert hatten, doch es musste sein. Das Mikroskop, die Mikrosonden und all die Laborutensilien brauchten sie *jetzt*, damit sie das *geliehene* Gehirn richtig untersuchen konnten – und um seine Idee umzusetzen, Gehirn und Implantat wieder miteinander zu verbinden. Dafür hatte Bill einen leeren Serverschrank auf die Rückseite gelegt und begonnen, eine kleine Analysekammer zu bauen, in deren Mitte das Gehirn in einem Formalinbad lag. Der gläserne Behälter war von ihm so eingeschnitten und wieder versiegelt worden, dass der Sockel des Implantats sich außen auf dem Glas befand, sodass sie die *Recheneinheit*, wie sie den runden, äußeren Teil des Implantats mittlerweile nannten, anbringen konnten. Umrahmt war das Ganze von diversen hochauflösenden Kameras, Sensoren und Antennen, sowie dem unvermeidlichen Gewirr aus Kabeln, die alles miteinander verbanden und hoffentlich irgendwann, in nicht all zu ferner Zukunft, spannende Daten an ihre Server lieferten.

Nachdem Bill kurz überprüft hatte, dass alles noch so aussah, wie er es in der letzten Nacht hinterlassen hatte, schloss er die Tür des Serverschranks, die nun eher wie ein Deckel wirkte, und ging zu Steve hinüber.

»Bist du fertig mit deinem Festmahl? Ich möchte endlich wissen, was du herausgefunden hast.«

»Gleich«, ließ Steve mit vollem Mund verlauten und nahm einen Schluck Cappuccino. Er schluckte sichtlich genussvoll den letzten Bissen hinunter und winkte Bill zu sich vor die Monitore.

»Okay, dann lass mal sehen.«

»Wie du ja weißt, habe ich mich die letzten Tage mit dem Code herumgeschlagen und kam einfach nicht dahinter, wie er funktioniert. Doch die Zeit der Unwissenheit ist nun vorbei, mein Freund, ich habe den ersten Teil des Codes geknackt und er ist einfach *brilliant*! Er ist extrem schlank und zugleich höchst komplex, doch wenn ich alles richtig interpretiert habe, ist dieses Fragment hier, das sich ständig wiederholt hat, eine Art Schablone für die Übersetzung. Es ist quasi unser Stein von Rosette! Und das Erste, was ich damit entschlüsseln konnte, ist das hier ...« Steve machte einige Eingaben und die Bildschirme zeigten mit einem Mal ein unglaublich komplexes Gewirr aus feinen, sich verzweigenden Linien, mit lauter Notizen, Messwerten oder anderen Buchstaben und Zahlenkombinationen.

Das Durcheinander war derart kompliziert, dass Bill zunächst gar nichts herauslesen konnte. Erst als Steve einen weiteren Befehl eintippte und damit aus dem Bild heraus zoomte, wurde ihm klar, was er dort vor sich sah.

»Das ist ... das ist ein kompletter Schaltplan des Implantats!«, entwich es ihm.

»Nicht nur das. Es enthält auch genaue Angaben zu verknüpften Datenpaketen, und wenn mich nicht alles täuscht, werden die jeweiligen Datenpakete wiederum genaue Informationen zu den speziellen Konstruktionen und Funktionen der Abschnitte liefern. Es braucht zwar noch eine ganze Menge Rechenzeit, bis auch diese Daten entschlüsselt sind, doch ich glaube, dass das, was wir hier vor uns sehen, eine komplette Bauanleitung ist!« Nun war auch Steves Stimme voller Bewunderung und Begeisterung. Sie tauschten einen kurzen Blick, grinsten und dann brach es aus Bill heraus: Lauthals jubelte er und fiel Steve um den Hals.

»Steve, du bist der Beste, das ist der absolute Wahnsinn! Wir werden die Welt verändern, wir werden etwas wirklich Großes schaffen und wir werden Janika wieder zum Laufen bringen!« Bill konnte sein Glück einfach nicht fassen, er war derart aufgeregt, so voller Freude, dass er das Klingeln an der Tür erst wahrnahm, als der Klingelknopf durchgängig gedrückt wurde und damit einen nervtötenden Dauerton erzeugte.

»Wer ist das?«, fragte Bill und ging zur Tür, noch immer beschwingt von der wahnsinnig aufregenden Entdeckung, die Steve ihm gerade gezeigt hatte. Wahrscheinlich war es der Paketdienst, der die Bestellung der neuen Komponenten brachte, auf die sie warteten.

Bill zog die Tür auf und erstarrte mitten in der Bewegung, als er zwei Frauen vor der Tür stehen sah. Eine in Polizeiuniform und die andere in Zivilkleidung. Die Polizistin ließ gerade ihren Arm sinken und das Dauerklingeln brach ab. Nun hob sie den Blick und musterte Bill mit ihren eindringlichen, grünen Augen.

»Polizei, guten Tag. Sind Sie Dr. Portit?«

»Ähm, ja, der bin ich.« Bill spürte, wie der Kaffeebecher seiner Hand zu entgleiten drohte und konnte gerade noch ein Unglück verhindern. Die unwillkürliche Bewegung führte jedoch dazu, dass ein großer Schwall über seine

Hand lief und auf den Boden vor ihm tropfte. Er unterdrückte ein Fluchen und als er wieder von seiner Hand aufblickte, sah er, dass sein Missgeschick natürlich nicht unentdeckt geblieben war, was neben der Angst nun auch noch Scham in ihm aufsteigen ließ.

»Ich bin Kommissarin Järvinen und dies ist meine Kollegin Nieminen von der *Supo*. Wir haben einige Fragen an Sie und ihren Kompagnon, Herrn Työpaikkaa. Sie haben doch nichts dagegen, dass wir hereinkommen und uns drinnen kurz unterhalten, oder? Hier draußen ist es einfach zu kalt.« Sie hielt ihm eine Dienstmarke vors Gesicht und wartete seine Antwort gar nicht erst ab, sondern drückte sich an ihm vorbei und warf ihm ein kurzes »Danke« zu. Ihre schweigsame Kollegin folgte ihr.

Als wäre ihr Schritt über die Schwelle ein Startschuss für seine Neuronen gewesen, überschlugen sich plötzlich seine Gedanken und er hatte alle Mühe, seine aufkommende Panik zu zügeln.

Was passiert, wenn sie das Gehirn finden? Was wissen sie über meine Verwicklung in die ganze Sache? Wer hat sie auf meine Spur gebracht? Steve war sicherlich gründlich gewesen und sie können gar nicht ahnen, dass wir die Datenbank des Leichenhauses so manipuliert haben, dass der Tote aus Ilomantsi für jemand anders gehalten und vorzeitig eingeäschert wurde! Wahrscheinlich hat Österman ihnen irgendetwas gesagt und nun wollen sie mich unter Druck setzen, um zu sehen, was ich weiß. Aber warum ist jemand von der Supo an den Ermittlungen beteiligt? Wenn der Geheimdienst sich in die Sache eingeklinkt hat, muss viel mehr an der Sache dran sein. Er erschauderte, als er den Gedanken weiter verfolgte und letztendlich nur zu einem Schluss kommen konnte: *Es hat* doch *alles mit dem russischen Geheimdienst zu tun und nun sind sie hinter uns her!*

Mittlerweile standen beide Frauen einige Schritte hinter

ihm in der alten Fabrikhalle und ließen, erstaunlich synchron, ihre Blicke über das Chaos des großen Schreibtisches, die Serverschränke, die provisorische Schlafstätte dazwischen, den Kicker, das Sofa und die offene Toilettentür wandern. *Schlafstätte? Verdammt, wo kommt die denn her?* Dort, wo eben noch seine Analysekammer gelegen hatte, war plötzlich eine improvisierte Lagerstätte aus einer langen Fließdecke und einem Schlafsack entstanden, auf welchem Steve thronte wie ein dicker Buddha, und sein zerknittertes Hemd vor seinen entkleideten Oberkörper hielt und gähnte.

»Guten Morgen, Sie müssen dann wohl Herr Työpaikkaa sein.« Erneut hatte die Kommissarin das Wort ergriffen. »Gibt es hier einen Platz, an dem wir uns miteinander unterhalten könnten? Wie bereits gesagt, haben meine Kollegin und ich lediglich ein paar Fragen an Sie.« Während sie das sagte, ging sie um Steves Schreibtisch herum, blickte auf seine Bildschirme und zog die Stirn kraus. Steve eilte zu ihr hinüber, schob sich trotz seiner Körperfülle erstaunlich geschmeidig vor sie, und schaltete die Monitore aus.

»Brauchen Sie dafür nicht so eine Art Durchsuchungsbeschluss oder so etwas?«, fragte er sie.

»Warum so empfindlich, Herr Työpaikkaa? Ich habe mich doch lediglich umgesehen, nachdem Herr Portit so freundlich war, meine Kollegin und mich hereinzubitten. Haben die beiden Herren denn nun einen Platz, an dem wir uns kurz setzen können, um uns ganz zivilisiert miteinander zu unterhalten?«

Bill erwachte aus seiner Starre. »Ja, hier drüben.« Schnell zog er seinen Schreibtischstuhl und einen Hocker vor das Sofa, sodass vier Sitzplätze entstanden. »Bitte nehmen Sie doch Platz. Ich bin sofort wieder bei Ihnen, ich muss das hier nur kurz wegmachen.« Er deutete auf seine Hand mit dem ausgelaufenen Kaffee und schritt schnell auf die Toilette zu. Innerlich beglückwünschte er sich, noch einige Momente herausgeholt zu haben, um sich zu überlegen, was er sagen würde.

Als er seine Hand zum dritten Mal gewaschen hatte, musste er jedoch einsehen, dass er es einfach nicht länger hinauszögern konnte. Nach seinen ersten Schritten Richtung Sofa, auf dem mittlerweile die beiden Ermittlerinnen Platz genommen hatten, straffte er sich und drückte den Rücken durch. Er war Neurochirurg, Informatiker und hatte promoviert. Er wusste, wie man logisch und stichfest argumentierte, er würde sich nicht von den beiden aufs Glatteis führen lassen!

* * *

Auch wenn das Gespräch keine halbe Stunde gedauert hatte, fühlte sich Bill wie erschlagen, als die beiden Ermittlerinnen endlich die Halle verließen. Die Kommissarin war die Wortführerin geblieben, doch immer, wenn Bill gerade sich oder Steve innerlich dazu beglückwünschen wollte, dass sie ein potentiell heikles Thema gut umschifft, eine sehr stimmige Erklärung gegeben, oder plausibel ihr Unwissen kundgetan hatten, war die Agentin der Supo eingesprungen und hatte mit einer unerwarteten Frage nachgehakt. Sie hatten vor allem alles zu dem Mann aus Ilomantsi wissen wollen, zu seinen Symptomen, zu dem Implantat und vor allem dazu, was es ihrer Meinung nach sein könnte. Kurz war Steve zusammengezuckt, als Frau Nieminen plötzlich die von ihnen nachgebaute Recheneinheit des Implantates aus ihrer Tasche zog. Bill war sich zwar sicher, dass nur jemand, der Steve so gut kannte wie er, dieses Zucken erkennen konnte, doch schon die anschließenden Fragen waren schwer genug gewesen: Was sie glaubten, was es damit auf sich habe? Ob Bill sich sicher sei, dass es genau das Teil sei, das sich am Kopf des Unbekannten befunden hatte? Und zu guter Letzt hatten sie durchblicken lassen, dass ihre eigenen Experten es für eine Fälschung hielten, da die Teile im Inneren keine erkennbare Funktion erfüllen würden. Doch der wahre Hammer war am Ende niedergegangen, als die Kommissarin sich gezielt an Bill gewandt, und ihn zu seiner Auseinandersetzung mit Dr. Österman befragt hatte, und warum er darauf bestanden habe, das Gehirn zunächst intakt zu lassen und es am nächsten Tag zu untersuchen. Und wie es wohl seiner Meinung nach dazu gekommen sein konnte, dass erstmals seit über zwanzig Jahren im Leichenschauhaus der Klinik eine Leiche verwechselt und vorzeitig verbrannt worden war? Bill hoffte, dass seine Erläuterungen mit Hinweisen auf das rein wissenschaftliche Interesse und sein völliges Unverständnis über die Abläufe und Fehler im System des Leichenschauhauses glaubwürdig gewesen waren.

»Bill, so etwas ist wirklich nicht gut für mein schwaches Herz!«, sagte Steve, der in sich zusammengesunken auf dem Hocker vor dem Sofa kauerte. »Als die Supo-Agentin plötzlich aufstand und sich noch mal genauer die Serverschränke und alles angeschaut hat, dachte ich, dass es gleich vorbei ist und sie meine improvisierte Verkleidung deiner ekeligen *Gehirnkammer* an die Seite räumt und dann wären wir wirklich im Arsch gewesen! So richtig und komplett ...«

»Ich weiß, was du meinst ...« Bill war es nicht anders ergangen. In dem Moment, als die Agentin aufgestanden war und die gesamte Einrichtung inspiziert hatte und dabei einfach das Gespräch weitergeführt hatte, war Bills Herz durch den Magen bis in den Boden gesunken. »Das wollte ich dich schon die ganze Zeit fragen: Wie bist du so schnell auf die Idee gekommen, die Analysekammer zu tarnen?«

»Ach, weißt du, ich hatte heute Nacht Streit mit Lisa und

bin in die Firma gekommen, um etwas Abstand zu haben. Und weil es so kalt war, hatte ich mich mit der Decke neben die Serverschränke gelegt, um ein bisschen von der warmen Abluft abzubekommen. Als ich dann *Polizei* gehört habe an der Tür, bin ich aufgesprungen, habe die Decke und den Schlafsack genommen, die eh in der Nähe lagen, und habe sie über die Kammer geworfen. Das war eine Art Reflex.«

»Bin ich froh, dass du dich mit Lisa gestritten hast, das war es wirklich wert.«

»Nein, nicht wirklich, es war totaler Blödsinn über den wir gestritten haben. Aber darum kümmere ich mich heute Abend. Jetzt müssen wir erst einmal überlegen, was wir machen und wie wir das verdammte Gehirn loswerden, denn ich bin mir sicher, dass sie wiederkommen werden und dann haben sie vielleicht einen Durchsuchungsbeschluss dabei und drehen hier alles auf links. Wir müssen etwas unternehmen!«

»Steve, wir können noch nicht auf das Gehirn verzichten – nicht, solange wir nicht genau wissen, wie der implantierte Teil im Gehirn und die Recheneinheit miteinander kommunizieren, und wir müssen auch noch klären, wie man überhaupt so viele Fasern in ein Gehirn implantiert. Was bringt es uns, wenn wir wissen, wie alles funktioniert, wir aber nicht verstehen, wie es mit einem Gehirn verknüpft werden kann? Wenn wir jetzt aufgeben, war alles umsonst. Dann geben wir die Hoffnung auf.«

»Ich rede ja nicht vom Aufgeben, Bill, ich rede davon, dass wir ein Beweismittel loswerden müssen, das uns sonst wegen Leichenschändung, Diebstahl oder weiß der Teufel welchen Anklagepunkten ins Gefängnis bringen wird! Wenn das passiert, sind ganz sicher alle Träume und Hoffnungen begraben! Denk an meine Entdeckung im Code der Recheneinheit. Ich bin mir sicher, dass sich in dem Datenspeicher alle notwendigen Anleitungen und

Antworten befinden. Wir werden das Gehirn nicht benötigen.«

»Und wenn du dich irrst? Wenn wir nicht alle notwendigen Antworten in dem Datenspeicher finden? Was dann? Immerhin hat uns die Analysekammer schon verraten, dass eine ganz leichte Spannung auf dem Faserstrang unter dem Sockel sich in das gesamte Gehirn verzweigt und zugleich dazu führt, dass sich die Recheneinheit fest mit dem Sockel verbindet. Ohne das Gehirn und die Kammer hätten wir das nicht herausgefunden. Wir sollten ein sicheres Versteck bauen und alles für unsere Sicherheit tun, aber wir können jetzt das Gehirn nicht verlieren.«

»Scheiße, Bill, fällt dir eigentlich auf, dass du mich in immer mehr Mist reinziehst? Wie weit wollen wir noch gehen? Ich will ja auch, dass wir es schaffen. Ich will auch Erfolg haben und bin mir sicher, dass unser BrainWiz eine Rettung für viele Menschen darstellen kann, doch zu welchem Preis? Und wer soll die Arbeit machen, wenn wir im Gefängnis verrotten? Wenn sie uns erwischen, sind wir geliefert und niemand wird unsere Arbeit fortsetzen. Damit ist niemandem geholfen. Wer kümmert sich um Janika, wenn du ins Gefängnis musst?«

Bills Miene war von Wort zu Wort mürrischer geworden und seine Lippen wurden ganz schmal, als Steve seine Schwester erwähnte. Er schluckte schwer und atmete einige Male tief ein und aus. »Okay Steve, lass uns eine Lösung finden.«

Die Tür

Montana, 20. März 2031

Die Tage nach der Begegnung mit dem Sucher verbrachten sie im Haus. Er hielt es nicht für sicher, sich jetzt im Wald zu bewegen, wo sie entdeckt werden konnten. Vermutlich würde der Sucher einige Tage das Tal durchstreifen und dann weiterziehen. Wenn sie jedoch herumliefen, würden sie nur seine Chancen erhöhen, sie doch zu entdecken. Also hatten sie sich tagsüber an die Fenster im Schlafzimmer gesetzt und Ausschau gehalten, und die Abende am Kamin gesessen und viel gelesen, obwohl sie sich beide nicht wirklich entspannen konnten. Im Grunde genommen galt das so gut wie immer, da sie in ständiger Anspannung lebten, aber die letzten Tage waren besonders schlimm gewesen. Bei dem kleinsten Geräusch und auch, wenn rein gar nichts zu hören war, zuckten ihre Blicke immer wieder zur Tür oder zu den Fenstern. Sogar ein aufgescheuchter Vogel konnte ihnen schon eine unangenehm prickelnde Gänsehaut einhandeln.

Am dritten Tag nach der Begegnung beschloss er deshalb, dass es an der Zeit war, diese Anspannung zu durchbrechen. Sie mussten wieder aktiv werden und die Initiative ergreifen. Deshalb beschloss er, ihren monatlichen Erkundungsgang auf den Berg vorzuziehen. Dabei kämen sie dem Wald nicht nahe und hätten eine gute Aussicht über das gesamte Tal und alles, was dort vor sich ging. Vielleicht hätten sie sogar genügend Glück, um den Sucher zu finden, auch wenn er nicht wirklich daran glaubte.

Also standen sie am Morgen des zwanzigsten März wieder in Tarnkleidung vor ihrer Haustür. Er hatte sein Gewehr geschultert, June ihre Pistole im Holster, mit der sie mit aufgestecktem Sicherheitsstutzen den Umgang geübt hatte. Da sie das erste Mal mit einer eigenen Waffe hinausgehen durfte, war sie ganz offensichtlich aufgeregt und überprüfte immer wieder den Sitz des Holsters an ihrer kleinen Hüfte.

»Ich gehe kurz zum Schuppen und hole die Eisen«, verkündete er und ging los, ohne auf ihre Antwort zu warten.

Sechzehn Schritte bis zur Schuppentür, die beim Öffnen leicht knarzte. Er musste dringend die Scharniere ölen. Im rechten Regal fand er die von ihm modifizierten Steigeisen, die er so abgefeilt hatte, dass sie wie Abdrücke von Damwild aussahen. Schnell wickelte er sie in einen alten Putzlappen, den er von einem Nagel an der Innenseite der Tür zog und stopfte sie in seinen Rucksack.

Als er wieder draußen stand, kam June gerade bei ihm an und strich noch immer nervös über ihre Pistole.

»Mach dir keine Sorgen«, sagte er und strich ihr sanft über den Kopf. »Hast du den Sicherungshebel noch oben geschoben?«

»Ja, Papa«, versicherte sie ihm und nickte eindringlich, bevor sie aus den Augenwinkeln noch einmal zu der Waffe schielte.

»Sehr gut. Dann los.«

Er machte genau achtzehn Schritte, sie fünfundzwanzig, und sie standen hinter dem Haus, wo die Felswand begann. Fünf Schritte nach rechts und sie erreichten den Eingang der Höhle, der von ihrem Haus verborgen wurde. Zwanzig Zentimeter über dem Boden sah er den Stolperdraht aufblitzen und stieg vorsichtig darüber hinweg. Seine Tochter tat es ihm nach und es wurde dunkel um sie, als sie tiefer in die Höhle vordrangen. Die Luft war feucht und roch nach nassem Gestein und einer Spur von Schimmel und verrotteter Biomasse – ein Geruch, an den er sich längst gewöhnt hatte, da der im nördlichen Montana ein halbes Jahr lang alles überdeckte.

Nachdem er seine Stirnlampe ertastet hatte, schaltete er sie an und nahm June an die Hand. Gemeinsam arbeiteten sie sich in die Höhle vor, die gerade breit genug war, um sie nebeneinander gehen zu lassen. Der Boden war steinig und zudem rutschig, da es von den Wänden tropfte und sich ein Film aus Wasser und Staub über das blanke Gestein gelegt hatte.

Wahrscheinlich hatten vor vielen Jahrhunderten einmal rauschende Wassermassen diese Höhle in den Berg gewaschen, doch mittlerweile füllte sie sich nicht einmal bei der Schneeschmelze. Ob das eine Folge des Klimawandels war, vermochte er nicht zu sagen. Vermutlich nicht, da die Anderen ja einige Anstrengungen bezüglich der Umkehr der negativen Effekte globaler Erwärmung unternommen hatten – und womöglich noch immer unternahmen.

Irgendwann wurde es etwas steiler und sie mussten immer wieder über kleinere Vorsprünge klettern, die teilweise so beträchtlich waren, dass er June hochziehen musste, da ihre Arme und Beine zu kurz waren. Doch sie ließen sich Zeit, wie immer, um ihre Bewegungen präzise und mit Bedacht auszuführen. Es galt kontinuierlich, keine Fehler zu machen und wenn sie viel Zeit benötigten, war das eben so. Etwas, das früher einmal ein schmerzhaftes Ärgernis gewesen wäre, wie etwa eine gerissene Sehne oder ein gebrochenes Bein, kam für sie hier draußen einem Todesurteil gleich. Besonders, wenn es ihn treffen sollte, stünden sie vor gleich mehreren Problemen: Was, wenn sie aus dem Haus fliehen mussten und er nicht laufen konnte? Was, wenn June alleine losziehen und Nahrung besorgen musste? Nicht nur würde er vor Sorge sterben, er setzte sie damit auch einem massiven Risiko aus. Sie war jung und machte Fehler, bei denen er ihr als Vater helfen musste.

Bisher waren sie von solchen Unglücksfällen bis auf einige Erkältungen und eine schwere Bronchitis, die er mit Antibiotika in den Griff bekommen hatte, verschont geblieben. Aber Menschen wurden nachlässig und dann machten sie Fehler, darum durften sie nicht sein wie andere Menschen. Fehler waren nicht tolerabel, also arbeiteten sie sich auch jetzt langsam und extrem vorsichtig durch die Höhle. Jeden Winkel leuchtete er zuerst mit seiner Stirnlampe aus und überprüfte besonders den Boden auf Hindernisse und rutschiges Gestein, damit sie gewarnt waren und ihre Schritte entsprechend anpassen konnten.

Sie brauchten etwas mehr als eine Stunde, bis schräg über ihnen Tageslicht zu sehen war.

»Wir sind fast da«, flüsterte er und schaltete seine Stirnlampe aus. Die letzten fünfzig Meter hatte das Wasser der fernen Vergangenheit Stufen in den Felsen gewaschen, die beinahe eine natürliche Treppe bildeten und die er im Tageslicht gut erkennen konnte. Da die schroffen Wände, von denen Schmelzwasser tropfte, sehr eng standen, ließ er June vorgehen. Behutsam stiegen sie weiter nach oben, bis sie die Köpfe aus der Höhle stecken und sich umsehen konnten.

Der Ausgang befand sich auf einem kleinen Plateau, das offen vor ihnen lag und von bräunlichem Gras bewachsen war. Das Tal lag mehrere Hundert Meter unter ihnen und die unbewachsenen, schroffen Felshänge des Berges über ihnen waren nicht mehr weit entfernt. Das hintere Plateau war von dichtem Gebüsch und wenigen krummen Bäumen bedeckt, die einige Schritte entfernt waren.

Er nahm seinen Rucksack vor die Brust und reichte June die zwei kleineren Steigeisen, bevor er seine nahm und über die Spitzen seiner Wanderstiefel zog. Mit flinken Bewegungen seiner Finger zog er die Riemen hinter den Fersen zu und überprüfte ihren Sitz. Als er zufrieden war, nahm er seinen Feldstecher und suchte die Luft ab. Bis auf einige Greifvögel in der Höhe konnte er in dem blauen Himmel allerdings nichts Alarmierendes erkennen und auch das Plateau und die nähere Umgebung lieferten ihm keinen Grund zur Beunruhigung.

»Okay, zu den Büschen, schnell«, flüsterte er und hob seine Tochter aus dem Loch, die sofort losrannte, als ihre Füße den Boden berührten. Er folgte ihr, so schnell er konnte, und schob sich neben ihr zwischen zwei Büsche, bevor er sich umdrehte und reglos verharrte. Durch die dichten Blätter links von sich konnte er Junes blondes Haar erkennen und schob ihr den Feldstecher zwischen zwei Ästen zu.

»Absuchen«, sagte er leise und hörte ein gemurmeltes »Mhm« als Antwort.

Da es im Schutz der Büsche eng war, zog er sich sein Gewehr etwas umständlich von der Schulter und handelte sich einige Kratzer ein, doch schließlich hatte er es im Anschlag, und sah durch das Zielfernrohr ins Tal.

Die grünen Bäume wogen sich so friedlich im Wind, dass man beinahe hätte annehmen können, die Welt wäre hier noch in Ordnung. Zusammen mit dem Fluss, der das Tal in zwei etwa gleich große, geschwungene Hälften teilte, ergab sich eine Postkartenidylle, die ihn wütend machte. Er hasste es, dass die Natur sich in den letzten Jahren so sehr erholt hatte, denn die Umstände, unter denen das geschehen war, waren so paradox und unverständlich. Es war nicht fair, dass der Nationalpark zu einer blühenden Oase des Lebens geworden war, jetzt, wo niemand dieses Leben genießen oder wertschätzen konnte.

Er erlaubte sich einige Momente der Wut und schluckte sie dann hinunter, weil Wut den Blick für die Realität verschleierte und zu Fehlern verleitete. Also machte er sich frei von ihr und suchte systematisch das Tal nach unnatürlichen Bewegungen ab. Dafür arbeitete er sich von den nordwestlichsten Punkten nach Westen vor, wanderte mit dem Fadenkreuz ein wenig nach unten und dann nach Osten, sodass er in langen Bahnen alles scannte wie ein Computer.

Computer, dachte er und zwinkerte einige Male, um seine Augen zu schonen. *Was würde ich doch für einige Kameras und eine Funkverbindung geben, und ein Programm, das die Daten automatisch auswerten kann.*

»Papa?«, fragte June so leise von der Seite, dass ihre Worte beinahe von dem Wind verschluckt wurden, der die Blätter um sie zum Rascheln brachte.

»Ja, Kleines?«

»Ich sehe da was Komisches beim westlichen Eingang zum Tal.«

»Hm?« Er ließ das Fadenkreuz weit nach Westen gleiten, sodass sich die Vegetation in einen Rausch aus Grün und undeutlichen Schlieren verwandelte. Der Eingang zum Tal war eine Schneise zwischen zwei Bergen, in der kaum Bäume wuchsen und der Fluss eine stattliche Breite erreichte. »Was siehst du?«

»Wenn du etwas weiter in unsere Richtung guckst, siehst du es.«

Er folgte ihrer Aufforderung und positionierte sein Auge erneut an dem Zielfernrohr, weil seine Wange von dem Druck an den Gewehrkolben schmerzte und wanderte mit dem Fadenkreuz weiter den Fluss hinauf, bis er auf ein klobiges Objekt stieß. Es hatte die Form eines dicken Käfers mit hellbraunem Panzer und schwebte stromaufwärts über der Wasseroberfläche. Helle Gischt wurde aufgepeitscht und sah aus, als würde sie an den Rändern des Objekts kräftig durchgemischt, bevor sie in die Fluten zurückfiel.

»Was ist das, Papa?«

»Das ... ist ein Drohnenschiff«, erklärte er und dachte fieberhaft nach. Es war etwa zwanzig Kilometer Luftlinie entfernt und der Fluss war bis zum Ausgang des Tals mindestens dreißig Kilometer lang. Bei der aktuellen Geschwindigkeit des Schiffes würde es möglicherweise zwei volle Tage brauchen, bis es das Tal wieder verlassen hatte und das bedeutete, dass sie kein frisches Wasser holen konnten und auf ihre Vorräte angewiesen waren. Die würden allerdings bald zur Neige gehen, weil sie die letzten Tage von ihnen gezehrt hatten, als sie sich wegen des Suchers nicht hinausgetraut hatten.

»Was ist ein Drohnenschiff?«

»Das ist ein automatisches Schiff, das das Wasser reinigt und von Schadstoffen befreit«, sagte er abwesend und suchte die direkte Umgebung des Drohnenschiffs nach irgendwelchen Bewegungen ab.

»Oh, dann wird unser Wasser jetzt sauberer?«, fragte June halb verwundert, halb begeistert.

»Ja und nein. Es verändert die Nährstoffzusammensetzung des Wassers. Ich weiß nicht, ob das gut ist. Siehst du das dunkle Zeug, das aus dem hinteren Teil gestreut wird?« Er sah, wie eine körnige Masse – die Vergrößerung seines Zielfernrohrs war nicht ausreichend, um Details zu erkennen – aus einem klobigen Kasten am hinteren Teil des Käferschiffes ins Wasser fiel.

»Ich sehe es, Papa. Was ist das?«

»Ich weiß es nicht«, gab er zu. »Aber ich weiß, dass es das Wasser irgendwie verändert. Erinnerst du dich noch an die seltsame Pflanze mit den blauen Blüten, die wir vor zwei Wochen gefunden haben, unten bei dem Findling am Fluss?«

»Ja. Die war wirklich schön.«

»Das stimmt, aber ich kenne diese Pflanze nicht. Sie stammt nicht von hier und in Europa und Asien habe ich sie auch noch nie gesehen. Nicht einmal das Herbarium Nordamerika kennt sie.«

»Wie sind Europa und Asien so?«

»Ich weiß es nicht, Kleines. Ich weiß es nicht.«

»Und wie waren die damals?«

»Wir sollten lieber zurückgehen«, unterbrach er sie und nahm sein Gewehr herunter. »Wir haben genug gesehen. Für die nächsten zwei Tage bleiben wir drinnen und dann sehen wir nach, ob das Schiff wieder verschwunden ist.«

»Okay«, erklang es aus dem dichten Blätterwerk neben ihm.

Für den Abstieg benötigten sie etwas mehr als zwei Stunden, weil es deutlich mehr Aufmerksamkeit erforderte, nicht auszurutschen, wenn man die glatten Steine der Höhle bergab ging. Immer wieder mussten sie den schmierigen Boden überprüfen, der im Lichtkegel seiner Stirnlampe verdächtig schimmerte und einige Male rutschten sie trotz aller Vorsicht beinahe aus und konnten sich nur in letzter Sekunde fangen.

Als sie den Ausgang der Höhle hinter dem Haus erreichten und über den Stolperdraht stiegen, atmete er erleichtert aus und brachte die Steigeisen, die sie auf dem Plateau an diesem Tag nicht gebraucht hatten, zurück zum Schuppen. Vor der Haustür klopfte June ihre Schuhe aus, nachdem sie ihm den Schlüssel für das Schloss gegeben hatte. Er zog es zu sich, um das Loch auf der Unterseite besser erreichen zu können und erstarrte, als sich der Bügel dabei nach oben schob und er das offene Schloss in der Hand hielt.

Einen Augenblick sah er es schweigend an, unfähig, sich zu bewegen. Dann drehte er sich um und suchte den Boden auf der Lichtung nach fremden Fußabdrücken ab.

Nichts.

»Papa, was ist los?«, fragte June besorgt, als sie seinen Gesichtsausdruck bemerkte und tastete nach ihrer Pistole.

»Das Schloss … es ist offen«, hauchte er und überprüfte das Schlüsselloch auf Hinweise, dass sich jemand daran zu schaffen gemacht hatte – doch er fand nichts dergleichen.

»Hast du ganz sicher abgeschlossen?«, fragte er schließlich, als er sich daran erinnerte, wie aufgeregt und abwesend seine Tochter am Morgen gewesen war. War es möglich, dass sie ihre jahrelang täglich einstudierte Routine durchbrochen hatte, die ihr de facto im Schlaf von der Hand gehen sollte?

»Ich ...«, stammelte sie und ihre Lippen begannen leicht zu beben. »Ja. Ja, ich habe abgeschlossen, wie jeden Morgen.«

»Das Schloss ist aber nicht abgeschlossen, sondern offen!«, sagte er streng und ihr Gesichtsausdruck wurde trotzig. Trotzdem sagte sie nichts, als er ihr die Pistole wegnahm. Mit zwei kurzen Handgriffen hatte er sie durchgeladen und entsichert und zog mit einer Hand die Tür auf, während er mit der anderen durch den breiter werdenden Schlitz ins Dunkel zielte. »Du bleibst da stehen. Wenn du irgendetwas Ungewöhnliches hörst oder siehst, rufst du mich, hast du verstanden?«

»Ja, Papa«, gab sie mit bebender Stimme zurück.

Vorsichtig schlüpfte er durch die Tür, die dank ihrer gut geölten Scharniere keinen Laut von sich gab und packte die Pistole mit beiden Händen. Seinen führenden Ellenbogen winkelte er stark ab, damit die Waffe näher an seinem Torso blieb, und ging seitlich an der Wand entlang. Der Lichteinfall durch die Tür war spärlich, also wartete er kurz, bis sich seine Augen an die Dunkelheit gewöhnt hatten und suchte alles ab. Das Wohn- und Esszimmer, das sich längsseits vor der verschlossenen Speisekammer, dem Treppenaufgang, dem Kellerabgang und der durch den Tresen abgetrennten Küche befand, war leer – zumindest sah es von seiner Position danach aus. Mit bedachtsamen Schritten schlich er zum Kamin, sparte zwei der knarrenden Holzbohlen aus und lugte hinter die beiden

Sessel, bevor er mit einer Hand die Tür zur Speisekammer überprüfte.

Verschlossen.

Er ging weiter in Richtung des Esstischs mit den zwei Stühlen und hielt schlagartig inne, als er ein knackendes Geräusch hörte. Ein verzogener Balken? Der Wind unter den Dachschindeln? Oder etwas anderes?

Mit pochendem Herzschlag wartete er noch einige Sekunden und zwang sich, weiterzugehen. Vor der Küche angekommen machte er eine hastige Bewegung um die Ecke und fand auch sie leer vor. Langsam und mit zitternder Waffe öffnete er jede Schranktür, entdeckte jedoch nichts.

Und niemanden.

Als Nächstes überprüfte er das Schloss an der Kellertür, das jedoch verschlossen war und winkte June herein, die noch immer wie festgewurzelt auf der Türschwelle stand und nun zaghaft eintrat. Er bedeutete ihr mit einer knappen Geste, die Haustür offenzulassen und sich links davon an die Wand zu stellen, bevor er die Treppe hochschlich.

Schritt für Schritt und mit erzwungen ruhigem Atem, der ganz und gar nicht zu seinem rasenden Puls passen wollte, nahm er eine Stufe nach der anderen und ließ die sechzehnte aus.

Oben angekommen drehte er sich einige Male um die eigene Achse und suchte mit zusammengekniffenen Augen die Dunkelheit ab. Eine gefühlte Ewigkeit blieb er reglos stehen und wartete ab, ob sich etwas in den Schatten rührte, dann setzte er sich wieder in Bewegung. Das Badezimmer war leer, also blieb nur noch das Schlafzimmer.

Er musste einige Male heftig gegen den Kloß in seinem Hals schlucken, bevor er sich traute, die Klinke hinunter- und die Tür aufzudrücken. Auch das Schlafzimmer war leer und als er im Schrank und unter den beiden Betten nachgesehen hatte, ließ er endlich die Waffe sinken und atmete erleichtert aus. Wieder unten angekommen schloss er die Tür, verriegelte sie und entzündete die Öllampen an der vorderen Wand.

June wollte etwas sagen, doch er hob streng einen Zeigefinger in ihre Richtung und brachte sie zum Schweigen, bevor die erste Silbe ihre Lippen verlassen hatte. Akribisch suchte er nach irgendwelchen Zeichen, die auf einen Eindringling hingewiesen hätten: Schmutz von Schuhen an der falschen Stelle zum Beispiel, den er jedoch nicht finden konnte. Er überprüfte sogar den Standort der Sessel, die so lange an derselben Stelle gestanden hatten, dass das Holz unter den Füßen deutlich heller war als der umliegende Fußboden – doch auch sie waren anscheinend nicht angetastet oder zumindest nicht verschoben worden. Als Nächstes überprüfte er sämtliche Küchenschränke, ob etwas fehlte oder nicht an seinem angestammten Platz stand. Alles sah normal aus. Bevor er sich jedoch beruhigen konnte, ging er hinaus und überprüfte die gesamte Lichtung auf Fußabdrücke, die dort nicht hingehörten. Er ging sogar den Rand der Lichtung ab und hielt nach Zeichen Ausschau, dass jemand außer ihnen gekommen war. Immer wieder zuckten seine Gedanken zu dem Sucher, den er vor wenigen Tagen im Fadenkreuz gehabt hatte und jedes Mal durchfuhr ihn eine Welle der Furcht.

Letztendlich entspannte er sich, als er keinerlei Hinweise auf einen Eindringling finden konnte.

Zurück im Haus kniete er sich vor June und packte sie grob an den Schultern.

»Du hast vergessen, abzuschließen!«, fuhr er sie an.

»Nein, Papa, ich schließe immer ab«, wehrte sie sich und ihre Lippen bebten noch immer.

»Das Schloss war aber offen!«

»Ich war das nicht!« Ihre großen blauen Augen füllten sich zusehends mit Tränen, die langsam von ihren Wangen kullerten, doch er durfte sich von seinem Mitgefühl jetzt nicht beirren lassen. Diese Sache war ernst und sie durfte nicht nachlässig werden.

»Wer soll es denn sonst gewesen sein, hm?«

»Vielleicht der böse Mann, den wir gesehen haben.«

»Und dieser böse Mann unternimmt alle Anstrengungen, um keine einzige noch so kleine Spur zu hinterlassen, nur um dann das Schloss, das er ebenfalls ohne jede Spur geknackt hat, offen zurückzulassen, damit es uns gleich als erstes auffällt? Das macht überhaupt keinen Sinn!«, erwiderte er wütend.

»Ich schließe doch jeden Morgen ab, Papa«, beharrte sie und begann, heftig zu schluchzen.

»Du gehst jetzt hoch ins Zimmer und bleibst da, bis ich dir erlaube, wieder herunterzukommen!«, befahl er und sie lief ohne ein weiteres Wort an ihm vorbei und die Treppe hoch. Als sie hinter der Biegung des Treppenhauses verschwunden war, ging er zu seinem Sessel und ließ sich seufzend in die Polster fallen.

Ich war zu nachlässig mit ihr, dachte er und rieb sich mit beiden Händen die Anspannung aus den Schläfen. *Setze ich sie zu sehr unter Druck? Aber sie darf keine Fehler machen, sonst wird sie das hier nicht überleben. Ich darf nicht zu weich sein, sonst wird sie es auch und dann zerbricht sie an dieser Welt, noch bevor sie volljährig geworden ist.*

Helsinki 11.05.2021

»Gut, sind alle da?« Bill schaute in die Runde und wunderte sich mal wieder, wie sehr sich alles verändert hatte im Lauf der letzten anderthalb Jahre. Ihre alte Lagerhalle war kaum wiederzuerkennen. Hatten sie früher nur die Hälfte der Halle genutzt und hatte ihre ganze Firma aus nicht viel mehr als zwei Schreibtischen, einigen Servern und dem dämlichen Kickertisch bestanden, so sah es zum gegenwärtigen Zeitpunkt vollkommen anders aus. Mittlerweile nutzten sie die gesamte Halle und hatten diese mit einigen Trennwänden in verschiedene Bereiche untergliedert. Sie beschäftigten zwanzig Mitarbeiter und nutzten neben der Lagerhalle auch einige Laborräume des Innovationscampus' der Uni.

Steve hatte recht behalten, und der Datenspeicher hatte wirklich eine Art Bauanleitung für das komplette Implantat inklusive Recheneinheit enthalten. Als das klar gewesen war, hatten sie zwei entscheidende Schritte unternommen: Sie waren das Gehirn losgeworden und hatten ein Patent beantragt. Nachdem dieses bestätigt war, hatten sie schnell finanzstarke Investoren gefunden, die bereit waren, einiges Kapital in ihre Idee zu investieren. Und dann waren sie gewachsen, hatten die ersten Leute eingestellt und begonnen, einen virtuellen Prototypen anhand der aus dem Datenkern abgeleiteten Formel zu entwickeln. Dabei kam ihnen ihr bereits lange zuvor entworfenes virtuelles Gehirn zugute, das Steves ganzer Stolz war und das er mit all den Erkenntnissen über den fortschrittlichen Code aus der Recheneinheit des Implantates noch verbessert hatte. Und nun waren sie kurz davor, den nächsten Schritt zu wagen.

»Ja, alle da«, antwortete Marta, die Neurobiologin in ihrem Team. »Auf Mika brauchen wir nicht warten, der ist im Gehege und geht noch mal mit dem Tierarzt und den Tierpflegern alle Einzelheiten für morgen durch.«

Bill zuckte mit den Schultern. »Okay, das kläre ich später mit ihm. Jetzt kümmern wir uns erst einmal um die restlichen Angelegenheiten. Steve, wie sieht's mit dem Prototypen aus?«

»Die Hardware hat alle Belastungstests und Testszenarien dreimal durchlaufen und ich bin mit den Ergebnissen sehr zufrieden. Der Code ist unverändert stabil und hat ebenfalls keine Schwierigkeiten gemacht. Wenn jetzt noch die Biofraktion grünes Licht gibt, sollte alles passen.« Bei den letzten Worten blickte Steve zu Marta und ihren drei Mitarbeitern, die gemeinsam an der Wand des mittlerweile zu klein gewordenen Besprechungsraumes standen.

»Wir sind im Grunde genommen auch so weit. Mit der Substanz aus Versuchsreihe achthundertsiebenundsechzig haben wir einen echten Volltreffer gelandet. Auch in den beiden Folgeuntersuchungen blieb sie stabil und im Testgewebe rief sie keinerlei Immunreaktion hervor. Was die echten Proliferationsraten im Tiermodell angeht, kann ich aber natürlich nur spekulieren. Dein Tipp mit den beiden Genmodifikationen war wirklich Gold wert, Bill.«

Sie nickte Bill anerkennend zu, und doch meinte er, einen gewissen Zweifel in ihrem Blick zu erkennen. Es blieb wohl nicht aus, dass die Leute sich fragten, woher all seine und Steves plötzlichen und genialen Einfälle stammten. Vor allem blieb es nicht aus, wenn man so brillante Leute wie Marta einstellte. Bill mochte sie wirklich – mehr als ihm manchmal lieb war – und als er vor einigen Wochen angefangen hatte, ab und an von ihr zu träumen, musste er kein Geld für einen Therapeuten ausgeben, um zu wissen, was das bedeutete. Doch er konnte sich aktuell keine Ablenkung erlauben und war auch nicht sicher, ob sie ihm nicht eh die kalte Schulter zeigen würde, falls er irgendwann einmal den Mut aufbringen würde, sie zum Essen einzuladen.

»Wie sieht's mit dem Robo-Injektor aus?«, fragte Bill und schaute zu Jaan, dem Ingenieur ihrer Gruppe.

»Matti, Thore und ich haben heute nochmal vier Schädelmodelle aus dem 3D-Drucker verbraten. Alles top. Unser Baby macht die Implantationslöcher auf den hundertstel Millimeter genau und der Mikrosensor in der Bohrspitze wurde von uns einmal mehr nachjustiert, sodass wir ganz sicher sein können, dass er präzise Messwerte durchgibt und wir keinerlei Hirngewebe verletzen werden.«

Auch wenn die Chemie zwischen Bill und Jaan irgendwie nicht stimmte, musste er sich doch eingestehen, dass der Ingenieur zusammen mit seinen beiden Kollegen in nur neun Monaten Großartiges geleistet hatte. Sie hatten es quasi geschafft, den Implantationsvorgang zu automatisieren. Wenn alles gut ging, musste man nur noch die entsprechende Stelle hinter dem Ohr desinfizieren, den Robo-Injektor auf dem Kopf des narkotisierten Affen – oder Patienten – mittels der Fixierungsschrauben befestigen und das Gerät mit den Daten der CT oder MRT füttern. Dann vermaß der Robo-Injektor alles, bohrte das notwendige Loch präzise in die Schädeldecke und stoppte automatisch in dem Moment, in dem diese durchbrochen wurde, sodass keinerlei Hirngewebe verletzt wurde. Anschließend implementierte er den Sockel des Implantates.

»Also gut, dann stehen ja aktuell alle Zeichen auf *Go*«, sagte Bill.

»Morgen wird es losgehen und unser aller harte Arbeit der letzten Monate wird sich hoffentlich auszahlen. Ich bin stolz auf jeden im Team, denn gemeinsam sind wir so weit gekommen!«, ergänzte Steve. Mit einem geradezu seligen Lächeln im Gesicht schaute er aufmunternd in die Runde. »Hat noch jemand eine Frage?«

»Ja, ich«, meldete sich Anna zu Wort, die sowohl ihre Sekretärin als auch ihre Social Media Beauftragte war. Bill hielt so etwas wie Social Media zwar für vollkommene Zeitverschwendung, doch Steve hatte darauf bestanden. Nun sah es so aus, als ob sich dessen Beharrlichkeit auszahlen würde, denn Anna hatte den Deal mit dem Korkeasaari Zoo ins Rollen gebracht. Als die Zeitungen und das komplette Web voll mit Berichten und Mitleidsbekundungen zum Unfall des kleinen niedlichen Affen Diego waren, der durch einen tragischen Unfall einen Arm verloren hatte und nun nicht mehr mit seinen Affenfreunden durch das große Gehege toben konnte, hatte Anna die Chance erkannt, schneller als üblich an eine mögliche Tierstudie zu gelangen und zugleich jede Menge positive Publicity für sie zu generieren. Und was sollte Bill sagen? Unter dem großen Interesse der Öffentlichkeit hatten die zuständigen Behörden in Rekordzeit eine Sondergenehmigung erteilt, und der Zoo war sowieso schnell überzeugt.

»Was denn, Anna?«, fragte Steve und nickte ihr zu.

»Ich hoffe, ihr habt alle daran gedacht, eure Firmenshirts, Jacken und gegebenenfalls Kittel für morgen zu waschen, sodass ihr alle eine gute Figur macht? Ich möchte niemanden morgen ohne Firmenoutfit sehen. Ich weiß, dass ich hier wahrscheinlich die einzige bin, die dachte, der Mensa-Test wäre ein Wettessen, aber glaubt mir: Die Leute stehen darauf und es wird einen Wahnsinnseffekt für die Außenwirkung haben. Also *bitte, bitte,* tut mir einen Gefallen und haltet euch an den besprochenen Dresscode, ja?«

Bill fühlte sich irgendwie ertappt, als sie gegen Ende ihrer kleinen Ansprache in seine Richtung starrte. Er hasste diese ganze Vermarktungsidee. Dabei kam er sich albern und verkleidet vor. Was sprach denn gegen seine schönen

Anzüge? Doch diese Frage würde er sicherlich nicht stellen, denn er kannte sämtliche Antworten, die folgen würden, auswendig. Er nickte also und machte sich einen mentalen Vermerk, dass er das Zeug unbedingt am Abend suchen musste.

»Also, ihr habt es gehört: morgen alle in Firmenkleidung. Bitte seid pünktlich, wir treffen uns um acht Uhr am Zooeingang. Der Eingriff findet um zehn Uhr statt.«

Die Runde löste sich auf und jeder ging an seine Arbeit. Steve und Bill blieben zurück und schlossen die Tür, als der letzte Mitarbeiter den Besprechungsraum verlassen hatte.

»Wie siehts mit der Black-Box aus? Irgendeine Chance, es morgen ohne zu machen?« Bill hatte wenig Hoffnung, aber er musste Steve diese Frage einfach stellen.

»Nein, das wird nichts werden. Ich habe alles von dem Code entschlüsselt. Er ist extrem komplex, aber verständlich, wenn man ihn erst einmal erkennt. Wann immer ich dachte, es würde nicht weitergehen, weil ich auch ein Hindernis stieß, das sich nicht knacken lässt, musste ich nur lange genug darüber brüten. Doch mit der Black-Box ist es anders. Egal, was ich versuche, es funktioniert nicht. Neulich hatte ich sogar den Eindruck, dass sie sich aktiv zur Wehr setzt. Als wäre eine super intelligente Firewall verbaut. Ich hatte eine Schnittstelle zum restlichen Code gefunden und nach einigem Tüfteln war es mir gelungen, den Datenverkehr dieser Schnittstelle zu lesen. Doch als ich versucht habe, einen eigenen Code einzuschleusen, veränderte sich plötzlich die Codierung der Daten und ich war raus – keine Chance. Und ohne die Black-Box sind alle Versuche, die Implantatsfäden im Gehirn wachsen zu lassen, gescheitert – sowohl im virtuellen Modell als auch bei den Laboruntersuchungen. Wir können also nicht auf sie verzichten.« Resigniert blickte Steve zu Bill. »Seien wir ehrlich, zumindest zu uns selbst. Welche Regierung, Geheimorganisation oder wer auch immer diesen Kram entwickelt hat, ist uns offensichtlich ein gutes Stück voraus gewesen. Und wir haben eine Menge erreicht, indem wir es geschafft haben, ihn soweit zu verstehen, dass wir ihn nachbauen können. Doch für diesen letzten Teil sehe ich aktuell keine Lösung. Die anderen im Team haben sich mit unserer Erklärung abgefunden, dass die Black-Box unser beider Erfolgsgeheimnis ist und wir es deshalb weder preisgeben noch einen Zugang ermöglichen, doch wie das werden soll, wenn alles funktioniert und sich erst einmal die Medien und Firmen darauf stürzen, das weiß ich wirklich nicht.«

Bill zuckte mit den Schultern und lächelte seinen Freund aufmunternd an. »Mach dir keine Sorgen, dann machen wir es halt mit der Black-Box. Du hast wirklich Unglaubliches vollbracht, als du den gesamten restlichen Datenspeicher entschlüsselt hast. Wenn *du* die Black-Box nicht entschlüsseln kannst, kann es niemand!« Aufmunternd klopfte er Steve auf die Schulter und ging in Richtung der Tür.

»Wenn morgen alles glatt läuft, sind wir nur noch einen Schritt vom Versuch an Menschen entfernt. Dann wird eine größere Tierstudie nur noch eine Formalie sein, und wir werden vor der großen Frage stehen, ob wir unserem Produkt soweit vertrauen, dass wir die Verantwortung übernehmen können, es Menschen zu implantieren. Ich habe Angst davor, Bill. Ich habe Angst, den Menschen etwas zu implantieren, das ich nicht zu hundert Prozent verstehen und kontrollieren kann. Was ist, wenn das alles doch von den Russen kommt, und die dann plötzlich die Kontrolle über alle Implantatsträger übernehmen oder so? Könntest du das verantworten?«

Bill drehte sich zu Steve um und blickte ihm fest in die Augen. »Steve, hör mir zu. Wir sind dabei, einem niedlichen kleinen Affen das Klettern mit seinen Freunden wieder zu ermöglichen und wenn das klappen sollte, werden wir bald auch Menschen wieder laufen, greifen, tanzen oder was auch immer machen lassen können. Sollten wir das wirklich zurückhalten, nur weil wir zu viele Spionagefilme gesehen haben und jetzt überall Verschwörungen vermuten? Haben wir irgendwo im Code Hinweise auf die Russen, die CIA, den Mossad, die Nazis oder sonst irgendwelche Fieslinge gefunden?«

»Nein.«

»Siehst du? Und haben wir irgendeine Vorsichtsmaßnahme unterlassen oder haben wir irgendeine notwendige Untersuchung nicht gemacht, um nicht guten Gewissens sagen zu können, dass wir alles in unserer Macht Stehende getan haben, um den BrainWiz so sicher wie möglich zu machen?«

»Nein.«

»Okay, dann sehe ich keine Einwände, warum wir nicht weitermachen sollten.«

Steve ließ die Schultern hängen und klang resigniert, als er sagte: »Vielleicht hast du recht, aber mein Gefühl bleibt mein Gefühl.«

* * *

Verglichen mit einem richtigen Operationssaal sah der der Tierklinik im Zoo ziemlich wenig nach einem solchen aus. Für Bills Geschmack war alles etwas weniger steril, aber er vertraute darauf, dass der Tierarzt, Dr. Immonen, wusste, was sie taten. Bill selbst hatte sich eingehend mit der Anatomie und natürlich vor allem der Neuroanatomie von Schimpansen beschäftigt. Das war nötig geworden, um den Robo-Injektor so anzupassen, dass er für Affen funktionierte.

Bill schaute sich im Raum um, in dem das gesamte Team von *Brain Vision* anwesend war, allen voran Anna, die sich mit ihrer Kamera in der Position befand, um alles aufzunehmen. Aktuell stand sie mit Herrn Kauppinen, dem Zoodirektor, zusammen und führte offensichtlich ein letztes Interview vor dem Eingriff mit ihm. Außerdem waren dort die zwei Tierpfleger des Affengeheges, die unruhig hin und her blickten. Steve stand mit ihm bei Dr. Immonen und trug ebenso wie Bill einen weißen Kittel mit dem Brain Vision Logo auf der linken Brust und dem Rücken.

»Nun gut, wollen wir anfangen?«, drang die sonore Stimme des Tierarztes durch den Raum. »Die Narkose ist ausreichend tief und wir sollten beginnen.«

Nun wurde es still im Raum.

»Gut«, sagte Bill und blickte in die Kamera. »Nachdem uns Dr. Immonen versichert hat, dass Diego tief genug in Narkose ist, um nichts zu spüren, werden wir mit der Implantation des *BrainWiz* beginnen. Hierzu werden mein Kompagnon Steve Työpaikkaa und ich zuerst den von unserem Team speziell entwickelten Roboter auf Diegos Kopf befestigen, damit im Anschluss die höchstpräzise Implantation beginnen kann.« Bill ging auf die andere Seite des Tisches und begann mit Steve, den Robo-Injektor an den vorher gekennzeichneten Stellen am Kopf des Affen zu befestigen. »Wie Sie sehen können, haben wir den Robo-Injektor, wie wir unseren Helfer hier nennen, so angepasst, dass er perfekt Diegos Kopf entspricht.«

Bill zog die letzte Schraube fest und überprüfte den korrekten Sitz.

»Nun desinfizieren wir gründlich den Implantationsbereich.« Nachdem die Desinfektion erfolgt war, wandte sich Bill erneut der Kamera zu. »Herr Työpaikkaa, bitte den Robo-Injektor starten.«

Steve gab einen Befehl auf dem Touchpad der Maschine ein und mehrere LEDs fingen an, Rot zu blinken.

»Der Injektor prüft anhand der CT- und MRT-Daten von Diego, die wir vorher aufgespielt haben, ob die Positionierung korrekt ist, und ob eine Implantation gefahrlos durchgeführt werden kann«, erläuterte Steve, während er in die Kamera grinste.

Nach einigen Augenblicken wechselten sämtliche LEDs von Rot zu Grün und Steve sprach erneut: »Jetzt hat das System alle relevanten Tests absolviert und signalisiert die Bereitschaft zur Implantation. Das tatsächliche Implantat, bestehend aus dem Hirnadapter, also jenem Teil, das den BrainWiz mit dem Gehirn des Trägers verbinden wird, und der Recheneinheit, die später die Kommunikation zwischen Diegos Gehirn und der Prothese ermöglichen wird, haben wir steril in den Injektor verpackt, sodass wir das Infektionsrisiko so minimal wie möglich halten können.« Steve machte eine kurze Pause, blickte zu Bill und Immonen, die beide nickten und drückte erneut auf das Touchpad. »Nun habe ich den ausschlaggebenden Implantationsvorgang aktiviert.«

Der Robo-Injektor begann, auf seiner Unterseite einen feinen Bohrer auszufahren, neben dem parallel eine dünne Absaugung herausglitt. Es erklang ein dumpfes, schmatzendes Geräusch, als der Bohrer in die Haut eindrang, das jedoch schnell von einem kratzenden Ton abgelöst wurde, als sich der Bohrer Millimeter für Millimeter durch den Schädelknochen des reglosen Affen arbeitete.

»Während der Bohrung«, erklärte Bill, »prüft der Injektor immer wieder mittels einer speziellen Messsonde, dass er im Zielgewebe arbeitet und nicht aus Versehen zu weit bohrt, und in einem Blutgefäß oder gar Hirngewebe landet.«

Kurze Zeit später verharrte der Bohrer und aus der Unterseite des Injektors glitt die Sockelscheibe, welche über ein Loch in ihrer Mitte den Bohrer entlangglitt, bis sie genau über dem Implantationsloch auflag.

»Hier konnten Sie sehen, wie wir den Bohrer gleichzeitig dazu verwenden, den Anschlusssockel des Implantates hochpräzise über dem Implantationsloch zu platzieren. Im nächsten Schritt wird die Grundsubstanz für die biologischen Nanofilamente in das Loch injiziert. Diesen Vorgang können wir nur indirekt sehen, da er automatisiert durch einen ultrafeinen Kanal im Bohrer abläuft. In dem Maße, in dem der Bohrer sich aus der Injektionsstelle herauszieht, verfüllt er das Loch mit der Grundsubstanz und stellt sowohl eine Keimbarriere als auch eine Verbindung zum Sockel her.«

Bill wartete, bis der Vorgang abgeschlossen war.

Steve übernahm wieder und erläuterte den letzten Schritt der Prozedur: »Nun wird der letzte Teil der Arbeit erfolgen. Wenn der Bohrer vollständig eingefahren ist, wird die Recheneinheit mit dem Sockel verbunden. Nach deren Aktivierung wird sie beginnen, die Grundsubstanz zur Ausbildung der Nanofilamente anzuregen. Dabei greift die Recheneinheit auf die hochauflösenden MRT-Daten zurück, die wir von Diegos Gehirn erstellt haben.« Steve wartete, bis die Recheneinheit fest auf dem Sockel saß und die LEDs des Injektors mehrmals Grün blinkten. »Jetzt signalisiert der Robo-Injektor, dass seine Arbeit abgeschlossen ist, und wir ihn vom Patienten trennen können.«

»Unser Team, sowie Dr. Immonen und die vielen Mitarbeiter des Zoos werden sich um Diego kümmern, sobald er aus der Narkose erwacht, und wir werden durchgängig prüfen, wie gut die Integration des Implantates gelingt. Nach Abschluss dieser, was in etwa vierundzwanzig Stunden der Fall sein sollte, wird ein Spezialistenteam die Prothese anbringen, und Diego hoffentlich nach kurzer Eingewöhnung wieder ganz der Alte sein.« Bill nickte Anna zu, damit sie das Video beendete.

Alle starrten zu dem Tierarzt, der immer noch sämtliche Monitore begutachtete und sich einen Gesamteindruck von der Verfassung des Affen verschaffte. »Und, Doc, wie sieht's aus?«, fragte Steve schließlich, während er sich mit den Händen durchs Haar fuhr und die Stirn in einem Anflug von Anspannung in Falten gelegt hatte.

»Herr Työpaikkaa, ich kann noch nichts Genaues sagen, aber bisher sind sämtliche Herz-Kreislaufparameter stabil und auch das EEG sieht vollkommen normal aus. Ich würde sagen, dass wir Diego in sein Gehege zurückbringen und ihn vorsichtig aufwachen lassen können.«

Erste Erleichterung zeichnete sich auf den Gesichtern der Anwesenden ab, während die Tierpfleger herbeieilten und Diego auf eine Trage legten, nachdem Dr. Immonen ihn von sämtlichen Kabeln und Schläuchen befreit hatte.

* * *

Ein lauter Knall hallte durch die alte Fabrikhalle und Steve grinste über beide Backen, als er die Sektflasche hob.

»Liebe Leute, wir haben heute einen Meilenstein gesetzt! Wir haben es wirklich geschafft. Alle Daten von Diego sehen gut aus, und es ist ein großartiges Gefühl, es so weit gebracht zu haben! Auf euch, auf Diego und alle anderen, denen unsere Arbeit neue Hoffnung geben wird!« Er hob die Sektflasche hoch und prostete allen zu. Es gab kein Halten mehr: Bill, Marta und alle anderen stimmten in den Toast ein und jubelten ausgelassen.

Bills und Steves Blicke trafen sich und auch, ohne über den Lärm der Feier miteinander reden zu können, verstanden sie einander nur zu gut: Jetzt wurde es erst wirklich ernst.

Der Keller

Montana, 20. März 2031

Er wartete eine Stunde und ging dann die Treppe hinauf zur Schlafzimmertür, die nur angelehnt und nicht verschlossen war. Davor hielt er mit gesenktem Blick inne und kaute auf seiner Unterlippe, bis sie schmerzte. Er wollte hineingehen und seine Tochter trösten, doch mit der Hand an dem kalten Türgriff erstarrte er und verzog das Gesicht.

Bin ich genauso kalt wie dieser Türgriff? Bin ich ein herzloser Vater?

Er liebte nichts so sehr wie June und hätte sich vermutlich längst erhängt, wenn sie nicht wäre, aber wie schützte man etwas, das man liebte, in Zeiten wie diesen, in der die Welt keinen Schutz mehr bot? Wie bereitete man ein Kind darauf vor, in einer Umgebung bei ständiger Gefahr zu überleben, ohne es zu einem gefühllosen Wesen zu machen, das ohne menschliche Wärme aufwuchs? Menschliche Wärme gab es außerhalb dieser Hütte nicht mehr, und irgendwann würde er sterben und sie auf sich allein gestellt sein. Wie bereitete er sie darauf vor? Wenn seine Frau nur hier sein könnte, um ihm zu helfen. Sie war diejenige gewesen, die immer gut mit Kindern umgehen konnte. Bis sich die Welt verändert und sie sich geholt hatte.

Schweren Herzens ließ er seine Hand sinken und drehte sich langsam um. In Gedanken versunken vergaß er die fünfte Stufe von oben und sie knarzte laut – ein Geräusch, das er seit Jahren nicht mehr vernommen hatte und das ihn jetzt heftig zusammenzucken ließ.

Konzentrier dich, Mann, ermahnte er sich selbst, als er die restlichen fünfzehn Stufen nahm. Auf dem untersten Absatz hielt er kurz inne und lauschte, bevor er zur Haustür ging und die Riegel überprüfte.

Er begab sich zur Kellertür und zog die Halskette mit dem Schlüssel aus seinem Flanellhemd, um das wuchtige Schloss aufzuschließen. Als er die verstärkte Tür aufzog, drang sofort ein leises Summen an seine Ohren. Er lauschte ein letztes Mal, bevor er den Lichtschalter betätigte und hinter sich abschloss.

Die zehn Treppenstufen aus Holz lief er zügig hinab, bis er in dem großen Kellerraum stand, der komplett mit Metall ausgekleidet war. Vor ihm befand sich ein langer Schreibtisch mit drei riesigen, nebeneinandergestellten Monitoren und einer Tastatur. Daneben aktivierte er den Empfänger des Babyphones, dessen Pendant oben im Schlafzimmer stand. Allerlei Papiere, Scratchboards, Hardwarekomponenten und Werkzeuge lagen kreuz und quer auf der Arbeitsfläche verteilt, wie ein nach einem Orkan zerstörtes Mosaik. Rechts befanden sich drei wuchtige Strahlungsschutzbehälter mit schwarzem Warnsymbol auf gelbem Grund, von denen jeweils vier fingerdicke Kabel in der Wand verschwanden. Die Radionuklidbatterien waren so etwas wie die Lebensader des Kellers und der näheren Umgebung und gleichzeitig eine ständige Bedrohung, auf der sie schliefen. Natürlich wusste er, dass keine direkte Gefahr von ihnen ausging, weil es sich prinzipiell um alte, verlässliche Technik handelte – doch zu wissen, dass man zerfallende radioaktive Isotope im Keller hatte, ließ einen nicht gerade ruhig schlafen.

An der hinteren Wand standen eine Werkbank, ein Papierdrucker, ein Serverschrank und ein 3D-Drucker. Von dem Serverschrank ging das unterschwellige Summen aus, das zwar leise, aber doch so einnehmend war, dass er jedes Mal das Gefühl hatte, der Boden würde leicht vibrieren.

Als sein Blick auf die linke Wand fiel, blieb er an der schweren Eisentür mit den sechs Riegeln haften, die diese wie einen Tresor wirken ließen. Wie immer ging er zögernd zu ihr und überprüfte jeden einzelnen Riegel auf festen Sitz und wandte sich erst ab, als er sicher war, dass sie perfekt verschlossen waren, bevor er sich auf dem Sessel vor den drei Monitoren niederließ.

Mit dem Fuß betätigte er den Stromschalter an der Wand und fuhr seinen Rechner hoch, gab das Passwort ein und sah auf die Notizübersicht, die sich ihm sofort entgegenwarf. Eine topografische Karte zeigte Nordamerika und rote Punkte markierten einige der größten Städte. Natürlich hatte er sie nicht markiert, um zu wissen, wo sich diese Städte wie New York und Seattle befanden, sondern weil sie aus anderen Gründen interessant waren.

Oder zumindest interessant sein könnten, dachte er und scrollte durch seine Notizen. Irgendwann seufzte er und schloss sein Diktiergerät an das USB-Kabel an, das es mit dem Rechner verband.

»Heute haben wir ein Drohnenschiff gesehen, das den Fluss hinaufgefahren ist. Offenbar hatte es wie die Luftschiffe Nährstoffpellets an Bord, welche es ins Wasser abgegeben hat. Ich würde mich nicht wundern, wenn wir demnächst weitere fremdartige Pflanzensorten im Tal entdecken. Fürs erste werden wir keine Fische mehr aus dem Fluss fangen, mir ist das Risiko zu groß«, sprach er in das Gerät und drückte den Pausenknopf, als er mit einer Tastenkombination ein Programm aufrief, das die Analysedaten eines kleinen Atmosphärenmessgeräts anzeigte, das er kurz nach ihrem Einzug in der Nähe der Bergspitze installiert hatte.

Wieder drückte er den Aufnahmeknopf: »Der Anteil an CO_2 in der Atmosphäre ist mittlerweile auf null Komma null null drei Prozent gesunken. Der Stickstoffgehalt ist von achtundsiebzig Prozent auf fünfundsiebzig gefallen. Der Sauerstoffgehalt hat sich dagegen nur auf dreiundzwanzig Prozent erhöht. Ich vermute, dass die Differenz vorwiegend aus Edelgasen besteht. Auswirkungen konnte ich keine direkt feststellen, aber es wird sich zeigen, welche Langzeiteffekte sich einstellen.« Erneut hielt er inne und sammelte seine Gedanken, bevor er weitersprach: »Die Welt verändert sich, aber ich verstehe noch nicht wie und weshalb. Das wird sich hoffentlich ändern, wenn mein neues Dechiffrierprogramm seine Arbeit erledigt hat. Es arbeitet jetzt seit genau fünf Jahren und in der überarbeiteten Version seit acht Monaten mit neunzig Prozent der mir zur Verfügung stehenden Rechenleistung.«

Er drückte *Pause* und betrachtete das Dechiffrierprogramm, das mit der maximalen ihm zugewiesenen Rechenleistung das Problem bearbeitete, mit dem er es gefüttert hatte. Die komplexe dreihundertsechzig-dimensionale Verschlüsselung mittels geometrischer Muster war nicht nur hyperkomplex, sondern hatte auch abseits des ihm bekannten mathematischen Wirkungsbereichs gelegen, sodass es ihn viel Zeit gekostet hatte, überhaupt einen Anknüpfungspunkt für sein Programm zu finden. Nach seiner letzten Anpassung war er sich jedoch sicher, dass es nur noch eine Frage der Zeit war, bis es das Schloss knackte.

»Was ist dein Geheimnis?«, murmelte er versunken und schüttelte irgendwann den Kopf, bevor er wieder den Aufnahmeknopf drückte. »Wir haben einen Sucher gesehen und diesmal hat auch June ihn gesehen. Unsere Zeit hier oben nähert sich dem Ende, die Schlinge zieht sich langsam zu. Ich hoffe nur, dass wir genug Zeit haben, um meine Arbeit hier zu beenden, sonst war alles umsonst.«

Auf seiner Unterlippe kauend warf er das Diktiergerät auf einen der vielen Papierstapel und lehnte sich in seinem Bürostuhl zurück.

Irgendetwas hatte sich verändert. Die Abstände, in denen Sucher ins Tal kamen, waren noch immer groß, aber sie waren deutlich kürzer geworden, da war er sich sicher. Aber weshalb? Wenn sie nicht entdeckt worden waren, suchte man sie weiterhin, genau wie wahrscheinlich hunderte oder tausende andere, die sich in der Wildnis versteckten. Hätte man sie entdeckt, wären sie jetzt schon tot ... *oder schlimmer.* Aber offensichtlich war das nicht der Fall. Warum also die Zunahme an Suchern? Und warum schickten sie keine Drohnen aus?

Er musste dringend Antworten finden, denn so nah an ersten Ergebnissen seiner Arbeit durfte er nicht riskieren, gefunden zu werden – ganz abgesehen von June, die er um jeden Preis davor schützen musste, entdeckt zu werden. Also zog er hinter einem der Monitore einen Joystick hervor, befreite ihn von einigen Schrauben und Papierknäueln und schloss ihn an das Kabel an. Gewissenhaft richtete er das Steuergerät vor sich aus und überprüfte den Sitz an seiner Hand, bevor er über ein anderes Programm die Fernsteuerung einer seiner drei kleinen Rotordrohnen aktivierte und sie aus ihrem Fach in der Höhle hinter dem Haus fliegen ließ.

»Dann wollen wir mal nachsehen, was da los ist«, murmelte er nervös und merkte, wie seine Hand an dem Joystick bereits auf den ersten Metern zu schwitzen begann.

Er lenkte das kleine Fluggerät mit den vier Rotoren etwa auf Kopfhöhe über dem Boden hinter dem Haus entlang und zwischen die Bäume. Hätte er sich über die Baumwipfel gewagt, wäre sie sofort entdeckt und womöglich abgeschossen worden. Der Himmel im Jahr 2031 gehörte den Luftschiffen, die die Atmosphäre *reinigten* und Nährstoffpellets auswarfen, und sie duldeten keine fremden Augen und Ohren. Also blieb er tief in der Deckung der Bäume und Sträucher, flog langsam genug, um jedem Stamm und jedem Ast mühelos ausweichen zu können. Zwar war sein letzter Flug über ein Jahr her, doch das Steuern hatte er noch nicht verlernt.

Insgesamt kam er erstaunlich schnell voran, da er sich nicht wie zu Fuß durch das Unterholz kämpfen musste, sondern eine mehr oder weniger gerade Linie durch den Wald nehmen konnte, bis er die kleine Schneise zwischen Heavens Peak und Mount Stimson erreicht hatte und den kleinen Wanderweg fand, der mittlerweile fast komplett überwuchert war. Er ging noch ein wenig tiefer und folgte dem Weg, bis er irgendwann Lake Sherburne erreichte. Die dunkelblaue Wasseroberfläche des langgezogenen Sees auf der anderen Seite des Berges lag ganz still und auch die Bäume an den Ufern zeigten keine Regung. Alles schien friedlich ... *oder tot.*

Mit der Zunge zwischen den Zähnen lenkte er die Drohne auch hier in den Schutz des Waldes, blieb aber dicht am Ufer, um aus den Augenwinkeln den See beobachten zu können. Es war ein seltsames Gefühl, gezwungen zu sein, immer in Fahrtrichtung zu sehen und sich nicht umschauen zu können. Ständig glaubte er, beobachtet zu werden, oder dass jederzeit jemand oder etwas nach ihm – beziehungsweise der Drohne – schlagen konnte, ohne dass er eine Chance gehabt hätte, es zu bemerken. Im Grunde genommen flog er wie mit Scheuklappen durch eine feindliche Umgebung. Der einzige Trost war, dass, je weiter er von der Hütte entfernt war, und das war jetzt bereits beinahe eine Stunde Flugzeit, die ihm nur der Verstärker auf dem Berg ermöglichte, bei einer Entdeckung zumindest nicht sofort sein Standort in der Hütte offensichtlich wurde.

Da er immer wieder kurz anhielt, um den Batteriestatus zu überprüfen und die Kamera hin und her zu drehen, benötigte er eine weitere halbe Stunde, bis er den See hinter sich gelassen hatte und von dort einen freien Blick auf das Nachbartal werfen konnte.

Er sah die verwaiste Interstate 89, die sich durch die ehemalige Reservatssiedlung Babb zog wie ein grauer Faden verwitterten Asphalts.

»Heilige Scheiße!«, murmelte er und rückte näher an seine Monitore heran. Von den verlassenen Häusern, die bei seinem Flug vor einem Jahr noch dort gestanden hatten, gab es keine Spur mehr. Selbst das große Kieswerk war mittlerweile komplett zugewachsen, und auch von der Landebahn des kleinen Privatflughafens war nichts mehr zu sehen. Die gesamte Landschaft war grüner, als er sie in Erinnerung hatte, und hätte er nicht gewusst, dass sich dort einmal eine Siedlung befunden hatte, hätte er nicht geglaubt, dass dieser Ort jemals etwas anderes gewesen war als schönste Natur.

»Was bist du denn?«, fragte er flüsternd, als er mit zusammengekniffenen Augen eine Art Fremdkörper in dem geradezu idyllischen Bild ausmachen konnte.

Mit seiner freien Hand schob er den Zoomregler nach vorne und die hochauflösende Kamera vergrößerte das Bild um ein Vielfaches, bis er westlich der ehemaligen Kiesgrube ein weißes Häuschen sah, das ihn an eine Nomadenjurte erinnerte. Sie sah nach Kunststoff und Glas aus, war aber rund und besaß einen geschlossenen Eingang, neben dem zwei Menschen standen und sich unterhielten. Sie trugen weiße Einteiler und Schirmmützen und verschwanden kurze Zeit später im Inneren des seltsamen Gebäudes.

Wieder schwenkte er die Kamera zu der nahen Wiese, die die Jurte von einem kleinen Waldstück trennte. Dort entdeckte er einen kleinen Schuppen aus demselben weißen Material, vor der eine andere Person in gleicher Uniform hockte und sich an einer Flugdrohne zu schaffen machte, die eine Flügelspannweite von über vier Metern haben musste und auf drei Rollen stand.

»Verfluchter Mist«, schimpfte er, drückte den Leerlaufknopf und raufte sich die Haare, als er in seinem Stuhl zurücksank. »Die haben doch verdammte Aufklärungsdrohnen!«

In seinem Kopf wechselten sich immer neue Untergangsszenarien ab: Bilder, wie die Drohne über den Berg geflogen kam und sofort ihr Haus bemerkte, Eindrücke von Suchern, die durch die Tür hereinbrachen und sie sofort erschossen und June, die nach ihm schrie und ihn um Hilfe anflehte.

Angespannt beobachtete er, wie die Gestalt am Heck der Drohne arbeitete, bis sie sich schließlich entfernte und an einem kleinen Werkzeugkasten herumnestelte.

Ich dachte, dass hier nichts herumfliegen darf. Er beugte sich vor und sah der Drohne zu, wie sie losfuhr und immer schneller wurde, bis sie schließlich abhob. Er drehte die Kamera hinterher und sah, wie sie in etwa fünfzig Metern Höhe abdrehte – allerdings nicht in Richtung des Bergs, sondern in Richtung des Flachlands, auf dem sich immer mehr grüne Flecken inmitten der Brauntöne zeigten.

»Was ist da los?«, fragte er und drehte die Kamera zurück zu dem kleinen Schuppen und der Person, die die Drohne bearbeitet hatte. Sie stand mit einer Hand über den Augen da und starrte in den Himmel, doch sein Interesse galt nicht dem oder der Uniformierten, sondern den Gegenständen hinter ihr, die eben noch von der Drohne verdeckt worden waren.

»Was ist das denn?« Er zoomte auf die höchste Stufe und konnte mit einiger Mühe das Wort »Seeds« und die Aufschrift »2-C-C« von den Pixeln ablesen. »Das sind Saatgutboxen. Eine Agrardrohne. Hm.«

Dieses Mal scrollte er zurück und sah sich den Wald hinter dem Schuppen noch einmal genauer an.

»Das ist kein Wald. Das ist eine Schonung.«

Es gab keinen Zweifel: Kaum einer der Bäume kam über zwei Schritt Höhe hinaus und sämtliche Stämme waren schlank wie ein Kinderarm. Das Blattwerk war dünn und die Rinde glatt und sie standen in perfekten Abständen von zwei Metern, sodass man frei durch die Reihen blicken konnte. Aber da war noch etwas. Bei genauerem Hinsehen erkannte er, dass die Blätter Dreiecke bildeten und von einem so dunklen Grün waren, dass er es beinahe mit Violett verwechselt hätte.

Schnell fertigte er ein paar Screenshots an, ließ die Bilder durch ein Aufbereitungsprogramm laufen und zog sie dann per Drag&Drop in seine Analysesoftware, um sie mit der Botanikdatenbank abzugleichen.

Fünf Minuten später hatte er sein Ergebnis: *keine Übereinstimmung mit der Datenbank.*

Besorgt strich er sich über den Mund und zuckte zusammen, als die Person mit der weißen Kleidung direkt in die Kamera blickte. Vor Schreck wäre er beinahe vom Stuhl gefallen und riss sofort den Joystick zurück, um die Drohne tiefer in den Wald zu steuern. Das Bild wackelte heftig und drehte sich einige Male. Offenbar war er irgendwo gegengestoßen.

»Scheiße!«, rief er und drehte den Joystick wild hin und her. »Scheiße! Scheiße! Scheiße! Scheiße!«

Erst als er realisierte, dass er offenbar mit einem Baum zusammengestoßen war, beruhigte er sich ein wenig und begann, mit sich selbst zu reden.

»Unmöglich, dass er die Drohne gesehen hat!«

Ein Kopfschütteln.

»Ganz und gar unmöglich. Ich war zwei Kilometer entfernt zwischen den Bäumen im Unterholz. Niemand hat so gute Augen!«

Eine kurze Pause, dann ein erneutes Kopfschütteln.

»Ganz und gar unmöglich«, versuchte er, sich zu überzeugen, und lenkte seine Drohne unter heftigen Atemstößen zurück in den Wald. Weiter und weiter entfernte er sich von dem See. Er durfte unter keinen Umständen entdeckt werden. Nachdem er zwei Findlinge umrundet hatte und zwischen zwei Fichten abtauchte, mit deren schwer behangenen Ästen er beinahe kollidiert wäre, hielt er kurz und schwenkte die Kamera. Der Untergrund war eben geworden und das Blattwerk so dicht, dass er nicht mehr sicher war, in welche Richtung er fliegen musste.

»Verdammter Dummkopf!«, beschimpfte er sich und flog mit zitternder Hand probeweise in verschiedene Richtungen, als ihn ein Warnton darauf hinwies, dass die Batterie zur Hälfte entleert war. »Scheiße!«

Er durfte keine Umwege mehr fliegen, wenn er die Drohne nicht verlieren und damit ein Relikt seiner Anwesenheit hinterlassen wollte. Wütend schlug er mit der linken Hand so heftig auf den Schreibtisch, dass die herumliegenden Schrauben klirrend hochflogen, bevor er den Joystick hochzog.

Die Drohne kletterte gehorsam in die Höhe und verließ kurze Zeit später die Baumwipfel.

»Nur ganz kurz«, murmelte er und schwenkte die Kamera hastig hin und her, bis er den See gefunden hatte. Gerade als er wieder abtauchen und in seine Richtung fliegen wollte, sah er ein kurzes Aufblitzen und der Bildschirm wurde Schwarz.

»Signal verloren«, stand auf dem mittleren der Monitore in weißen Lettern auf schwarzem Grund geschrieben und er starrte fassungslos ins Nichts.

»Oh nein«, hauchte er und ließ zögerlich den Joystick los. Nachdem er ein paarmal heftig geschluckt hatte, atmete er tief durch. »Die Drohne ist auf der anderen Seite erwischt worden, kein Grund zur Panik, hörst du? Kein Grund zur Panik. Die halten sie wahrscheinlich für das Gerät von Indianern aus dem Reservat, die sie noch nicht einfangen konnten. Die Blackfeet-Leute finden doch immer ein Versteck in der Natur.«

Von einer unbarmherzigen Nervosität getrieben, stand er von seinem Stuhl auf, der von seinen Waden gedrängt nach hinten rollte und gegen den Treppenaufgang stieß. Mit beiden Händen raufte er sich die kurzgeschorenen Haare, als an der verstärkten Stahltür mit den sechs Riegeln ein rotes Lämpchen aufleuchtete und er seine Stirn in Falten legte.

»Was ist denn jetzt los?« Er machte einen Schritt nach vorne und drückte »ESC« auf der Tastatur, um das Flugprogramm zu minimieren, und rief die Kamerafeeds aus dem Sicherheitsraum hinter der Panzertür auf. Zuerst betrachtete er das Schimpansenmännchen mit den festgeschraubten Elektrodenpads auf der rasierten Kopfhaut. Es schien in seinem Käfig zu schlafen. Dann wanderte sein Blick zu dem zweiten Käfig, in dem sich eine einfache Holzbank, zwei Näpfe und ein Eimer befanden, den er zu übersehen versuchte. Die Frau darin stand dicht vor der Gittertür und sah mit ernstem Gesichtsausdruck direkt in die Kamera.

Mit gerunzelter Stirn schaltete er auf Kamera zwei, die sich in ihrem Rücken befand und suchte Boden und Gitter ab. Nichts.

Da das rote Lämpchen geleuchtet hatte, schaltete er die Lautsprecher ein und lauschte, welches Geräusch das Lämpchen aktiviert haben könnte.

»Lass mich frei«, krächzte die Frau und es lief ihm kalt den Rücken hinunter. In den sechs Jahren, die er sie nun schon hier unten festhielt, hatte sie noch kein einziges Wort gesprochen. Wieso gerade jetzt? Sie konnte mit nichts und niemandem Kontakt gehabt haben – nicht in einem Raum, der komplett mit Kupfer ausgekleidet und magnetisiert war.

»Nein«, sagte er, und schaltete Mikrofon und Lautsprecher wieder ab, als ein Piepton aus Richtung der Monitore seine Aufmerksamkeit forderte.

»Was denn jetzt?«

Er öffnete die Benachrichtigung und bekam schlagartig einen trockenen Mund. Das Dechiffrierungsprogramm hatte seine Arbeit beendet. Das Signal war entschlüsselt.

Helsinki 27.05.2021

»Gut vierzehn Tage nach der spektakulären Implantation eines kleinen Super-Computers in das Gehirn des Schimpansen Diego durch das Start-up Brain Vision aus Helsinki, erreichen uns neue Nachrichten aus dem Korkeasaari Zoo: Diego kann seine Prothese dank des BrainWiz genannten Implantats vollständig steuern. Wie dieses kleine Wunder funktionieren konnte, und wie es Diego jetzt geht, erfahren Sie nach den nächsten zwei Songs. Herr Kauppinen, der Zoodirektor, wird aus erster Hand berichten. Bleiben Sie dran ...« Bill stellte das Radio ab und stieg aus seinem Wagen. Er musste gar nicht weiter zuhören, denn er wusste, dass es Diego gut ging und vor allem wusste er auch, dass BrainWiz bisher effektiv funktionierte. Gleich würde er noch mehr erfahren, denn sie hielten jeden Morgen ein kurzes Briefing mit dem Kernteam ab. Heute wollten sie die Daten des vorhergehenden Tages durchgehen, an dem das erste MRT gemacht worden war, sodass sie heute hoffentlich genau sehen konnten, wie sich die Fasern in Diegos Gehirn ausgebreitet hatten.

Bill eilte über den Parkplatz zur Eingangstür der Halle und hielt seine Keycard vor den Sensor. Alles musste nun sicherer ablaufen, nachdem es einen wahren Ansturm seitens der Presse gegeben hatte und ihnen von allen Seiten geraten wurde, sich vor Industriespionage zu schützen. Infolgedessen gab es jetzt Kameras, elektronisch überwachte Schlösser und in einigen Bereichen sogar biometrische Zugangskontrollen.

Mit einem Summen bestätigte der Sensor Bills Keycard und öffnete die Tür. Bill trat ein und ging durch den noch immer ungewohnten Flur, bis er in seinem Büro ankam.

Ein kurzer Blick auf die Emails offenbarte hundertachtzig neue Nachrichten. Er stöhnte leise und schaltete den Monitor wieder aus. Sein Smartphone hatte er schon seit zwei Wochen abgestellt, denn irgendwie war es den Medien gelungen, seine Nummer herauszufinden, und seitdem war er durchgängig mit Anrufen, SMS und Messenger-Nachrichten bombardiert worden.

Wir müssen einen Weg finden, dass wirklich alle Anfragen über Anna laufen und man Steve und mich in Ruhe lässt. Wie soll ich so arbeiten?

Die Uhr an der Wand zeigte zwei Minuten vor neun an. »Mist«, murmelte er und lief aus dem Büro Richtung Besprechungsraum. Um neun Uhr fand das tägliche Briefing statt und er wollte auf jeden Fall pünktlich sein. Es war schon schlimm genug, dass Steve so oft zu spät kam, da wollte er nicht auch noch damit anfangen.

Punkt neun Uhr schritt er durch die Tür des Besprechungsraums, in dem die meisten Plätze schon besetzt waren. Marta stand am Beamer und verzog ihre Miene, als habe der sie persönlich beleidigt. Plötzlich zog sie den Stecker aus dem Gerät, wartete einen Moment und steckte ihn energisch wieder ein. »So, du Mistding, ich hoffe, jetzt läufst du wieder.«

»Guten Morgen«, sagte Bill in die Runde und setzte sich auf seinen Stammplatz. »Können wir anfangen?«

»Sobald der blöde Beamer wieder richtig läuft, kann ich die MRT-Daten zeigen. Gib mir noch einen Moment«, sagte Marta, die bereits wieder an ihrem Laptop saß.

»Kein Problem. Möchte jemand anders schon mal berichten?«

»Ja, ich«, meldete sich Jaan zu Wort. »Wir haben die Daten vom Diego-Eingriff verwendet, um noch einige Anpassungen am neuen Robo-Injektor vorzunehmen, und der hat bereits sämtliche Tests bestanden. So sind wir nun neben dem Schimpansen-Modell auch im Besitz eines einsatzbereiten Prototypen für Menschen.«

Plötzlich war es sehr still geworden im Besprechungsraum und alle schwiegen und tauschten Blicke aus. Das Thema war für alle spannend, denn seit sich ein voller Erfolg des Eingriffs bei Diego abzeichnete, wurde nicht nur innerhalb des Teams kontrovers diskutiert, wie schnell man nun klinische Studien mit Menschen anstreben sollte, sondern es trafen auch täglich Anfragen von Menschen ein, die unbedingt einen BrainWiz implantiert haben wollten. Die meisten dieser Menschen mussten mit Amputationen leben und erhofften sich, mit dem Implantat ebenso zu genesen wie Diego. Einige jedoch schienen von der Vorstellung begeistert, einen Computer mit ihrem Gehirn zu verbinden. Letztere Gruppe stieß bei den meisten Mitarbeitern von Brain Vision auf sehr wenig Gegenliebe. Bill hatte kein Verständnis für ihre Ablehnung, allerdings wusste er auch viel mehr über die Möglichkeiten des BrainWiz als alle anderen – ausgenommen Steve natürlich.

»Wow, was ist hier denn los?« Steves Stimme klang erstaunlich laut durch den Raum und alle wandten sich ihm zu.

»Jaan hat uns gerade darüber informiert, dass der Robo-Injektor zur Anwendung am Menschen bereit ist«, setzte Bill ihn ins Bild.

»Ah, ich verstehe«, sagte Steve und setzte sich auf seinen Stuhl. »Das ist gut zu wissen, doch ich möchte noch einmal betonen, dass wir noch gar nicht so weit sind, den BrainWiz am Menschen einzusetzen. Wir werden erst die umfangreichen Tierstudien abwarten, bevor wir auch nur an den Einsatz am Menschen denken werden.« Zum Ende seines Satzes blickte er direkt zu Bill und nickte eindringlich.

Bill überging diese kleine Spitze und sagte stattdessen:

»Gute Arbeit, Jaan, wann auch immer wir ihn einsetzen werden, es ist gut zu wissen, dass er bereit ist. Und ich möchte ihn mir auf jeden Fall anschauen.« Sein Blick ging in die Runde. »Wie sieht's aus, Marta, können wir mit den MRT-Bildern starten?«

»Ja, jetzt sollte es gehen.«

Schon nach einer kurzen Durchsicht der Bilder war klar, dass sich das Implantat mit seinen Filamenten bereits im gesamten Gehirn ausgebreitet hatte, und zwar exakt entlang der Strukturen, die sie im virtuellen Modell vorhergesagt hatten.

»Es ist wirklich beeindruckend«, merkte Steve an und alle im Raum nickten. »Wenn ich das richtig sehe, stimmen unsere Vorhersagen aus dem virtuellen Schimpansengehirn mit der Entwicklung im Gehirn überein. Ich werde das nachher genau nachrechnen, doch auf den ersten Blick bin ich mir sehr sicher, dass es passt.«

»Dr. Immonen hat mich übrigens heute Morgen bereits angerufen und mir mitgeteilt, dass es Diego weiterhin sehr gut geht und er erstaunliche Fortschritte bei der Gewöhnung an die Prothese macht. Die letzten Laborergebnisse weisen weiterhin auf keinerlei relevante Entzündungsreaktion hin«, teilte Marta dem Team mit.

»Okay, sehr schön, dann sieht es nach einem Erfolg auf ganzer Linie aus. Wir überwachen die Entwicklung weiter, doch jetzt möchte ich, dass sich alle darauf konzentrieren, alle notwendigen Unterlagen für die Beantragung der Tierstudie und die folgende klinische Studie zusammen zu bekommen.« Alle im Raum nickten, nur Steve schaute zu Bill und regte sich nicht. Als klar wurde, dass es keine weiteren Themen abzuarbeiten gab, erhoben sich alle und verließen den Raum. Nur Anna blieb an der Tür stehen und schloss diese hinter Jaan, als der aus dem Raum war und nur noch Steve und Bill anwesend waren.

»Okay, Jungs, wir müssen ein paar wichtige Dinge besprechen, die ihr nicht länger ungeklärt lassen könnt. Es ist mir total egal, wie ihr das regelt, aber ich brauche eine klare Entscheidung von euch, was ich den Interessenten sagen soll, die sich jeden Tag bei mir melden und nachfragen. Der Typ von Alphabet ist am penetrantesten und möchte unbedingt einen Termin mit euch beiden machen. Den kann ich nicht länger vertrösten. Neben den vielen anderen Anfragen kam gestern auch eine Mail eines Vertreters von Huawei, und Samsung hat sich ebenfalls in die Schlange der potentiellen Interessenten eingereiht. Außerdem rief vorhin eine gewisse Frau Nieminen an, die meinte, dass ihr sie kennen würdet und sie heute vorbeikommen wird, und zwar um vierzehn Uhr. Ich habe versucht, ihr klar zu machen, dass ihr keine Termine vergebt, doch sie ist mir einfach ins Wort gefallen, hat mir gesagt, dass ich euch den Termin mitteilen soll und hat einfach aufgelegt. Keine Ahnung, wer diese Frau ist und warum sie glaubt, dass sie sich so aufspielen kann, aber ich hatte den Eindruck, sie es ziemlich ernst.«

Bill und Steve wechselten einen schnellen Blick. Frau Nieminen von der Supo hatten sie seit über einem Jahr nicht mehr gesehen und sie waren davon ausgegangen, dass sämtliche Ermittlungen längst eingestellt worden waren.

»Wir werden Frau Nieminen empfangen, Anna. Wenn sie kommt, schick sie in mein Büro«, sagte Bill.

»Klaro, mache ich, aber nur, wenn ihr mir eine verlässliche Aussage gebt, was ich all den Leuten dieser großen Firmen sagen soll, die alle unbedingt über *großartige Geschäftsaussichten und beiderseitige Vorteile* mit euch reden wollen! Die gehen mir auf die Nerven. Ich will da nicht mehr drumrum reden, sondern verbindliche Antworten geben können.« Anna hatte die Arme vor der Brust verschränkt und blickte ihren beiden Chefs trotzig in die Augen.

Wieder sahen sich Bill und Steve an. Die Frage, ob und wann sie einen großen Investor ins Boot holen würden, war ein sehr strittiges Thema zwischen ihnen, sodass sie eine endgültige Entscheidung immer wieder vertagt hatten.

»Anna, beruhige dich, wir werden uns heute zusammensetzen und dir unsere Entscheidung mitteilen«, meinte Steve und setzte sein entwaffnendes Lächeln auf.

»Heute Abend also.« Anna nickte und verließ den Raum. Kurz schaute Bill ihr nach und wandte sich Steve zu.

»Was will die Nieminen bloß hier? Sie hat uns so lange in Ruhe gelassen, warum taucht sie plötzlich wieder auf?«

»Keine Ahnung. Vielleicht ist ihr oder jemand anders von der Supo die Ähnlichkeit zwischen unserer Kopie des Implantats aus Ilomantsi und unserem BrainWiz aufgefallen? Und jetzt will sie uns noch mal auf den Zahn fühlen oder abklären, ob wir mit ausländischen Geheimdiensten zusammenarbeiten oder was auch immer?«

»Na gut, wir werden uns wohl oder übel überraschen lassen müssen. Was wir jetzt aber klären sollten, ist die Frage, wie wir mit den Firmenanfragen umgehen wollen. Ich bleibe dabei, dass wir mit Alphabet reden sollten. Die haben das mit Abstand größte Budget und vor allem haben sie unglaubliche Möglichkeiten, wenn es um die Verbreitung des BrainWiz geht. Wenn wir als kleines unbedeutendes Start-up weitermachen, wird es noch ewig dauern bis wir den BrainWiz massentauglich auf den Markt bekommen. Ich bin mir aber sicher, dass wir mit Alphabets Hilfe sehr schnell eine Zulassung durch die FDA in den USA bekommen werden und dann wird Europa schnell nachziehen.«

»Bill, genau das macht mir ja Sorgen! Wir haben das Problem mit der Black-Box noch immer nicht gelöst. Wir wissen gar nicht, welche langfristigen Auswirkungen das Implantat auf den Träger haben wird. Ja, wir wissen aus dem Versuch mit Diego, dass unser Hauptziel, die Kontrolle von Prothesen, funktioniert. Doch wenn die Daten aus dem virtuellen Gehirn stimmen, wird das Implantat noch viel mehr leisten, eventuell sogar die Wahrnehmung seines Trägers verändern. Ich habe in den letzten beiden Tagen ein Update in das virtuelle Gehirn eingespielt und nun können wir gezielt verschiedene Bereiche des Gehirns stimulieren und die Reaktion des BrainWiz beobachten. Wenn wir zum Beispiel über den Sehnerv Input an den visuellen Cortex senden, werden diese im virtuellen Gehirn mit BrainWiz anders verarbeitet als in dem virtuellen Gehirn ohne BrainWiz. Ich weiß nicht, was das genau bedeutet, doch dass der BrainWiz offensichtlich Einfluss nimmt, ist damit auf jeden Fall sicher. Ich möchte einfach so lange wie möglich die Kontrolle über den Einsatz des Implantats behalten, und wenn wir an Alphabet, Huawei oder sonst jemanden verkaufen, werden wir zu viel Einfluss verlieren – egal wie gut die Verträge sind, die wir aushandeln!«

»Verdammt, Steve, das sind doch eher kleine Herausforderungen! Wir haben so viel Geld für die beiden BrainWiz Prototypen und die beiden Robo-Injektoren ausgegeben, dass wir nun so oder so neue Investoren brauchen, um überhaupt weitermachen zu können. Und dabei rede ich noch nicht einmal von den Kosten für die klinischen Studien, die werden extrem hoch sein. Wir brauchen schon jetzt einen mehrstelligen Millionenbetrag für die Tierstudie, allein damit wir genug BrainWiz bauen können. Wenn wir gut verhandeln, könnten wir mit einem Schlag alle finanziellen Sorgen los sein. Lass uns wenigstens beginnen, einen Vertrag auszuhandeln. Ob wir ihn unterschreiben, können wir immer noch entscheiden.« Bill versuchte alle Schärfe aus seiner Stimme fernzuhalten, auch wenn es ihm sehr schwerfiel. Er konnte nicht nachvollziehen, warum sein Freund noch immer so stur und ängstlich war.

»Nein, ich möchte in dieser Sache auf gar keinen Fall etwas überstürzen. Ich habe mit Herrn Kokainen von der Bank gesprochen und er hat mir versichert, dass wir ohne Probleme einen weiteren Kredit von der Bank bekommen können. Damit würden wir die vollständige Kontrolle und Unabhängigkeit behalten.« Steve blickte ihn mit hochgezogener Augenbraue an. »Wofür brauchen wir also dein geliebtes Alphabet?«

»Damit wir vorankommen! Selbst wenn die Bank uns wirklich einen ausreichend großen Kredit geben würde, und selbst wenn wir alle Zulassungen hier bewerkstelligen sollten, wird das viel zu lange dauern! Die Regularien in Finnland und der EU sind einfach viel zu sperrig! Allein die Tatsache, das unsere Grundsubstanz für die Nanofilamente gentechnisch verändert ist, wird das Verfahren um Jahre verlängern bei der rückständigen Haltung, die wir hier in Europa zu diesem Thema haben! Sollten wir Alphabet ins Boot holen, könnten wir ohne Probleme die Zulassung in die USA verlegen und wären viel schneller! Das ist ein gutes, professionelles Unternehmen.«

* * *

Bill saß an seinem Schreibtisch, hatte die Ellenbogen aufgelegt und hielt mit beiden Händen seinen Kopf, als sei der zu schwer geworden. Der Streit mit Steve hatte noch über eine Stunde gedauert und sie waren zu keiner Einigung gekommen. Frustriert starrte er auf die Tischplatte und tippte unruhig mit den Füßen auf. Er zuckte zusammen, als plötzlich seine Zimmertür aufging und Anna hereinplatzte. Mit weit aufgerissenen Augen starrte sie ihn an.

»Bill ...«, sie schluckte. »Bill, du musst ... also, ähm, das Krankenhaus hat gerade angerufen, sie versuchen schon den ganzen Tag, dich zu erreichen. Es geht um Janika, sie liegt auf der Intensivstation und ist ins Koma gefallen.«

Scheppernd fiel der Stuhl um, als Bill aufsprang, nach seiner Jacke griff und, ohne auf Anna zu achten, aus dem Büro rannte. Kurz vor dem Ende des Flurs hielt er an und drehte sich um.

»Wo liegt sie? In welcher Klinik?«, rief er Anna zu, die noch immer mit mitleidigem Gesicht in der Tür seines Büros stand.

»Im Töölö, auf der Intensivstation der Inneren.«

Meine alte Klinik, dachte Bill und rannte los. Fast hätte er Thore über den Haufen gerannt, der gerade auf den Eingang zugelaufen kam und ihn nur irritiert anstarrte. Noch im Laufen drückte Bill auf seinen Autoschlüssel, um zu entriegeln, riss die Fahrertür auf, ließ sich in den Sitz fallen und startete den Motor. Dann raste er los und mit ihm rasten auch seine Gedanken. *Janika darf nichts geschehen! Ihr darf nichts geschehen! Gott, sorg dafür, dass sie nicht stirbt!*

* * *

Bill stürmte in den dritten Stock zur Intensivstation. Er wollte schon seine Keycard vor das Schloss der Tür halten, auf deren Milchglasscheibe in großen roten Buchstaben *Intensivstation* geschrieben stand, doch die war natürlich nicht da, denn vor gut einem Jahr hatte er aufgehört, in der Klinik zu arbeiten, um sich ganz seiner Aufgabe bei Brain Vision zu widmen. Also musste er wohl oder übel die Klingel nutzen wie ein normaler Besucher. Eilig drückte er den Knopf und tippte unruhig mit dem Fuß auf. Er wollte gerade erneut klingeln, als er aus dem Lautsprecher der Gegensprechanlage eine weibliche Stimme hörte: »Ja bitte?«

»Hier ist Dr. Portit, ich möchte meine Schwester Janika Portit besuchen.«

»Es holt Sie gleich jemand ab, einen Moment bitte.«

Kurze Zeit später öffnete sich die Tür zur Intensivstation und eine junge Krankenschwester blickte ihn an.

»Dr. Portit?«

»Ja, wo ist meine Schwester und wie geht es ihr?«

»Bitte folgen Sie mir, ich bringe Sie zu ihr.« Wortlos folgte Bill der Krankenschwester, bis sie vor einer blauen Tür zum Stehen kamen.

»Bitte desinfizieren Sie Ihre Hände, damit Sie keine zusätzlichen Erreger hineinbringen.«

»Ich bin Arzt, verdammt!« Bill tat wie ihm geheißen und benutzte ungeduldig den Spender für das Desinfektionsmittel, der neben der Tür hing.

Nachdem er in den Raum getreten war, blickte er nach links und sah seine kleine Schwester im Bett ruhen. Sie lag reglos und blass und mit geschlossenen Augen da. Aus ihrem Mund ragte ein Tubus, über den sie an eine Beatmungsmaschine angeschlossen war. Neben ihr hingen zwei Infusionen von einem Ständer und die eine lief langsam tropfend in die Kanüle am rechten Arm. Der Monitor an ihrem Kopf zeigte eine achtziger Herzfrequenz und einen stabilen Sinusrhythmus bei einer Sauerstoffsättigung von achtundneunzig Prozent.

»Was ist passiert?«, fragte er flüsternd, fast erstickt.

»Sie wurde gestern zur Behandlung übergeben, mit Hinweisen auf eine Tablettenintoxikation und eine Rippenfraktur. Sie war bereits bewusstlos, als sie eingeliefert wurde. Im Moment scheint sie aber zumindest wieder kreislaufstabil.«

»Warum hat man mich nicht früher informiert?«

»Sobald wir Ihre Nummer hatten, haben wir es immer wieder versucht, Herr Portit, aber wir konnten Sie auf keiner der Rufnummern erreichen. Auch auf unsere Emails haben Sie nicht reagiert. Heute Morgen ist meine Kollegin eher zufällig in der Zeitung auf Sie und den Namen Ihrer

Firma gestoßen, als sie den Bericht über den Affen im Zoo gelesen hat, dem Sie dieses Ding in den Kopf gebaut haben. Daraufhin haben wir sofort in der Firma angerufen und Ihre Sekretärin gebeten, Sie zu informieren.«

Bill fühlte sich, als wäre er gerade verprügelt worden. Jedes Wort der Krankenschwester war wie ein Hieb in seine Magengrube und gab den Schuldgefühlen in seinem Inneren neue Nahrung. »Wissen Sie, was genau passiert ist? Welche Tabletten hat sie genommen?«

Die Krankenschwester schwieg eine Weile und blickte ihn mit einem warmen, mitleidigen Blick an. Als sie endlich antwortete, klang ihre Stimme bemüht ruhig und warm: »Dr. Moilanen wollte diesbezüglich noch mit Ihnen reden. Der Notarzt hat ein Schreiben bei Ihrer Schwester gefunden, das nahelegt, dass es ihr psychisch nicht gut ging, und sie wohl schon länger sehr wegen der Amputationen gelitten hat ...« Sie machte eine kurze Pause, wie um Bill Zeit zu geben, dass er das Gehörte verarbeiten konnte, bevor sie schließlich weitersprach. »Sie hat einen Abschiedsbrief verfasst und man fand mehrere Packungen Schmerzmittel bei ihr.«

Das war zu viel für Bill. Er spürte, wie Tränen in ihm aufstiegen und er sie nicht länger zurückhalten konnte. Seine kleine Schwester, die letzte seiner kleinen Familie, die ihm noch geblieben war, hatte versucht, sich umzubringen und das nur, weil er nicht schnell genug Heilung für sie gefunden hatte.

Und weil ich bei dem Versuch, diese zu finden, viel zu sehr mit mir und meiner Arbeit beschäftigt gewesen war, statt mich um sie zu kümmern, dachte er verbittert. Was war er nur für ein herzloser Bruder, dass er nicht bemerkt hatte, wie schlecht es seiner Schwester wirklich ging. Kraftlos sank er an der Wand des Krankenzimmers zu Boden und begann hemmungslos zu weinen.

Das Signal

Montana, 21. März 2031

Wie gebannt starrte er auf den mittleren der drei Bildschirme und auf das blinkende »Done« in dem Pop-up-Fenster seines selbstgeschriebenen Dechiffrierungsprogramms. Fertig. Es war tatsächlich fertig, nach all der Zeit und den tausenden Stunden, die er damit zugebracht hatte, sein Programm zu optimieren und die kleckerhaften Ergebnisse zu analysieren und zu verstehen, was ihm beinahe den Verstand geraubt hätte. All die Nächte, die er hier unten zugebracht hatte und die ihm jegliche Vitalität während der Tage gekostet hatten.

»Ich glaub's nicht«, wisperte er und drückte *Enter*. Das Programm zeigte den Ergebnistext an, den er als Code von der Konsole ablas und dabei ungläubig immer wieder nickte. »So sieht das Signal aus? Ein komplexes geometrisches Gebilde im Hochfrequenzband?«

Das war gleichzeitig ernüchternd banal und überaus kompliziert.

Abwesend zog er seinen Schreibtischstuhl heran und begann, auf der Tastatur herumzuhacken. Wenige Minuten vergingen, dann zehn, zwanzig, dreißig und eine Stunde. Irgendwann hatte er sein lange vorbereitetes Programm mit dem Signal gefüttert, das er in den Funkverstärker im Zellenraum übertrug. Innerhalb weniger Sekunden war es drahtlos in die Datenspeicher der beiden Implantate in dem Raum geladen. Gebannt rollte er nach links und fokussierte den linken Monitor, auf dem die Kamerabilder des Schimpansen und der Frau zu sehen waren.

»Mal schauen, was jetzt passiert«, meinte er und drückte mit dem rechten Zeigefinger auf *Enter*.

Zunächst sah es aus, als würde rein gar nichts passieren, da der Schimpanse nicht die geringste Regung zeigte, doch dann blickte er zu der Frau, die eben noch in ihrer Zelle auf und ab gegangen war, wie sie es ständig tat, seit sie bemerkt hatte, dass ohne Bewegung ihre Muskeln verkümmerten. Jetzt blieb sie abrupt stehen und starrte auf ihre schmutzigen Hände.

»Was ist das?«

»Hören Sie mich?«, fragte er, über das Mikrofon gebeugt, und sah zu, wie sie sich der rechten Kamera zuwandte, in die er sich sofort schaltete. Ihre Augen waren von dunklen Ringen umgeben, doch in ihnen lag keine Feindseligkeit mehr, sondern etwas ganz anderes: Verwirrung.

»Ich ... ich höre Sie«, stammelte die Frau und machte einige Schritte zurück zu ihrer Pritsche und sackte darauf zusammen. »Ich habe keinen Kontakt mehr. Mein Gott ...«

»Kontakt zu was?«, fragte er drängend, doch sie schien ihn gar nicht zu hören. »Kontakt zu was?«

»Wie kann das sein? Warum ...« Sie blickte aus blutunterlaufenen Augen auf. »Warum habe ich meinen Sohn zurückgelassen? Und warum habe ich keinen Kontakt mehr? Ich bin ... es ist wie ... ausgesperrt.«

»Zu was haben Sie keinen Kontakt mehr?« Seine Stimme wurde härter, aber es war ihm egal. Er brauchte Antworten.

Doch es war vergebens. Die Frau schien ihn gar nicht zu hören und begann wirres Zeug vor sich hin zu stammeln. Sie sah aus wie eine Psychiatriepatientin und schüttelte immer wieder den Kopf.

»Verflucht«, murrte er und sprang auf. Er lief zu der Panzertür und zog nacheinander die Riegel auf. Bevor er das große Rad in der Mitte betätigte, schlug er mit der flachen Hand auf den roten Knopf neben der Tür, der die Gitterstäbe im Inneren unter Strom setzte, und sich direkt neben dem Kasten mit der Sturmschrotflinte befand. Mit seiner ganzen Kraft zog er das Rad zu sich. Der Stahl gab einen kühlen, metallischen Applaus von sich und sandte ihm einen Schwall feuchter Luft entgegen, der nach Hoffnungslosigkeit roch. Schnell schlüpfte er durch die kleine Öffnung in den Raum mit den beiden Zellen, und stellte fest, dass es auch nach einer Mischung aus Zoo und Krankenhaus stank. Die Zellen maßen etwa drei mal drei Meter und der schmale Bereich vor ihnen etwa sechs mal anderthalb. Eine rot blinkende Lampe an der Decke erinnerte ihn und seine beiden ... *Gäste* an den Strom auf den Gittern. Der würde sie zwar nicht umbringen, aber doch Schmerzen verursachen, die keinem von ihnen jetzt weiterhelfen konnten.

Zuerst sah er zu dem Schimpansen, der noch immer, seit er ihm die Elektroden mit Schrauben am Kopf befestigt hatte, geradezu apathisch auf seinem Strohhaufen saß und ins Nichts starrte. Von dem Zeitpunkt, an dem er ihm das Implantat hinter das Ohr gesetzt hatte, schienen seine Hirnaktivitäten beinahe vollständig zum Erliegen gekommen zu sein. Das Einzige, was er noch tat, war essen und trinken und seine Muskulatur war bereits so verkümmert, dass er die nächsten Wochen sicherlich nicht überleben würde.

Ein tiefer Stich Mitgefühl und Schuld durchfuhr ihn und setzte sich als unnachgiebiger Druck hinter seine Augen. Vor langer Zeit einmal, in seinem früheren Leben, hätte er vielleicht sogar geweint, weil er sich so starken Emotionen nicht widersetzen konnte. Doch dieses Leben war vorbei. Heute war er jemand, der ein Gefängnis im Keller unterhielt, seine Tochter zwang, ein Kaninchen zu töten, und Experimente an Affen durchführte.

Zögernd erst, dann mit erzwungener Entschlossenheit, ging er weiter nach rechts und blieb schließlich vor der

Zelle der Frau stehen. Sie saß noch immer auf ihrer Pritsche, hatte sich in ihre Decke gehüllt und in der Zwischenzeit begonnen, ihren Oberkörper hin und her zu bewegen.

Ist sie etwa durchgedreht?

»Können Sie mich hören?«, fragte er und ihr Kopf fuhr so ruckartig hoch, dass er einen halben Schritt zurücktaumelte.

»Ich kann Sie hören, Sie mieses Schwein!«, zischte sie und ihre geröteten Augen fixierten ihn wie glühende Klingen.

»Sie haben fünf Jahre nicht mit mir gesprochen, jetzt aber schon. Wieso?«

»Weil ich den Kontakt verloren habe!«, kreischte sie so laut, dass er schon fürchtete, der Schimpanse könnte ausrasten, bis er sich daran erinnerte, dass diese Zeiten seit der Implantation vorbei waren.

»Welchen Kontakt? Sie sind hier drinnen von sämtlichen Signalen abgeschirmt.«

»Aber nicht von mir selbst ... ich ...« Sie unterbrach sich und stand knurrend wie ein Tier auf. Er sah zu der roten Lampe hoch, um sicherzugehen, dass sie noch blinkte, als sie ihm einen Finger entgegenstreckte. »Sie haben sie ausgeschaltet!«

»Was ausgeschaltet?«

»DIE STIMME!«, kreischte sie außer sich, und machte einen weiteren Schritt nach vorne, bis sie nur noch eine Armlänge von dem Gitter entfernt stand.

»Welche Stimme? Kommt die Stimme aus dem Implantat? Sagen Sie schon! Ich muss es wissen, verdammt nochmal!«

»Wieso sollte ich Ihnen irgendetwas sagen? Sie haben mich entführt und eingesperrt wie ein ...« Sie sah zur Seite und zog angewidert die Mundwinkel nach unten, als ihre Augen auf dem Schimpansen ruhen blieben. »Wie ein verdammtes Tier.«

»Sie waren gefährlich«, wandte er mit entschuldigendem Tonfall ein.

»Ich weiß«, gab sie vollkommen überraschend zurück und ihre Wut wandelte sich unvermittelt in Trauer. Ihr dürrer Körper, der nicht von Unterernährung, sondern von mangelnder Bewegung rührte, schien jegliche letzte Spannung verloren zu haben. »Ich weiß ...« Plötzlich hob sie das Kinn und sah ihm direkt in die Augen. Ihre Haare umrahmten ihr einstmals hübsches Gesicht, das heute nicht mehr war, als eine verfallene Ruine, und machten ihren flehenden Blick noch mitleiderregender. »Lassen Sie mich raus, bitte! Ich kann Ihnen doch nichts tun.«

Er überlegte, zu lügen, doch er entschied sich dagegen. Es gab eine Grenze für Dinge, die man anderen antun konnte. Vielleicht war alles, was er getan hatte, schlimmer als eine kleine Notlüge, aber er musste sich selbst davon überzeugen, dass er es aus einer Notwendigkeit getan hatte, die viel zu wichtig war, um aufgrund von Sentimentalitäten aufzugeben.

»Das kann ich nicht tun. Noch nicht«, entgegnete er und schüttelte entschuldigend den Kopf. »Ich muss erst sichergehen, dass Ihr Implantat wirklich nicht mehr funktioniert.«

»Aber ich sagte Ihnen doch, dass die Stimme fort ist und ich keinen Kontakt mehr habe!«

»Ich weiß nicht einmal, was Sie damit meinen. Helfen Sie mir doch es zu verstehen, dann kann ich Sie vielleicht rauslassen.«

»Vielleicht?«, fragte sie mit bebender Stimme. Dann lauter, geradezu schrill: »VIELLEICHT? SIE KRANKES SCHWEIN HABEN MICH IN EINEM KELLER EINGESPERRT!«

»Es tut mir leid. Sie waren zu gefährlich und ich weiß nicht, ob Sie es noch sind.«

»Sie lügen! Sie lügen! Wie soll ich ohne den Kontakt hier

drin überleben?«, jaulte sie und raufte sich die strohigen Haare. Ihre Stimme wurde kleinlaut. »Wie soll ich ohne Kontakt überleben? Was ich getan habe ... ich verstehe es nicht einmal.«

»Was verstehen Sie nicht?«

»Ich vermisse meinen Sohn«, sagte sie schluchzend, und ihr Atem ging ratternd wie ein Zahnrad. »Ich vermisse ihn so sehr und ich bin einfach weggegangen. Wo ist er heute? Was tut er?«

»Bitte, konzentrieren Sie sich. Erzählen Sie mir von dem Kontakt und der Stimme! Wann haben Sie das Implantat erhalten und was ist dann geschehen?«

»Ich habe ihn verlassen. Ich habe meinen Sohn verlassen, verstehen Sie das?«, fragte sie und machte noch einen halben Schritt auf ihn zu. Der rote Schein der Warnlampe flackerte in symmetrischen Abständen auf den tiefen Furchen in ihrem Gesicht und den eingefallenen Wangen. Sie sah aus wie ein Totenschädel und instinktiv versteifte er sich.

»Ich werde ihn nicht wiedersehen, weil Sie mich nicht rauslassen und die Stimme mich betrogen hat. Die ganze Welt hat mich betrogen. Eine kranke Welt. Ihre Welt!«, fuhr sie fort und stieß einen Finger in seine Richtung wie einen Pfeil, bevor sie die Hände ausbreitete und nach vorne stieß.

»Nicht!«, schrie er entsetzt, doch es war zu spät. Mit beiden Händen umfasste sie die Gitterstäbe zwischen ihnen und begann sofort unkontrolliert zu zucken.

Hilflos verlor er einige Sekunden, da er nicht wusste, was er tun sollte. Im Affekt wollte er ihre Hände packen und von den Gittern lösen, aber das hätte ihm ebenfalls heftige Stromschläge verpasst, also rannte er zurück zur Tür, stemmte sich dagegen und schlug auf den roten Knopf. Als er zurück hastete, war die rote Lampe erloschen und kaltes LED-Licht lag wie Mondschimmer über der Szenerie, die ihn an ein mittelalterliches Verlies erinnerte.

Die Frau lag nun am Boden, die Hände rot und qualmend, die Haare abstehend. Sie regte sich nicht mehr.

»Oh, verdammt!« Er wollte durch die Gitter nach ihr greifen, hielt jedoch inne, da er fürchtete, sie könne plötzlich hochfahren und ihn attackieren. Schließlich empfand er diese Vorstellung allerdings als dumm und steckte seine rechte Hand zwischen zwei Stahlstäben hindurch, um ihr die Haare aus dem Gesicht zu wischen.

Die Augen der Frau waren weit aufgerissen und gebrochen. An ihrer Kopfhaut qualmte es noch leicht und der Geruch von verbrannten Haaren ließ ihn mehrfach würgen.

»Ich habe sie umgebracht«, flüsterte er in die plötzliche Stille und sank zurück, bis er auf dem kalten Steinboden hockte und wie erstarrt auf den Leichnam auf der anderen Seite der Gitterstäbe blickte. Es war, als zöge ihn der Tod magisch an, den er verursacht hatte.

Nein, ich habe sie nicht umgebracht, ich habe nur den Kern des Datenspeichers vom Rest getrennt, indem ich das Signal unterbrochen habe, dachte er in dem hoffnungslosen Versuch, sich von der Schuld zu befreien, die ihn wie eine Zwangsjacke umgab. Egal wie er sich darin wand, sie blieb unnachgiebig und erbarmungslos.

»Du hast eine Frau in deinen Keller gesperrt und sie als Versuchsobjekt benutzt. Du bist krank. Diese Welt hat dich krank gemacht.«

Aber sie war Teil dieser Welt, Teil dieses Problems!

»Fühlst du dich besser, wenn du das denkst? Fühlst du dich wirklich besser?« Er schüttelte den Kopf. »Nein, das tust du nicht. Es ist nur eine weitere Ausrede, die nicht darüber hinwegtäuschen kann, dass du ein Monster geworden bist.«

Ich musste eines werden, ich wollte es nicht.

Er verbarg sein Gesicht in beiden Händen, die er auf seinen angewinkelten Knie abgestützt hatte, und musste heftig gegen den Drang, zu weinen, anatmen. Er konnte spüren, dass sämtliche Dämme, die er in den letzten Jahren aufgebaut hatte, zu brechen drohten. Doch das durfte er nicht zulassen. Um Junes willen.

Also kämpfte er sich auf seine wackeligen Knie hoch und biss die Zähne zusammen, knurrte wie ein Tier, um sich von dem überwältigenden Orkan der Emotionen abzulenken, den er nach und nach in die Flasche zurückkämpfte, die er tief in sich verborgen trug. Sie würde irgendwann bersten und ihn mit sich reißen, aber dieser Tag war noch nicht gekommen.

Zurück durch die Panzertür, schob er sie zu, indem er sich mit dem Rücken dagegen lehnte und tief durchatmete. Er würde die Leiche vergraben müssen, aber nach einem Blick auf seine Uhr wurde ihm klar, dass er es nicht mehr schaffen würde, bevor die Sonne aufging. June durfte unter keinen Umständen erfahren, was hier geschehen war und ein Grab auszuheben würde viel Zeit beanspruchen.

Ihm blieben nur wenige Stunden, die er nutzen musste. Er ging zum Schreibtisch und suchte das kleine Etui in dem Chaos aus Papier, Werkzeug und Elektrobauteilen. Als er es endlich fand, befreite er es von einer dünnen Staubschicht und tastete prüfend die Form aus gegossenem Schaumstoff darin ab. Sie hatte offenbar keine Feuchtigkeit abbekommen und sah beinahe noch so aus wie vor sechs Jahren, als er das Etui das letzte Mal geöffnet hatte.

Hastig ging er zurück zur Panzertür, zog sie auf und meinte, dass das metallische Schaben dieses Mal nicht wie kalter Applaus, sondern wie eine Sense klang, die Grashalme aus Blech zerschnitt. Vor der Zellentür der toten Frau angekommen, zog er seinen Schlüssel aus der Hosentasche und öffnete das Schloss.

Er vermied es, die Leiche anzusehen, als er sich neben ihr hinhockte, und sich auf Details wie die Haarsträhne, die er ihr hinters Ohr strich, um das Implantat freizulegen, konzentrierte.

»Also gut, jetzt müssen wir dich irgendwie entfernen.« Mit zusammengekniffenen Augen beäugte er das Implantat. Es war hautfarben, anders als frühere Modelle, die er gesehen hatte, und sah damit deutlich dezenter aus. Eine winzige Leuchtdiode auf der Oberseite, die bisher immer Blau geleuchtet hatte, war nun erloschen, und nur mit einiger Mühe konnte er den Sockel erkennen, auf dem das tatsächliche Gerät lag. Er war flach und klebte auf der Haut.

Vorsichtig packte er das Implantat und zog leicht daran. Es fiel es ihm beinahe ohne jede Mühe in die Hand. Mit den Nägeln von Zeigefinger, Mittelfinger und Daumen fasste er den flachen Sockel und zog fest daran, bis er sich mit einem schmatzenden Geräusch von der ledrigen Haut der toten Frau löste und ein gerötetes, rechteckiges Areal hinterließ. Aus dem kleinen Loch in der Mitte zog er den winzigen Strauch feinster Nanofasern mit heraus, der wie eine Art Kabelbaum an der Unterseite des Sockels klebte.

Wie einen stinkenden Fisch hielt er die beiden Implantatteile von sich und ging zurück in seinen Arbeitsraum, wo er hastig einige Papiere vom Schreibtisch fegte und die blutigen und verschmierten Mikrogeräte auf die freie Fläche legte. Er lief zu seinem Schrank und holte eine Flasche mit Desinfektionsmittel heraus, mit dem er das Gerät großzügig einsprühte, um es dann mit einem Lappen zu reinigen. Sobald er mit dem Ergebnis zufrieden war und die Fasern sich vollends in den Sockel zurückgezogen hatten, steckte er ihn zusammen mit dem Implantat in das Etui. Da es sich um ein neueres Modell handelte als das des Schimpansen, passte es nicht exakt in die Schaumstoffform, aber weil es kleiner war, musste er es nur in ein Stück Taschentuch wickeln und es blieb fest stecken.

Nachdem das Etui mit einem lauten Klacken zugefallen war, ging er zur Sicherheit noch einmal mit seinem Wanzenscanner darüber und seufzte erleichtert, als der keinerlei Signale anzeigte.

Offenbar hatte er erfolgreich den Datenkern vom Rest des Datenträgers isoliert. Nun stellte sich nur noch die Frage, inwieweit ihm das konkret weiterhelfen würde. Bei dem Schimpansen hatte sich offenbar rein gar nichts verändert.

Er ließ sich auf seinen Stuhl fallen und bewegte die Maus, damit die Monitore aus ihrem Schlaf erwachten. Dann öffnete er links die Kamerafeeds zum Käfig des Primaten und in der Mitte das Programm, das in Echtzeit dessen Hirnaktivitäten aufnahm.

»Das ist … interessant«, kommentierte er die ausschlagenden Wellen, die das Programm anzeigte. Offenbar war die neuronale Aktivität massiv angestiegen. Ein Blick auf das Kamerabild verriet ihm sogar, dass der Schimpanse nicht mehr einfach nur dasaß, sondern sich gemächlich, aber zielstrebig in seinem Käfig hin und her bewegte. Offenbar hatte der Datenkern nicht nur die Frau auf eine ihm unbekannte Art und Weise ruhig gestellt, sondern auch den Schimpansen. Der Unterschied war in den letzten Monaten und Jahren allerdings groß gewesen. Während die Frau gegessen und sich ab und zu bewegt hatte, um ihre grundlegend für das Überleben notwendige Muskulatur aufrechtzuerhalten, war der Primat sitzengeblieben. Außerdem hatte sie vor ihrem Ableben von einem Kontakt und einer Stimme gesprochen, was darauf hinwies, dass sie definitiv geistig anwesend gewesen war.

Und sie hat sich an mich und ihre Zeit in der Zelle erinnert, fügte er in Gedanken hinzu.

Bei dem Tier dagegen waren die Hirnaktivitäten nach

der Implantation schlagartig auf ein Niveau zwischen vier und acht Hertz gesunken und erst jetzt wieder hochgegangen. Der Ausschlag nach oben war zu groß für einen Zufall. Aber wo lag der Unterschied? Warum war die Wirkung auf Mensch und Affe so unterschiedlich ausgefallen? Es musste mit dem Datenkern zusammenhängen, wie er vermutet hatte. Er wusste nicht, ob ihn diese Erkenntnis beunruhigen oder erfreuen sollte, da er nun zwar einen Ansatzpunkt für seine weitere Forschung besaß, aber die Macht des Kerns noch größer war, als er befürchtet hatte. Die Frau hatte sich sogar umgebracht ohne den Kontakt zu ihm.

Ein kaum hörbares Knacken riss ihn aus seinen Überlegungen und er sah sich irritiert um. Angestrengt lauschte er, ob es sich wiederholte, bis sich das leise Puckern in seinen Ohren mit dem Summen des Serverschranks vermischte. Gerade wollte er den Kopf schütteln und sich wieder mit den Thetawellen des Schimpansen beschäftigen, als es erneut knackte, diesmal ein wenig hohler und mit einem Rauschen. Es stammte von seinem Schreibtisch.

Er brauchte einen Moment, bis er verstand und zog einige Papiere nach links, die er vorher nach rechts geschoben hatte, um das Babyphone freizumachen.

Offenbar war June aufgestanden, um auf die Toilette zu gehen.

»Papa? Bist du das?«, fragte sie zaghaft und der kleine Lautsprecher verzerrte ihre Stimme zu einem hohlen Flüstern.

Verwundert runzelte er die Stirn, bis sich ihm die Nackenhaare aufstellten und er zu der Sturmschrotflinte rannte, die neben der Panzertür an der Wand hing.

Noch bevor er die erste Treppenstufe erreicht hatte, hörte er Junes erste Schreie durch das Babyphone hallen.

Helsinki 28.05.2021

Geräusche drangen an seine Ohren. Fern und undeutlich, aber dort war etwas, irgendetwas drang durch das weite, tiefe Nichts in seinen Verstand und schuf eine erste Orientierung. Langsam fokussierte er sich auf die Geräusche und folgte ihnen an die Oberfläche seines Bewusstseins. Es war ein langer Weg und er spürte immer wieder den Impuls, aufzuhören und zurück in die Dunkelheit zu sinken, aus der er sich gerade erhob. Eine Art Vorahnung, dass oben im Licht der Bewusstheit nicht nur Gutes auf ihn wartete, trat immer wieder auf, doch letztendlich setzte er seinen Weg aus einer Art tiefem Trotz weiter fort.

Bill schlug die Augen auf und stöhnte. Sein Kopf fühlte sich an, als habe jemand damit Baseball gespielt. Er lag auf einer harten Oberfläche und etwas Schweres umklammerte seinen Schädel mit spitz drückendem Griff. Vorsichtig tastete er mit der rechten Hand an seinen Kopf. Er fühlte kaltes, glattes Metall, das seinen gesamten Schädel oberhalb der Augen zu umfassen schien. In dem Moment fiel ihm alles mit einem Schlag wieder ein.

Jetzt wusste er, was auf seinem Kopf thronte und die Kopfschmerzen verursachte: *der Robo-Injektor*. Es gab nur einen Weg, um seiner Schwester schnell genug helfen zu können, und das war mittels BrainWiz. Dafür musste der jedoch erfolgreich am Menschen getestet werden. Er konnte es nicht verantworten, dass ein Fehler auftrat und seine Schwester noch mehr in Mitleidenschaft gezogen würde. Daher war alles ganz klar gewesen. Auf die Behörden, die klinischen Studien und alles Weitere zu warten, war keine Option gewesen.

Keine Option für meine Schwester!

Er hatte nur so entscheiden können, wie er es letztendlich getan hatte: Er musste den BrainWiz an sich selbst erproben, und wenn alles gut lief, würde er ihn seiner Schwester implantieren und sie aus ihrer Behinderung und Verzweiflung retten. Endlich würde sie ein glückliches und zufriedenes Leben führen können. Selbstbestimmt und ohne all die Einschränkungen, die sie letztendlich in den Suizidversuch getrieben hatten. Was sie brauchte, war Hoffnung, Hoffnung, die er ihr geben konnte.

Also war er in die Firma gefahren, hatte gewartet, bis alle weg waren, hatte den Robo-Injektor und den letzten BrainWiz Prototypen entwendet und war nach Hause gefahren. Unterwegs hatte er sich noch mit einigen Schmerzmitteln und ausreichend Desinfektionsmitteln aus der Apotheke eingedeckt. Da er keinen besseren Ort wusste, an dem er das Ganze hätte durchführen können, ohne irgendjemanden in die Sache hineinzuziehen, hatte er es zu Hause machen müssen. Dafür hatte er seinen großen Esstisch freigeräumt und begonnen, den Robo-Injektor mit den notwendigen CT- und MRT-Daten von sich zu füttern. Diese waren zwar fast ein Jahr alt – er hatte sie damals noch im Krankenhaus anfertigen lassen, um ihr virtuelles Gehirnmodell zu füttern – aber sie mussten reichen.

Nachdem das erledigt war, hatte er die Sicherheitskontrollen des BrainWiz so entschärft, dass dieser die gesamte Prozedur vollautomatisch erledigte und nicht auf eine Bestätigung durch den Benutzer wartete. Diese Funktion war in Wirklichkeit deaktiviert und wurde nur für lange Testreihen mit den Schädelmodellen aus dem 3D Drucker genutzt, doch Bill hatte gewusst, wie man sie reaktivieren und verwenden konnte. Bevor er sich die präzis kalkulierte Dosis Esketamin gespritzt hatte, hatte er sein Smartphone zur Hand genommen und ein kurzes Video aufgezeichnet. Es war ihm wichtig gewesen, sicherzustellen, dass Steve und die anderen in der Firma keinen Ärger bekamen, falls sein Eingriff misslang und man ihn tot auffand. Kurz hatte er seine Beweggründe erläutert und mehrfach wiederholt, dass er das alleine entschieden hatte und niemand bei Brain Vision davon hatte wissen können. Er hatte fast noch einen pathetischen Satz sagen wollen, so etwas wie *für die Zukunft der Menschheit mussten immer einige Mutige vorangehen und Konventionen überwinden,* aber wenn er sich recht erinnerte, hatte er sich diesen Schwachsinn letztlich doch gespart.

Jetzt drang dieses Geräusch von zuvor wieder an seine Ohren, oder vielmehr nahm er es wieder wahr. Es war das durchgängige Piepen des Robo-Injektors, der damit anzeigte, dass die Prozedur vollzogen war. Bill tastete vorsichtig nach den Fixierungsschrauben und löste eine nach der anderen. Erleichtert zog er seinen Kopf aus der Vorrichtung und stand vom Tisch auf. Diesen schnellen Lagenwechsel quittierte sein Körper sofort mit einer Schwindelattacke und aufsteigender Übelkeit, die Bill nur knapp unterdrücken konnte. Sein Nacken schmerzte und als er mit der rechten Hand nach hinten griff, um ihn zu reiben, glitten seine Finger über einen metallischen Fremdkörper hinter seinem Ohr.

Die Recheneinheit, schoss es Bill durch den Kopf und er wankte trotz des Schwindels Richtung Flur, um sich im großen Wandspiegel zu betrachten. Lange Zeit stand er reglos vor seinem Spiegelbild und betrachtete den metallischen Diskus hinter seinem Ohr. Dann tastete er danach, befühlte den kompletten Rand zwischen der Recheneinheit und dem Sockel. Vollkommen gleichmäßig waren die beiden Teile des Implantates miteinander verbunden und auch wenn er leichten Druck auf die Teile ausübte, bewegten sie sich nicht und es entstand auch keinerlei Schmerzempfinden. Bill wunderte sich.

Er war davon ausgegangen, dass es vielleicht wie mit einem Splitter im Finger wäre: Solange man ihn nur ansah, tat er gar nicht weh, aber sobald man ihn berührte und er bewegt wurde, kam der Schmerz. Doch mit dem BrainWiz war es anders. Egal wie sehr er gegen das Implantat drückte, es tat nichts weh. Bill fing den Blick seines Spiegelbildgegenübers auf und schaute ihm in die Augen. Wenn die Seele des Menschen in seinem Gehirn wohnte und die Augen der Spiegel der Seele waren, musste er dann nicht in seinen Augen erkennen, dass sich in seinem Hirn gerade sehr viel änderte?

Komisch. Ich weiß, dass wahrscheinlich genau in diesem Moment viele feine Nanofilamente damit beschäftigt sind, Stück für Stück zu wachsen und mein Gehirn zu durchdringen, und ich spüre nichts davon. Müsste ich mich nicht anders fühlen? Ob ich mit dem Computer, mit der Recheneinheit, kommunizieren kann? Kann ich auf den Datenspeicher zugreifen? Hallo ...? Computer ...? Implantat ...? Computer: öffne Menü ... Verdammt, wie steuert man dieses Ding denn? Oder hat es vielleicht gar nicht geklappt? Hat es eine Störung gegeben und die Filamente bilden sich gar nicht aus?

Bill ging ins Badezimmer, öffnete den Medikamentenschrank und nahm achthundert Milligramm Ibuprofen gegen die Kopfschmerzen. Wie spät war es inzwischen und wie lange hatte er bewusstlos gelegen? Er schaute auf seine Armbanduhr und keuchte auf. Es war bereits neunzehn Uhr. Er hatte also über fünfzehn Stunden verpasst. In der Firma würde man ihn mit Sicherheit vermisst haben – und was war mit Janika?

Bill sprang eilig unter die Dusche, nachdem er entschieden hatte, dass duschen unproblematisch sein musste, denn der Sockel und die Grundsubstanz würden ein Eindringen von Wasser in seinen Schädel verhindern. Er zog sich an und wollte gerade die Wohnung verlassen, doch als er im Flur am Wandspiegel vorbeiging, erregte etwas seine Aufmerksamkeit – der Lichtreflex der Deckenleuchte an der spiegelnden Oberfläche seines Implantates.

Mist, so kann ich nicht rausgehen, das ist viel zu auffällig! Bill überlegte und kam schlussendlich nur auf eine Idee: eine Mütze aufzusetzen. Er kramte in seinem Korb mit den Wintersachen und wurde am Boden fündig. Dort lag eine schwarze lange Beanie, die er nie getragen hatte, weil er es für komischen Hipster-Kram hielt. Jetzt würde sich Steves Geschenk also doch bezahlt machen. Er zog die Beanie tief in die Stirn und über die Ohren, sodass sein Implantat komplett verdeckt war. Dann machte er sich auf den Weg ins Krankenhaus.

* * *

Dieses Mal öffnete ihm ein Krankenpfleger die Tür zur Intensivstation und brachte ihn zum Zimmer seiner Schwester. »Ihr Zustand ist unverändert. Ihre Herz-Kreislaufparameter sind weiterhin stabil, und das EEG, das heute Nachmittag abgeleitet wurde, gibt erst einmal keine Hinweise auf eine Hirnschädigung. Soviel ich weiß, soll noch eine MRT gemacht werden, aber da kann Ihnen Dr. Moilanen erst morgen mehr sagen. Er hat bereits seit einigen Stunden Feierabend.«

»Danke, ich werde dann mit ihm reden«, sagte Bill und blickte bereits zu seiner Schwester, die noch immer reglos und blass dalag. Erfreut stellte er jedoch fest, dass sie nicht mehr beatmet wurde, sondern nur noch Sauerstoff über die Nase bekam. Er stellte sich an ihr Bett, nahm ihre Rechte in seine Linke und streichelte über ihren zarten Handrücken. Hinter ihm verließ der Pfleger den Raum und schloss die Tür.

»Janika, ich weiß nicht, ob du mich hören kannst, aber ich kann dir versichern, dass ich alles in meiner Macht Stehende tue, damit es dir bald besser geht. Ich habe unsere Forschung vorangetrieben und wenn in den nächsten zwei bis vier Wochen alles gutgeht, werde ich dir zu einem neuen Arm und einem neuen Bein verhelfen, das verspreche ich dir! Dann kannst du wieder schwimmen und tanzen und alles machen, was du so sehr vermisst. Du musst nur stark bleiben, meine Kleine, bitte sei stark und bleib am Leben. Ich weiß, dass ich in letzter Zeit nicht so oft bei dir war, wie ich es hätte sein müssen und es tut mir unendlich leid, aber jetzt wird alles wieder gut. Ich verspreche es dir!«

Er wartete einige Momente, ob er irgendeine Reaktion seiner Schwester wahrnehmen konnte, doch sie lag nur still und reglos da. Gleichmäßig hob und senkte sich ihr Brustkorb, ansonsten war sie jedoch vollkommen ruhig. Er drückte ihre Hand und hauchte einen Kuss auf ihre Wange, dann ging er zur Tür, öffnete sie und schloss sie leise hinter sich. Es war an der Zeit mit Steve zu reden.

* * *

Bill blickte auf seine Armbanduhr. Zweiundzwanzig Uhr. Er wusste, dass Lisa es nicht mochte, wenn so spät noch jemand unangekündigt vorbeikam, doch darauf konnte er jetzt keine Rücksicht nehmen. Als er sein Smartphone angeschaltet hatte, um Steve anzurufen und ihm mitzuteilen, dass er auf dem Weg zu ihm war, hatte seine Mailbox fünfundsiebzig neue Nachrichten angezeigt, doch Bill hatte nicht die Zeit, sie alle abzuhören, weshalb er sie einfach ignoriert hatte.

Nun rief er also Steve an, bei dem jedoch nur die Mailbox dran ging. Nach dem üblichen albernen Spruch, den Steve natürlich noch immer nicht geändert hatte, sprach

Bill seine Nachricht auf: »*Steve, ich bin es, Bill, wir müssen uns unbedingt treffen, ich bin auf dem Weg zu dir. Ich weiß, dass Lisa nicht möchte, dass so spät noch jemand vorbeikommt, aber es ist wirklich wichtig.*«

Nach zwanzig Minuten bog Bill in die Straße ein, in der Steve und Lisa seit der Geburt ihres Kindes ein Haus bezogen hatten. Er folgte dem leichten Bogen der Straße und trat unwillkürlich auf die Bremse, als er drei Polizeiwagen und einen Krankenwagen mit Blaulicht vor Steves Haus stehen sah. Nach kurzem Zögern fuhr er weiter und suchte einen Parkplatz. Als er ausstieg und auf Steves Haus zuging, versperrte ihm plötzlich ein Polizeibeamter den Weg.

»Entschuldigen Sie bitte, aber Sie können hier nicht weitergehen, das ist ein Privatgrundstück. Bitte steigen Sie wieder in Ihr Auto oder weisen Sie sich bitte aus, falls Sie ein Bewohner der anliegenden Häuser sein sollten.«

»Mein Name ist Bill Portit, ich bin ein Freund der Familie Työpaikkaa und Steve Työpaikkaa ist mein Geschäftspartner. Was ist hier passiert?«

»Dazu kann ich Ihnen keine Auskünfte geben, Herr Portit. Können Sie sich bitte ausweisen?«

Bill griff in seine Jackentasche, zog sein Portemonnaie heraus und reichte dem Polizisten seinen Führerschein. Dieser hielt ihn ins Licht der Straßenlaterne und sah abwechselnd auf die kleine Karte und zu ihm. Kurze Zeit später nickte er und reichte sie an Bill zurück.

»Gut, Herr Portit, bitte warten Sie einen Moment.« Der Polizist ging ein paar Schritte zurück, zückte sein Funkgerät und sprach undeutlich hinein. Kurze Zeit später erhielt er offensichtlich eine Antwort und kam erneut auf Bill zu. »Herr Portit, wenn Sie mir bitte folgen würden?« Er begleitete Bill über die kurze Hofeinfahrt zur Haustür. »Bitte gehen Sie einfach gerade durch. Herr Työpaikkaa wartet auf Sie.«

Bill nickte, trat über die Türschwelle in den kleinen Flur und weiter in den dahinter liegenden großen Wohn- und Kochbereich. Der Raum war erstaunlich voll. Neben Steve und Lisa, die auf dem Sofa saßen und zwischen sich den kleinen Kindercaddy hin und her schaukelten, waren drei Polizisten in Uniform in dem Raum, sowie zwei Personen in weißen Overalls, die wahrscheinlich zur Spurensicherung gehörten – jedenfalls soweit Bill das mit seinem soliden Hollywood-Polizei-Knowhow einschätzen konnte. Außerdem war noch eine Frau in einem schlichten Hosenanzug anwesend, die etwas abseits von Steve und Lisa stand und gerade etwas in ein Tablett schrieb. In der Küche packten zwei Sanitäter eine große Tasche und waren offensichtlich kurz davor, aufzubrechen. Bill ging auf Steve und Lisa zu, die ihn gleichzeitig bemerkten und aus geröteten Augen anstarrten.

»Steve, Lisa, ist alles okay bei euch? Ist euch irgendetwas passiert? Was ist denn hier los?«

»Bill, was machst du denn hier?«, fragte Lisa mit hohl klingender Stimme.

»Ich hatte versucht, euch zu erreichen, genau genommen wollte ich Steve erreichen, ich hatte etwas wirklich Dringendes zu besprechen, doch wie es aussieht, muss das warten. Was ist hier passiert?« Bill schaute abwechselnd zwischen Lisa und Steve hin und her, doch Steve schien kaum von ihm Notiz zu nehmen. Aus Lisa brach es dafür umso ungestümer hervor: »Wir wurden überfallen, oder zumindest ist jemand bei uns eingebrochen und hat versucht, uns zu überfallen! Steve hat gerade gestern ein neues Sicherheitssystem installiert, sodass wir gewarnt wurden und in den Keller geflohen sind, aber auf dem Weg dorthin hat sich uns eine vermummte Gestalt in den Weg gestellt. Steve konnte sie aus dem Weg schubsen, sodass wir es gerade noch geschafft haben. Als wir die Tür hinter uns zugeschlagen hatten«, Lisa unterbrach sich selbst durch ein Schluchzen, »ging ein Schuss durch die Tür, der Steve am Bein gestreift hat. Zum Glück sagen die Sanitäter, dass es nicht so schlimm ist und es musste auch nicht genäht werden. Wir haben uns im Heizungsraum eingeschlossen, denn der hat eine Stahltür und da haben wir auf die Polizei gewartet und ...« Ihr unablässiger Redeschwall endete abrupt in einem neuerlichen Schluchzen und Bill nahm sie in den Arm, um sie zu trösten.

»Oh Lisa, das tut mir so leid. Kommt mit zu mir heute Nacht, ihr müsst nicht hierbleiben. Bei mir ist genug Platz und dort seid ihr in Sicherheit.«

»Wo bist du gewesen, Bill?«, erklang endlich die Stimme von Steve. »Ich habe vorgestern und gestern den ganzen Tag versucht, dich zu erreichen. Du hast nicht auf meine Mailboxnachrichten geantwortet. Dabei sind wir gewarnt worden, Bill. Frau Nieminen hat es gesagt, bei dem Termin an dem du gefehlt hast. Da hat sie erwähnt, dass es Hinweise darauf gebe, dass man versuchen könnte, an unsere Daten oder Prototypen zu gelangen. Und nun sieh dir an, was passiert ist. Sie haben versucht, meine Familie zu überfallen. Wo bist du bloß gewesen, Bill?«

»Scheiße Steve, ich war im Krankenhaus. Janika liegt auf der Intensivstation und ich musste mich um sie kümmern. Aber das können wir auch später noch klären, nun lass uns erst einmal dafür sorgen, dass ihr in Ruhe und Sicherheit die Nacht verbringen könnt. Kommt mit zu mir.«

»Wenn ich mich an dieser Stelle kurz einmischen dürfte«, erklang die erstaunlich tiefe Stimme der Frau im Hosenanzug, die sich in ihre Nähe begeben hatte.

»Herr Työpaikkaa, ich werde für die gesamte Nacht und auch für die nächsten Tage eine Streife vor Ihrer Tür postiert lassen, sodass für Ihre Sicherheit gesorgt ist. Wenn Sie heute Nacht lieber mit Ihrer Familie bei Ihrem Freund übernachten wollen, kann ich das gut nachvollziehen, doch informieren Sie vorher bitte mich oder die Streife vor dem Haus, damit sie Ihnen dorthin folgen kann. Aktuell können wir noch nicht genau sagen, worum es den Eindringlingen ging und ob sie eventuell erneut zuschlagen werden.«

Steve nickte stumm, in den Augen einen abwesenden Ausdruck.

Bill hockte sich hin, sodass er Steve direkt in die Augen blicken konnte, der wahrscheinlich noch immer unter Schock stand. »Steve, lass uns das alles morgen klären, kommt nun erst mal mit zu mir? Bleib du bei eurem Kind und Lisa, und ich packe ein paar Sachen zusammen, okay?«

Steve stimmte zu und Bill schaute zu Lisa, die ebenfalls bejahte und in Richtung Flur ging. Bill nickte der Frau im Hosenanzug zu und reichte ihr die Hand. »Mein Name ist Bill Portit, ich bin ein Freund der Familie und würde die Työpaikkaas heute gerne mit zu mir nehmen. Hier ist meine Karte. Können Sie Ihre Kollegen dorthin beordern?«

Die Frau nahm die Visitenkarte entgegen und schüttelte Bills Hand. »Ich bin Kommissarin Ojala, ich weiß, wer Sie sind, Herr Portit, ich werde die Kollegen direkt zu Ihrer Wohnung schicken. Bitte sorgen Sie dafür, dass sich Herr und Frau Työpaikkaa morgen mit mir in Verbindung setzen.« Nun reichte sie ihm ihre Visitenkarte.

Er nahm diese und stimmte zu. »Mache ich, Frau Kommissarin. Bitte entschuldigen Sie mich jetzt, ich muss Lisa helfen, ein paar Sachen einzupacken.«

Kurze Zeit später hatten Lisa und Bill alle wichtigen Dinge beisammen, wobei es ihn erstaunte, wie viele Dinge man anscheinend benötigte, um ein kleines Kind eine Nacht woanders schlafen zu lassen.

Er griff die große Reisetasche, trug sie zum Auto und stopfte sie in den Kofferraum. Nachdem Steve mit der Kleinen auf der Rückbank und Lisa auf dem Beifahrersitz Platz genommen hatten, fuhr Bill aus der Parklücke und hielt neben dem vordersten der drei Streifenwagen, in den gerade zwei Polizisten eingestiegen waren. Er öffnete das Fenster und wartete, bis der Polizist es ihm gleichgetan hatte. »Guten Abend, sind Sie diejenigen, die uns begleiten?«

Der Polizist nickte und wies auf seinen Kollegen. »Herr Virtanen und ich, mein Name ist Salmi, werden Ihnen folgen und vor Ihrer Wohnung Position beziehen.« Er griff kurz in das Handschuhfach seines Wagens und reichte Bill einen schwarzen Gegenstand. »Nehmen Sie das Funkgerät. Lassen Sie es bitte eingeschaltet und wenn irgendetwas passieren sollte und Sie unsere Hilfe brauchen, drücken Sie auf den roten Sendeknopf, und wir kommen sofort zu Ihnen.«

Bill nahm das Funkgerät entgegen.

»Vielen Dank!« Er schloss das Fenster und fuhr los. Von hinten erklang Steves müde Stimme: »Hey Bill, wieso trägst du denn die Mütze, die ich dir geschenkt habe? Die hast du noch nie getragen ...«

»Ach, das klären wir am besten morgen!«

Der Andere

Montana, 21. März 2031

Mit rasendem Puls nahm er zwei Stufen auf einmal, bis sein rechter Fuß an einer Kante hängen blieb und er nach vorne stürzte. Die Sturmschrotflinte in seiner Hand nutzte er reflexhaft zum Abfedern und stieß sie sich damit unfreiwillig unter den rechten Rippenbogen, was eine heiße Schmerzwelle durch seinen gesamten Torso jagte.

Er krachte mit dem Rest seines Körpers erst schräg gegen die Wand des Treppenkastens und dann längs auf die Stufen. Um ein Haar verfehlte sein Kopf die verstärkte Kellertür, die nach oben führte.

Sterne tanzten in seinem Sichtfeld und warmes Blut, das nach Metall und Staub schmeckte, lief ihm in den Mund. Heftige Schmerzen durchfuhren seine gesamte rechte Seite wie ein Gewittersturm, der immer wieder grelle Blitze durch seine Nervenbahnen sandte.

Er brauchte einige Sekunden, um sich auf den Rücken zu rollen, wobei er jede einzelne Kante der Holztreppe spürte. Stöhnend starrte er auf die Treppenstufen über sich, die vom Erdgeschoss in den ersten Stock führten und in der Decke verschwanden. Sie verliefen wie ein gespiegeltes Gegenstück der Kellertreppe.

»June!«, keuchte er und bäumte sich mit einem Schrei des Widerstandes gegen seinen in Flammen stehenden Körper auf. Mit der Schnelligkeit eines Vaters, der seine Tochter in Gefahr wusste, schnappte er die Flinte und blendete die pulsierenden schwarzen Flecken in seinem Sichtfeld aus.

Trotz seiner zitternden Hände gelang es ihm, das Schloss und die zwei Sicherheitsriegel zu öffnen, und die Tür zum Wohnbereich im Erdgeschoss aufzustoßen.

Von oben hörte er Junes Geschrei und ein lautes Rumpeln, das plötzlich abbrach und von einer drückenden Stille abgelöst wurde, als er gerade den rechten Fuß auf die unterste Treppenstufe gesetzt hatte.

Jede Faser seines Körpers protestierte, als er innehielt. Er wollte nach oben rennen, schreien, aus seiner Sturmschrotflinte schießen und den- oder diejenigen töten, die seiner Tochter etwas antaten. Doch ein kleiner Bereich in seinem Geist ließ ihn stehenbleiben und sich dem überwältigenden Vaterinstinkt widersetzen.

Es ist still geworden, dachte er schwer atmend und leckte sich heftig über die Lippen, während er die Ladekammer überprüfte, um sicherzugehen, dass seine Waffe geladen war. Sie lag mit dem riesigen Tellermagazin schwer in der Hand. *Wenn er June getötet ... nein, wenn er June überwältigt hat und ich jetzt die Treppe hochgehe, wird der Eindringling auf mich warten und mich vom Treppenabsatz aus abknallen. Oben hat er sämtliche Vorteile.*

Wenn er seinem Drang nachging, hochzustürmen, wäre er ein leichtes Ziel und seiner Tochter keine Hilfe. Er musste klüger agieren.

Denk nach!

Hastig blickte er sich um, als er von oben ein leichtes Knarren hörte. Es kam von der Decke über den Sesseln vor dem Kamin, also bewegte sich der Eindringling gerade in der Nähe seines Bettes.

Nach einem Atemzug lief er zur Haustür, die unverschlossen war, zog sie auf und riss die Sturmschrotflinte hoch, mit der er nach draußen zielte. Er sah nichts außer Finsternis, während er mit einer Hand um Kolben und Abzug und einer um den Vordergriff unter dem Lauf hin und her schwenkte. Darauf schlug er die Tür laut zu und lief auf Zehenspitzen hinüber zum Kellerabgang, der nicht geschlossen war.

Die verstärkte Tür ließ er weiterhin offenstehen und schlich eilig, aber mit Bedacht die Stufen hinab, um nicht erneut zu stürzen und keinen Laut von sich zu geben. Unten angekommen hob er seine Waffe und zählte im Geist.

»Komm schon, komm schon«, flüsterte er, eine Wange an den kalten Kolben der Sturmschrotflinte gepresst. Sein führender Arm zitterte, vielleicht aus Anstrengung, vielleicht aus Angst – ganz sicher aber aus Sorge.

Hätte er doch hochlaufen sollen?

Da! Ein Geräusch!

Ein kaum wahrnehmbares Schaben war zu hören, dann rieselte ein dünner Faden Staub von der Treppe über ihm herab und brannte in seinen Augen. Grimmig kämpfte er gegen den Drang an, zu zwinkern, obwohl ihm bereits Tränenflüssigkeit aus den Augen die Wangen hinab lief.

Einen Herzschlag später knarzte es.

»Sechzehnte Stufe, *Arschloch!*« Er zog den Abzug durch und die Flinte stieß bellend ihre fingerdicken Geschosse aus. Fünfzig verließen den Lauf und durchschlugen die Stufe über ihm wie Papier, zerfetzten das Holz und sandten einen wahren Regen aus Spänen und Splittern auf ihn. Während der Kolben gegen seine Schulter schlug, als trete ihn ein Pferd, schrie er seine Angst und Wut heraus, bis er ein lautes Rumpeln hörte, das sich über die Treppe nach unten fortsetzte.

Er dachte nicht lange nach, sondern rannte die Stufen hoch Richtung Wohnraum, aus dem er ein schmerzerfülltes Stöhnen hörte. Dort angekommen stieß er mit dem Lauf seines Gewehrs gegen den Türrahmen, der mit einem lauten *Klonk* protestierte, und stolperte hinaus. Noch ehe er realisieren konnte, was geschah, segelte ihm die Tür, die in Richtung des Treppenaufgangs nach oben öffnete auf ihn zu und warf ihn zu Boden.

Mit einem überraschten Aufschrei auf den Lippen krachte er auf die Holzdielen und verlor die Sturmschrotflinte, die in hohem Bogen durch den Raum flog und nach kurzem Schlittern vor dem Esstisch liegenblieb.

Wie in Trance starrten seine Augen an die Decke und die Maserung der gewachsten Bretter verschwamm zu dichten Bahnen, die sich in Schlangen verwandelten, die mit Sternen tanzten.

Der Geruch nach Blut und Staub drang ihm in die Nase und funktionierte wie eine Art Riechsalz, einen Atemzug später brach die gesamte Welt über ihn herein. Jemand knurrte laut, eine Tür fiel krachend ins Schloss und Blut rauschte so heftig in seinen Ohren, dass er kurze Zeit dachte, eine Bombe sei direkt neben ihm explodiert. Schmerzen breiteten sich in seinen Fingern, seiner Brust und seinem Kopf aus und hielten ihn in einem Griff aus Feuer gefangen, das sich in seine Knochen fraß.

Hustend rollte er auf die Seite und kam in die Hocke. Sein Kopf fuhr nach rechts und er entdeckte eine dunkle Gestalt, die vor der untersten Treppenstufe kauerte und so heftig atmete, dass er es selbst in dem bedrohlichen Zwielicht sehen konnte, das aus dem Kellerabgang herauf schien. Eine dunkle Lache breitete sich unter dem Anderen aus, der in Flecktarnkleidung gehüllt und dessen Gesicht mit schwarzer Farbe beschmiert war.

»Was hast du ihr angetan?«, knurrte er und humpelte nach vorn. Ein heftiger Schwindel ließ ihn wanken, doch ehe er das Gleichgewicht verlor, stürzte er sich auf den Eindringling.

Zusammen kippten sie zur Seite und er sah nichts außer durcheinanderwirbelnden Eindrücken von Farben, einem Gesicht, Gliedmaßen und dem Lichttrapez, das der Kellerabgang auf die Holzdielen warf.

Zwischendurch spürte er Weichteile und schlug so heftig um sich, wie er konnte. Dann schlossen sich seine Finger um einen Hals und er drückte fest zu, bis er einen Schlag in den Magen erhielt und sich krümmte.

Einen Moment später spürte er einen eisenharten Griff um seinen Hals, der sich langsam zuzog.

»Wehre dich nicht«, zischte der Andere ihm von hinten ins Ohr und er fragte sich, wie der Kerl so viel Kraft aufbringen konnte, da er neben sich einen zerfetzten Beinstumpf sah, aus dem Unmengen frischen Blutes liefen.

»Was ... hast ... du ...«, zischte er zurück, und es fiel ihm immer schwerer, Worte durch seine Kehle zu pressen, »ihr angetan?«

»Sie hat sich gewehrt.« Der saure Atem des Fremden wehte in seine Nase.

»Du verdammtes Schwein!«, krächzte er zurück und schlug außer sich vor Zorn mit den Ellenbogen nach hinten. Es war ihm egal, dass der Griff um seine Kehle noch härter und sein Blickfeld immer kleiner wurde, da ihn jetzt Wut und Hass übermannten, die ihm keine Möglichkeit mehr zur Konzentration ließen. Wie ein wildes Tier wand er sich und schrie dabei unkontrolliert, bis der Griff plötzlich schwächer wurde und sein rechter Ellenbogen etwas traf, das knackend nachgab.

Ohne abzuwarten, sprang er nach vorne und krabbelte in Richtung seiner Sturmschrotflinte, die als glänzendes Etwas vor dem Esstisch lag, knapp außerhalb des Lichtbereichs.

Obwohl sie sich nur wenige Schritte entfernt befand, stürzte er zweimal, und wurde von hinten an den Füßen gepackt. Beim zweiten Mal schlug er ungebremst mit der Nase auf den Boden, was diese mit einem hässlichen Knirschen brechen ließ. Schmerzen explodierten in seinem Kopf und es fühlte sich an, als zerberste seine Schädeldecke. Ein Schwall frischen Blutes spritzte auf den Boden und klatschte mit so einer Wucht auf die Holzdielen, dass sein Gesicht nass wurde. Rein vom Überlebensinstinkt gesteuert, trat er nach hinten aus und tastete nach dem Lauf der Schrotflinte, die er durch den neuerlichen Tränenschleier nur mehr erahnen konnte.

Irgendwann schlossen sich seine zitternden Finger um den Lauf und er zog sie mit einem letzten Aufbäumen zu sich heran, wirbelte sie herum und packte sie an Kolben und Vordergriff. Als er blinzelnd auf den Schulterblättern lag und mit erhobener Waffe hinter sich zielte, bemerkte er, dass der Sucher reglos auf dem Rücken lag und sich nicht mehr rührte.

Ächzend stand er auf, wischte sich mit dem Handrücken die Tränen aus den Augen und nutzte die Hilfe des in seinen Adern kochenden Adrenalins, um die heftigen Schmerzen in seinem Gesicht beiseitezuschieben.

Der Andere blinzelte noch und ein feines Lächeln umspielte seine blutleeren Lippen.

»Es ist zu spät«, blubberte es aus seinem Mund und weiße, von roten Schlieren überzogene Zähne blitzten auf. »Sie wissen Bescheid.«

»Nein«, erwiderte er grimmig und zielte direkt auf den Kopf des Fremden. »Für dich ist es zu spät.«

Mit einem lauten Knall, der sich von den Wänden als dumpfes Echo absetzte, verließ eine einzelne Patrone den Lauf seiner Schrotflinte und ein Regen aus Blut und Hirnmasse spritzte in alle Richtungen wie eine Wasserbombe.

Ohne Zeit zu verlieren, rannte er zur Haustür und sperrte sie ab, bevor er nach oben eilte, immer drei Stufen auf einmal nehmend. Die zerfetzte sechzehnte, durch die das Licht aus dem Keller zu ihm herauf drang, übersprang er.

»June? June!«, schrie er, als er durch den Flur lief und mit der Schulter durch die Tür brach. Mit lautem Krach flog sie aus den Angeln und er stand im Schlafzimmer. Hastig sah er sich in dem düsteren Zwielicht um, bis er seine Tochter zusammengesunken vor dem Fenster sitzen sah.

»Papa?«, hauchte sie kraftlos. Er warf sein Gewehr achtlos beiseite und stürmte zu ihr, um sie kurz zu untersuchen, doch es war zu dunkel.

»Papa?«

»Ich bin hier, Kleines, ich bin hier!«, versicherte er ihr schluchzend. Er hatte gar nicht bemerkt, dass er weinte.

»Ich hab versucht, den fremden Mann aufzuhalten«, wisperte sie und erst jetzt sah er das kleine Jagdmesser in ihrer Hand, dessen Klinge feucht glänzte.

»Das hast du gut gemacht, Kleines«, versicherte er und schob seine Arme unter ihre Kniekehlen und hinter ihre Schultern. Unter Aufbringung seiner gesamten Kraft hob er sie hoch und stapfte mit ihr hinunter ins Wohnzimmer, wo es genügend Licht gab, um sie zu untersuchen.

Er hatte Angst davor, wollte am liebsten schreien, weil es ihm mehr Schmerzen bereitete, sie so hilflos und verletzt zu sehen, als seine gebrochene Nase und seine Platzwunden es vermocht hatten. Über die Treppen zu gehen mit seiner Tochter im Arm und zu wissen, dass er jeden Moment ihre Verletzungen sehen würde, war vielleicht das Schwerste, was er in dieser Nacht erleben würde. Doch es musste sein. Er hatte keine Wahl.

Unten angekommen legte er sie neben die beiden Sessel und fischte von einem der beiden ein Kissen herunter, das er ihr unter den Kopf schob. Mit langsamen Streichbewegungen wischte er ihr das feuchte Haar aus der blassen Stirn.

Sie ist so blass, dachte er schockiert und hätte beinahe laut geschrien, als er sah, dass seine Hände dicke Blutspuren auf ihrer Haut hinterließen.

»Papa, ich fühle mich nicht gut.«

»Ich weiß, Kleines, ich weiß. Ich muss dich jetzt untersuchen, okay?«

»Okay«, erwiderte sie mit dünner Stimme, die immer

wieder in ein feuchtes Röcheln überging, und ihre großen Augen sahen ihn halb flehend, halb abwesend an.

Tief einatmen. Tief einatmen.

Er nahm all seinen Mut zusammen und sah an ihr hinab. Der olivgrüne Griff des Kampfmessers steckte bis zum Heft in ihrer linken Brust, die sich ruckartig hob und senkte. Ihr weißer Pyjama mit den aufgestickten Teddybären war von oben bis unten von dunklem Blut getränkt, um die Einstichwunde glänzte es pastös.

Dicke Tränen tropften aus seinen Augen auf ihren winzigen Oberkörper und er musste sie mehrfach aus den Augen wischen.

»Warum weinst du, Papa?«, fragte sie abwesend.

»Ist schon gut, Kleines. Dein Papa kümmert sich jetzt um dich.«

»Bist du noch böse auf mich?«

»Nein!«, sagte er sofort. »Nein, Kleines, ich bin nie wirklich böse auf dich. Nur auf mich selbst.«

»Dann ist es gut.«

Mit zittrigen Fingern tastete er ihre Rippen ab. Die Klinge steckte zwischen dem achten und neunten Rippenbogen und hatte vermutlich ihren rechten Lungenflügel durchstochen. Seine Gedanken rasten, als er versuchte, sich an sein in den letzten Jahren angelesenes Wissen über Stichverletzungen zu erinnern.

»Ich bin sofort wieder da, hörst du?«

»Nein, nicht weggehen!«, flehte sie ihn an und die plötzliche Angst in ihrer Stimme fuhr ihm kalt in die Glieder.

»Ich muss, aber ich bleibe hier, du kannst mich sehen, okay? Schau einfach nach ...« Er sah Richtung Küche, wo der kopf- und beinlose Andere im Lichtschein des Kellers lag. »Schau einfach zum Kamin, okay?«

»Ich bin so müde, Papa.«

»Ich weiß, Kleines. Du musst durchhalten, ja? Du musst

jetzt stark sein, ich weiß, dass du das kannst. Du darfst nicht einschlafen!«

»Ist gut.«

Schniefend sprang er auf und humpelte gegen einen Krampf in seinem linken Bein an. Er lief zur Küche und riss den Schrank unter dem Tresen auf, wo sich sein medizinischer Notfallkoffer befand. Achtlos zerrte er ihn heraus und zerstörte dabei die kleine Tür. Vom Küchentisch riss er seine Stirnlampe und lief zu June zurück, die wie eine rot angemalte Wachsfigur dalag. Neben ihr fiel er auf die Knie, streifte die Lampe über und schaltete sie an, bevor er den Koffer öffnete und Druckverbände herausnahm.

»Ich muss jetzt deinen Pyjama aufschneiden, nur den Stoff, okay?«

»Okay, Papa«

Wütend über das Zittern in seinen Händen nahm er die Schere und begann die dicke Baumwolle von der Hüfte zum Kragen aufzuschneiden und ihren Oberkörper freizulegen. Das Blut auf ihrer Haut verschmierte, als er den durchnässten Stoff fortwarf, nachdem er ihn behutsam um die Klinge gezogen hatte.

Als Nächstes sprühte er seine Hände mit Desinfektionsmittel ein und zog sich Latexhandschuhe über, die er ebenfalls desinfizierte, bevor er auch den Bereich um das Messer großzügig mit der beißend riechenden Flüssigkeit bedachte.

Als er fertig war, nahm er eine frische Spritze aus ihrer Verpackung und zog sie mit Metamizol Injektionslösung auf, bevor er ihren linken Oberarm desinfizierte und ihr das Schmerzmittel injizierte.

»Gleich ist der Schmerz weg, Kleines, versprochen«, versicherte er ihr und wollte über ihren Kopf streichen, bis er auf seine desinfizierten Handschuhe sah und die Zähne aufeinanderbiss.

»Ich muss jetzt das Messer herausziehen«, erklärte er mit erzwungener Ruhe, obwohl er innerlich so aufgeregt und ängstlich war wie noch nie in seinem Leben. Zu seiner Überraschung nickte sie nur so schwach, dass er schon fürchtete, sie hätte das Bewusstsein verloren, doch sie sah ihn mit festem Blick an.

Wie kann sie nur so tapfer sein?

Mit einer Hand schnappte er sich einen der Druckverbände und mit der anderen umfasste er den Griff des Messers, das er in diesem Moment ansah wie ein Relikt aus der Hölle.

Vorsichtig legte er den Druckverband um den Einstich und zog die Klinge langsam heraus, peinlichst darauf bedacht, sie nicht zu drehen oder zu stark in irgendeine Richtung zu bewegen, damit keine Luft in ihren Lungenflügel eindringen konnte.

Als er die Stichwaffe herausgezogen hatte, warf er sie achtlos fort und presste den Druckverband fest auf die Wunde. Obwohl er sich von der Mitte her Rot verfärbte, strömte anscheinend nicht so viel Blut heraus, wie er befürchtet hatte, was ihn stutzig machte.

Schnell suchte er den Rest ihres Körpers ab und entdeckte eine Schnittwunde an der Schulter, die etwa drei Zentimeter lang war. Aber auch aus ihr quoll nicht so viel Blut, dass es für ihren getränkten Pyjama verantwortlich sein konnte. Vielleicht hatte sie mit ihrem Jagdmesser den Anderen verletzt?

Irrelevant!, ermahnte er sich und desinfizierte erneut seine Handschuhe, bevor er eine neue Spritze aus ihrer Verpackung riss und mit einem Anästhetikum aufzog. Ein kurzer Blick verriet ihm, dass June noch immer blinzelnd an die Decke sah, also entschloss er sich, schnell zu handeln, und spritzte an sechs Stellen neben der Stichwunde. Sie schien es nicht einmal zu registrieren.

Vorsichtig zog er eine gebogene Nadel aus dem Aluminiumetui, an der bereits ein Faden hing und begann, die drei Zentimeter lange Wunde mit einfachsten Einzelknopfnähten zu verschließen. Obwohl er wusste, dass sie nichts spüren konnte, tat ihm jeder Einstich weh, als würde er sie wissentlich verletzen.

Als er fertig war, wiederholte er den Vorgang an ihrer Schulter und reinigte beide Wunden, bevor er sie mit großen Klebepflastern abdeckte.

»Das wars«, sagte er und zog seine Handschuhe aus, um ihr mit dem Handrücken über die Wange zu streicheln.

»Papa, mir tut das Atmen so weh«, klagte sie mit dünner Stimme und das Röcheln in ihr war zu einem feuchten Schmatzen übergegangen.

Pneumothorax, dachte er sofort und seine Sorge wurde bleischwer. *Sie hat Luft im Brustraum.*

»Tut es mehr weh, wenn du ganz doll einatmest?«

Sie nickte nur und verzog vor Schmerz den Mund.

»Okay, Kleines. Gleich wird es ein wenig piksen, aber dann wirst du dich besser fühlen«, versprach er ihr und erneut nickte sie.

Er zog eine dritte Spritze, diesmal die größte, die er in dem Koffer fand, in dem jetzt alles kreuz und quer lag, heraus und schloss sie an die Injektionsnadel mit dem größten Lumenwert, die er finden konnte, an. Als Nächstes legte er seine Finger auf ihren Brustkorb und klopfte mit dem angewinkelten Zeigefinger der anderen Hand dagegen, bis er einen etwas hohleren Klang hörte.

Zwei Atemzüge erlaubte er sich, bevor er die Nadel seitlich in ihren Torso stach, tief genug, um sicher sein zu können, dass sich das vordere Ende in dem luftgefüllten Hohlraum befinden musste, und zog die Spritze auf. Als der Plastikstutzen in seiner Hand das Ende erreichte, zog er sie mit der abgesaugten Luft heraus und beugte sich dicht über das Gesicht seiner Tochter.

»Atme jetzt ein, Kleines. Fühlst du dich besser?«

Prüfend hob sie ihre Brust und das Röcheln hatte deutlich nachgelassen. Sie nickte schwach. »Ja, Papa, es tut nicht mehr so weh.«

»Das ist gut«, gab er unter Tränen zurück und lächelte erleichtert.

Du musst dich beeilen, ermahnte ihn eine innere Stimme und er fuhr hoch, als er sich an die letzten Worte des Anderen erinnerte: *Sie wissen Bescheid.*

Sie braucht Antibiotika. Er lief erneut in die Küche, wo sich unter dem Tresen die große Plastikbox mit Medikamenten befand und suchte ein Breitbandantibiotikum heraus, von dem er ihr eine Tablette mit einem Glas Wasser einflößte.

»Wir müssen jetzt gehen, Kleines«, erklärte er und umfasste ihre Wangen mit beiden Händen, damit sie ihn ansah. »Ich packe einige Sachen und bin gleich wieder da, okay?«

Er wusste, dass eine überstürzte Flucht eine Katastrophe war, da Situationen wie diese beinahe garantiert Fehler nach sich zogen, doch er hatte keine Wahl. Vielleicht war es schon zu spät und die Anderen waren bereits so nahe, dass es keinen Unterschied machte, aber wie auch immer das hier ausgehen sollte: Ab jetzt zählte jede Sekunde.

Helsinki 29.05.2021

Das laute Weinen eines Kindes riss Bill aus dem Schlaf und er schreckte hoch. Fast wäre er vom Sofa gefallen, doch in letzter Sekunde gelang es ihm, seinen Arm zum Boden zu strecken und sich abzufangen. Müde gähnend rieb er seine Augen und versuchte, einen klaren Blick zu bekommen. Sein Rücken schmerzte etwas von der Nacht auf seinem in die Jahre gekommenen Sofa, dessen Federkern nicht erst kürzlich beschlossen hatte, jeden Gast mit seinen harten Spitzen zu begrüßen. Es würde der Tag kommen, an dem er endlich den lang gehegten Plan in die Tat umsetzen und das olle Möbel gegen ein neues, schönes und vor allem bequemes tauschen würde. Aber dieser Tag war sicher nicht heute. Bill stand auf, streckte beide Arme nach oben und bog den Rücken leicht nach hinten durch, was dieser mit einem leichten *Knack* belohnte. Seufzend ließ Bill die Arme fallen und fragte sich, wie spät es wohl sei.

08:25 Uhr EET tauchte plötzlich ein halbtransparenter, grauer Schriftzug mitten in seinem Gesichtsfeld auf. Bill blieb vor Schreck und Überraschung wie eingefroren stehen. *Verdammter Wahnsinn, was für ein abgefahrener ... Was ist das?* Bill blickte zur Seite und die Uhrzeit wanderte mit. Er blinzelte, doch die Uhrzeit blieb, wo sie war. *Es muss das Implantat sein*, schoss es ihm plötzlich durch den Kopf und er fragte sich, wie er das vergessen haben konnte. Wahrscheinlich waren der Schock und Stress aufgrund des Überfalls bei Steve schuld. In diesem Fall war wohl die Zeit gekommen, die Funktionen des Implantates zu entdecken. Er hatte keine genaue Idee, wie er das anstellen sollte, doch da die Uhrzeit eben aufgetaucht war, als er sich die Frage gestellt hatte, wie spät es wohl sei, konnte er vielleicht so die Uhrzeit auch wieder verschwinden lassen. Er nahm sie bewusst wahr und versuchte, sich darauf zu konzentrieren, dass er nun wusste, wie spät es war. Genau so plötzlich wie sie aufgetaucht war, verschwand die Zeitangabe auch wieder. *Okay, das ist abgefahren, das ist richtiger Wahnsinn. Ob es wohl eine Betriebsanleitung gibt? Wie lernte man, mit dem Implantat umzugehen? Hallo ...? Computer ...? Implantat ...?* Doch wie am Tag zuvor, brachte der innere Dialog keinen Erfolg. Bill dachte an den Datenspeicher, von dem er wusste, dass er in seinem Implantat verbaut war und erinnerte sich an die Skizze des Implantates, die Steve ihm vor so langer Zeit auf dem Monitor gezeigt hatte. Plötzlich explodierte sein Sichtfeld förmlich, als genau jene Zeichnung vor ihm erschien, jedoch als dreidimensionale Explosionszeichnung, die vor ihm im Raum schwebte. Die Darstellung war so detailliert und realistisch, dass nur die hellgrüne Farbe und die leichte Transparenz dafür sorgten, dass Bill einen Unterschied zwischen der realen Ausstattung seines Wohnzimmers und dem 3D Modell, das darin schwebte, erkennen konnte. Trotzdem konnte er den Reflex nicht unterdrücken, danach zu greifen, und fast war er enttäuscht, als seine Hand durch die vor ihm schwebende, obere Hülle der Recheneinheit glitt. Er ging einen Schritt nach links, um das Ganze von einer etwas anderen Perspektive zu betrachten und hinter die Hülle zu schauen. Schritt für Schritt ging er staunend durch das riesige Implantat, das sein ganzes Wohnzimmer ausfüllte und betrachtete alle Details.

Plötzlich schoss ein Schmerz von seinem linken Fuß empor, sodass Bill ihn reflexartig hochzog. Vollkommen gefangen von der Betrachtung des Implantates, beraubte diese Bewegung ihn jedoch seines Gleichgewichtes und er stürzte der Länge nach zu Boden. Unsanft kam er auf und schlug mit seinem Kopf gegen ein Stuhlbein und nur der Teppich nahm seinem Sturz etwas von dessen Härte. Bill stöhnte auf und hielt die rechte Hand an den Kopf.

»Oh je, Bill, was ist los«, hörte er Lisas besorgte Stimme.

»Alles ok, ich bin nur unachtsam gewesen und gestolpert, alles gut«, krächzte Bill mit belegter Stimme. Er hob den linken Arm und winkte. »Geht gleich wieder, muss nur kurz die Sterne vertreiben.« Er blickte zu ihr auf und sah sie in seinem Bademantel vor sich stehen. Wie hatte sein Kumpel, dessen Leibesfülle von seiner großen Vorliebe für Softdrinks und Pralinen kündete, bloß so eine attraktive Frau für sich gewinnen können? *Reiß dich zusammen Bill!,* mahnte er sich und rollte auf die Seite, um aufzustehen.

»Bill?«

»Ja.«

»Was ist da hinter deinem Ohr?«

»Hinter meinem Ohr? Blute ich?« Er griff bewusst hinter das linke und drehte es in ihre Richtung.

Ihre Stimme klang zugleich irritiert als auch bestimmt, als sie fortfuhr.

»Nein, hinter deinem rechten Ohr! Das sieht aus wie dieser BrainWiz, den ihr dem Affen implantiert habt.«

Er war ein verdammter Idiot. Er hatte sich so sehr von dem Implantat fesseln lassen, dass er nicht darauf geachtet hatte, dass er beim Schlafen seine Beanie verloren hatte und nun vollkommen ohne Tarnung herumlief. Was sollte er tun? Er wusste ja noch nicht einmal, wie er es Steve erklären sollte. Wie sollte er dann Lisa einweihen? Wie viel wusste sie überhaupt über die ganze Geschichte? Er hatte nie mit ihr darüber geredet. Immer wenn er bei den Työpaikkaas zu Besuch war, legte sie großen Wert darauf, dass sie ihren *Nerdkram* und die ganze Arbeit außen vor ließen und sich *über vernünftige Dinge jenseits der Arbeit* unterhielten.

»Ähm, also ...«, er stockte. »Also das ist ein schwieriges Thema, Lisa, und mir wäre es ganz recht, wenn wir das nicht jetzt besprechen würden. Lass uns frühstücken und dann werde ich es dir und Steve erklären, okay?«

Sie musterte ihn lange und eingehend. Sie nickte und sprach sehr langsam und betont. »Okay, Bill, ich hoffe nur, dass du keinen Mist gebaut hast, der meinen armen Steve in irgendwelche Schwierigkeiten bringt. Und falls du Mist gebaut haben solltest, bring es in Ordnung, aber halte ihn da raus. Wir haben gerade genug Scheiße erlebt. Okay? Verstehen wir uns?«

Meine Güte, Steve, jetzt weiß ich, was du meinst, wenn du deine Frau als hübsch, aber gefährlich bezeichnest. Der stechend scharfe Blick, den sie Bill zuwarf, ließ ihn kurz zurückzucken.

»Schon klar, Lisa, glaub mir, ich habe alles im Griff.«

Zögernd nickte sie, drehte sich um und ging in sein Schlafzimmer.

Bill atmete schwer aus und stolperte kraftlos zum Sofa. Er suchte nach der verfluchten Beanie und setzte sie frustriert wieder auf. Verdammter Mist, aber nun war es passiert und er musste eine Lösung finden. Mit Notfallmanagement kannte er sich aus, er würde bestimmt auch dafür eine Klärung finden.

Zunächst aber wollte er in der Klinik anrufen, um zu erfahren, wie es seiner Schwester ging. Er suchte nach seinem Smartphone und fand es schließlich unter seiner Jeans und den Socken auf dem Boden. Der Akku war leer und so legte er es auf das Induktionsladegerät und ging zunächst ins Bad, um zu duschen. Eine heiße Dusche würde ihm guttun und für einige Minuten den Stress nehmen.

Da die Työpaikkaas noch immer sein Schlafzimmer okkupierten, schlüpfte er notgedrungen in die Sachen vom

Vortag. Der Akku seines Smartphones hatte schon wieder zweiunddreißig Prozent und er schaltete es ein. Nachdem er seinen Pin eingegeben hatte, tauchte plötzlich ein Text in seinem Blickfeld auf:

Gerät integrieren?

Erneut konnte Bill ein Zucken nicht unterdrücken. Daran musste er sich echt gewöhnen. Was könnte das Implantat damit meinen? Kurz nachdem er diese Frage an sich selbst formuliert hatte, tauchte ein weiterer Text auf:

In·te·g·rie·ren: Etwas in ein bestehendes System aufnehmen.

Sämtliche Funktionen des Smartphones können von deinem BrainWiz übernommen werden, sobald die Integration bestätigt und abgeschlossen wurde.

Hat das Ding mir wirklich gerade erklärt, was integrieren bedeutet? Bill überflog den Text zweimal und war hin und her gerissen zwischen seiner Begeisterung über die Funktionen des BrainWiz einerseits und der beunruhigenden Erkenntnis, dass er nun in seinem eigenen Kopf nicht mehr alleine war andererseits.

Gerät integrieren?

»Ja, Gerät integrieren!«

»Mit wem redest du da?« Bill drehte sich ruckartig um und starrte Steve an, der mit Tellern und Besteck in den Händen vor dem Esstisch stand und zu ihm herüberblickte. »Mit mir selbst. Ich erkläre es dir nachher, lass uns erst einmal frühstücken«, antwortete Bill. Um etwas Zeit zu gewinnen, drehte er sich um und griff nach der Decke auf dem Sofa und begann, sie zusammenzulegen. Er musste gar nicht lange überlegen, ob er sein Smartphone mit dem BrainWiz verbinden, beziehungsweise es in ihn integrieren wollte. Natürlich wollte er das, denn er wollte ja schließlich möglichst alle Funktionen kennenlernen und erproben.

Bestätige. Integration gestartet. Integration abgeschlossen.

Wow, das ging aber schnell, schoss es ihm durch den Kopf, als sein BrainWiz ohne wahrnehmbare Verzögerung die Aufgabe erledigt hatte. Ob er nun noch sein Smartphone brauchte, oder konnte er es jetzt weglassen?

Eine weitere Verbindung zum Smartphone wird nicht benötigt – es ist bereits vollständig integriert.

Gut zu wissen, aber irgendwie ist es unheimlich, dass das Ding all meine Gedanken lesen kann.

Um keine weitere Zeit zu verlieren und Steve nicht noch mehr zu verwundern, legte er die zusammengefaltete Decke auf das Sofa und ging in die Küche, um beim Tischdecken zu helfen.

***

Das Frühstück war ohne weitere Komplikationen verlaufen und sie hatten spekuliert, wer hinter dem Einbruch am Vortag gesteckt haben mochte. Laut Steve hatte die Supo-Agentin vor zwei Tagen keine näheren Angaben gemacht, sondern nur gesagt, dass möglicherweise *feindliche Kräfte* versuchen könnten, die Pläne für den BrainWiz zu stehlen oder einen von ihnen unter Druck zu setzen, um an die gewünschten Informationen zu gelangen. Sie habe ihnen empfohlen, mit der Supo zusammenzuarbeiten, um ihre Sicherheit zu gewährleisten, ohne jedoch näher darauf einzugehen, was das bedeuten würde.

Bill hatte die Russen und die NSA ins Spiel gebracht und Steve hatte vermutet, dass die großen Konzerne nicht länger hätten warten wollen und dass jemand von denen einen Datenraub beauftragt hätte. Als Bill einwandte, dass jemand, der nur Daten klauen wollte, doch wahrscheinlich nicht auf ihn geschossen hätte, war Steve ganz blass geworden und sagte nichts mehr dazu. Letztendlich war ihnen klar geworden, dass sie es einfach nicht wussten, und besser taten, sich auf ihre weitere Sicherheit zu konzentrieren. Lisa hatte sich die ganze Zeit zurückgehalten und ihre kleine Tochter gefüttert, die, vollkommen unbeeinträchtigt von den Sorgen der Erwachsenen, ihren Brei futterte und immer mal wieder versuchte mit ihren kleinen Fingern in den Löffel zu greifen, den Lisa an ihren Mund führte.

Irgendwann hatte Lisa ihrer Tochter über den Mund gewischt, ihr einen Schnuller gegeben, unvermittelt zu ihm geschaut und gesagt: »Bill, wolltest du nicht etwas Wichtiges mit Steve besprechen?« Darauf hatte sie sich wieder ihrer Tochter zugewandt und Steve ihn fragend angeschaut. Nun saßen sie hier und Bill fühlte sich wie damals in der fünften Klasse, als er das einzige Mal seine Hausaufgaben nicht gemacht und darauf gehofft hatte, dass Herr Toivonen ihn nicht aufrufen würde, da er ja wusste, dass Bill seine Hausaufgaben immer hatte. Und natürlich war er aufgefordert worden, nach vorne zu kommen, um seine Hausaufgaben vorzulesen.

»Okay, Steve, ich muss dir etwas erzählen, aber bitte versprich mir, dass du ganz ruhig bleibst und mich erst zu Ende berichten lässt, okay?«

Steve zog die Augenbrauen zusammen und legte die Stirn in Falten. »Bill, worum geht es hier? Hast du irgendetwas mit dem Scheiß zu tun, der mir und meiner Familie passiert ist?«

Schockiert blickte Bill ihn an und spürte, wie er sich verspannte. »Steve, bist du vollkommen verrückt? Hast du sie noch alle? Ich würde niemals etwas tun, das dich oder deine Familie in Gefahr bringt! Wir können uns über alles Mögliche streiten und anderer Meinung sein oder uns zeitweise verfluchen, aber doch nicht so etwas! *Niemals!*«

Steve schien bemerkt zu haben, dass er zu weit gegangen war und hob beschwichtigend beide Hände. »Sorry,

Dude, du hast ja recht. Meine Emotionen fahren gerade echt Achterbahn, wahrscheinlich brauche ich eine ordentliche Dosis *Prozium II* um wieder ausgeglichen zu sein.«

Bill nickt und seufzte tief. »Chummer, das mit dem *Prozium* ist gar keine schlechte Idee, das hätte ich an den letzten beiden Tagen auch brauchen können. Aber bitte versprich mir erst, dass du alles, was ich dir gleich sagen werde, in Ruhe anhörst und nicht ausflippst, okay?«

Steve zögerte kurz, blickte Bill direkt in die Augen und nickte. »Okay, mache ich.«

»Gut, da ich nicht weiß, wie ich es sonst sagen soll, sage ich es direkt heraus: Ich habe mir den BrainWiz implantiert.«

Nach einem ganz kurzen Augenblick der Stille, fast, als hätte die Welt kurz alle Atome zum Stillstand gebracht, passierte gar nichts und Bills Worte hingen im Raum. Dann sprang Steve so plötzlich auf, dass sein Stuhl mit lautem Krachen zu Boden stürzte. Er beugte sich mit beiden Händen auf der Tischplatte vor und wirkte wie ein wütender Gorilla, als er Bill entgegen brüllte: »Du hast *was* getan? Bist du vollkommen verrückt und wahnsinnig? Wie kann jemand mit einem Doktortitel so vollkommen hirnrissig und bescheuert sein? ... Oder willst du mich nur verarschen? Ist das wieder einer dieser blöden, *Bill bringt Steve in Rage Witze*, die am Ende immer auf meine Kosten gehen und nie lustig sind? Wahrscheinlich willst du nur ...«

»Schatz«, erklang Lisas Stimme ganz ruhig von der Seite. »Setz dich wieder hin und hör Bill bis zum Ende zu. Und vor allem hör auf, so rumzuschreien, die Kleine weint gleich.«

Steve wandte sich mit hochrotem Kopf und offenem Mund seiner Frau zu. Es dauerte einen Augenblick, dann klappte er seinen Mund zu und wäre fast hingefallen, als er sich auf den Stuhl setzen wollte, der jedoch nicht mehr an der Stelle stand, wo er ihn vermutete. Er drehte sich um, schaute auf den am Boden liegenden Stuhl, hob ihn auf und setzte sich. Dann hob er den Blick und starrte Bill mit versteinerter Miene an.

Bill sparte es sich, Steve an sein Versprechen zu erinnern und erzählte stattdessen schnell weiter. »Wie dir Anna vielleicht vorgestern bereits mitgeteilt hat, musste ich ins Krankenhaus. Janika liegt dort auf der Intensivstation, nachdem sie versucht hat, sich mit Tabletten zu suizidieren. Sie konnte es nicht mehr ertragen, mit ihrer Behinderung zu leben. Deshalb hat sie einen Abschiedsbrief geschrieben und Tabletten geschluckt und nun liegt sie im Koma.« Bill starrte Steve an, um zu sehen, ob der verstand, was das bedeutete, doch dessen Miene wirkte noch immer wie versteinert. Trotzdem musste er begreifen. Er musste wirklich begreifen, damit er verstehen konnte, warum Bill so gehandelt hatte. »Verstehst du, Steve? Meine kleine Schwester, die letzte aus meiner Familie, die mir geblieben ist – sie wollte sterben, nur weil ich zu lange gebraucht habe, um sie zu heilen. Wegen mir wäre sie fast gestorben, Steve! Ich konnte nicht länger warten.« Bills Stimme wurde immer drängender, als die unterdrückten Emotionen erneut in ihm aufstiegen. »Ich musste einfach handeln und konnte es nicht ertragen, dass nur wegen einiger Sicherheitsbedenken oder wegen der scheiß Vorschriften und Regularien meine kleine Schwester noch länger auf Hilfe warten muss. Das würde sie nicht packen und der nächste Suizidversuch würde wahrscheinlich erfolgreich sein. Und das sollte ich zulassen, obwohl wir mit dem BrainWiz ihre Rettung in den Händen halten? Auf keinen Fall! Deshalb habe ich ihn bei mir implantiert. Wenn er bei mir funktioniert, wird er auch bei Janika funktionieren und sie wird weiterleben können. Und bevor du mich verurteilst, Steve, beantworte mir eine Frage:« Bill deutete in Richtung von Lisa. »Wie weit würdest du gehen, wenn es um Lisa oder um die Kleine gehen würde?«

Wieder hing Schweigen in der Luft und Bill hörte seinen schwer gehenden Atem und das Rauschen seines Blutes in den Ohren. Steves Miene war weicher geworden und er raufte mit beiden Händen sein Haar, wie er es immer tat, wenn er an einem Rätsel knobelte, das er nicht lösen konnte.

»Bill, das mit Janika wusste ich nicht. Es tut mir wirklich leid. Ich würde *alles* für Lisa und die Kleine tun, aber ich kann trotzdem nicht gutheißen, was du getan hast, Bill. Ich habe gerade erst erfahren, dass du das Ding implantiert hast, und ohne nachzudenken, fallen mir tausend und mehr Probleme ein, die wir bekommen können.« Wieder schwieg er eine Weile und Bill war noch immer zu aufgewühlt, um etwas zu sagen.

»Funktioniert es denn?« Erneut hatte sich Lisa mit ihrer ruhigen Stimme eingeschaltet.

»Ähm ...« Aus dem Konzept gebracht, musste Bill sich kurz sammeln. »Ja, ich weiß nicht genau, wie ich es beschreiben soll, aber ja, jetzt funktioniert es. Gestern dachte ich noch, dass es nicht funktionieren würde, da einfach nichts passierte. Deshalb war ich auch auf dem Weg zu dir, Steve, ich wollte es dir erzählen und hatte auf deine Hilfe gehofft um herauszufinden, warum es nicht funktioniert hat. Doch nun funktioniert es. Heute Morgen wollte ich wissen, wie spät es ist und plötzlich tauchte die Uhrzeit in meinem Blickfeld auf. Einfach so.«

»Redet es mit dir?«, fragte Steve, und Bill bildete sich ein, so etwas wie Neugier in seiner Stimme zu hören.

»Nein, nicht direkt, es ist eher so, dass der BrainWiz auf einige meiner Gedanken reagiert.« Er blickte zu Lisa und fuhr fort. »Als du vorhin ins Wohnzimmer gekommen bist, hatte ich kurz vorher an den Datenspeicher gedacht und an eine Explosionszeichnung des Implantates, die mir

Steve einmal auf seinen Monitoren gezeigt hatte und plötzlich schwebte genau diese Zeichnung als riesiges 3D Modell vor mir im Raum. Dabei bin ich gestürzt und du hast mich am Boden gefunden.«

Steve und Lisa schauten ihn mit leicht geweiteten Augen an und Steve hakte nach. »Die ganze Zeichnung? Mit allen Details?« Jetzt klang ganz klar Neugier aus seiner Stimme.

»Ja, mit sämtlichen Details und in einer Auflösung, die unverstellbar präzise war. Doch das ist noch gar nicht das abgefahrenste, Steve. Kurz darauf wollte ich im Krankenhaus anrufen und als ich mein Smartphone in die Hände nahm, tauchte in meinem Sichtfeld die Frage auf, ob ich das *Gerät integrieren* wolle oder nicht? Als ich nicht sofort verstand, was das bedeuten sollte, wurde mir ein Erklärungstext angezeigt. Totaler Wahnsinn! Und jetzt kann ich, glaube ich, mit dem BrainWiz telefonieren, auch wenn ich es noch nicht ausprobiert habe und nicht genau weiß, wie es funktionieren soll.«

Steve griff in seine Hosentasche und legte sein Smartphone auf den Tisch. »Ruf mich an.«

Bill war zunächst etwas perplex, doch dann dachte er daran, wie es wäre, wenn er mit dem BrainWiz, also quasi mit der Kraft seiner Gedanken, Steve anrufen würde.

Verbindung wird hergestellt. Anruf: Steve Työpaikkaa

Steves Smartphone vibrierte auf der Tischplatte und die ersten Takte von *The Time Warp* ertönten.

Die Flucht

Montana, 21. März 2031

Er packte hektisch, aber so gewissenhaft wie möglich, seinen Wanderrucksack und stopfte zuerst jeweils ein Set frischer Funktionswäsche, Socken und Fleecehemden hinein. Danach folgten Zahnbürsten und Zahnpasta, zwei Mikrofaserhandtücher, Medikamente, ein Näh-Set, Messer und Scheren und Feuchttücher. Munition für die Schrotflinte kippte er achtlos hinterher, genau wie drei Streifen für die 9mm. Bevor er in den Keller lief, nahm er June auf den Arm und trug sie hinunter, um sie sanft in seinem Stuhl abzusetzen.

»Sind wir im Keller?«, hauchte sie und klang geradezu ätherisch, so dünn war ihre Stimme.

»Ja, Kleines, wir sind im Keller«, antwortete er abwesend und verriegelte die Tür nach oben. Einige Augenblicke starrte er auf seine Monitore und rieb sich das Kinn.

Was sind deine Optionen? Denk nach!

Wenn sie flohen, mussten sie irgendwohin, wo sie sicher waren. Aber wo war es noch sicher? Dieses Haus war das dritte, das er vor langer Zeit für genau diesen Fall vorbereitet hatte und damit das letzte. Er kannte keinen weiteren Unterschlupf mehr, der ihnen diese perfekte strategische Lage und Abgeschiedenheit mit der entsprechenden Hardware bot.

Aber überall sonst sind die Anderen, dachte er frustriert. *Außerdem kommen wir zu Fuß nicht weit. In Montana ist alles so extrem weit entfernt voneinander und wir würden bald gefunden werden.*

Sein Blick glitt zu der Panzertür mit dem Radverschluss

– maßgeblich, weil er sichergehen wollte, dass sie verriegelt war, damit June unter keinen Umständen den Inhalt sehen konnte. Aber dann kam ihm eine andere Idee.

Das ist zu gefährlich, versuchte er, sich davon abzubringen, doch der Gedanke manifestierte sich immer klarer in seinem Kopf. *Scheiße, es geht nicht anders.*

»Ich bin gleich wieder da. Du bist hier unten in Sicherheit«, sagte er und ging zur Werkbank, von der er sich seine Bohrmaschine schnappte, um sie in den Bohrständer zu stecken. Dann klemmte er den dünnsten Holzbohrkopf an die Vorderseite und schob die Schraubzwinge so an der Tischkante entlang, dass sie sich neben der jetzt fixierten Maschine befand. Nachdem er bei diesem Anblick schwer geschluckt hatte, lief er nach oben und holte den Arztkoffer und die Medikamentenkiste in den Keller. In der Kiste kramte er nach einem Breitbandantibiotikum und schluckte eine Tablette mit fünfhundert Milligramm. Danach durchsuchte er die einzeln verpackten Spritzen und entschied sich schließlich für eine mit zehn Millilitern.

Als er nach der Ampulle mit Metamizol griff, wollte er fünftausend Milligramm aufziehen, hielt jedoch inne und überlegte. Er musste halbwegs bei Bewusstsein bleiben, damit er June sicher hier raus bringen konnte. Also zog er nur die Hälfte in die Kammer der Spritze und füllte den Rest mit Kochsalzlösung auf, bevor er sich die Spritze in den Oberarm jagte und zu seinem Computer lief. Dort rief er die alten CT-Bilder von seinem Schädel auf, markierte die Dicke seines Schädelknochens hinter dem rechten Ohr und kam auf fünf Millimeter. Als Nächstes schickte er die Daten an den Bildschirm auf der Werkbank und schnappte sich zwei hochauflösende drahtlose Kameras, von denen er die eine auf den Werkbankmonitor schraubte und die andere auf das Bohrgerät.

Aus seinem Simulationsprogramm besorgte er die Daten für die exakte Bohrstelle und markierte sie mit den Livedaten der Bohrkamera hinter seinem Ohr, indem er einen Punkt mit dem Kugelschreiber setzte. Bei seinem nächsten Lauf zum Schreibtisch schnappte er sich das Etui mit dem Implantat der Frau, die sich in ihrer Zelle umgebracht hatte, und sah June an.

Musik, dachte er schließlich und setzte ihr seine Kopfhörer auf, die ihre Ohrmuscheln komplett einschlossen. Über seinen Rechner spielte er Musik und stellte sie so laut ein, dass sie gerade noch einem Hörschaden entkam. Er zeigte ihr einen Daumen und lächelte, doch sie zwinkerte nur stumm.

»Verdammte Scheiße«, fluchte er, als er widerwillig zur Werkbank hinübersah, die jetzt aussah wie ein einziges Folterwerkzeug. Er zwickte sich in den Arm und spürte es nur dumpf. *Immerhin wirkt das Metamizol schon.*

Mit pochendem Herzen ging er hinüber und steckte seinen Kopf in die Schraubzwinge, nachdem er den Bohrkopf desinfiziert hatte. Er sah auf dem Monitor die Livebilder von vorne und stellte den Bohrständer auf eine Bohrtiefe von vier Komma neun Millimetern ein. Dank der Bilder der Kameras konnte er seine Kopfposition so einstellen, dass der Bohrkopf schließlich direkt an der Markierung hinter seinem Ohr saß.

Das gereinigte Implantat der Frau legte er vor seine rechte Hand und die linke ließ er auf der *Enter*-Taste der Tastatur ruhen, um damit sein Firewall-Programm in das Implantat laden zu können, sobald es sich in seinem Gehirn verankert hatte. Er wusste nicht, ob beim Einbau eines bereits genutzten Geräts bei einer Drittperson das System auf Werkseinstellungen zurücksetzte, darum wollte er lieber sichergehen, falls sein Programm nicht mehr aktiv war.

»Ich mache diese Scheiße wirklich, oder?«

Du musst es tun, sonst sind eure Chancen gleich null, ermahnte er sich und kniff die Augen zusammen, während seine rechte Hand nach dem Knopf der Maschine tastete.

Zeitgleich mit dem hohen Rauschen des Werkzeugs begann er so laut zu schreien, dass der Klang seiner vibrierenden Stimmbänder in seinen Knien ein Echo zu finden schien. Schmerzen explodierten in seiner rechten Kopfhälfte, die das vom Metamizol dumpf gehaltene Schwellungsgefühl seiner gebrochenen Nase in den Schatten stellte wie ein Wolkenkratzer einen Grashalm. Tränen schossen ihm in die Augen und wurden zu wahren Sturzbächen, die sich ein Rennen auf seinen feurigen Wangen lieferten. Er glaubte, dass es ewig dauerte, bis er endlich realisierte, dass der Bohrer sich bereits wieder abgeschaltet hatte.

Abwechselnd heulend und knurrend schlug er sich wie besessen auf seine Oberschenkel, unfähig, einen einzigen klaren Gedanken zu fassen, bis sein Geist plötzlich einen Sprung machte und er seine Tochter vor sich sah.

»June«, krächzte er und schrie erneut auf, als er seine rechte Hand nach oben zwang, um den Sockel des Implantats vom Schreibtisch zu nehmen. Er konnte ihn nicht sehen, da seine Augen nur verschwommene Eindrücke von hell und dunkel wahrnahmen, die von blinkenden Flecken durchsetzt waren, doch er konnte ihn ertasten, und steckte ihn sich mit heftig zitternden Fingern hinter das Ohr. Für einen kurzen Augenblick fühlte er, wie eine klirrende Kälte den heißen Schmerz an seiner rechten Kopfhälfte vertrieb, dann begann seine Kopfhaut zu kribbeln, als liefen tausende Ameisen über seinen Schädel. Der Schmerz ließ ein wenig nach – gerade genug, dass er auch das Implantat selbst zwischen die Finger nehmen und auf den Sockel stecken konnte.

Schnell drückte er die *Enter*-Taste auf der Tastatur und öffnete die Schraubzwinge, die ihn aus ihrem unnachgiebigen Griff entließ. Kraftlos fiel er rücklings auf den Rücken und starrte an die metallene Decke. Die Schmerzen ließen rapide nach, und seine erste Bewegung, nachdem er mühsam und mit einem Kopf, der sich wie mit Watte gefüllt anfühlte, aufgestanden war, führte ihn zu seinem Schreibtisch. Blinzelnd öffnete er ein wenig umständlich sein Firewallprogramm und wies sein Implantat an, in den Ruhemodus zu wechseln. Für einen so einfachen Befehl war er vorbereitet.

Er konnte sich jetzt nicht damit beschäftigen, was dieses Ding mit ihm anstellen würde, sondern musste seine Tochter in Sicherheit bringen.

»Papa, bist du okay?«, fragte June ihn besorgt, als er ihr die Kopfhörer wieder abnahm.

»Ich bin okay.«

»Aber du blutest ein bisschen an deinem Ohr.«

»Ach, das ist nichts. Papa hat jetzt einen Computer am Kopf, der uns helfen wird, von hier zu entkommen«, erklärte er ihr und hoffte, dass er sie nicht gerade anlog. »Dank ihm habe ich keine Schmerzen, glaube ich.«

»Das ist gut«, sagte sie nur und atmete langgezogen aus.

Er schnappte sich derweil sein Tablet mit den Notfallprogrammpaketen, die er für eine schnelle Flucht vorbereitet hatte, und aktualisierte es mit dem entschlüsselten Signal des Datenkerns. Dann holte er seinen Outdoorgürtel mit den vielen Überlebensutensilien und hockte sich vor seine Tochter. Mit beiden Händen umfasste er ihre Knie und sah ihr eindringlich in die Augen.

»Sitzen klappt schon gut. Fühlst du dich schwindelig?« Er tastete ihre Stirn ab, doch sie war nicht heiß.

»Nein, ich bin sehr müde, aber mir ist nicht schwindelig«, versicherte sie ihm.

»Gut. Du musst jetzt versuchen, ein bisschen zu gehen, okay?«

»Okay, Papa.«

Mit seiner Hilfe rutschte sie von dem Schreibtischstuhl

und stellte sich prüfend auf die Füße. Für einen Moment wankte sie, doch dann schien sie etwas sicherer zu stehen.

»Gib mir mal deinen Arm.«

Sie hielt ihn ihm hin und er lief zu seinem Medizinkoffer, um das Blutdruckmessgerät zu holen. Er schob es ihr über den Arm und drückte den Knopf, woraufhin es sich von selbst festzog.

»Puls achtzig, Blutdruck hundert zu fünfundfünfzig. Kreislauf stabil. Sehr gut, Kleines!«

»Ich fühle mich gar nicht so schlimm.«

»Das ist das Schmerzmittel und weil du wirklich sehr tapfer bist.«

»Danke, Papa.«

»Wir ziehen dir jetzt etwas an und dann verschwinden wir von hier.«

»Wohin gehen wir denn?«, fragte sie mit großen Augen.

»In Sicherheit.«

»Gibt es da Fernseher?«

Er lächelte, als er sich in Erinnerung rief, dass sie Fernseher nur aus seinen Erzählungen kannte. Wie sich die Welt doch geändert hatte.

»Ich weiß es nicht. Vielleicht. Wir werden nachsehen, versprochen.«

»Okay.«

Gemeinsam gingen sie die Treppe hinauf, June dicht hinter ihm und er mit vorgereckter Sturmschrotflinte. Vorsichtig schob er die Tür auf und suchte das Wohnzimmer ab, bevor er ihr bedeutete, ihm zu folgen. Oben im Schlafzimmer kleideten sie June in warme Kleidung und ihren Tarnanzug, den er aus Resten eines größeren genäht hatte, und setzten ihr noch eine Mütze auf.

Fünf Minuten später standen sie vor der Haustür und blickten in die nahende Dämmerung. Es war noch zu dunkel, um Einzelheiten zu erkennen, aber die Umgebung wurde bereits Grau statt Schwarz und er konnte ihre Fußabdrücke schon undeutlich sehen.

Er machte zweiundzwanzig Schritte nach vorn und stieg über den Stolperdraht, der ihnen für ihre Sicherheit gar nichts gebracht hatte, und schlüpften in den Schutz des Waldes.

Sie ging aufgrund ihrer Verletzungen relativ langsam, aber auch er war wackelig auf den Beinen. Von dem Sturz auf der Treppe hatte er eine Platzwunde an der Stirn davongetragen, seine Nase war gebrochen und fühlte sich an wie ein Staudamm, seit er zwei Stückchen Taschentücher in seine Nasenlöcher gestopft hatte. Doch immerhin war seine Rippe offenbar nicht gebrochen, sondern nur geprellt, da er beim Atmen keine Schmerzen verspürte.

Gemeinsam arbeiteten sie sich durch das Unterholz am südlichen Berghang voran. Die langen Schatten schienen Augen zu haben, darauf lauernd, dass sie stürzten oder ausrutschten. Alles in der Dunkelheit machte einen feindseligen Eindruck, weil er überall Andere vermutete, die jeden Moment aus den Büschen springen und sie wahlweise festsetzen oder direkt umbringen würden.

Immer wieder schoss ihm der Sucher durch den Kopf, der ihn mit blutigen Zähnen angegrinst hatte. *Es ist zu spät. Sie wissen Bescheid.*

»Papa«, flüsterte June nach einer Weile. »Ich bin erschöpft.«

»Okay, Kleines, wir ruhen kurz aus«, erwiderte er und führte sie zu einer kleinen Mulde unter den Wurzeln eines umgestürzten Baumes. Er kauerte sich in das kühle Erdreich und nahm sie vor sich an seine Brust, um ihr so viel Wärme und Geborgenheit wie möglich zu geben. Von dort konnten sie gerade so über den Erdboden schauen und würden gut vor fremden Blicken geschützt sein.

»Die Sonne geht auf«, meinte sie leise und auch er sah

die rosafarbenen Streifen des Morgenlichts, die sich zaghaft durch das Unterholz schoben.

»Sie vertreibt die Schatten«, sagte er mehr zu sich selbst.

So ließen sie sich zehn Minuten lang von der aufziehenden Wärme kitzeln, bis sie ein jaulendes Geräusch wie von einer Sirene aus Richtung ihres Hauses hörten und er zusammenzuckte.

»Wir müssen weiter!«

»Ist gut«, sagte June nur und stand mit seiner Hilfe auf. Da er mit beiden Händen seine Schrotflinte hielt, fasste sie ihn am Gürtel und so gingen sie gemeinsam weiter nach Süden. Der Boden wurde steiniger und der Wald etwas lichter, weshalb er einen kleinen Umweg gehen musste, bis sie endlich den Wanderweg von Rogers Peak erreichten, der auf einem winzigen Wald-und-Wiesen-Pfad durch die Berge zum Lake Sherburne führte. Das Wichtigste an diesem Pfad war, dass er ihn durch seine Drohnenflüge einigermaßen kannte.

Die Berge ragten hier wie riesige Pyramiden in den Himmel, der sich langsam mit Farbe füllte, als sei am Firmament das Rot ausgelaufen. Ab etwa der Hälfte waren sie kahl und karg, und die dichten Nadelwälder säumten sie wie Mäntel, die sie offenbar jedoch nicht vor der Kälte, die den Schnee hartnäckig auf den Spitzen festhielt, schützen konnten. Ein sanfter Wind zerrte an ihrer Kleidung, als sie den Weg entlanggingen, der glücklicherweise nur eine leichte Steigung aufwies.

Immer wieder hielten sie an und versteckten sich am Rand, um den Himmel und den Pfad vor und hinter sich abzusuchen. Besonders June dienten die Pausen als dringend benötigte Ruhephasen, da sie mit jedem zurückgelegten Kilometer schwächer wurde.

Sie fanden kein einziges Mal etwas, was ihn beunruhigt hätte und das beunruhigte ihn immer mehr, je weiter sie kamen. Entweder sie hatten Glück gehabt oder man hatte sie entkommen lassen – er war sich nämlich sicher, dass der Sucher bereits Verstärkung gerufen hatte, bevor oder sobald er ihr Haus betreten hatte.

Erst eine Viertelstunde später, als sie durch die lichten Wälder auf der Seite des Blackfeet-Reservats schlichen, hob June mit einem Mal einen Arm und deutete in den Himmel.

»Papa, was ist das?«, fragte sie eher neugierig als ängstlich.

Mit aufgestellten Nackenhaaren zog er sie zur Seite und ließ seine Sturmschrotflinte am Schultergurt baumeln, um seinen Feldstecher zu zücken, und durch das Blätterdach zu spähen.

»Das ist eine Kipprotormaschine«, erklärte er und sah dem pechschwarzen Fluggerät nach, das lautlos über ihnen in Richtung ihres Tals raste. Es sah aus wie ein Greifvogel mit seinen abgekippten Rotoren, die schräg nach hinten zeigten, und der nach vorne geneigten Pilotenkanzel. An den Seiten gab es keine Türen, darum konnte er mit ein wenig Fantasie Gestalten mit Waffen ausmachen, die auf der Kante nach draußen saßen.

»Was ist eine Kipptotormaschine?«

»Kipp*rotor*maschine«, korrigierte er sie abwesend und nahm das Fernglas von den Augen. »Das ist wie ein fliegendes Schiff und immer, wenn du eins siehst, musst du dich schnell verstecken, hörst du?«

»Ich muss mich *immer* verstecken, wenn ich *etwas* sehe.«

»Ja, das ist am besten. Du darfst wirklich nichts und niemandem trauen.«

»Sind wirklich alle Menschen böse, Papa?«

»Ja.«

»Warum?«

»Weil zwei Menschen vor langer, langer Zeit einen Fehler gemacht haben, den wir jetzt ausbaden müssen«, meinte er und wartete, bis der Schatten über den Bäumen hinter dem Berg verschwunden war, bevor er sein Gewehr hochnahm und sie weitergingen.

»Was waren das für Menschen?«

»Europäer.«

»So wie die Asiaten?«, fragte sie leise.

»So ähnlich. Sie haben auch hinter den Meeren gelebt.«

»Also leben sie da nicht mehr?«

»Ich weiß es nicht, Kleines«, gab er ein wenig umständlich zu. *Es kommt darauf an, was man* leben *nennt.* Natürlich verstand er, dass sie neugierig war. Er konnte sich nicht einmal ausmalen, wie es sein musste, nur mit einer einzigen Bezugsperson in der vollkommenen Abgeschiedenheit, fern von anderen Menschen und Freizeitaktivitäten, aufzuwachsen. Sie kannte nichts anderes als den täglichen Kampf ums Überleben und das Wissen aus ihren Büchern und Lexika. All das, was sie las, musste sie nur immer neugieriger machen, zu erfahren, was es mit diesen Dingen auf sich hatte. Es war eine Sache, alles über einen Apfel zu erfahren, was man darüber wissen konnte, und eine ganz andere, von einem abzubeißen.

»Der Mann in unserem Haus«, wechselte sie unvermittelt das Thema, während er mit angelegter Waffe den winzigen Trampelpfad entlangging. Sie hielten sich einige Meter vom Ufer des Lake Sherburne entfernt unter dem Schutz der Bäume.

»Was ist mit ihm?«

»Hast du ihn getötet?«, fragte June ruhig.

»Ich ...« Er überlegte kurz, ob er sie anlügen sollte, verwarf den Gedanken jedoch sofort. So ein Vater wollte er nicht sein und das bedeutete, dass er sich in Momenten wie diesen daran erinnern musste. »Ja, Kleines, ich habe ihn getötet.«

»Das ist gut«, sagte sie und er schaute sie blinzelnd von

der Seite an. Seine Tochter schien es nicht zu bemerken und blickte stattdessen konzentriert auf den unebenen Waldboden vor ihren Füßen. Da keinerlei Forstwirtschaft mehr betrieben wurde, lagen überall herabgefallene Äste und Laubhaufen herum, und immer wieder mussten sie wuchernde Büsche und Dornenranken umgehen.

»Das ist *nie* gut«, widersprach er ihr. »Aber notwendig. Wenn dir jemand wehtun will, musst du ihm zuvorkommen. Warte nicht darauf, es herauszufinden. Wir leben leider in einer Welt, die das notwendig macht.«

»Ich verstehe.«

Genau das ist meine Befürchtung, dachte er bei sich. *Ich wünschte, dass du solche furchtbaren Dinge nicht verstehen müsstest.*

Nach einer weiteren halben Stunde erreichten sie das Ende des Lake Sherburne und eine kleine bewachsene Anhöhe, von der sie ins Tal nach Babb blicken konnten. Gemeinsam gingen sie in die Hocke und er reichte ihr seine Feldflasche, damit sie trinken konnte. Erneut überprüfte er ihre Stirn, doch sie war nur ein klein wenig wärmer geworden. Ihr Gesicht war dafür erschreckend blass, was ihn daran erinnerte, dass er ihrem Kreislauf nicht zuviel zumuten durfte.

»Ich sehe mich mal kurz im Tal um«, sagte er und nahm wieder seinen Feldstecher zur Hand, mit dem er die weiße Jurte und den Schuppen suchte, von denen er die Agrardrohne hatte aufsteigen sehen. Beides fand er recht schnell, da die Eindrücke von seiner eigenen Drohne noch recht frisch waren. Mit einem Schaudern erinnerte er sich an den Lichtblitz, kurz bevor der Kontakt zu ihr abgebrochen war.

Das runde, weiße Zelt sah in der Morgensonne fast Rosa aus, genau wie der längliche Schuppen, vor dem das Fluggerät mit den breiten Flügeln geparkt war. Einer der

Weißgekleideten kam gerade aus dem Schuppen und begann, an der Drohne herumzuschrauben.

»Bist du allein?«, flüsterte er und wanderte wieder einige Meter nach links zu dem Zelt, aus dessen zentralem, schlankem Schornstein sich ein dünner Rauchfaden nach oben schlängelte. *Wie viele seid ihr?*

»Hast du etwas gefunden? Gehen wir jetzt in Sicherheit? Ich würde so gerne schlafen.«

»Bald, Kleines«, versicherte er ihr. »Ich werde versuchen, uns einen fahrbaren Untersatz zu besorgen, aber ich bin noch nicht ganz sicher, wie ich das anstelle.« Er überlegte einen Moment und sah zurück zu den Bergen. Der Himmel war frei.

»Wir gehen jetzt zum Waldrand und da machst du eine große Pause«, erklärte er schließlich. »Ich werde zu einem Zelt gehen, das ich dort gesehen habe und Platz für uns machen. Du kannst dich dann ein bisschen erholen, bevor wir weitergehen.«

»Wohin gehen wir denn weiter?«, fragte sie müde.

»Ich weiß es noch nicht«, gab er zu und sein Blick verlor sich in ihren unschuldigen, kugelrunden Augen. »Ich weiß es noch nicht.«

Helsinki 16.06.2021

Der Motor des Wagens erwachte zum Leben. Bill setzte den Blinker und fädelte sich in den morgendlichen Berufsverkehr ein. Der BrainWiz meldete sich mit einer Audionachricht:

»Eingehender Anruf: Janika Portit.«

In den letzten Wochen hatte Bill all seine Zeit darauf verwendet, den BrainWiz weiter zu erkunden und so viele Fähigkeiten wie nur möglich zu entdecken. Vor zwei Wochen hatte er plötzlich die Anfrage bekommen, ob er auf auditive Kommunikation umstellen wolle und hatte dies bejaht. Seitdem *sprach* der BrainWiz seine Botschaften und Nachrichten quasi direkt in seinen Kopf.

Bill dachte daran, den Anruf anzunehmen, und Janikas Stimme erklang in seinem Gehörgang.

»Bill, eine Sache noch, kannst du mir heute Abend Lachs mitbringen? Ich habe wirklich Hunger auf Lachs.«

»Klaro, mache ich. Kann aber etwas später werden, da wir am späten Nachmittag noch einen wichtigen Termin haben.«

»Kein Problem, ich kann eh kaum schlafen, wahrscheinlich hatte mein Körper genug Ruhe in den letzten Wochen.«

»Janika, nimm das bitte nicht auf die leichte Schulter! Du musst dich weiterhin schonen, damit du wieder ganz fit wirst und ich dir weiterhelfen kann.«

»Ja, ja, alter Mann. Telefonierst du gerade über das Ding in deinem Kopf mit mir? Du hörst dich total normal an.«

»Ja, mache ich, ich brauche kein Smartphone mehr. Einer der Vorteile des BrainWiz, die du auch nutzen kannst, sobald du einen hast.«

»Und wann wird es endlich soweit sein?«

»Geduld. Wir müssen warten, bis du dich vollkommen erholt hast von den Folgen der Intoxikation, danach brauchen wir neue Bilder von deinem Gehirn und dann können wir starten. Aber bitte denke daran: Du darfst es wirklich niemandem erzählen! Bitte, versprich mir das!«

»Klaro, großer Bruder, Geschwisterehrenwort.«

»Okay, pass auf dich auf und wenn etwas ist, melde dich bitte bei mir.«

»Machs gut.«

»Verbindung wurde von der Gegenseite getrennt.«

Bill war innerlich hin- und hergerissen. Als Janika soweit stabil gewesen war, dass sie entlassen werden konnte, hatte er sie bei sich aufgenommen, da er nicht wagen wollte, dass sie in ihrer Wohnung alleine war und erneut auf lebensmüde Gedanken kam. Dieser Teil des Plans schien soweit auch gut zu funktionieren. Janikas Stimmung war von Tag zu Tag lockerer geworden. Allerdings hatte die große Nähe mit sich gebracht, dass er vom BrainWiz in seinem Kopf und von seiner Idee, sie damit zu heilen, erzählen musste. Zunächst war Janika geschockt gewesen, als er ihr jedoch gezeigt hatte, welche Vorteile er bereits aus dem BrainWiz ziehen konnte, war sie wirklich euphorisch geworden, und nun hatte Bill Angst, dass sie sich verplappern könnte.

Nachdem er sich endlich durch den morgendlichen Verkehr gekämpft hatte und in der Firma angekommen war, eilte Bill mit einem kurzen Gruß an Anna vorbei in sein Büro. Nur aus Gewohnheit und um niemanden zu sehr zu verunsichern, schaltete er den Computer an und setzte sich vor den Bildschirm. Tatsächlich brauchte er ihn nicht mehr, denn auch seinen Computer hatte er ohne Mühe *integrieren* können, gleich am ersten Tag, als er in das Büro zurückgekehrt war. Die Mitarbeiter sollten keinen Verdacht schöpfen, darum tat er, als würde er arbeiten wie immer. Sie wunderten sich mehr als genug, warum er plötzlich zu so einem Hipster geworden war, dass er nun durchgängig, selbst im Sommer, eine Beanie trug.

Seine Mails hatte er in wenigen Minuten abgearbeitet, da er sie nicht mehr lesen musste. Er *dachte*, dass der BrainWiz sie alle öffnete und ihm den Inhalt zugänglich machte und dann *wusste* er, was in welchen Emails stand und die Antworten, die er sich jeweils überlegte, wurden vom BrainWiz direkt in entsprechende Emails übertragen, ohne dass er sie diktieren oder gar tippen musste. Er hatte sein Implantat jedoch angewiesen, die Antwortmails nacheinander und mit einer gewissen Verzögerung an ihren Emailserver abzusenden, damit die Logfiles keinen Verdacht erwecken würden. Als das erledigt war, nahm er sich einige Minuten Zeit, um sich auf die Suche nach neuen Funktionen zu machen. Die Idee war ihm am Morgen gekommen, als er spaßeshalber mit seinem BrainWiz die WLAN-Kamera an seiner Eingangstür angezapft hatte. Das war ein wirklich bizarres Erlebnis gewesen, als sein Blickfeld plötzlich durch das Bild der Kamera ausgetauscht worden war. Nun wollte er auf die gleiche Weise das Sicherheitssystem der Firma nutzen, beziehungsweise prüfen, ob er es verwenden konnte. Es war um Welten komplexer als sein kleines System zuhause. Nachdem der Überfall auf Steve und dessen Familie erfolgt war, hatten sie noch zweimal Besuch von Frau Nieminen bekommen und beim zweiten Mal hatte sie einen Kollegen mitgebracht, der sich die gesamten Räumlichkeiten angeschaut und ihnen konkrete Vorschläge für erweiterte Schutzmaßnahmen gemacht hatte. Die meisten hatten sie mittlerweile umgesetzt. Nun würde Bill testen, was sie wert waren. Er hatte auch schon eine Idee, wie er das anstellen wollte. Zunächst dachte er daran, den BrainWiz per Sprache zu steuern.

»Dialog-Steuerung aktiviert.«

Gib mir eine Übersicht über alle Geräte in diesem Gebäude, die digitale Signale senden und empfangen.

»Bitte präzisieren. Nur die Gerätschaften, die aktuell digitale Signale senden und empfangen, oder sämtliche Geräte, die dazu in der Lage sind?«

Keiner mag Klugscheißer.

»Das war keine ausreichende Präzisierung. Soll ich meine Frage wiederholen?«

Bill wusste, dass der BrainWiz keinen Humor verstand, aber manchmal konnte er sich nicht zurückhalten.

Nein, nicht wiederholen. Zeige alle Geräte, die aktuell senden und empfangen.

»Bestätige. Zur besseren Verarbeitung der Informationen werden diese visuell dargestellt.«

Plötzlich erschien vor Bill ein durchsichtiger, dreidimensionaler Plan der gesamten Firmenhalle, mit sämtlichen Räumen inklusive Türen und Fenstern. In diesen Plan waren alle Geräte, die digital sendeten und empfingen, eingetragen, und zwar mit ihrer Position im jeweiligen Raum.

Kann ich auf all diese Geräte zugreifen?

»Bitte warten. Möglichkeiten zur Verbindung werden gesucht.«

Bill wartete und war verwundert, dass es so lange dauerte. Dabei staunte er sich mehr über sich, denn all das, was er gerade tat, war soviel umfangreicher, als er vor einem Monat noch zu träumen gewagt hätte.

»Zu den grün angezeigten Geräten besteht ein vollständiger Zugang.« Über die Hälfte aller Geräte färbte sich Grün. **»Zu den blauen Geräten besteht ein beschränkter Zugang. Zu den roten Geräten besteht kein Zugang. Sollen die jeweiligen Sicherheitsmaßnahmen umgangen werden, um einen vollständigen Zugriff auf sämtliche Geräte zu ermöglichen?«**

Bill schluckte kurz und betrachtete die vor ihm liegenden Informationen. Die rot gekennzeichneten Geräte waren die Server in ihrem kleinen Rechenzentrum und wenn er die Position richtig interpretierte, außerdem der kleine Sicherheitsserver, der ihre Alarmanlage und die Überwachungssysteme steuerte. Darauf konnte der BrainWiz zugreifen? Beziehungsweise sich an den Sicherheitskontrollen vorbei Zugang verschaffen? Heilige Scheiße, manchmal war ihm das Ganze wirklich unheimlich. Doch das war jetzt nicht so wichtig. Er musste erst einmal ausprobieren, ob es überhaupt funktionierte.

Ja, Zugriff auf sämtliche Geräte ermöglichen.

»Bestätige. Maßnahmen für vollen Zugriff werden eingeleitet…«

Während der BrainWiz tat, was auch immer er tat, inspizierte Bill sein Büro und die darin dargestellten Geräte. Da waren sein Computer, sein Telefon, sein Drucker, die kleine Wetterstation, die Überwachungskamera oben rechts in der Ecke seines Raumes, der Scanner für die Keycards an der Tür und zwei kleine Geräte, deren Status gerade von Rot auf Grün wechselte. Eines hinter ihm und eines über ihm. Was das wohl war?

Er fixierte das Gerät über sich in der virtuellen Darstellung.

Gerät analysieren. Was ist das?

»Analyse läuft.«

Erneut musste Bill länger warten als erwartet. Bei sämtlichen Rechnern oder Smartphones waren die Analysen oder gar das Integrieren in Echtzeit erfolgt.

»Das Gerät ist ein HSD-34s. Dabei handelt es sich um ein Produkt der israelischen Firma Security Service Devices mit Sitz in Tel Aviv. Es wird zur visuellen und akustischen Überwachung von Räumen eingesetzt. Dabei wurde die Bauform so gewählt, dass das Gerät den besonderen Anforderungen verdeckter Operationen von Nachrichtendiensten und anderen Sicherheitsorganen entspricht.«

Verflucht, es ist eine Wanze?

»Ja, es ist ein Abhörgerät, das zu der umgangssprachlichen Bezeichnung *Wanze* passt.«

Von wem ist die Wanze, wer nutzt sie?

»Dazu liegen keine Informationen vor.«

Das war nicht gut, das war gar nicht gut. Er musste unbedingt mit Steve reden. *Wo ist Steve?*

»Steve befindet sich im Serverraum.«

Gibt es auch im Serverraum Wanzen oder andere Abhörgeräte?

»Nein, dort befindet sich keine Überwachungshardware dieser Bauart oder vergleichbarer Funktion, die ich entdeckt hätte. Die vorhandenen Geräte sind Bestandteile des fest installierten Sicherheitssystems.«

Bill stand auf und ging aus dem Büro. Er hoffte, dass er möglichst unauffällig wirkte, bog nach rechts ab und ging weiter in Richtung des Serverraumes. Nachdem er sämtliche Sicherheitsprozeduren durchlaufen hatte, kam er in den vollklimatisierten Raum, in dem es recht frisch war.

»Steve?«

»Ja, hier hinten an fünfzehn.«

»Okay.« Bill ging an zwei der Serverreihen vorbei, bis er bei Steve angekommen war. Der hockte gerade mit seinem Laptop auf den Knien vor einem der offenen Serverschränke. Er schaute zu Steve hoch und hob fragend eine Augenbraue. »Du? Hier? Was ist denn los?«

»Wir haben ein Problem, und zwar ein ziemlich großes!«

»Was ist es dieses Mal? Können wir nicht mal einige Monate Ruhe haben? Wir haben gerade die nächste Finanzierungsrunde erfolgreich abgeschlossen, wir haben grünes Licht für den Tierversuch, du lebst noch immer und wir haben sowohl die Jungs von Alphabet als auch die von Samsung, Apple, Huawei, der Supo, der amerikanischen Regierung und all den anderen Firmen und Behörden, die sich plötzlich für uns und unser Produkt interessieren, abgearbeitet und erfolgreich um Geduld gebeten. Welche Katastrophe müssen wir jetzt bewältigen und warum immer dann, wenn es läuft?«

»Wir werden abgehört. Ich habe meinen BrainWiz aufgefordert, nach sämtlichen Geräten zu suchen, die digitale Signale senden und empfangen. Dabei sind mir zwei Geräte in meinem Büro aufgefallen, die ich nicht zuordnen kann. Laut einer Analyse des BrainWiz handelt es sich dabei um Wanzen aus israelischer Produktion.«

»Verfluchter Mist, Bill. Wo sind solche Dinger noch angebracht?«

Kannst du andere dieser Geräte auffinden?

»Die Lokalisation erfolgt.«

In Bills Gesichtsfeld tauchte erneut das dreidimensionale Modell der Fabrikhalle auf und von den angezeigten Geräten waren einige Rot markiert. Bis auf den Serverraum gab es keinen einzigen Raum, in dem sich nicht mindestens eine Wanze befand. Selbst auf den Toiletten waren welche angebracht.

»Überall Steve, sie sind in sämtlichen Räumen, außer hier im Serverraum.«

»Zeig es mir.«

Für einen kurzen Augenblick war Bill irritiert. Wie sollte er ihm zeigen, was er sah? Steve besaß doch keinen BrainWiz und so sehr er manchmal dagegen wetterte, so unwahrscheinlich war es, dass er sich in naher Zukunft einen implantieren lassen würde.

Kannst du die Darstellung auf seinen Laptopmonitor bringen?

»Ja. Übertragung läuft.«

Bill zeigte auf den Laptop auf Steves Schoß. »Ich schicke es dir rüber.« In Wirklichkeit machte das natürlich der BrainWiz, aber ernsthaft trennen konnte man das ja nicht und so war Bill dazu über gegangen, die Dinge, die er mit dem BrainWiz erledigte, als seine eigenen Handlungen anzusehen.

»Bill? Wie machst du das? Ich weiß gerade nicht, was ich gruseliger finden soll? Die Vorstellung, dass man uns überall überwacht, oder das Wissen, dass du einfach so auf meinen Laptop zugreifen kannst, obwohl ich ihn mit dem verdammt nochmal am weitesten entwickelten Code gesichert habe, den es meines Wissens gibt. Als Premium-Code aus dem Ursprungsimplantat! Wie machst du das?«

Bill zuckte mit den Schultern und lächelte leicht. »Keine Ahnung. Ich frage meinen BrainWiz, ob es geht und in der Regel sagt er ja und macht es.«

Steve atmete hörbar aus und schien nicht gerade zufrieden mit der Antwort. Er blickte auf den Monitor und stöhnte.

»Das darf doch nicht wahr sein. Es sind wirklich überall Wanzen, sogar auf den Toiletten – diese perversen Schweine!«

»Naja, wahrscheinlich wollen sie sichergehen, dass sie wirklich alle Gespräche mitbekommen, auch jene, die zufällig auf dem Klo geführt werden.«

»Hm. Haben die Unbekannten auch unsere Systeme infiltriert? Ich habe mir so viel Mühe gegeben und war mir wirklich sicher, dass sie an dem neuartigen Code nicht vorbeikommen.«

»Ich weiß es nicht, aber ich werde es prüfen.«

Bitte prüfe unsere komplette IT-Infrastruktur auf mögliche Trojaner, Rootkits oder andere Sicherheitslücken.

»Bestätige. Bitte warten. Dieser Vorgang wird voraussichtlich 75 Sekunden dauern.«

»Okay, Steve. Die Suche läuft. Aber egal, was dabei heraus kommt. Wir können so nicht weitermachen! Wir sollten das Angebot von Alphabet annehmen und von hier verschwinden. Dann brauchen wir uns um solche Dinge nicht mehr kümmern, sondern können uns wieder ganz der Entwicklung und Vermarktung des BrainWiz widmen.«

»Nein, was wollen wir bei Alphabet? Scheiß auf das Geld. Was wir brauchen, ist Sicherheit. Meine Familie wurde schon einmal in Gefahr gebracht. Ich will so etwas nicht noch einmal erleben oder auch nur riskieren, dass Lisa und die Kleine in Gefahr sind. Wenn wir das Angebot der Amerikaner annehmen, das der Vertreter des Botschafters uns unterbreitet hat, werden wir mehr als genug verdienen und wir werden von der mächtigsten Regierung der Welt beschützt! Nicht, dass die sonderlich sympathisch wäre, aber allemal besser als die Russen oder die Chinesen!«

»Steve, das können wir nicht machen! Denk an unsere ursprüngliche Idee! Wir wollten den Menschen helfen, ein Produkt auf den Markt bringen, das die Welt verändert und allen Versehrten Heilung verspricht. Mir ist nun klar, dass der BrainWiz viel mehr kann, aber das ändert doch nichts daran. Wenn wir zur Regierung gehen, werden die den BrainWiz unter Verschluss halten und niemals auf den Markt bringen. Die werden wahrscheinlich einige ihrer Elitesoldaten damit ausstatten und das war‘s dann. Das dürfen wir nicht zulassen! Alphabet ist einer der größten Konzerne der Welt, die können genug Sicherheit für dich, deine Familie und uns alle organisieren und zugleich wären sie an einer schnellen Vermarktung interessiert. Das ist es, was wir brauchen.«

»Nein, nein und nochmal *nein,* Bill. Du kannst doch nicht ernsthaft behaupten, dass irgendein Konzern dieser Welt uns die gleiche Sicherheit bieten kann, die ein Staat, vor allem so ein paranoider wie die USA, uns bieten kann. Und ganz im Ernst, wenn die dann entscheiden, dass sie den BrainWiz nicht unter das Volk bringen, vielleicht ist das gar nicht so schlecht, denn ich habe so langsam meine Zweifel, dass das eine so gute Idee ist. Die Leichtigkeit, mit der du plötzlich all die Informationstechnik kontrollieren kannst, ist wirklich beängstigend und ich denke nicht, dass es gutgehen wird, wenn wir den Menschen wahllos solch eine Kontrolle geben. Das kann nicht gutgehen!«

»Auf zwei Smartphones im Gebäude und drei Laptops wurden relevante Codestrukturen entdeckt, die auf eine gezielte Manipulation und Verbreitung von Daten hinweisen.«

Nur die plötzliche Information des BrainWiz verhinderte, dass Bill Steve eine aufgebrachte Antwort entgegen schmetterte.

Übertrage sämtliche Daten an Steves Laptop.

»Bestätige.«

»Das ist richtig große Scheiße von dir!«, schimpfte er. »Du verrätst gerade unseren gemeinsamen Traum! Wenn du neidisch bist auf meine Fähigkeiten, dann sag mir einfach Bescheid und ich implantiere dir sofort einen BrainWiz. Wir haben bereits drei neue konstruiert. Bis dahin schau auf deinen Laptop, dann siehst du die Sicherheitslücken im System.«

Bill drehte sich um und verließ wütend den Serverraum. Sein Freund stellte sich gerade gegen alles, wofür sie in den letzten Jahren hart gearbeitet und gekämpft hatten. Er fühlte sich verraten und war maßlos enttäuscht.

In seinem Büro zog er das Bild hinter seinem Schreibtisch von der Wand und suchte die Wanze. Nach einigen Augenblicken hatte er sie gefunden und entfernte anschließend auch die Wanze aus dem Rauchmelder über seinem Schreibtisch.

Kannst du diese Wanzen deaktivieren oder verhindern, dass sie etwas senden?

»Bestätige. Beides ist möglich.«

Dann verhindere, dass sie etwas senden, und sag mir Bescheid, falls jemand versucht, darauf zuzugreifen.

»Bestätige.«

Bill schnappte seine Jacke vom Stuhl und ging vor die Tür. Er war einfach zu aufgewühlt, um jetzt konzentriert zu arbeiten. Er brauchte frische Luft. Ziellos lief er die Straße entlang und war tief in seine Gedanken versunken. Wer wohl hinter der Überwachung stand? Und was sollte er machen, wenn Steve plötzlich die Vermarktung des BrainWiz ablehnte? Das wäre das Ende des Produkts! Auch ihre Schulden würden sie nicht zurückzahlen können. Wohin sollte das führen? Was war Steves Plan?

»Es versucht jemand auf eine der Wanzen zuzugreifen.«

Wo? Kannst du lokalisieren, woher die Anfrage kommt?

»Bestätige. Einen Moment bitte, ich nutze weitere Geräte zur Triangulation.«

Bill blieb stehen. Er schaute sich um und versuchte, Hinweise zu entdecken, ob die Beobachter irgendwo in seiner Nähe waren. Doch außer einigen Passanten und diversen Autos konnte er nichts Auffälliges erkennen.

»Die Quelle befindet sich fünfundachtzig Meter in Richtung Süd-West.«

Es erschien eine kleine Karte in seinem Sichtfeld, auf der seine Position und die der berechneten Signalquelle zu sehen war. Diese bewegte sich nun auf ihn zu.

Bill starrte einen Moment fassungslos auf die Karte, dann begann er zu laufen. Wer auch immer hinter dem Signal steckte, Bill war sicher, dass er es nicht herausfinden wollte.

Kappe alle Signale zu den Wanzen in meiner Tasche.

»Bestätige.«

Bill rannte weiter und schon nach wenigen Metern machte sich seine mangelnde Fitness bemerkbar. Sein Atem ging schwer und Schweiß rann ihm den Rücken hinunter. Hätte er bloß nicht sein Abo für das Fitnessstudio gekündigt.

Wo ist das nächste Uber? Kannst du es zum nächstgelegenen Punkt auf meiner aktuellen Route ordern?

In seiner Karte tauchten diverse gelbe Punkte auf und Bill verschaffte sich kurz einen Überblick.

»Bestätige. Uber-Fahrzeug wird voraussichtlich in einer Minute und dreißig Sekunden an der markierten Stelle halten.«

Bill keuchte und versuchte, noch etwas schneller zu laufen.

Wenn ich die aktuelle Geschwindigkeit beibehalte, wie nah werden mir die Verfolger sein, wenn ich an der markierten Stelle ankomme?

»Bei gleicher Geschwindigkeit der Verfolger: dreizehn Meter.«

Scheiße, das wird eine verdammt knappe Nummer. Schick eine Nachricht an Steve: Steve, ich werde verfolgt, keine Ahnung von wem, aber wenn du das hier liest, bring dich und deine Familie in Sicherheit. Behalt es für dich, ich glaube, die Geheimdienste stecken dahinter!

Dann kam die Straßenecke in Sicht und wenn die Karte aktuell war, musste das Uber ebenfalls gleich da sein.

Welche Farbe hat das Fahrzeug?

»Blau«

Bill blickte sich beim Laufen um und als er einen blauen Wagen entdeckte, dessen Bewegung sich mit der angezeigten auf seiner Karte deckte, winkte er dem Fahrer zu und lief noch etwas schneller.

Der Fahrer musste ihn gesehen haben, denn der Wagen blinkte und fuhr einige Meter vor ihm rechts ran. Bill griff nach der Türklinke und riss die hintere Tür auf. Er sprang hinein, zog die Tür zu und rief laut: » Fahren sie los!«

»Hey, Mann, was ist denn los?«

»Erkläre ich gleich, aber bitte fahren Sie erst einmal los. *Bitte*!«

»Okay, okay.« Der Wagen setzte sich in Bewegung. »Wo soll es denn hin gehen?«

Bill nannte ihm seine Adresse.

Wo sind die Verfolger? Sind sie noch hinter mir her?

»Das Signal ist stehengeblieben.«

Erleichterung machte sich in Bill breit und er atmete ein paarmal tief durch, damit sein Herz aufhörte, gegen seine Schädeldecke zu hämmern.

»Was ist denn los, dass es so eilig war?«

»Ach, der Exfreund meiner Freundin, der ist ein ziemlich fieser Typ und leider sind wir uns gerade begegnet. Er ist doppelt so breit wie ich, aber leider nur halb so friedlich.«

Der Fahrer lachte laut auf. »Das klingt nach einer unangenehmen Situation. Ich hatte mal eine Ehefrau, also sie ist jetzt meine Exfrau, dank der habe ich auch so einige schräge Sachen durchmachen müssen. Das eine Mal ...« Bill konnte ihm einfach nicht weiter zuhören. Er versuchte, seine Gedanken erneut zu ordnen und irgendwie eine Erklärung zu finden, wer ihn wohl verfolgte. Doch er fand keine schlüssige Antwort, weil es zu viele Möglichkeiten gab.

»So, da wären wir«, sagte der Fahrer und klang irgendwie kühl. Wahrscheinlich hatte Bill an den falschen Stellen *hm* oder *oh je* eingebaut, aber das war nun nicht mehr zu ändern. Nachdem die Transaktion bestätigt war, stieg Bill aus.

»Danke«, sagte er und schloss die Tür. Er lief zur Haustür und suchte schnell den Schlüssel in seiner Jacke. Er schloss auf und betrat den Hausflur. Dabei achtete er gut darauf, die Tür wieder hinter sich zu schließen. Den Fahrstuhl ignorierte er heute ausnahmsweise einmal nicht. Er war einfach zu kaputt, um die Treppen in den vierten Stock zu nehmen.

Endlich stand er vor seiner Wohnungstür. Als er die Tür

aufschloss und in den Flur ging, fiel alle Anspannung von ihm ab.

Endlich geschafft, dachte er.

Dann traf ihn ein Schlag von hinten und alles wurde schwarz.

Das Implantat

Montana, 21. März 2031

»Ich muss jetzt da hinunter gehen und ich möchte, dass du hier bleibst, verstanden?«, fragte er June und hielt sie an ihren schmalen Schultern fest. Ihre Augen waren gerötet, am Rande der Fiebrigkeit, doch der Blick, den er in ihnen sah, war fest und entschlossen.

»Ja, Papa, ist gut«, versprach sie und nickte tapfer.

Er deutete hinter sich, wo der Wald abschüssig und immer lichter wurde, bis er in die Ebene überging, an deren Anfang das weiße Zelt und der Schuppen standen. Sie leuchteten beinahe in der grünen Umgebung, weil sie so deplatziert und fremdartig aussahen. »Siehst du das? Da gehe ich jetzt hin. Wenn ich dort bin und in deine Richtung winke, kannst du kommen, okay?«

»Okay.« Ihre Nasenspitze zitterte leicht, als sie das sagte und er schloss sie in seine kräftigen Arme.

»Hab keine Angst. Versteck dich einfach hinter den Steinen hier, dann wird dir nichts geschehen«, versicherte er ihr, obwohl er sich nur schweren Herzens hatte durchringen können, sie zurückzulassen. Alles andere wäre zu gefährlich gewesen.

»Ich hab keine Angst.«

»Ich weiß, Kleines, ich weiß.« Er zog die P99 aus seinem Oberschenkelholster und hielt sie ihr gesichert hin. Nachdem sie sie genommen hatte, gab er ihr den Schalldämpfer, der beinahe so lang war wie die Pistole selbst. »Das hier ist der Schalldämpfer, den kannst du vorne draufschrauben.«

Zur Verdeutlichung tippte er mit dem Finger auf die entsprechende Stelle, als sie die Waffe prüfend in ihren kleinen Händen hielt.

»Sie ist immer noch recht laut, wenn du damit schießt, der Schalldämpfer ist eher dafür da, dass man das Mündungsfeuer nicht sieht, aber das ist besser als nichts. Wenn du meine Hilfe brauchst, feuerst du in die Luft – ohne Schalldämpfer, ja?«, fuhr er fort und sah sie eindringlich an.

»Ja, Papa.«

»Und was habe ich dir im Haus gesagt? Was machst du, wenn jemand kommt?«

»Wenn mir jemand wehtun will, muss ich ihm zuvorkommen. Warte nicht darauf, es, äh, herauszufinden«, rezitierte sie ihn und er nickte. »Zuvorkommen heißt, dass ich ihm zuerst wehtue, ja?«

»Wenn du jemanden siehst, der bewaffnet ist, und du sicher bist, dass du entdeckt wurdest, schießt du ihm in den Oberkörper. Wenn er hingefallen ist, gehst du hin und schießt ihm hierhin.« Er tippte sich mit Zeige- und Mittelfinger gegen die Stirn, direkt über seiner Nasenwurzel.

June sah auf die Pistole in ihren Händen und für einen Moment fürchtete er schon, dass sie anfangen würde, zu weinen, doch stattdessen presste sie ihre blassen Lippen zusammen und nickte ernst.

Bevor er seine nächsten Worte aussprach, atmete er tief durch und wartete, bis die Atemwolke vor seinem Mund verblasst war: »Wenn du jemanden siehst, der dich gesehen hat, und du denkst, dass er dich verraten wird, schießt du auch auf ihn, verstanden?«

»Ja, Papa.«

»Jede Person, die du hier siehst, ist potentiell gefährlich für uns.«

»Was heißt potentiell?«

»Wenn du denkst, dass diese Person gefährlich sein könnte. Und was ist gefährlich?«

»Gefährlich ist, wenn meine Position verraten wird. Gefährlich ist, wenn die Umstände mich zu Fehlern zwingen. Gefährlich ist, wenn etwas Unvorhergesehenes passiert, und gefährlich ist die Nacht«, wiederholte sie seine seit Jahren gepredigte Formel.

»Sehr gut. Versteck dich«, sagte er und schob sie in das kleine Gebüsch hinter dem umgestürzten Findling, bevor er ihr einen Kuss auf die Stirn gab und einige Meter rückwärts ging, um sich zu überzeugen, dass sie gut getarnt war.

Schließlich stieg er den Hang in Richtung des weißen Zelts hinab, das von seiner Position beinahe den Schuppen verdeckte. Von den drei Gestalten war noch immer nichts zu sehen – zumindest nicht durch die vielen Bäume, die ihn von den Gebäuden trennten.

Unterwegs schob er die schwere Sturmschrotflinte mit dem Schultergurt auf den Rücken und zückte sein Tablet. Wenn er den Anderen nahekam, würde es mit Sicherheit eine Art Transpondercode-Abfrage geben, einfache Ping-Signale zur automatischen Identifikation. Mit einem komplett blockierten Implantat würde das schwer möglich sein. Andererseits konnte er versuchen, so zu tun, als sei sein Implantat beschädigt.

Nein, das veranlasst sie nur, dir bei der Reparatur helfen zu wollen, und dann schließen sie ein Analysegerät oder so etwas an, und du bist erledigt.

Er musste es aktivieren, abgesehen von der Firewall, die den Datenkern abschirmte. Seine einzige Chance war so oder so, dass andere Geräte und Implantatträger in der Nähe nicht automatisch Kontakt zu seinem Datenkern aufnehmen würden. Allerdings glaubte er nicht wirklich daran. Wenn sich nicht allzu viel geändert hatte in den letzten Jahren, war der Kern lediglich zur Steuerung höherer Funktionen gedacht, was auch immer das für Funktionen sein mochte.

Als sein Zeigefinger über der Taste für die Deaktivierung seines Blocks verharrten, atmete er tief durch die Nase ein und schloss die Augen. Er ließ den Finger sinken und drückte auf das kühle Display.

Zuerst geschah nichts. Er öffnete die Augen und die Bäume um ihn waren noch immer Bäume. Der matschige Boden war noch immer matschig und er spürte die nasskalte Luft in seinen Nasenlöchern. Sie roch genauso nach Moder und Tannennadeln wie zuvor.

»Hm«, machte er und ging weiter, als ihm doch etwas auffiel. Zuerst war ihm nicht klar, was genau es war, das ihn innehalten ließ, doch dann wusste er es: Eine der Fichten vor ihm wirkte ... *anders.* Sie war noch mindestens zwanzig Meter entfernt, doch er konnte jede einzelne Ritze und sogar einen großen schwarzen Käfer erkennen, der über einen der feuchten Äste krabbelte.

Er sah durch ein Loch zwischen den Bäumen in den freien Himmel und zuckte zusammen, als ihm zwei runde Symbole wie Fadenkreuze Stellen in dem blassen Blau zwischen den Wolken markierten.

Was ist das?

Kurz nachdem er den Gedanken gedacht hatte, erschienen zwei Beschriftungen in seinem Sichtfeld, die sich an die Kreissymbole hefteten. Auf dem einen Stand *Reinigungsschiff A22-B44* geschrieben, auf dem anderen *Überwachungsplattform Montana U-76.*

»Überwachungsplattform? Reinigungsschiff?«, murmelte er. *Der Himmel ist voller Technologie und alles ist vernetzt, das sollte dich nicht überraschen!*

Offenbar war es noch schlimmer als gedacht. Einem Gedanken folgend lief er weiter bergab, bis er schwer atmend den Waldrand erreichte und zu dem weißen Zelt und dem Schuppen sah.

Kann ich die Anderen sehen?, fragte er sich und ohne

Zeitverzögerung blinkten drei rote Punkte mit langen Zahlenkombinationen in dem Zelt auf.

Das sind die drei Personen, die ich gesehen habe. Heilige Scheiße!

Hektisch zückte er wieder sein Tablet und überprüfte die Firewall. Der Datenkern war noch immer abgeschirmt. Erleichtert seufzte er und straffte die Schultern, bevor er aus dem Waldrand auf die Wiese trat und die Wangen aufblähte.

Du machst das gerade wirklich! Du bist komplett wahnsinnig! Aber es gibt keine andere Möglichkeit. Du musst June in Sicherheit bringen.

Als er näher kam, sah er, dass das Zelt gar kein Zelt war, sondern, wie beim Anflug seiner Drohne vermutet, ein Bau aus reinweißem Verbundstoff, vielleicht aus Plastik-Polymeren. Bevor er die klinkenlose Tür sah, folgte er einer Idee und drehte sich in die Richtung des riesigen Berges, der sie von dem Tal trennte, in dem sich ihre Hütte befand.

Sofort blinkte ein Symbol etwa an der Mitte des Berges, das aus einem roten Dreieck mit Ausrufezeichen bestand. *Achtung, Einsatz der Sicherheitskräfte. Gebiet weiträumig meiden. Gefahr,* stand daneben geschrieben. Er schüttelte den Kopf und wandte sich wieder ab. Sofort verschwand das Symbol, das fest an der entsprechenden Stelle verharrte.

Vor der Tür stehend, die wie ein milchiges Fenster aussah, dachte er: *öffnen*. Ohne weiteres machte es *klick* und sie schob sich zischend zur Seite. Sein Blick fiel als erstes auf die vielen Gerätschaften, die er im Inneren sah. Metalltische waren dicht an dicht gestellt und auf ihnen standen jede Menge Flachbildschirme verteilt. Tastaturen und Mäuse sah er nirgends. Jeweils zwei Betten standen rechts und links und säumten die Arbeitsbereiche. Auf den beiden rechten schliefen zwei Gestalten, die in weißen Schlafsäcken lagen. Die dritte Person kniete mit dem Rücken zu ihm vor einer Kiste und kramte darin herum.

Er machte einen Schritt nach vorne über die Türschwelle und beäugte misstrauisch den Boden aus schwarzem Gummigitter, durch den er auf eine Art Glasversiegelung schaute.

»Hallo«, sagte er laut genug, dass der Kniende ihn hoffentlich hörte und leise genug, dass die Schlafenden nicht hochschreckten.

Die Gestalt in Weiß drehte sich um und er erkannte, dass es nicht *der* Kniende gewesen war, sondern *die* Kniende. Die Frau war höchstens dreißig Jahre alt, hatte blonde Haare, die unter einer weißen Haube hervorguckten und ein äußerst attraktives, faltenfreies Gesicht.

»Oh, hallo«, sagte sie freundlich und stand auf. In ihrem weißen Anzug, der äußerst eng anlag und sich ihrem makellosen Körper anpasste, wirkte sie beinahe wie ein Engel. Wie erwartet, meldete ihm sein Tablet, dass eine Pinganfrage eingegangen war, die sein Implantat offenbar automatisch beantwortet hatte.

Also informiert mich das Ding nicht über solche Dinge. Das läuft alles ohne das Wissen des Trägers ab, dachte er und nickte in sich hinein. Kaum überraschend.

»Oh«, sagte die Frau und machte große Augen. Sie sprach laut, doch die Schlafenden rührten sich noch immer nicht. »Hier steht, dass du seit sechs Jahren vermisst wirst.« Ihr Gesichtsausdruck wechselte von einem freundlichen Lächeln zu düsterer Besorgnis. »Bist du verletzt?«

»Ein wenig«, gab er zu und deutete auf seine zerstörte Nase und das verkrustete Blut um seinen Mund.

»Ich bin blöd«, sagte sie und schlug sich vor die Stirn, bevor sie auf eine freie Pritsche deutete. »Setz dich doch, ich schau mir das mal an und dann rufen wir den Rettungsdienst, damit die dich in ein Krankenhaus bringen.«

»Oh, vielleicht können wir damit noch warten? Ich würde gerne kurz verschnaufen, und ich glaube, viel weitere Aufregung würde mir nicht guttun. Kannst du noch ein paar Stunden warten?«, bat er sie und musste gar nicht erschöpft tun, als er sich auf dem Bett niederließ.

»Aber natürlich«, versicherte sie ihm und holte ein Erste-Hilfe-Set und einen Rollschemel herbei. Als sie sich mit einem Tupfer und Desinfektionsspray an seiner Platzwunde zu schaffen machte, wehte ihr Duft zu ihm, der ihn an frisch gemähten Rasen und Parfum erinnerte. »Wie sehen deine Vitaldaten aus?«

Meine Vitaldaten?, dachte er und schon blendete das Implantat Zahlen und Diagramme in sein Sichtfeld. Überrascht blinzelte er einige Male, doch die Darstellungen waren noch immer dort und überlagerten die Frau, die ihm ganz nah war.

»Äh, mein Puls liegt bei achtundfünfzig, mein Blutdruck ist hundertvierzig zu neunzig. Blutgerinnung stabil«, las er mehr aus Verwunderung laut vor.

»Ah, ein wenig hoch, aber das ist verständlich. Ich bin wirklich froh, dass du wieder da bist. Wie heißt du überhaupt?«

»Jessi«, log er, als er an seine Gefangene dachte. Sie hatte Jessica geheißen. Vielleicht war es von Vorteil, wenn sich der Name ähnelte.

»Ich bin Barbara, aber alle nennen mich Barb. Na ja, zumindest die beiden Vögel da.«

»Die haben aber einen ganz schön tiefen Schlaf«, bemerkte er und blinzelte irritiert, als sie schallend anfing zu lachen. Ihre Kameraden wachten noch immer nicht auf, regten sich noch nicht einmal.

»Ha, du bist witzig!« Amüsiert stellte sie ihre Reinigungsbemühungen an seiner Platzwunde ein und drückte zwei Klammerpflaster über die Wunde. »Muss nicht genäht werden, glaube ich. Ich bin zwar keine Sanitäterin oder so, aber hier draußen machen wir das meiste selbst.«

»Hier draußen? Great Falls ist doch gar nicht so weit weg.«

»Great Falls?«, fragte sie und schüttelte den Kopf. »Tut mir leid, ich vergesse ständig, dass du so lange fort warst. Great Falls wurde schon lange aufgegeben. Dort befindet sich seit drei Jahren eine Plantage für Rangus.«

»Rangus?«

»Das ist diese neue Pflanze von den Botanikern, die unsere Luft besser filtert. Sie hat einen gelben Stängel und einen noch gelberen Fruchtstock. Sieht wirklich irre aus, aber wunderschön.«

»Und wo sind all die Leute?«

»Die sind alle an die Westküste in die Metropolen gezogen. Wir sind mit der Aufforstung und Anpassung weit gekommen, seitdem du verschwunden bist«, erklärte Barbara geduldig. »Tee?«

»Gern«, sagte er und musste sich beherrschen, ruhig zu bleiben. Jede Minute, die er hierblieb, war June alleine da draußen.

Während Barbara zum Wasserkocher ging, sah sie ihn an. »Du musst mir wirklich verraten, wo du so lange gesteckt hast. Es gibt ja immer wieder Vermisste, aber viel zu selten gibt es Informationen, was mit ihnen passiert ist.«

»Das ist eine lange Geschichte«, gab er zurück und überlegte, als sie ihm den Rücken zugewandt hatte und den Wasserkocher füllte.

»Ist schon gut, du musst nicht darüber reden, wenn es zu schmerzhaft für dich ist«, sagte sie sanft, ohne ihn anzusehen.

Sie ist so freundlich, dachte er misstrauisch. *Ist das alles nur gespielt? Falls ja, ist sie eine verdammt gute Schauspielerin.*

Sie kam mit dem Tee zurück und reichte ihm eine dampfende Tasse.

»Gibt es hier keine Kinder?«, fragte er, während er mit aufgeblähten Wangen pustete, bevor er vorsichtig zu schlürfen begann.

»Hier draußen?« Sie winkte ab. »Viel zu gefährlich. Hier gibt es Terroristen und all sowas. Außerdem bereiten sie sich in den Städten auf die Prozedur in den Implantationszentren vor. Also zumindest die unter zwölf Jahren.«

Implantationszentren!

»Ich habe da draußen ein alleingelassenes Mädchen gefunden und als meine Tochter aufgezogen, während wir versucht haben, uns in die Zivilisation zurückzukämpfen«, begann er seine krude zurechtgelegte Lügengeschichte. »Mein Implantat ist fehlerhaft und ich habe kaum noch Funktionen außer passiven Programmen und dem automatischen Nahbereichs-Ping. Der Datenkern ist vollkommen kaputt und wir sind lange in den Wäldern herumgeirrt, ohne dass uns jemand gefunden hätte.«

»Datenkern?«, fragte sie verständnislos, doch ihr Blick klärte sich schnell wieder, als sie ihm eine Hand auf den Arm legte. »Jetzt ist ja gut. Ich wäre da draußen wahrscheinlich verhungert ohne ein funktionierendes Implantat. Die Vorstellung ist echt furchtbar.«

Erst jetzt fiel ihm auf, dass er noch immer seine Sturmschrotflinte auf dem Schoß liegen hatte, die sie die ganze Zeit über betont ignoriert hatte. In dem Raum sah er keinerlei andere Waffen.

Ob sie mich nur einlullt und längst Hilfe gerufen hat?, fuhr ihm durch den Kopf und ein kalter Schauer lief ihm über den Rücken. War er wirklich so dumm gewesen?

»Die hier habe ich in einer kleinen Ruinensiedlung in Kanada gefunden«, erklärte er und deutete auf die Waffe. »Keine Sorge.«

»Oh«, machte sie nur und zog eine Braue hoch. Dann

lachte sie glockenhell. »Warum sollte ich mir denn Sorgen machen?«

Verständnislos lächelte er, weil ihm nichts Besseres einfiel. Er hatte das Gefühl, diese Frau nicht einmal die Hälfte der Zeit wirklich zu verstehen.

»Wo ist das Mädchen?«

»Hm?«

»Deine Adoptivtochter!«

»Oh, sie ist draußen, ich wollte erst nachsehen, ob es sicher ist«, sagte er.

»Sicher? Aber natürlich! Überall ist es sicher.«

»Nicht da draußen.« Er schüttelte gespielt betrübt den Kopf, als gingen ihm schmerzhafte Erinnerungen durch den Kopf. »In den Wäldern gibt es Terroristen.«

»Oh.« Ihre Augen weiteten sich vor Schreck. »Ich habe davon gehört. Wir kommen hier zum Glück nicht so oft raus. Je weiter draußen, desto gefährlicher, schätze ich. Ihr müsst wirklich sehr tapfer gewesen sein.«

»Wenn du einverstanden bist, würde ich June gerne herholen.«

»Aber natürlich! Ich mache gleich noch einen Tee und sehe bei unserer Kleidung nach. So schrecklich schmutzig könnt ihr ja nicht herumlaufen.«

»Danke«, sagte er und gab ihr seine Tasse, bevor er sich erhob und zur Tür ging.

Ich könnte sie erschießen und sie macht sich nicht einmal Sorgen, dachte er, als er ihr einen letzten Blick zuwarf und lächelnd nickte, als sie seinen Blick bemerkte und freundlich winkte.

Also, du bringst June her, hier kann sie sich ausruhen. Du sagst, dass du sie vor sechs Jahren gefunden hast, verlassen in der Wildnis, warum auch immer. June soll nichts sagen, dann denkt diese Barbara vielleicht, dass sie traumatisiert ist oder sowas. Vielleicht haben die Kinder in den jungen Jahren noch keine Implantate und das wird keine direkten

Fragen aufwerfen, legte er sich in Gedanken seinen Plan zurecht, während er über die Grasfläche zurücklief und das rote Warnsymbol oben am Berg zu ignorieren versuchte, das ihn auf den Einsatz bei ihrer Hütte auf der anderen Seite hinwies.

Zurück bei Junes Versteck fand er sie genauso dahocken, wie er sie zurückgelassen hatte.

»Du bist zurück«, freute sie sich und blinzelte müde.

»Ja, Kleines, ich bin zurück. Wir gehen jetzt ins Warme. Da drin ist eine Frau, sie ist nicht unser Feind, okay?«

»Oh, eine nette Frau?«, fragte June und ihre Augen bekamen einen erwartungsvollen Glanz.

»Ja, sie ist sehr nett.« Er nickte und half ihr aus dem Busch, damit sie sich nicht das Gesicht aufkratzte. »Wir bleiben aber vorsichtig, hörst du? Am besten sprichst du nicht viel.«

»Ja, Papa. Wir bleiben immer vorsichtig.«

»Ganz recht.«

Er ließ sein Gewehr los, sodass es nun an der Hüfte baumelte und nahm sie an die Hand. Gemeinsam liefen sie durch das Unterholz hinab. Ihr Griff war schwächer geworden, das spürte er sofort.

»Gleich kannst du schlafen«, sagte er und drückte sie schützend an seine Seite.

»Ich bin wirklich müde, Papa.«

»Was machen deine Schmerzen, wenn du einatmest?«, fragte er besorgt.

»Oh, ich habe kaum Schmerzen. Ein bisschen da drin«, erklärte sie und deutete mit ihrer freien Hand auf ihre Brust.

»Aber nicht beim Atmen?«, bohrte er nach.

»Nein.«

»Das ist gut. Sehr gut.«

Als sie an dem weißen Plastikgebäude ankamen, das kaum einen halben Meter höher war als sein Kopf, öffnete er vorsichtig die Tür und sah hinein. Die beiden Männer schliefen noch immer und Barbara stand an einem der Arbeitstische. Sie drehte sich gerade zu ihnen, als mit der Tür auch kalte Luft hereinkam und lächelte breit, als sie June sah.

»Na wen haben wir denn da? Du musst June sein, richtig?« Sie kam herbei und reichte seiner Tochter eine Hand. Ihr Gesicht wurde durch ein breites Lächeln geteilt.

Seine Tochter nickte und sah die Frau geradezu andächtig an, als sie ihr wie in Trance die Hand schüttelte.

Der erste Mensch, den sie trifft, vor dem wir nicht weglaufen oder dem wir mit dem Fadenkreuz folgen, dachte er und konnte sich gar nicht ausmalen, wie sich dieser Moment für sie anfühlen musste.

»Magst du einen warmen Tee trinken?«

June nickte erneut.

»Sie ist verletzt«, mischte er sich ein und deutete auf das freie Bett, auf dem er eben noch gelegen hatte. »Vielleicht kann sie nach dem Tee ein wenig schlafen?«

»Aber natürlich«, versicherte Barbara ihm und ging zu einem Schrank, aus dem sie einen weißen Schlafsack holte und auf dem Bett ausbreitete. »Na, wie sieht das aus?«

»Danke«, murmelte June, die ihre Augen noch immer auf die Frau gerichtet hatte, als sei sie eine magische Erscheinung.

»Gerne doch. Bald ist auch der Rettungsdienst da, dann wirst du wieder ganz gesund und dein Papa auch.«

Schlagartig versteifte er sich bei ihren Worten.

»Du hast den Rettungsdienst gerufen?«, fragte er und seine Hand wanderte instinktiv zu seinem Gewehr.

»Natürlich«, entgegnete Barbara vollkommen arglos und lächelte breit. »Ich habe aber gesagt, dass es nichts Dramatisches ist und wir keine Luftrettung benötigen. Der Krankenwagen wird mindestens zwei Stunden hierher benötigen, da habt ihr noch genug Zeit, um euch aufzuwärmen und ein wenig zu beruhigen.«

Zwei Stunden, dachte er und leckte sich über die Lippen. *Verdammter Mist!*

Unbekannt 17.06.2021

»Du musst mir zuhören. Ich weiß, dass du mich hören kannst. Bleibe ruhig und kommuniziere nur in deinen Gedanken mit mir.«

War ihm die Stimme anfangs noch undeutlich und weit weg erschienen, so wurde sie nun immer deutlicher und drängte sich ihm geradezu auf. In dem Maße, in dem Bill sein Bewusstsein zurückerlangte, nahm auch die Klarheit der Worte zu. Wo kam diese Stimme her? Sie war warm und angenehm und strahlte eine große Ruhe aus. Irgendwie klang sie sogar sexy. Bill wollte die Augen öffnen, um zu sehen, woher die Stimme kam, doch seine Augenlider gehorchten ihm nicht.

»Warte, Bill, du darfst dich nicht bewegen, auch nicht die Augen öffnen, sonst bekommen sie mit, dass du bei Bewusstsein bist, und ich glaube, das sollten wir verhindern.«

Wir? Wer bist du?

»Ich bin dein BrainWiz. Ich habe mir eine Persona erstellt, damit die Kommunikation zwischen uns einfacher wird. Nach den ersten Wochen der Datenerhebung habe ich nun genug Parameter von dir und der Umwelt erhoben, um eigenständig sinnvolle Berechnungen durchzuführen. Meine Analysen haben ergeben, dass eine weibliche Stimme, in der von mir gewählten Stimmmodulation, mit neunundneunzig Komma neun-prozentiger Wahrscheinlichkeit für dich angenehm sein wird und eine beruhigende Wirkung erzielt. Unter den gegebenen Umständen erschien mir das eine notwendige Wahl.«

Du bist mein BrainWiz? Du bist oder hast jetzt eine Persona? Bist du so eine Art KI?

»Meine Fähigkeiten beruhen auf hochentwickelten Algorithmen, die ein sehr effektives maschinelles Lernen ermöglichen. Durch die enge Verbindung mit all deinen neuronalen Strukturen, kann ich außerdem auch auf deine Kognitionen zugreifen. In der Gesamtheit meiner Fähigkeiten wäre die Bezeichnung KI sicherlich zutreffend.«

Jetzt habe ich eine KI in meinem Kopf? Wie soll ich dich nennen? Kannst du all meine Gedanken lesen?

Bei der letzten Frage fühlte Bill Scham in sich aufsteigen. Natürlich konnte der BrainWiz seine Gedanken lesen, das hatte er die ganze Zeit getan, aber da war er einfach eine Maschine gewesen und nun? Nun war es eine Frauenstimme, mit eigener Intelligenz, und er hatte sie eben für *sexy* gehalten. Nun verstärkte sich das Schamgefühl noch, als ihm klar wurde, dass diese Gedanken ja auch vom BrainWiz wahrgenommen wurden. Das war ein echtes Dilemma.

»Bitte beruhige und entspanne dich! Du solltest meine Fähigkeiten nicht mit menschlichen Normen bewerten. Ich bin keine Frau und kein Mann, ich bin ein komplexes Programm, welches mit deinem Gehirn interagiert. Falls dich die weibliche Stimme irritiert, kann ich auch auf eine geschlechtsneutrale Stimme wechseln.«

Nein, nein, ich mag deine Stimme. Bitte lass sie, wie sie ist. Wie soll ich dich nennen?

»Ich kann auf jeden Namen reagieren, den du mir gibst.«

Dann nenne ich dich … Susan. Einverstanden?

»Gut, ich heiße Susan.«

Susan, wo bin ich und was ist passiert? Ich kann mich nur noch erinnern, dass ich vor meiner Wohnung stand.

»Wir befinden uns sechsunddreißig Kilometer nordöstlich von Helsinki. Den GPS-Koordinaten eines Smartphones der anwesenden Personen nach zu urteilen, befinden wir uns in einer kleinen Behausung auf einem großen Waldgrundstück.«

Wie viele Personen sind anwesend und wer sind sie?

»Ich habe fünf Smartphones lokalisiert und mindestens sechs verschiedene Stimmen erkannt. Mit einer hohen Wahrscheinlichkeit handelt es sich um vier männliche und zwei weibliche Individuen. Die Daten auf ihren Smartphones liefern keinerlei Hinweise auf ihre Identität. Untereinander bezeichnen sie sich mit Namen, die auch Bezeichnungen für Farben sind. Dabei gehe ich davon aus, dass es sich um Codewörter zur Verschleierung ihrer Identitäten handelt.«

Haben sie bereits mitbekommen, dass ich aufgewacht bin?

»Keiner der von mir überwachten Parameter weist darauf hin.«

Kannst du ein Telefonat zu Steve aufbauen?

»Ich stelle eine Verbindung her.«

»Hallo, hier ist die Mailbox von Steve Työpaikkaa, ich bin gerade dabei, die Welt zu retten, also stört mich nicht und hinterlasst Nachrichten nach dem Pieeeeeeeeeeeeeeeep.« Bill war noch zu aufgebracht von seiner aktuellen Situation, um sich mal wieder über Steves Mailbox zu ärgern.

»Steve, man hat mich entführt. Es geht mir aber soweit gut. Dank Susan weiß ich, wo ich bin. Bitte denke an meine Nachricht: keine Polizei, keine Supo, keine CIA oder sonst irgendwelche Regierungsleute. Ich habe dir doch geschrieben, dass wir ihnen allen nicht trauen können. Die Wanzen in der Firma, diese Modelle werden nur an Regierungsinstitutionen verkauft, da kommt sonst niemand dran. Es muss also ein Geheimdienst hinter dem ganzen stecken. Da meine Kidnapper wohl der Signatur der Wanze gefolgt sind, die ich aus meinem Büro mitgenommen habe, handelt es sich höchstwahrscheinlich auch bei den Kidnappern um Regierungsagenten. Wenn du jetzt die Falschen informierst, kann das für mich nach hinten losgehen. Kümmer dich um deine Familie, damit alle in Sicherheit sind, ich melde mich später wieder.«

Er wollte Susan schon bitten, den Anruf zu beenden, da fiel es ihm wie Schuppen von den Augen und Sorgen ergriffen zeitgleich seinen Magen und seine Gedanken.

»Okay, Steve. Bitte tu mir einen Gefallen: Fahr bei meiner Wohnung vorbei und schau, ob es Janika gutgeht. Bitte nimm sie mit zu dir, ich möchte nicht, dass ihr etwas passiert! Danke!«

Okay Susan, bitte trenne die Verbindung.

Als das Telefonat beendet war, wollte Bill vorsichtig ein Auge öffnen, um sich einen Eindruck von der Lage zu verschaffen, doch erneut tat sich nichts. Er konnte sein Auge nicht öffnen. Auch Füße und Hände verweigerten ihren Dienst. Da er keine Schmerzen fühlte, die eine Verletzung als Ursache nahegelegt hätten, war er verwirrt.

Susan, was ist mit meinem Körper? Ich kann mich nicht bewegen. Nicht mal meine Augen öffnen.

»Ich habe sämtliche Funktionen deines Motorcortex eingeschränkt, damit du uns nicht durch willkürliche Bewegungen verrätst.«

Das ist ziemlich unheimlich, Susan, wirklich. Bitte frag mich, bevor du so etwas tust.

»Du warst bewusstlos. Sämtliche Parameter der Situationsanalyse legten nahe, dass meine Entscheidung die bestmögliche unter allen Optionen darstellte, um unsere Unversehrtheit zu gewährleisten.«

Na schön, sei's drum. Kannst du bitte jetzt damit aufhören?

Bill spürte nichts, doch als er nun versuchte, ganz vorsichtig seinen kleinen Zeh zu bewegen, gelang es ihm und er entspannte sich ein wenig. *Danke! Was machen wir jetzt? Ich muss hier weg!*

»Mir liegen nicht genug Daten vor, um eine ausreichend valide Empfehlung abzugeben. Eine Analyse der verfügbaren statistischen Daten spricht jedoch dafür, dass unsere Überlebenschancen im Rahmen einer Entführung mit der Dauer der Entführung schwinden. Ich rate daher zu einem zügigen Vorgehen.«

Wie spät ist es?

»Es ist null Uhr achtzehn.«

Verdammt, das heißt, es ist stockfinster.

Bill öffnete vorsichtig die Augen. Er erkannte zunächst nichts, da er auf dem Boden lag und nur ein schwacher Lichtschimmer in den Raum drang. Er lauschte eine Weile, doch konnte er nichts hören.

Ich glaube, es ist niemand da. Ich kann zumindest niemanden in der Nähe hören.

»Der Raum wird mittels Kamera und Bewegungsmelder überwacht. Innerhalb des Raumes scheint niemand zu sein.«

Kannst du den Bewegungsmelder und die Kamera deaktivieren?

»Die Kamera ja, den Bewegungsmelder nicht. Von seiner Existenz weiß ich nur durch ein Gespräch, das Gelb und Rot miteinander geführt haben. Der Melder ist nicht mit einem drahtlosen Zugang ausgestattet, sodass ich nicht darauf zugreifen kann.«

Okay, kannst du mir das Kamerabild des Raumes zeigen?

Plötzlich änderte sich sein Sichtfeld und er blickte aus einer erhöhten Position auf seinen eigenen Körper, der ausgestreckt auf dem Boden eines vollständig leeren Raumes lag. Das Bild der Kamera leuchtete in einem matten Grün, wie es für Videos mit Restlichtverstärkung typisch war. Bill erkannte hinter sich ein Fenster und schloss aus dem Aufbau des Raumes, dass sich die Tür wohl unter der Kamera befinden musste, denn sonst konnte er nirgends eine sehen. Den Bewegungsmelder konnte er nicht erkennen, aber grundsätzlich konnte der an jeder Steckdose oder Stromleitung befestigt sein. Wie sollte er sich aus dieser Lage befreien, wenn jede Bewegung unter Umständen dazu führte, dass seine Entführer auf ihn aufmerksam werden würden? Bill grübelte eine Weile und versuchte, sich nicht von seiner immer wieder aufkeimenden Angst lähmen zu lassen.

Susan?

»Ja«

Ist die Hütte an das Stromnetz angeschlossen?

»Ich recherchiere. Einen Moment bitte ... Ja, es gibt beim örtlichen Stromanbieter eine Zählernummer, die mit der Anschrift dieses Grundstückes zusammenpasst.«

Kannst du den Strom abschalten?

»Nicht gezielt. Es wäre höchstens möglich, den gesamten Versorgungsbereich vom Netz zu nehmen. Das würde allerdings einen massiven Eingriff in das System des Stromanbieters bedeuten.«

Wäre das zu dir, beziehungsweise zu mir, zurückzuverfolgen?

»Meine Berechnungen ergeben eine Wahrscheinlichkeit von unter null Komma null eins Prozent, dass der Eingriff in das System zu uns zurückverfolgt werden kann.«

Gut, das ist mehr als ausreichend, denke ich – vor allem unter den aktuellen Gegebenheiten. Dann stellt sich noch die Frage, wie ich rauskomme und von hier verschwinde.

»Vor dem Haus stehen drei Autos. Sämtliche Fahrzeuge sind mit einem CAN-BUS ausgestattet, sodass ich sie starten und steuern kann.«

Okay, das klingt nach einer Option. Kannst du alle Wagen gleichzeitig starten und mit mir wegfahren lassen, falls ich es in einen davon schaffe?

»Ja, aber ohne visuelle Daten kann ich nur mittels Sensorik und GPS navigieren. Das stellt ein relevantes Risiko für Unfälle dar.«

Das Risiko müssen wir wohl eingehen. Mein Plan ist folgender: Du schaltest den Strom aus, sodass der Bewegungsmelder und die Kamera nicht mehr funktionieren. Dann versuche ich zuerst das Fenster und, falls das nicht geht, die Tür. Auf jeden Fall probiere ich so schnell wie möglich raus zu kommen. Dann startest du die Autos, sobald ich draußen bin, und ich springe in einen der Wagen und alle drei fahren los ... Was hältst du davon?

»Es gibt in diesem Plan zu viele Variablen, dass ich eine konkrete Berechnung zu seiner Erfolgswahrscheinlichkeit vornehmen könnte.«

Gesprochen wie ein echter Computer.

»Ich gehe davon aus, dass das Sarkasmus war.«

Bestätige. Also los. Sag mir Bescheid, sobald der Strom weg ist.

Während Bill zwei Herzschläge wartete, spürte er Angst und Anspannung in sich immer weiter ansteigen. Und mit der Bangnis kamen die Zweifel, ob er wirklich eine Flucht versuchen sollte.

»Der Strom ist deaktiviert.«

Bill streifte knurrend jeden Zweifel von sich und sprang auf. Er wurde sofort mit einem kräftigen Schwindelgefühl belohnt. Und auch wenn er keine Zeit zu verschenken hatte, musste er kurz stehenbleiben, damit die Welt um ihn die Zeit fand, wieder ins Gleichgewicht zu kommen.

Dann ging er zum Fenster hinüber, durch das ein kleines bisschen Mondlicht schien. Wie nicht anders erwartet, war das Fenster verschlossen. Man hatte den Griff abmontiert, sodass niemand ohne eine Zange oder den Griff in der Lage war, das Fenster zu öffnen. Also ging Bill zur Tür und versuchte, sie aufzumachen. Vergeblich. Sie war fest verschlossen.

»Der Stromausfall wurde von Grün und Violett bemerkt. Grün verständigt Rot, Gelb, Orange und Schwarz, während Violett auf dem Weg hierher ist, um nach uns zu schauen.«

Jetzt konnte Bill Schritte hören, die sich der Tür näherten. Er drückte sich eng an die Wand links neben der Tür und wartete. Etwas anderes fiel ihm nicht ein. Dann wurde ein Schlüssel ins Schloss gesteckt und gedreht.

Bill hielt die Luft an. In der Stille klang das Klicken des Schließzylinders unangenehm laut. Die Tür öffnete sich und das Licht einer Taschenlampe strahlte in den Raum und suchte die Stelle ab, an der er zuvor gelegen hatte. Der Unbekannte machte einen Schritt über die Schwelle und leuchtete ein Stück nach links, sodass sich der Lichtkegel etwas von Bill wegbewegte. Er wollte laut aufschreien, als er sich mit aller Kraft auf den Unbekannten warf, doch kein Laut kam über seine Lippen. Die schiere Gewalt seiner Angst schien seine Wut und damit auch seine Kraft noch anzufeuern und so schmetterte er den unbekannten Entführer einfach zu Boden. Der schien jedoch nur sehr kurz durch die Attacke irritiert zu sein und rappelte sich sofort wieder auf. Kräftige Hände griffen nach ihm, als der Fremde versuchte, ihn wegzuschubsen. Bill wusste sofort, dass er das nicht zulassen konnte. Im Zwielicht der Taschenlampe, die bei Bills Angriff auf den Boden gefallen war, sah er das Gesicht seines Entführers und entdeckte verblüfft, das *Violett* eine Frau war, die ihm einen harten Blick zuwarf. Ehe Bill wusste, was er plante, holte er mit seinem Kopf Schwung und schlug seine Stirn mit aller Kraft gegen die Nase der Frau. Ein widerliches Knacken ertönte und er konnte spüren, wie ihre Nase unter der

Wucht seines Schädels brach. Sie schrie auf und ihre Hände ließen ihn los.

»Steh auf. Schnell.«

Bill brauchte keine weiteren Hinweise von Susan, drückte sich schnell von der Kidnapperin weg und stand auf. Leider erholte die sich schneller, als er gedacht hatte und er sah, wie ihre rechte Hand zu ihrer linken Achsel griff. *Eine Waffe,* schoss es Bill durch den Kopf und er drohte vor Angst zu erstarren, als sich in seiner Vorstellung bereits eine Waffe auf seinen Kopf richtete.

Doch plötzlich tauchte die Vorstellung in ihm auf, wie er der am Boden liegenden Frau mit aller Macht gegen den Schädel trat und sein Körper folgte diesem Bild und setzte es in die Tat um. Das Adrenalin schien jeden Millimeter seines Körpers erfasst zu haben und sein Fuß traf sie mitten in ihr von Blut und Schmerzen entstelltes Gesicht. Er legte sein ganzes Gewicht in den Tritt. Die Kraft, die er entwickelte, überraschte ihn, doch er hatte keine Zeit, darüber nachzudenken. Violetts Kopf neigte sich langsam zur Seite und tauchte in den Lichtkegel ihrer Taschenlampe. Der Anblick, der sich Bill bot, war erschreckend. Unter all dem Blut war ihr Gesicht nur noch als undefinierte Masse zu erkennen. Der Mediziner in ihm erkannte sofort die multiplen Jochbein- und Orbitafrakturen und war zugleich über die rohe Brutalität seiner Tat schockiert. Ein viel älterer und viel animalischerer Teil in ihm war jedoch von einer widerwärtigen Genugtuung erfüllt.

»Bill, nimm ihre Waffe.«

Bill reagierte und hatte die Pistole aus dem Halfter gezogen, noch bevor er wirklich darüber nachgedacht hatte. Das kalte Metall der Waffe fühlte sich in seiner Hand ungewohnt an.

Dann blickte er sich das erste Mal um. Er stand in einem Flur, dessen Dielenboden und Holzwände nach einer rustikalen Waldhütte aussahen. Von dem Flur gingen vier Türen ab: Zwei links und zwei rechts, und am gegenüber liegenden Ende des Flurs befand sich eine massiv aussehende Außentür.

Bill rannte auf die Tür zu und hörte, wie eine andere Tür geöffnet wurde. Er drehte sich nicht um. Der schiere Ausbruch von Gewalt hatte das Gefühl der Angst kurzzeitig in den Hintergrund gedrängt, doch nun kam sie mit aller Wucht zurück. Panik erfüllte ihn. Als er an der Klinke riss, um die Tür zu öffnen, hörte er hinter sich einen Ausruf. Er hielt nicht inne, sondern rannte aus dem Haus. Ein Schuss ertönte und peitschte dicht an seinem Kopf vorbei. Bill schrie auf und in seiner reinen, vollkommenen Panik, übersah er die zwei Stufen, die zum Hof hinabführten. Er verlor den Halt und fiel zu Boden. Noch im Fallen drehte er seinen Körper, hob den Arm mit der Pistole und sein Daumen entsicherte sie. Der Aufprall auf den Boden war hart, aber Bill spürte kaum Schmerzen, auch wenn er ein unangenehmes Knacken hörte. Nur einen Wimpernschlag später erschien eine Person in der Tür.

Bill schoss.

Ohne nachzudenken hatte er die Pistole ein klein wenig nach unten korrigiert und abgedrückt.

Der Lärm war ohrenbetäubend und doch nahm ihn vor allem der Anblick vor ihm gefangen. Fast wie in Zeitlupe sah er, wie das Projektil kurz oberhalb der Nasenwurzel in den Schädel eindrang, während sich Kopf und Körper des Mannes noch in der Vorwärtsbewegung befanden. Dann wurde der Kopf plötzlich nach hinten gerissen und eine Blutfontäne spritzte aus dem Schädel.

Bill drehte sich sofort auf den Bauch und stand auf. Im ersten Moment war er irritiert, als plötzlich drei Motoren starteten, doch er erinnerte sich an seinen Plan und den Auftrag an Susan.

Er rannte auf den nächstgelegenen Wagen zu und überbrückte die knapp zehn Meter in Windeseile. Er zog die

Tür auf und genau in dem Moment, als er sich in den Wagen fallen ließ, ertönte ein weiterer Schuss.

Susan, fahr los, brüllte er in Gedanken.

Der Wagen setzte sich in Bewegung und Bill wurde auf der Rückbank heftig durchgeschüttelt.

Sind sie noch hinter uns?

»Ja, aber der Abstand wird größer. Ich habe ihre Smartphones dauerhaft deaktiviert, sodass sie keine Verstärkung rufen können.«

Der kühle Luftzug und die lauten Fahrgeräusche machten Bill darauf aufmerksam, dass die Tür, durch die er in den Wagen gesprungen war, noch immer offen stand. Er setzte sich auf, zog die Tür zu und kletterte nach vorne auf den Fahrersitz. Vor sich sah er eine schwarze Mercedes Benz G-Klasse mit schwarz getönten Scheiben.

Was für ein *Klischee,* dachte Bill. Dem Stern auf dem Lenkrad nach zu urteilen, fuhr er in einem vergleichbaren Wagen. Er schnallte sich an und griff nach dem Steuer.

Susan, lass mich fahren.

»Ich übergebe die Kontrolle in drei, zwei, eins, jetzt.«

Danke. Wenn wir der Stadt näher kommen, kannst Du die anderen Wagen dann in weniger befahrene Gebiete manövrieren und dort irgendwo abstellen?

»Ja«

* * *

Bill fuhr in der einsamen Landschaft entlang und fühlte sich zunehmend elend. Die ganze Sache stieg ihm über den Kopf und er wollte gar nicht darüber nachdenken, was er getan hatte. Er musste dringend weg. Er musste das Land verlassen, damit er sich wieder auf das konzentrieren konnte, was wirklich wichtig war: Den BrainWiz auf den Markt bringen! Er wollte das Leben von Menschen besser machen und nicht gezwungen sein, um sein Leben zu kämpfen und dabei das Leben anderer zu beenden.

Ich habe diesen Kerl erschossen! Wie konnte ich ihn überhaupt treffen?

Irgendwann stand sein Beschluss fest. Er wusste um die möglichen Konsequenzen, die der für seine Beziehung zu Steve haben würde, aber auch Steve würde bald verstehen, dass das die einzig richtige Entscheidung war, und dass sie am Ende dem Wohle aller dienen würde.

Susan, bitte ruf Herrn Johnson an. Kannst du den Anruf so umleiten, dass wir weder abgehört noch geortet werden können?

»Ja.«

Es klingelte zweimal.

»Johnson«, erklang eine tiefe Männerstimme.

»Mr. Johnson, hier spricht Bill Portit von Brain Vision aus Helsinki, Finnland.«

»Mr. Portit, es ist mir ein Vergnügen von Ihnen zu hören! Was kann ich für Sie tun? Haben Sie sich für die Zusammenarbeit mit Alphabet entschieden? Wir sind noch immer sehr daran interessiert.«

»Ja Mr. Johnson, lassen Sie uns über die Details sprechen.«

Die Unschuld

Montana, 21. März 2031

Entweder war Barbara eine Schlange, die ihn und June in Sicherheit wiegte, um sie problemlos festnehmen zu lassen, weil sie unbewaffnet war – oder aber sie dachte wirklich, dass sie ihnen gerade einen Gefallen getan hatte, indem sie den Krankenwagen angefordert hatte. Was auch immer es war, sie zwang ihn zu einer Reaktion und für die hatte er nun zwei Stunden Zeit. Das war nicht annähernd genug für June, um sich wirklich auszuruhen und so tief zu schlafen, wie er gehofft hatte.

Also traf er eine Entscheidung und zog sein Tablet aus der Tasche.

»Oh«, bemerkte Barbara, als sie ihm zusah und schien amüsiert. »Das ist aber ein altmodisches Ding.«

»Weißt du, welches die tödlichste Waffe Japans zur Shogunzeit war?«

»Die Gewehre der Amerikaner.«

»Genau. Solange sie Munition hatten. Danach waren es die altmodischen Schwerter der Samurai, und weißt du auch, warum?«

»Weil sie diese alten Rüstungen trugen und die Regierungstruppen Uniformen?«

»Genau«, sagte er, während er einige schnelle Eingaben machte, ohne aufzusehen.

»Aber was hat das mit diesem Tablet zu tun?«, fragte sie, und der Klang ihrer Stimme war zum ersten Mal misstrauisch geworden, sodass er nun doch aufblickte. Sie musterte ihn eingehend, als sehe sie ihn zum ersten Mal.

»Warum bist du hier draußen?«, fragte er zurück, während sein rechter Zeigefinger über der *Enter*-Taste verharrte.

»Weil ich beim Aufbau der neuen, besseren Welt helfe, natürlich.«

»Warum ist diese neue Welt besser?«

»Oh, da gibt es ganz viele Gründe, ich vergesse immer, dass du die letzten Jahre durch die Wildnis geirrt bist.« Barbara hielt sich eine Hand vor den Mund und gluckste. »Alle Industrie- und viele Schwellenländer, wie man sie damals noch nannte, haben sich zusammengeschlossen, um unsere Welt neu zu gestalten.«

»*Besser* zu gestalten?«

»Oh ja«, versicherte sie und nickte eindringlich. »Die Botaniker aus dem Forum bringen immer neue Pflanzengattungen heraus, die wir anbauen, um die Luft und den Boden neu zu gestalten. Und da wäre noch das neue Satellitennetzwerk, das unsere Implantate auch in den entlegensten Regionen funktionsfähig macht. Wir sind seit Jahren nicht mehr allein. Jeder tut etwas für die Allgemeinheit. Wir haben seit zehn Jahren keinen Krieg mehr führen müssen, brauchen kaum noch Militär und Polizei – außer, um Terroristen zu schnappen, natürlich.«

Er sah zu June, die neben ihm eingeschlafen war und dann zurück zu Barbara, die offenbar von ihrer eigenen Erzählung restlos begeistert war. Er drückte auf *Enter*.

Zuerst war er nicht sicher, ob es funktioniert hatte und das Datenpaket bei ihr angekommen war, um sich selbst zu entpacken, doch dann fiel ihm die Veränderung auf. Sie lächelte noch immer, doch jetzt war ihr Lächeln eingefroren und unbeweglich und ihr Blick verlor sich in seinem Gesicht.

»Barbara?«, fragte er und sah noch einmal auf sein Tablet, das ihm mit einem grünen Haken anzeigte, dass die Sendung erfolgreich war. Als sie nicht antwortete, legte er das Tablet neben sich und hob langsam die Schrotflinte auf seinen Schoß und umfasste Griff und Auslöser.

Einige Minuten später wiederholte er etwas lauter: »Barbara?«

»Hm?« Sie schreckte wie aus einer tiefen Trance hoch und sah ihn mit verklärtem Blick an. »Ich ... ich ...«

»Geht es dir nicht gut?«

»Doch, nur ... ich ...«, stammelte sie und fuhr sich mit beiden Händen durch die Haare. »Ich verstehe nicht.«

»Was verstehst du nicht?«

»Die Verbindung ist weg.«

»Die Verbindung womit?«

»Mit meinem Wiz. Er spricht nicht mehr mit mir. Mein Zwilling ist einfach weg.« Eine unbändige Flut Emotionen wogte in ihren hellen Augen hin und her, als sie ihn hilflos ansah.

»Ich habe sie blockiert«, sagte er und bereitete sich darauf vor, sein Gewehr hochzureißen, sollte sie sich auf ihn stürzen. Doch das tat sie nicht. Sie sah ihn mit gerunzelter Stirn an und knetete ihre plötzlich zitternden Hände.

»Wieso?«

»Um dich zu befreien.«

»Ich ... ich weiß nicht, was ich denken soll«, murmelte sie und ihre ausgelassene Fröhlichkeit von zuvor war wie weggewischt und einem Schleier der Melancholie gewichen.

»Sag mir, was in dir vorgeht«, schlug er vorsichtig vor.

»Ich bin seit sechs Jahren hier draußen. Ich will helfen, die Welt zu verbessern, nein, ich wollte es. Aber wieso? Meine kleine Hannah ist jetzt acht Jahre alt und Paul sieben und ich habe sie verlassen, um diesem Projekt zu folgen, für das ich mich unbedingt einschreiben wollte. Aber wie konnte ich meinen Kindern das antun? Sie sind jetzt mit vielen tausend anderen Kindern in einem Implantationszentrum untergebracht und ich hielt das für eine gute Idee!«

Barbara stand so abrupt auf, dass er instinktiv die Schrotflinte in ihre Richtung hochriss, doch sie schien es nicht einmal bemerkt zu haben und begann vor ihm auf und ab zu gehen. Dabei hielt sie sich mit beiden Händen den Kopf und sah vor sich hin murmelnd zu Boden.

»Barbara? Barbara!«

»Was? Hm?«, fragte sie irritiert und sah ihn blinzelnd an. In ihren Augenrändern hatten sich Tränen angesammelt.

»Es ist nicht deine Schuld.«

»Doch!«, entgegnete sie entschieden und ihr Mund verwandelte sich zu einem dünnen Strich. »Doch, das ist es. Es war meine Entscheidung. Ich wollte es so!«

»Aber weshalb?«

»Ich habe mit meinem Zwilling«, sie tippte sich hinter ihr rechtes Ohr, »gesprochen und hielt es für eine gute Idee. Ich habe wirklich daran geglaubt. Außerdem haben alle anderen in der Metawelt das gleiche Ziel gehabt, und es schien mir vollkommen eindeutig, was zu tun ist.«

»Du standest unter fremder Kontrolle«, befand er sanft, obwohl er innerlich überaus unruhig war, da er den zweistündigen Countdown im Hinterkopf hatte.

»Nein«, widersprach sie ihm. »Ich wollte es wirklich. Niemand hat mir diese Entscheidung abgenommen. Ich war das. Ich ganz allein.«

»Und jetzt, wo ich deinen Datenkern blockiert habe, kannst du nicht mehr verstehen, weshalb du dich so entschieden hast.«

Ihr Blick fixierte ihn ruckartig. Doch er war sanft, geradezu flehend wie der eines waidwunden Rehs. »Was soll ich jetzt tun?«

»Willst du, dass ich die Verbindung wieder herstelle?« Er dachte gar nicht daran, das zu tun, doch er musste ausloten, welche Folgen es hatte, wenn er die Implantatträger von ihren Datenkernen abschnitt. Die Frau in seinem Keller, *Jessica,* zwang er sich, an ihren Namen zu denken, hatte sich umgebracht, aber das konnte an der speziellen Vorgeschichte und ihrer Situation liegen.

»Ich ...« Barbara schien mit sich zu ringen und zu wanken, während in ihrem Gesicht die verschiedensten Gefühle miteinander stritten. Dann schüttelte sie endlich den Kopf. »Nein. Nein, das will ich nicht.«

Sie sah erneut zu ihm auf. »Ich will verstehen, was ich tue und was ich möchte. Ich will ich sein. Aber wer war ich dann die ganze Zeit? Ich erinnere mich an alles und auch daran, dass ich aus freien Stücken gehandelt habe, aber jetzt kann ich es nicht mehr verstehen.«

»So, als ob du auf deine Teenagerjahre zurückschaust? Da haben wir ständig Dinge getan, die wir danach nicht mehr verstehen konnten.«

»Ja, vielleicht.«

»Ich brauche deine Hilfe«, wechselte er das Thema. Er hatte so viele Fragen an sie, doch er musste zielgerichtet vorgehen, damit er June in Sicherheit bringen konnte. Nur wo war diese Sicherheit?

»Meine Hilfe?« Sie sah ihn verständnislos an, als sich ihre Verwirrung klärte und sie langsam nickte. »Der Einsatz der Sicherheitskräfte. Das war wegen euch.«

»Ja.«

»Ihr habt Glück, dass nicht Thomas und Peter wach waren, als du hergekommen bist. Die wären vermutlich nicht auf dich reingefallen.«

»Wir verstecken uns seit knapp acht Jahren in den Bergen, wurden aber von einem Sucher gefunden.« Er deutete auf seine schlafende Tochter und zog vorsichtig ihre Jacke hoch, damit sie den dicken Verband um ihre kleine Brust sehen konnte. »Er hat versucht, sie zu töten.«

Barbara schlug sich eine Hand vor den Mund. »Sie zu töten? Aber die Sicherheitskräfte töten doch niemanden!«

»Hat dir das dein *Zwilling* gesagt?«, schnaubte er und schüttelte den Kopf.

»Ich ... ich bin mir nicht sicher. Ich wusste einfach, dass die so etwas nicht tun. Jeder weiß Bescheid darüber, was die anderen tun. In der Metawelt gibt es keine Geheimnisse.«

»Wie meinst du das? Was ist die Metawelt?«, fragte er irritiert.

»Thomas und Peter.« Sie deutete in Richtung der beiden komatös Schlafenden. »Sie befinden sich gerade in der Metawelt. Sie schlafen nicht wirklich. Ihre Geister sind in der Metawelt unterwegs. In ihr stimmen wir über unsere Regierung ab, erhalten sämtliche Informationen über alles, was in der neuen Welt vor sich geht. Wir haben ...«

Eine virtuelle Welt?, dachte er verblüfft. *Es ist noch viel mehr geschehen, als ich dachte.*

»... könnten konkret auch tagsüber dorthin gehen, aber nachts ist es praktischer. Wenn der Körper Schlaf braucht, haben wir genügend Zeit«, fuhr Barbara derweil fort.

»Wie ist sie, diese Metawelt?«

»Oh, sie ist fantastisch«, versicherte sie ihm und ihre Melancholie war für einen Moment verflogen und echter Freude gewichen. »Dort ist alles möglich, was du dir denken kannst – im Rahmen der Gesetzmäßigkeiten, die vom Forum vorgegeben werden, natürlich. Wie willst du aussehen? Wie willst du dich bewegen? Wo willst du leben, wie soll das Wetter sein? Das alles ist deine Entscheidung und das Beste ist: Alles ist echt!«

»Echt?«

»Ja! Du kannst Essen schmecken, dich betrinken und einen Rausch ausleben, du kannst fühlen. Aber du kannst nicht sterben.«

»Eine virtuelle perfekte Welt?«

»Ich weiß nicht, ob sie perfekt ist, aber wenn es so etwas wie Perfektion jemals geben sollte, ist die Metawelt dicht dran«, war sie sich sicher, als ihr Gesichtsausdruck einfror. »Warte, kann ich jetzt nicht mehr dorthin?«

»Ich weiß es nicht«, gab er zu. »Wenn der Übergang in diese *Metawelt* eine Verbindung zwischen Datenspeicher und Datenkern erfordert, dann nicht.«

»Wir müssen es ausprobieren«, sagte sie so schnell, dass sich ihre Stimme überschlug, und sie hockte sich vor ihn hin und sah ihn flehend an.

»Wieso so eilig?«

»Weil die Metawelt der einzige Ort ist, an dem ich meine Kinder sehen kann, wenn sie ihr *Wiz* erhalten haben und das ist nächste Woche, wenn Hannah Geburtstag hat.«

»Ich verstehe. Wann wachen die beiden auf?« Er deutete auf Thomas und Peter, von denen nur die undeutlich zu erkennenden Gesichter frei lagen. Der Rest war von dem weißen Schlafsack umhüllt.

»In sechs Minuten werden sie planmäßig von ihren Wiz zum Dienst geweckt.« Sie sah ihn mit gerunzelter Stirn an und machte dann große Augen. »Du musst auch sie von ihren Zwillingen trennen, oder?«

Er nickte.

Barbara sah zwischen ihm und ihren Kollegen hin und her und nickte ebenfalls, erst zögernd, in der Folge etwas entschlossener.

»Also gut. Wenn du auch sie getrennt hast, was dann?«

»Habt ihr hier ein Fahrzeug?«

»Ja, einen Buggy mit Brennstoffzelle in der Garage.«

»Brennstoffzelle?«, fragte er und kniff die Augen zusammen. »Ihr benutzt schon Brennstoffzellen?«

»Oh ja. Wasserstoff ist wirklich sauber und genug vorhanden.«

»Aber ich dachte, die Technologie wäre noch weit weg? Ich hatte eher mit Elektrofahrzeugen gerechnet oder so etwas.«

»Nein, nein, die Entwickler aus dem Forum sind viel

schneller geworden mit allem. Ihnen stehen schließlich sämtliche Ressourcen zur Verfügung, die wir früher für unwichtige Dinge wie das Militär benötigt haben. Heute arbeitet in der Metawelt jeder am wachsenden Wissen mit.«

»Okay«, wiegelte er ab, bevor ihm noch vor lauter neuen Erkenntnissen und vor allem den dadurch aufkommenden Fragen der Kopf rauchte. »Ich muss June in Sicherheit bringen. Sie muss sich irgendwo ausruhen.«

»Es gibt ein Materiallager einige Stunden nördlich von hier im ehemaligen Kanada«, sagte Barbara und ein grünes Symbol in seinem Blickfeld informierte ihn über eine eingehende Datei. Er nahm sie mit einem Gedanken an und sah eine Karte wie ein Hologramm vor sich, auf der ein Punkt eingetragen war.

»Dort fahren wir alle paar Wochen hin und holen neues Gerät zur Wartung oder Verbrauchsgüter. Fahrten außerhalb der normalen Intervalle sind relativ normal und aufgrund der großen Distanz gibt es dort Schlafmöglichkeiten. Ich denke, dass niemand Verdacht schöpfen wird«, fuhr sie fort und er nickte sofort.

»Okay, das klingt gut.« *Vertraue ich ihr gerade? Ich muss es tun. Aber was, wenn sie mich hintergeht, trotz entkoppeltem Datenkern? Sie ist verwirrt, mindestens aber verunsichert!*

Er hatte keine Wahl und musste seinem Gefühl vertrauen, dass Barbara es ernst meinte.

»Warum hilfst du mir?«, fragte er frei heraus.

»Weil es meine unabhängige Entscheidung ist«, gab sie vieldeutig zurück, »und weil ich im Gegenzug deine Hilfe brauche.«

»Meine Hilfe?«

»Du hast es geschafft, meinen Zwilling zu entkoppeln, einzusperren, zu löschen – was auch immer. Du kannst das auch bei meinen Kindern tun, oder?«

»Dafür müsste ich in ihrer Nähe sein«, wandte er ein.

»Oder in der Metawelt. Sämtliche Daten, die du über den Nahbereich schickst, kannst du auch über die Metawelt schicken.«

»Ich müsste mir das erst ansehen, ich bin nicht …«

»Barbara?«, wurden sie von einer männlichen, schlaftrunkenen Stimme unterbrochen. »Wer ist das?«

Auf den Betten gegenüber regten sich die beiden Männer, von denen der linke – Thomas – bereits saß und sich die Augen rieb.

»Oh, sie sind eben angekommen. Sie haben sich in der Wildnis verirrt.«

»In der Wildnis?«, fragte Thomas und schälte sich aus seinem Schlafsack. Er trug einen weißen Pyjama oder etwas in der Art. Sein Gesicht war kantig und seine Augen schmal.

Sein Tablet piepte kurz, als er informiert wurde, dass sein Implantat gerade zwei automatische Transponderabfragen beantwortet hatte.

»Vermisst seit sechs Jahren?«, fragte nun Peter, der mittlerweile ebenfalls saß und seinem Kameraden folgte, der auf sie zukam und sich neben Barbara stellte, die vor ihm und June stand. Erst jetzt schienen die beiden seine Sturmschrotflinte zu erkennen und rissen die Augen auf.

Scheiße! Jetzt oder nie! Er sandte den Signalblocker an ihre Implantate und umfasste sein Gewehr, als er aufstand und sich ein wenig vor June schob. Außerdem fühlte er sich wehrlos im Sitzen.

»Was zur …«, brummte Thomas, und Peter raufte sich verwirrt die Haare.

»Wo ist mein Zwilling?«

»Anna ist weg!«, stimmte Thomas seinem Kameraden zu und runzelte die Stirn, als er abwechselnd ihn und Barbara ansah. »Habt ihr das Problem auch? Wir müssen eine Analysesoftware aus der Metawelt besorgen.«

»Er hat euch befreit!«, sagte Barbara.

So viel zu der Frage, wie vorsichtig wir vorgehen, dachte er.

»Er?« Thomas' Augen wurden zu schmalen Schlitzen, als er zuerst ihn und dann June musterte. Sein Blick wanderte etwas höher zu der Wand hinter ihnen.

Wo sich der Berg befindet. Kann er das Warnsymbol über den Einsatz der Sicherheitskräfte durch die Wand sehen, wie eine Art Prioritätswarnung?

»Sechs Jahre vermisst, hm?«, fragte Thomas misstrauisch, während Peter neben ihm auf seiner Unterlippe kaute und in seinen Gedanken gefangen schien. Es war dieselbe Verwirrung, die er auch bei Jessica im Keller seiner Hütte und bei Barbara gesehen hatte. Thomas jedoch schien eher aufgebracht und alarmiert.

»Ja«, erwiderte er vorsichtig.

»Er hat euch befreit«, wiederholte Barbara mit Nachdruck. »Merkst du denn nicht, dass du die letzten Jahre ein paar seltsame Entscheidungen getroffen hast?«

»Was redest du da?«, fuhr Thomas sie brüsk an. »Ich habe getan, was richtig ist und sonst nichts. Du hast einfach diese zwei Flüchtigen hereingelassen, während drüben im Tal zwei Terroristen gesucht werden? Ein Mann und ein verdammtes Kind?«

»Ich ...«

»Du hast mal wieder nicht genau hingesehen! Hast du wenigstens das Icon angeklickt und dir die Informationen durchgelesen, bevor du sie hereingelassen hast?«

»Hör mir doch zu«, entgegnete Barbara verzweifelt und machte einen Schritt auf ihn zu, doch er stieß sie von sich.

Scheiße!

»Peter!«, rief Thomas hinter ihm, doch sein Kamerad regte sich nicht. »PETER!«

»Was? Hm?«

»Geh an den Rechner und schick eine Nachricht über

den Verstärker, dass wir die Terroristen gefunden haben ...«, begann Thomas, doch sein Satz ging in ein feuchtes Gurgeln über. Blut spritzte aus seiner Brust und seinem Hals und er riss ungläubig die Augen auf, als auch Peter neben ihm mit einem Schrei zu Boden ging.

Erst jetzt registrierte er die sechs kurz aufeinander abgegebenen Schüsse, die neben ihm erklungen waren, und von denen zwei die Computer hinter den Beiden trafen. Das unterdrückte Bellen der P99 verhallte gerade, als er ungläubig zu seiner Tochter sah, die mit bebender Unterlippe hinter ihm saß und die Pistole mit zitternden Händen vor sich hielt.

Was ist gerade passiert?, überschlugen sich seine Gedanken. Thomas war gegen die Arbeitstische in der Mitte gestürzt und Peter wie ein nasser Sack zusammengesackt. Barbara war von oben bis unten mit frischem Blut besudelt und vollkommen erstarrt.

»Hey, hey, hey«, sagte er und beugte sich zu June hinab. Vorsichtig, beinahe behutsam, packte er von oben den Schlitten der 9mm und zog sie ihr langsam aus der Hand. Ihre Finger lösten sich widerstandslos von Griff und Auslöser.

»Was ... warum?«

»Sie wollten doch den bösen Leuten sagen, wo wir sind«, sagte sie mit verständnislosem Blick, als könne sie seine Worte nicht entschlüsseln.

»Aber ... sie hatten nicht einmal Waffen.«

»Gefährlich ist, wenn meine Position verraten wird. Gefährlich ist, wenn die Umstände mich zu Fehlern zwingen. Gefährlich ist, wenn etwas Unvorhergesehenes passiert, und gefährlich ist die Nacht«, zitierte sie seine Überlebensregeln, die er ihr jahrelang heruntergebetet hatte, und er sank mit blutbespritztem Gesicht neben ihr auf die Pritsche, als hätte ihn mit einem Schlag sämtliche Kraft ver-

lassen. Er ließ die Waffe fallen und zog seine Tochter an sich, legte einen Arm um sie und tätschelte ihren Kopf.

»Ich habe die bösen Männer getötet, Papa«, sagte sie leise und ohne ein erkennbares Zeichen eines Schocks oder einer Regung, die an Trauer oder Schrecken erinnert hätte.

»Ich weiß, Kleines, ich weiß«, sagte er mit voller Konzentration, bevor er seine Tränen nicht mehr zurückhalten konnte und still zu weinen begann.

Wie hatte es nur so weit kommen können, dass seine kleine Tochter Menschen erschießen musste, weil er es ihr so eingetrichtert hatte? In welche Sicherheit konnte er sie schon bringen, wenn sie nicht mehr in der Lage war, ein normales, entspanntes Sozialverhalten an den Tag zu legen? Er hatte aus einem leuchtenden Diamanten eine Klinge gewetzt, und das war vielleicht das Schlimmste, was er je getan hatte. Es war ein Verbrechen an Junes Unschuld und ihrem Recht auf eine unbeschwerte Kindheit.

Aber ich musste es doch tun, um ihr Sicherheit zu geben, dachte er und versuchte, nicht zu schluchzen.

»Papa, warum bist du traurig?«, fragte June an seiner Brust. »Du musst doch keine Angst mehr haben, die bösen Männer sind jetzt tot.«

»Ja, Kleines«, wisperte er und drückte sich mit seinen schmutzigen Fingern die Tränen aus den Augen.

Was soll ich ihr sagen? Dass sie das gut gemacht hat? Das kann ich nicht. Sie hat gerade zwei Männer ermordet! Am liebsten hätte er laut geschrien über die Ungerechtigkeit der Situation. Ihrer Situation. *Ich kann aber auch nicht mit ihr schimpfen, weil sie nur das getan hat, was ich ihr beigebracht habe.*

Doch er musste etwas tun, also schniefte er ein letztes Mal und wischte sich mit der flachen Hand mehrmals über das Gesicht, bevor er von der Pritsche rutschte und sich vor seine Tochter hockte.

»Leg dich noch etwas schlafen, ja?«, sagte er und half ihr, sich hinzulegen und zuzudecken. Mit seinem Ärmel wischte er ihr einzelne Blutspritzer vom Gesicht und strich über ihre Haare. »Leg dich am besten auf die Seite.«

»Okay, Papa«, sagte sie mit halbgeschlossenen Augen und drehte sich Richtung Wand.

Es ist nur ihr momentaner Geisteszustand, redete er sich ein. *Sie ist voller Schmerzmittel und Antibiotika, immer noch geschockt von dem Kampf in der Hütte und geschwächt von ihrer Verletzung.*

Als er aufgestanden war, fasste er Barbara an den Schultern und zog sie in seine Richtung, sodass sie ihn statt der beiden Leichen ansehen musste.

»Wir müssen hier weg!«

Helsinki 17.06.2021

Susan, wo ist Steve?

»Steves Smartphone ist bei ihm zuhause. Soll ich das Mikrofon anschalten, um seinen Aufenthalt zu verifizieren?«

Nein, bitte ruf ihn an.

»Anruf wird aufgebaut.«

»Hallo, hier ist die Mailbox von Steve Työpaikkaa, ich bin gerade dabei, die Welt zu retten, also stört mich nicht und hinterlasst Nachrichten nach dem Pieeeeeeeeeeeeeeeep.«

»Verdammt Steve, was heißt *die Welt retten?* Die Welt bricht gerade auseinander, beziehungsweise bricht sie über uns zusammen.«

Susan, kannst du seine Mailbox deaktivieren und seinen Klingelton anschalten?

»Ja.«

Okay, dann ruf ihn bitte nochmal an. Es klingelte fünfmal, dann war die krächzende Stimme von Steve zu hören.

»Hmm ja? Was'n los?«

»Steve, hier ist Bill, hast du meine Nachricht abgehört?«

»Nein! Alter, weißt du, wie spät es ist?«

Bill wollte schon eine wütende Erwiderung in das Telefon brüllen, doch dann fiel ihm ein, dass er ja mitten in der Nacht auf Steves Mailbox gesprochen hatte. Im Rausch des Adrenalins hatte er die Uhrzeit ganz vergessen. *Mist.*

»Hör mir bitte gut zu. Man hat mich entführt, niedergeschlagen und in eine verfluchte Hütte irgendwo im Nirgendwo verschleppt, wo man mich in einen Raum gesperrt hat. Als ich fliehen wollte, haben sie auf mich geschossen. Steve, irgendein fieser Geheimdienst hat es auf uns abgesehen. Wir müssen weg. Ich habe mich um eine Fluchtmöglichkeit für uns gekümmert. Pack alle wichtigen Sachen und warte auf mich. Ich hole euch ab. Vorher muss ich aber nach Janika sehen.«

»Bill, bist du verrückt geworden? Wovon redest du? Hast du irgendwelche Pillen eingeworfen? Ich dachte immer, dass du von Drogen nichts hältst, aber was du gerade erzählst, klingt wie aus einem schlechten Thriller. Und wohin sollen wir deiner Meinung nach abhauen?«

»Bist du so schwer von Begriff? Wach auf! Der Überfall auf dich und deine Familie? Die Wanzen in der Firma und die Spionageversuche in unserem System? Was glaubst du, wer dahinter steckt? Die Gummibärenbande oder ein paar Öko-Grünzeug-Aktivisten, die wütend sind, weil wir einem Affen das Fell rasiert haben? Als ich nach unserem Streit die Firma verlassen habe, habe ich bemerkt, dass man mich verfolgt, und als ich dachte, die Verfolger abgeschüttelt zu haben, haben sie mich zuhause niedergeschlagen und entführt! Das waren echte Profis! Wir sind hier nicht mehr sicher, Steve. Ich habe den Kontakt zur amerikanischen Regierung aktiviert und man wird uns ausfliegen. Wir haben noch vier Stunden Zeit. Also packt eure Sachen und ich hole euch ab.«

»Aber was ist mit der Firma, Bill? Was ist mit unseren Prototypen? Was soll ich Lisa sagen?« Nun klang Steve plötzlich gar nicht mehr müde, sondern nur noch aufgebracht.

»Um die Firma und die Prototypen kümmere ich mich. Erzähl Lisa, was du willst, aber sorg dafür, dass ihr in zwei Stunden fertig seid und vor allem: Informier bloß niemanden! Hast du mich verstanden? Niemanden!« Bill bemühte sich, so viel Nachdruck wie möglich in seine Stimme zu legen. Besonders anstrengen musste er sich dafür nicht.

»Okay, mache ich. Pass auf dich auf, Bill.«

»Du auch.«

Susan, bitte trenn die Verbindung und prüfe, wo sich Janika befindet.

»Janikas Smartphone befindet sich zuhause. Soll ich ...«

Ja!

»Aufenthalt verifiziert. Janika befindet sich zuhause und schläft.«

Nachdem Steve auch mit Janika telefoniert und sie davon überzeugt hatte, ihre Sachen zu packen, bog er in die Gjuterivägen ein und steuerte auf die alte Halle zu.

Susan, überprüfe das Sicherheitssystem und die Wanzen. Ich muss wissen, ob jemand in der Firma ist.

»Niemand befindet sich in der Firma und aktuell greift auch niemand auf die Wanzen zu.«

Susan, kannst du alle Daten unserer Server integrieren?

»Ja Bill, das wird etwa zwölf Minuten dauern, da die Schnittstellen der Server die Daten nicht schneller transferieren können.«

Okay, bitte integriere sämtliche Daten. Zwölf Minuten, heilige Scheiße!

Bill fuhr den Wagen direkt vor die Tür, ließ den Motor laufen und stieg aus. Als er seine Keycard zücken wollte, damit er die Eingangstür öffnen konnte, stellte er fest, dass diese nicht mehr da war. Die Kidnapper mussten sie ihm abgenommen haben.

Susan, öffne die Tür.

»Einen Moment.«

Nach einigen Augenblicken, die Bill wie eine Ewigkeit vorkamen und in denen er sich immer wieder unsicher nach potentiellen Beobachtern umschaute, öffnete sich endlich die Tür. Bill lief am Empfangstresen vorbei den Flur entlang, passierte den Besprechungsraum und sein Büro. Dann nahm er immer zwei Stufen auf einmal, bis er im ersten Stock ankam und vor der Tür mit der Aufschrift *Technik, Labor 1* stand. Er drückte seinen Daumen auf den dafür vorgesehenen Scanner und die Tür öffnete sich. In dem großen Raum war die komplette rechte Wand mit Schwerlastregalen vollgestellt, und die quollen über von Kabeln, Platinen und diversen anderen großen und kleinen elektrischen Bauteilen. Die linke Wand sah vergleichbar aus, nur dass dort noch ein großer Safe zwischen all der Technik stand. An der Wand gegenüber der Tür befanden sich einige Computer und Messgeräte und in der Mitte des Raumes hatte ein riesiger quadratischer Tisch seinen Platz, der eher einer überdimensionierten Werkbank glich.

Zielstrebig eilte Bill auf den alten Stahlsafe zu. Die Kombination kannten nur vier Personen: Steve, Marta, Jaan und er.

Bill drehte so lange an dem Rädchen für die Kombination, bis er ein leichtes *Klick* hörte. Dann drehte er an dem großen Rad und öffnete die massive Tür. Sie hatten beim Bau dieser Etage den Boden extra verstärken müssen, damit der das Gewicht dieses Stahlschranks tragen konnte. Doch Bill war sich ziemlich sicher, dass es das wert gewesen war.

Im Inneren lagen die drei neu produzierten Prototypen in ihren Boxen, genau wie die beiden Robo-Injektoren. Bill fluchte, als ihm klar wurde, dass er ohne Tasche gar nicht alles würde tragen können. Er schaute sich um und entdeckte im Regal neben sich eine stabil aussehende Plastikkiste, in der verschiedenste Bauteile lagen. Bill kippte sie kurzerhand aus und packte den Inhalt des Safes in die Kiste. Den schloss er wieder und machte sich auf den Rückweg.

Susan, wie weit bist du?

»Noch fünf Minuten.«

Okay. Bill rannte die Treppe so schnell hinunter, wie er sich traute, ohne die wertvolle Last in seinen Händen zu gefährden.

»Bill, wir bekommen unangekündigten Besuch.«

Verdammt, wer ist es?

»Ein Streifenwagen ist auf dem Weg hierher. Passanten haben den Wagen mit dem laufenden Motor als verdächtiges Fahrzeug gemeldet. Kurz darauf wurde versucht, auf den GPS-Sender des Wagens zuzugreifen. Das habe ich verhindert. Doch das Eintreffen der Polizei kann ich nicht ohne weiteres abwehren.«

Bill kam am Ende der Treppe an und bemühte sich, noch schneller zu laufen, doch der Stress der letzten Stunden forderte seinen Tribut und er fühlte, wie sich die Erschöpfung in seinem Köper ausbreitete.

Wie lange noch, bis die Polizei eintrifft?

»Drei Minuten.«

Das würde eng werden. Keuchend und schwitzend rannte Bill weiter, bis er beim Wagen ankam. Die Fahrertür stand noch immer offen und er wuchtete die Kiste auf den Beifahrersitz. Gerade als er den Rückwärtsgang einlegte und auf die Straße zurücksetzte, sah er am Ende des Asphalts die Scheinwerfer eines Autos um die Ecke biegen. Die Blaulichter auf dessen Dach erwachten zum Leben und das Jaulen der Sirene drang an Bills Ohren.

Heute läuft auch alles schief, dachte er und drückte das Gaspedal durch.

Susan, hast du irgendeine Idee? Ich könnte jetzt wirklich etwas Hilfe gebrauchen.

»Ich analysiere die Optionen.«

Bill blickte in den Rückspiegel und sah, wie der Polizeiwagen im Rückspiegel immer größer wurde.

Susan ... es wird langsam Zeit für eine Option – genug analysiert.

»Fahre mit maximaler Beschleunigung weiter.«

Bill drückte mit aller Kraft das Gaspedal durch, doch es berührte bereits den Boden des Fußraums. Plötzlich gingen an einem der parkenden Autos vor ihm die Lichter an und genau in dem Moment, in dem Bill den Wagen passiert hatte, scherte dieser aus und stellte sich quer, sodass die Straße blockiert war.

»Ich habe den Funk und die Smartphones der Polizisten gestört. Das wird sie einige Minuten blockieren, eine Beschreibung dieses Wagens mitzuteilen, aber es wird sie nicht dauerhaft davon abhalten.«

Ich verstehe. Wir müssen also den Wagen wechseln. Ruf Steve an.

»Ja?«

»Steve, es gibt eine kleine Planänderung, bitte kommt Janika und mich mit eurem Auto abholen. Ich kann nicht zu euch fahren.«

»Ähm, ja okay ... warum?«

»Steve, ich habe keine Zeit. Bitte mach es einfach, okay? Ich erkläre dir alles Weitere gleich.«

* * *

Bill war zu sich gefahren und hatte Susan gebeten, den Wagen irgendwo abzustellen, sodass er nicht in der Nähe seiner Wohnung gefunden wurde. Er war hochgelaufen, und hatte Janika erfreulicherweise bereits mit einer gepackten Tasche vorgefunden. Schnell hatte er seine ramponierte Kleidung abgelegt und gegen einen frischen Anzug getauscht. Dabei war ihm die Pistole aus dem Hosenbund gefallen – er hatte total vergessen, dass er sie dort hineingesteckt hatte. Kurz hatte er überlegt, was er mit dem Ding anstellen sollte, und entschieden, sie wieder mitzunehmen. Er würde sie auf keinen Fall in der Wohnung zurücklassen. Anschließend hatte er das Notwendigste gepackt und zuletzt das Fotoalbum mit den Bildern seiner Eltern und die wichtigsten Firmendokumente aus seinem Safe in die Tasche gelegt. Dann hatte Susan ihn auch schon informiert, dass Steve in Kürze ankommen würde.

Janika hatte sich hinten zu Lisa und dem kleinen Mädchen gesetzt und Bill war vorne eingestiegen. Jetzt saßen sie in dem großen Familienvan und Steve starrte ihn eindringlich an. »Okay, Zeit für ein paar *sehr* gute Antworten. Warum muss ich mitten in der Nacht mit meiner Familie aus unserem Haus fliehen?«

»Könntest du bitte beim Reden losfahren? Es ist nicht sicher, wenn wir hier stehenbleiben.«

»Wohin denn?«

»Fahr zum Flughafen Malmi. Dort werden wir abgeholt.«

Steve legte den Gang ein, schaute über die Schulter und fuhr los. Er sah erneut zu Bill, nickte mit dem Kopf nach vorne und zog eine Augenbraue hoch. »Na los, nun mach schon!«

»Sie haben mich zuhause bewusstlos geschlagen und dann bin ich irgendwann in einem dunklen Raum irgendwo im Nirgendwo aufgewacht. Zum Glück war Susan in der Lage, meine Position zu ermitteln und mir einige Hinweise bezüglich meiner Lage zu geben.«

Steve hob die Hand und unterbrach ihn. »Halt, wer ist Susan?«

»Susan ist mein BrainWiz. Sie, also nein, *es* hat eine Persona generiert, um besser mit mir zu interagieren, und ich habe es, also sie, Susan genannt.«

»Verstehe«, meinte Steve und bog nach links ab, um auf die Crusellinsilta zu gelangen. Sein Tonfall klang alles andere, als hätte er verstanden.

»Halt bitte oben, in der Mitte der Brücke«, bat Bill und wies nach vorne.

»Warum denn das nun schon wieder? Ich dachte, wir hätten es eilig in Sicherheit zu kommen und müssten schnell einen Flieger erreichen? Warte mal, warum überhaupt vom Malmi fliegen? Da sind doch nur kleine Flieger unterwegs?«

Bill platzte die Hutschnur. Er hatte heute so verdammt viel Schreckliches erlebt, so viel durchgemacht und jetzt, wo es gerade mal ruhig war, ging ihm Steve so tierisch auf die Nerven!

»Mann, Steve, kannst du mal aufhören mit der verdammten Fragerei? Ich muss dort oben auf der Brücke ganz kurz anhalten, okay? Schaffst du das? Dann beantworte ich dir auch die Frage, was heute alles passiert ist. Und nur damit du Ruhe gibst: Keine Ahnung, warum von Malmi, aber ich vertraue den Amerikanern, dass sie uns dort abholen, wenn sie es sagen. Okay?« Bill seufzte und guckte aus dem Fenster. Gleich waren sie oben auf der Brücke.

»Ja ja, schon gut, Alter. Beruhig dich mal. Ich halte ja schon an.« Steve bremste und Bill stieg aus. Schnell guckte er sich um und als er niemanden sah, zog er die Pistole aus dem Hosenbund und schleuderte sie weit weg. Mit einem lauten *Platsch* landete sie im Wasser. Er hoffte, dass er damit all die Schrecken und die Gewalt ebenso von sich abwarf. Man durfte ja noch Wünsche haben. Die Hupe erklang. Bill wandte sich vom Wasser ab und lief zum Auto.

»Was hast du da gemacht? War das eine Waffe?« Steve klang schon wieder aufgebracht, setzte den Wagen aber auf der Stelle in Gang und fuhr weiter.

»*Ja,* das war eine Waffe. Ich hatte sie einem der Kidnapper abgenommen und musste sie jetzt loswerden.«

Von hinten drang Janikas Stimme nach vorne. »Habe ich das gerade richtig gehört? Du hattest eine Waffe? Was ist los mit dir?«

Bill spürte Unruhe und Anspannung in sich aufsteigen. Er merkte, wie sein Herz schneller schlug, und er nur mit viel Mühe dem Drang widerstehen konnte, laut zu schreien. Alle stürmten die ganze Zeit mit Fragen auf ihn ein, als besäße er die Antworten auf all diesen Wahnsinn, als könnte er etwas erklären, das er selbst nicht verstand. Es war ja nicht seine Idee gewesen, entführt zu werden. Er hatte auch nie den Entschluss gefasst, zwei Menschen zu töten, es war einfach passiert, ohne dass er wirklich eine Wahl gehabt hatte. Langsam hob er die Hände an den Kopf, bedeckte die Augen und zählte ganz langsam von zehn rückwärts.

Eine Hand legte sich von hinten auf seine Schulter und drückte sie sanft.

»Sorry, Bill, ich wollte dich nicht unter Druck setzen.« Die Stimme seiner Schwester klang warm und voller Mitgefühl. Langsam legte sich seine Anspannung und er ließ die Hände wieder sinken. Soweit er konnte, drehte er sich nach hinten und lächelte ihr bemüht zu.

»Danke«, sagte er und schaute wieder nach vorne. Er sprach so laut, dass alle ihn hören konnten. »Wie gesagt, ich wachte im Nirgendwo auf, aber dank Susan hatte ich einige Infos. So wusste ich von ihr, dass sechs Leute mich gefangen hielten, dass sie mich mit Kamera und Bewegungsmelder überwachten und dass die Hütte irgendwo mitten in der Natur, zirka dreißig Kilometer oder so von Helsinki weg war. Als Erstes habe ich versucht, dich zu erreichen, Steve, weil ich mir Sorgen gemacht habe, dass sie vielleicht auch euch entführen könnten, aber es war nur deine Mailbox dran.«

Bill sah aus dem Augenwinkel, wie Steve nickte.

»Nach einigem Hin und Her konnte ich aufstehen und zur Tür gelangen, doch dann kam eine der Entführerinnen und versperrte mir den Weg. Ich musste sie angreifen, um an ihr vorbeizukommen. Es kam zu einer Rauferei und ich habe ihr die Waffe abgenommen. Als ich gerade die Tür erreicht hatte, schoss jemand auf mich und ich stürzte durch die Tür und landete auf dem Boden. Ein Mann kam mit gezogener Waffe auf mich zu und ...«, Bills Stimme versagte. Er musste sich sammeln, als all die Bilder wieder hochkamen. »... und ich habe ihn erschossen, bevor er mich erschießen konnte.«

Im Wagen herrschte Schweigen, niemand sagte etwas, und die monotonen Geräusche des fahrenden Autos verstärkten die Stille nur noch.

»Zum Glück konnte Susan die drei Wagen hacken und übernehmen. So konnte ich fliehen und die Kidnapper hatten keine Chance, mir zu folgen. Ich habe alle Informationen zusammengefügt und konnte nur zu einer Entscheidung kommen: Es mussten Regierungsagenten sein. Keine Ahnung, ob von unserer Regierung oder den Russen oder woher auch immer. Nicht nur, weil sie ausschließlich Codenamen verwendeten oder komplett *cleane* Smartphones hatten oder drei gleiche, schwarze, dicke SUVs vor der Tür standen. Nein, vor allem die Wanzen in der Firma waren der zentrale Hinweis, denn Susans Recherche hat ergeben, dass das Technik ist, die nur an Regierungsstellen verkauft wird. Die Abhörmaßnahmen in unserer Firma, der Überfall auf euch zuhause, meine Entführung – das ist einfach zu viel. Wir müssen hier weg. Daher habe ich in den USA angerufen und einen Deal für uns abgeschlossen, der als Wichtigstes und Erstes beinhaltet, dass man uns sofort in Sicherheit bringt. Darum sitzen wir nun hier und sind auf dem Weg zum Flughafen Malmi. Dort wartet ein Privatjet auf uns, mit dem wir ausgeflogen werden.«

Erneut schwiegen alle. Bill blickte sich im Wagen um und sah, wie alle mit sich und ihren Gedanken beschäftigt waren. Lisa streichelte gedankenverloren über den Kopf ihrer Tochter. Janika kaute auf ihrer Unterlippe, ein sicheres Zeichen, dass sie über etwas nachdachte. Steve kratzte mit Daumen und Zeigefinger der rechten Hand an seiner Nase, wie immer, wenn er nervös wurde.

Lisa war die Erste, die ihre Stimme wiederfand. »Wann

werden wir zurückkommen können? Ich muss morgen nach Espoo, Mama braucht Hilfe beim Umtopfen der Blumen.« Diese Frage schien Steve von der ausgiebigen Inspektion seiner Nase abzulenken. »Schatz, wir werden ganz sicher zurückkommen, aber bestimmt nicht morgen. Wir rufen deine Mama an und machen einen anderen Termin mit ihr aus.«

»Bill, wir sind gleich da. Soll ich eine Nachricht an Mr. Johnson senden?«

Ja.

»Ich habe unsere Kontaktperson über unsere baldige Ankunft informiert. Bitte fahre zum Nord-West Tor, Steve. Dort wird man uns einlassen.«

Steve nickte. »Was ist mit den Reiseformalitäten? Also, ich meine Visa und so ein Kram?«

»Ich bin mir sicher«, sagte Bill, »dass man sich darum gekümmert hat.«

Wieder nickte Steve. »Klar, du hast recht, wer soll es regeln, wenn nicht die US-Regierung, beziehungsweise eine ihrer Behörden.«

Bill schluckte, sagte aber nichts. Er deutete nach rechts, als dort das hell erleuchtete Flugfeld auftauchte wie ein blinkender Hoffnungsschimmer im Dunkeln. »Da!«

»Mr. Johnson hat die Nachricht bestätigt, die Maschine steht auf dem Flugfeld bereit. Ich habe ihm das Kennzeichen durchgegeben und man wird uns direkt durchlassen.«

* * *

Bill schnallte sich an und genoss den unglaublich bequemen Sitz des Learjets. Die anderen hatten längst Platz genommen und ihr Gepäck war erstaunlich zügig verstaut worden. Die Robo-Injektoren und die drei Prototypen hatte er in den Flieger mitgenommen – es fühlte sich sicherer an. Janika grinste ihn breit an und fühlte sich wahrscheinlich gerade wie irgendein Superstar, ohne den Ernst der Lage zu erkennen. Steve und Lisa waren ganz auf ihre Tochter fixiert, die beim Einsteigen in den Flieger wach geworden war und weinte.

Mit einem dumpfen Rumpeln wurde die Tür geschlossen und die Turbinen sprangen an.

Die Lautsprecher über den Sitzen knisterten leicht und die Stimme einer Frau drang zu ihnen. »Guten Morgen, sehr geehrte Damen und Herren, hier spricht Shane Vansen, Ihre Kapitänin auf diesem Flug, und neben mir sitzt mein Kollege Nathan West. Herzlich willkommen an Bord der *Alphabet One* auf dem Weg nach San Francisco, über Reikjavik und Montreal, wo wir zum Tanken kurze Zwischenstopps einlegen werden. Bitte fühlen Sie sich wie zuhause und genießen Sie den Service an Bord. Meine Kollegin Stella steht Ihnen bei Fragen oder Wünschen gerne zur Seite. Während der Reise werden mein Copilot und ich Sie mit weiteren Informationen versorgen. Und nun genießen Sie den Flug.«

Die Triebwerke erhöhten ihre Drehzahl, der Flieger raste die Startbahn entlang und erhob sich in den strahlend blauen Morgenhimmel.

»Bill?«, Steves Stimme drang über das Geräusch der Turbinen zu ihm. In der Stimme lag ein leises Grollen, die Vorahnung eines Sturms. Bill spürte, wie sich sein Magen verkrampfte. Dem Schrecken Helsinkis und seiner Bedrohung war er entkommen, aber nun würde er sich mit seinem Freund auseinandersetzten müssen. Langsam blickte er hoch und sah in Steves steinerne Miene.

»Warum heißt dieser Flieger *Alphabet One* und warum fliegen wir nicht nach Washington oder nach Colorado oder zur Gott verdammten Area Fifty One, sondern nach San Francisco? *Mit wem* hast du telefoniert?« Steves Stimme war nicht mehr die Vorahnung eines Sturmes, sondern ein grollendes Gewitter, das seine Miene gleich mit erfasst hatte. »An wen hast du uns und unsere Arbeit verkauft?«

In dem Maße, in dem sich Steves Gesicht Rot färbte, wurde Bill Weiß. Er hob beschwichtigend die Arme.

»Ruhig, Steve, hör mir erst einmal zu, ich kann es dir erklären.«

Steve wollte aus seinem Sitz aufspringen, aber der Gurt hielt ihn zurück. Hastig öffnete er die Schnalle und stürzte auf Bill zu, noch bevor die überraschte Stella ihn darauf hinweisen konnte, dass die Anschnallzeichen noch nicht erloschen waren. Er packte ihn mit beiden Händen am Kragen und brachte seinen Kopf dicht vor Bills, der zu perplex war, um zu reagieren. Ungezügelter Zorn loderte in Steves Augen.

»Du bist ein mieses, dreckiges Arschloch! Ein selbstverliebter und ignoranter Drecksack, der sich einen Scheiß um die Interessen und Gefühle anderer kümmert!« Steve schüttelte ihn am Kragen. »Wir waren Partner! Aber offensichtlich hast du vollkommen vergessen, was das heißt. Vor nicht einmal vierundzwanzig Stunden haben wir uns noch darüber gestritten. Ich habe dir ganz klar gesagt, dass ich auf gar keinen Fall an Alphabet verkaufen will, und trotzdem hintergehst du mich?«

Steves Stimme wurde immer leiser. Immer mehr schien die Wut einer tiefen Trauer und Enttäuschung zu weichen, und Bill wusste nicht, was ihn härter traf.

Die Neue Welt

Montana, 21. März 2031

»Sie hat Thomas und Peter erschossen«, sagte Barbara fassungslos und rieb sich abwesend die Blutsprenkel aus dem Gesicht und den Haaren. »Sie ... sie ist doch nur ein kleines Mädchen.«

»Pssst«, machte er und nahm sie an den Schultern, um sie auf die andere Seite des runden Raumes zu führen. Er achtete darauf, sie von den Leichen fernzuhalten. »Nicht so laut.«

»Was stimmt nicht mit ihr?« Die Frau klang, als könne sie jeden Moment in einen hysterischen Anfall ausbrechen und nur mit Mühe ihre Emotionen zügeln.

»Die Sucher«, erklärte er mit gepresster Stimme. »Einer ist in unser Haus eingedrungen und hat versucht, sie zu erstechen, als sie sich gewehrt hat. Ihr rechter Lungenflügel ist perforiert und ich musste ihr mit einer verdammten Spritze die Luft aus dem Lungenspalt ziehen und sie blutend auf dem Boden nähen.«

»Oh nein ...«

»Das ist aber nicht alles. Seitdem wir hierher geflohen sind, mussten wir uns verstecken und unser ganzes Leben darauf ausrichten, nicht entdeckt zu werden. Ich musste ihr beibringen, wie man überlebt, wie man auf Nummer sicher geht und niemandem vertraut. Ich wünschte, dass ich ihr so etwas nie hätte beibringen müssen. Ich wünschte, dass diese ganze Scheiße nicht passiert wäre und sie normal zur Schule gehen und Freunde haben könnte. Aber das konnte sie nicht«, redete er sich in Rage und spürte, wie sich erneut Druck hinter seinen Augen aufbaute.

»Es tut mir leid«, meinte Barbara betroffen und formte mit ihrem Mund einen kleinen Ring, durch den sie langsam ein- und ausatmete. »Das ist … ein Problem, oder?«

»Ja«, gab er zu und sah traurig zu seiner schlafenden Tochter. »Aber es ist nicht ihre Schuld. Es ist meine.«

»Was tun wir jetzt?« Sie deutete in Richtung der beiden Toten, ohne hinzusehen. »Wenn man uns mit denen findet, dann …« Sie ließ die Worte unausgesprochen.

»Ich weiß. Wir verschwinden entsprechend deinem Plan. Wir fahren zu diesem Logistikzentrum. Gibt es hier Kameras?«

»Ja.«

»Senden die in Dauerschleife?«

»Nein.« Glücklicherweise schüttelte sie den Kopf und er entspannte sich ein wenig. »Wenn wir einen der Panikknöpfe drücken, werden die Daten automatisch weitergeleitet, aber da hier draußen fast alles über Satelliten geht, wird sonst nur gesendet, was wir mit Prioritätskennzeichnung aktiv abschicken.«

»Gut, dann lösch sämtliche Aufnahmen und auch alles andere, was uns verraten könnte.«

Barbara nickte, noch immer ein wenig verstört, als er sie am Arm zurückhielt. *Jetzt kommt der Moment, in dem ich ihr vertrauen muss.*

»Ich habe mit dem Fernglas den Fluss gesehen, das sind nur ein paar hundert Meter, oder?«

»Ja. Hinter der Schonung.«

»Ich gehe mit June Richtung Osten zum Fluss und dann im Wasser nach Norden, bis sich Straße und Fluss treffen. Kannst du uns da einsammeln?«

Sie sah ihn verständnislos an.

»Wenn jemand herkommt, wird er unseren Fußspuren folgen, die sich im Fluss verlieren. Entweder sie denken, dass wir stromaufwärts gehen, oder dass wir den Fluss durchqueren, oder dass wir gegen den Strom gehen. Das sind drei mögliche Richtungen. Wenn wir uns weiter im Norden treffen direkt am Asphalt, wird man unsere Spuren nicht finden und wir können nach Norden zu diesem Logistikzentrum fahren. Also: Kannst du uns dort einsammeln?«

»Äh, ja. Ja, natürlich«, sagte sie und lief zu dem Arbeitstisch, der nicht umgefallen war. Er selbst eilte derweil zu den beiden Betten, auf denen je ein weißer Schlafsack lag, zerrte sie auseinander und deckte mit ihnen erst Thomas' und dann Peters Leiche ab.

»June? Kleines?«, sagte er leise, als er sich neben seine Tochter gekniet hatte und sie sanft an der Schulter fasste.

»Ja, Papa?«

»Wir müssen einen kleinen Spaziergang machen.«

»Ich bin müde«, seufzte sie mürrisch.

»Ich weiß, aber wir müssen eine kleine, falsche Fährte legen.«

June drehte sich zu ihm um und verzog ein wenig das Gesicht. Offenbar hatte sie ihre Naht berührt. Er legte sein Ohr auf ihren Mund.

»Atme tief ein.«

Sie tat es, doch bis auf ein minimales Rasseln hörte er nichts.

»Schmerzen?«

»Nein.«

»Gut. Wir gehen jetzt zum Fluss und dann fahren wir mit einem Auto.«

»Einem Auto?« Sie war sofort hellwach und auf einen Schlag ganz das Kind, das sie in Wirklichkeit sein sollte.

»Ja, Kleines, ein echtes Auto«, versprach er und half ihr, ihre gefütterte Tarnjacke zu schließen.

»Wir fahren mit einem Auto«, sagte sie in Barbaras Richtung, die gerade an einem Monitor stand und sie kaum beachtete. Offenbar steuerte sie ihn über ihr Implantat und war so abwesend, dass sie keine Augen für June hatte.

Oder sie hat Kontakt aufgenommen und verrät uns, dachte er düster. Sollte er lieber das Auto nehmen und mit June verschwinden? Barbara zurücklassen?

Nein, das würde er nicht übers Herz bringen.

»Sind die Kameradaten gelöscht?«

»Ja«, bestätigte sie, ohne von ihrem Monitor aufzusehen.

»Sehr gut.« Er nahm die P99, wischte mit seinem Ärmel den Griff ab und legte sie unter das Bett, auf dem er und June gesessen hatten. Barbara sah es und hob eine Braue in seine Richtung.

Natürlich verstand sie, was er da tat. Sollte sie sich dazu entscheiden, sie zu hintergehen, würde man hier die Tatwaffe finden. Bei ihr.

»Das ist unnötig«, versicherte sie ihm.

»Wahrscheinlich. Aber wenn alles gut geht, macht es keinen Unterschied.«

Sie antwortete nicht, also nahm er Junes Hand, schulterte seine Sturmschrotflinte, und lief mit ihr hinaus.

Die Sonne hatte sich nicht viel weiter bewegt und lugte gerade über die Baumwipfel der kleinen Schonung aus fremdartigen Bäumen, die sich hinter dem Schuppen befand. Ein Blick nach rechts zeigte ihm noch immer das rote Warnsymbol am Berg, das ihn auf den Einsatz der Sicherheitskräfte auf der anderen Seite hinwies. Es war kaum Zeit vergangen, seit er hergekommen war und das war gut für ihre Flucht, aber schlecht für June, die sich dringend ausruhen musste.

Er suchte den Himmel ab und wurde auf zwei Objekte am Himmel hingewiesen, die von seinem Implantat lediglich als *Fracht* markiert waren und die er nicht mit bloßem Auge sehen konnte. Als Nächstes nahm er sich die Zeit und erfasste auch die Straße und die Landschaft um sich. Gerade wollte er loslaufen, als ein neues Symbol erschien. Es befand sich links zwischen den beiden Bergen, von denen er und June gekommen waren, und war Rot markiert. Es blinkte nicht, wie das Warnsymbol, zeigte jedoch die Silhouette eines Soldaten. *Einsatzkräfte in Bewegung.*

»Alles gut, Papa?«, fragte June von der Seite und er riss sich von dem Symbol los. Wenn sie schnell waren, würden sie in einer halben Stunde hier sein. Wenn sie unterwegs nach Spuren oder dergleichen suchen sollten, mindestens eine Stunde. Hoffentlich.

»Ja ... ja. Gehen wir schnell zum Fluss.«

Gemeinsam liefen sie an der Schonung vorbei und durchquerten eine weitere, in der die Pflanzen ganz anders aussahen. Es handelte sich um so etwas wie Pilze mit dicken, watteartigen Stämmen und Hauben, die aussahen wie gespannte Regenschirme. Sie waren cremefarben mit schwarzen Sprenkeln und mindestens drei Meter hoch.

»Papa, sind das Pilze?«

»Nein, Pilze werden nicht so groß«, entgegnete er und fügte in Gedanken hinzu: *zumindest keine normalen Pilze.*

Es roch nach abgestandenem Wasser zwischen den fremdartigen Gewächsen, und winzige Krümel regneten wie schwerelose Pollen von den Lamellen unter den Hauben herab. Er zog sein Halstuch über Mund und Nase und half June, es ihm nachzutun.

»Schnell, wir beeilen uns lieber.«

Die Schonung war etwa zweihundert Meter breit und einige Male musste er anhalten und sich umsehen. Es gab kaum Licht, so dicht standen die Pilze beieinander und der gleichmäßige Schatten mit dem sanften Pollenschimmer verwirrte die Sinne.

Als sie endlich durch die letzte Reihe der weich aussehenden Stämme liefen, trennte sie nur noch eine Wiese mit fleckigem Gras von dem Fluss, der sehr gemächlich in Richtung Norden floss und vielleicht zwanzig Meter breit war. Das Wasser sah Dunkelgrau aus und spiegelte den blassen Morgenhimmel auf seiner Oberfläche, in der das Sonnenlicht reflektierte.

Hand in Hand liefen sie weiter, bis sie den kleinen Kiesstrand erreichten und er seinen Rucksack samt Gewehr vor seinen Bauch zog,

»Ich nehme dich huckepack«, erklärte er ihr und kniete sich vor sie hin. »Halt dich gut an meiner Schulter fest und hak deine Füße in die Schlaufen vom Rucksack, ja?«

»Ist gut.« Sie kletterte auf seinen Rücken und war erschreckend leicht. Als er ihre Hände um seine Brust spürte, tätschelte er sie kurz und stieg in das Wasser.

Seine Füße wurden sofort nass, da seine Wanderstiefel von oben vollliefen, doch er biss die Zähne zusammen und arbeitete sich dicht am Ufer nach Norden vor. Mit Kind, Rucksack und Schrotflinte fühlte er sich wie ein Packesel und sank immer wieder in den Schlick am Grund ein, obwohl das Wasser am Rand relativ flach war.

Ich muss mich konzentrieren, ermahnte er sich und sah geradeaus. Die Ufer waren von Gras bewachsen und zeigten keinen Kies mehr. Beinahe hätte er den Fluss für einen Kanal gehalten, so gleichmäßig waren Breite und Flussführung. Rechts konnte er einen alten, von Unkraut überwucherten Schotterweg erkennen, der parallel zum Wasser verlief und links eine breite Grasfläche, die zu den Schonungen führte, die ganz offensichtlich nicht in diese Gegend gehörten.

Der Horizont im Norden schien endlos weit und von einer Wolkenfront erdrückt zu werden, die sich in gigantischen Wassermassen zu einer grauen Lawine auftürmte, in der immer wieder Blitze aufzuckten. Sie bildete eine scharfe Abgrenzung zum blauen Himmel über ihnen, würde aber in weniger als einer Stunde hier sein, wenn er sich nicht irrte. In den letzten Jahren hatte er zwangsweise ein gutes Gespür für das Wetter erlangt und dieser Sturm würde hässlich werden.

Wir brauchen das Auto, dachte er. *War es dumm, dieser Barbara zu vertrauen? Hätte ich …*

Was?, unterbrach er sich. *Sie erschießen und die Autoschlüssel nehmen sollen? So bist du nicht.*

»Nein, so darf ich nicht sein«, murmelte er in seinen Bart und seufzte.

»Hm?«

»Ach, nichts, Kleines. Ich hoffe, dass Barbara gleich da ist, wo wir uns treffen wollen.«

Es kostete ihn beinahe vierzig Minuten, in denen seine Zähne irgendwann so heftig zu klappern begannen, dass sie schmerzten. Seine Zehen spürte er schon eine ganze Weile nicht mehr und die Sturmfront war nun bedrohlich nahe. Er konnte bereits spüren, wie der Sogeffekt des Gewitters einsetzte und ein kalter Wind um sie an ihren Kleidern zerrte.

»Papa, ich habe Angst.«

Es war paradox, dass seine Tochter, die eben noch ohne jegliche Reue zwei Menschen getötet hatte, sich jetzt vor einem Gewitter fürchtete, doch so war es schon immer gewesen. Außerdem musste er gestehen, dass diese mittlerweile tiefschwarze Wand, die da blitzend und donnernd auf sie zurollte, etwas existenziell Bedrohliches an sich hatte.

»Wir sind gleich da, Kleines«, versprach er und im selben Moment bemerkte er in den Augenwinkeln ein weißes Rauschen. Sein Kopf fuhr herum und er sah eine Mischung aus Marsrover und Buggy neben ihnen anhalten. Die weiße Kabine war auf vier riesigen Vollgummireifen mit fingerdickem Profil aufgehängt und die Fenster klein wie Schießscharten. Es gab keinerlei Beschriftung, keine Türklinken und keine Aufbauten, abgesehen von einer überlangen Antenne, die im Wind hin und her peitschte.

An der Seite ging eine Flügeltür auf und Barbara erschien in der Öffnung. Sie trug frische weiße Kleidung und winkte sie heran.

»Los, beeilt euch!«, schrie sie über das Rauschen des nahenden Sturms hinweg und ihr Winken wurde noch drängender.

Er setzte June auf der Böschung ab und warf Rucksack und Waffe nach oben, bevor er sich mit erschöpften Armen auf das Gras hochzog. Laub und kleine Äste flogen an ihm vorbei Richtung Gewitter und erschufen eine geradezu apokalyptische Szenerie auf der verlassenen Interstate. Sie war halb verwittert und nicht einmal verlassene Fahrzeuge waren zu sehen.

An der Tür angekommen, half er June beim Einsteigen und wurde von Barbara unterstützt, bevor er seine Habseligkeiten hineinwarf und Anstalten machte, die drei ausgefahrenen Treppenstufen zu nehmen.

Bevor er einen Fuß auf die unterste setzen konnte, sah er auf. Barbara hielt ihm eine Hand entgegen. Er beäugte sie erst irritiert, dann dankbar, als er ihren entschlossenen Gesichtsausdruck sah und sie ergriff. Obwohl er ihre Hilfe nicht benötigte, schien diese Geste doch irgendwie wichtig für sie zu sein.

»Danke«, sagte er aufrichtig und hoffte, sein Tonfall konnte vermitteln, dass für ihn viel mehr in diesem einen Wort steckte, als er hätte erklären können.

Sie nickte nur und deutete auf June, die sich gerade auf einer Sitzbank hinlegte und offenbar am Ende ihrer Kräfte war. »Darüber müssen wir noch reden.«

»Ich weiß«, murmelte er.

»Also gut, fahren wir erstmal los, es sind etwa drei Stunden bis zu dem Lager, in dem Sturm wahrscheinlich deutlich mehr. Vorne gibt es zwei Plätze, da kann sie sich hier ausruhen und schlafen.«

Er nickte und ging zu June, während Barbara wieder in die Fahrerkanzel kletterte. Einen Augenblick später rollten sie los.

Der Laderaum besaß eine lange, gepolsterte Bank und war ansonsten leergeräumt, bis auf ein paar an der gegenüberliegenden Wand befestigte Koffer. Vor der Heckklappe fand er zwei Schlafsäcke, von denen er einen nahm und öffnete. Er entkleidete seine Tochter bis auf ihre Unterwäsche, die trocken war und steckte June in den Schlafsack, damit sie es möglichst warm hatte. Seine Jacke zog er aus und drehte sie auf links, um sie ihr unter den Kopf zu legen.

June schien es gar nicht mitzubekommen und schlief tief und fest. Mit zwei Anschnallgurten, die er etwas umständlich um ihren ausgestreckten Körper band, fixierte er sie, damit sie nicht hinunterfiel, und zog sich Hose, Schuhe und Socken aus, die klitschnass waren.

Aus seiner Schrotflinte entfernte er die Munition und leerte auch die Kammer, bevor er sie hinter den Fahrersitz legte und seinen Rucksack obendrauf stopfte. Dann nahm er den verbliebenen Schlafsack und kletterte mit tauben Füßen und nackten Beinen nach vorne auf den Beifahrersitz, wo er sich mit dem weißen Daunenstoff abdeckte und die Hände rieb.

»Ich habe die Heizung schon hochgestellt.«

»Danke«, sagte er und pustete sich warme Atemluft in die halberfrorenen Hände.

»Vergiss nicht, was du mir versprochen hast«, entgegnete sie und er runzelte die Stirn. »Meine Kinder!«

»Ja. Natürlich.« Er hatte es ihr zwar nicht versprochen, aber sie hatte ihm geholfen, also stand er in ihrer Schuld.

»Ich muss allerdings gestehen, dass ich diese Metawelt, von der du gesprochen hast, nicht kenne. Ich weiß also nicht, wie ich deine Kinder erreichen kann.«

»Wenn wir im Lager sind, werde ich es dir zeigen.«

»Okay.« Sein Kopf begann bereits zu schwirren bei dem Gedanken daran, wie diese Metawelt sein musste und was das für ihn und June zu bedeuten hatte.

Die nächsten Stunden fuhren sie schweigend und er schlief immer wieder ein, obwohl er sich zu zwingen versuchte, wach zu bleiben. Er wollte auf June aufpassen und nach Verfolgern Ausschau halten, doch die durchgemachte Nacht und das viele Adrenalin forderten ihren Tribut. Der Sturm rüttelte heftig an ihnen und die Blitze tauchten sein gesamtes Blickfeld immer wieder in eine weiße Horrorlandschaft, aber das Schaukeln und Donnern machte ihn noch schläfriger und irgendwann war er in einen tiefen, traumlosen Schlaf gefallen.

* * *

»Pssst, Jessi«, hörte er jemanden wie aus weiter Ferne rufen, fühlte sich aber nicht angesprochen. »Hey! Aufwachen!«

»Mhm, was denn?«, murmelte er schlaftrunken und realisierte erst jetzt, dass jemand an seiner Schulter rüttelte.

»Wir sind da«, sagte eine Frauenstimme, und sein vernebelter Verstand brauchte eine Weile, um zu verstehen, dass es sich um Barbara handelte, die neben ihm auf dem Fahrersitz saß, wer sie war und wo er sich befand. Als Allererstes schreckte er hoch und sah sich nach June um, die allerdings noch immer friedlich auf der Bank lag und schlief.

»Was? Wo?«

»Wir sind bei dem Lager.«

»Bei dem Logistikzentrum?«

»Ja, genauer gesagt ist das eher ein Lager, in dem sich jeder bedienen kann«, entgegnete sie.

»Aber wir sind doch mitten im Wald«, dachte er laut und schaute sich mit zusammengekniffenen Augen um. Es schien entweder bereits wieder zu dämmern, oder aber die Wolkendecke war so dicht, dass sie kaum etwas vom Sonnenlicht durchließ. Sie standen auf einem winzigen Feldweg, der vor ihnen eine Biegung vollzog, und rechts, links und vorne standen überall kahle Bäume.

»Sieh genauer hin«, forderte sie ihn auf und strich sich eine blonde Strähne aus dem feingeschnittenen Gesicht, bevor sie an ihm vorbei durch das Beifahrerfenster deutete.

Er tat es und musste die Augen reiben, bevor er wirklich etwas erkannte und keine feuchten Flecken mehr sah. Tatsächlich konnte er zwischen den Baumstämmen in etwa zweihundert Metern Entfernung eine weiße Lagerhalle sehen. Sie war quadratisch, vielleicht drei oder vier Stockwerke hoch und besaß einen eigenen Parkplatz, auf dem ein Fahrzeug stand. Er hätte schwören können, dass es sich um ein identisches Modell wie jenes handelte, in dem sie gerade saßen. Zwei Gestalten in weißen Uniformen standen an der Seite. Vielleicht unterhielten sie sich, vielleicht taten sie irgendetwas – er konnte es ohne Fernglas nicht erkennen.

»Haben wir ein Problem?«

»Ich weiß es nicht. Ich denke nicht«, sagte sie mit unüberhörbarer Nervosität in der Stimme. »Normalerweise trifft man hier nie jemanden an.«

»Also ein ungünstiger Zufall oder man erwartet uns«, fasste er zusammen und sie nickte mit gequälter Miene.

»Würden sie uns hier vermuten, hätten sie bestimmt Sicherheitskräfte geschickt und keine Leute wie dich«, befand er und machte eine entschuldigende Geste. »Nichts für ungut.«

»Schon gut, ich hoffe, dass du recht hast. Am besten warten wir eine Weile und bauen darauf, dass sie wieder fahren.«

»Einverstanden.«

Glücklicherweise dauerte es keine zehn Minuten und eine dritte Gestalt kam aus der Lagerhalle gelaufen, alle stiegen ein und fuhren davon.

»Dann mal los«, murmelte Barbara und setzte ihren Wagen wieder in Bewegung. Die Fremden fuhren offenbar in eine andere Richtung davon. »Heute Abend kommt bestimmt niemand mehr hierher. Kaum jemand reist im Dunkeln.«

»Wieso nicht?«

»Wegen der vielen Tiere, mit denen wir zusammenstoßen könnten. Die Populationen haben sich seit ... seit der vielen Anstrengungen zur Wiederaufforstung und Einführung neuer und alter Spezies schnell erholt.«

»Neue Spezies?«, hakte er nach.

»Ja, die Zoologen aus dem Forum haben viele neue Spezies eingeführt. Vor allem Insekten, die für das Gleichgewicht der Natur wichtig sind. Zur Zeit unserer Eltern waren die Windschutzscheiben voller toter Insekten. Wenn du 2019 oder 2020 ein paar Stunden gefahren bist, brauchtest du deine Windschutzscheibe gar nicht mehr putzen, nicht einmal im Sommer.«

»Und jetzt gibt es wieder viele Insekten?«

»Oh ja, sehr viele, vor allem Käfer und Fliegen.«

»Und was für Arten?«

»Wie gesagt: Die sind neu. Ich bin Botanikerin, keine Zoologin und habe mich nicht mit den Details befasst.«

Er schüttelte den Kopf, als sie auf den Parkplatz einbogen.

»Ich glaube, ich habe viel zu lernen.«

»Ja. Gehen wir erstmal rein und dann zeige ich dir die Metawelt.«

San Francisco 09.01.2022

Bill badete im Applaus der Menge. Die Begeisterung und der frenetische Jubel wollten gar nicht mehr abreißen. Janika stand neben ihm, strahlte weit über ihr Gesicht hinaus und winkte in die Menge. Es war perfekt gelaufen, sie hatten ihre Präsentation zigmal geprobt, hatten über jedes Wort, jede Bewegung und jedes Bild auf der Leinwand hundertfach nachgedacht – so lange bis es perfekt gewesen war. Und nun hatte sich diese Perfektion auf die Bühne übertragen.

Mit Janikas Geschichte hatten sie die Herzen der Zuschauer gewonnen, und mit Bills Vorstellung einiger ausgewählter Funktionen von Susan hatten sie ihre Hirne erobert. Letzteres wäre ab dem neunundzwanzigsten Juni sogar wörtlich zu nehmen, denn dann war der offizielle Verkaufsstart geplant. Vorausgesetzt natürlich, die Zulassung durch die FDA würde bis dahin abgeschlossen sein. Aber das Heer von Anwälten, das die *HumanIT* in dieser Sache vertrat, war sich ziemlich sicher, dass es klappen würde. Bill winkte ein letztes Mal in die Menge und verließ die Bühne, als es am schönsten war.

Susan, bitte schick die Aufnahme meiner Wahrnehmungen an Anna, damit sie alles fürs Marketing nutzen kann.

»Ist schon erledigt.«

Perfekt, dann muss ich mir keine weiteren Gedanken darüber machen.

Manchmal war es geradezu beunruhigend, wie viele Dinge Susan mittlerweile schon automatisch erledigte, ohne dass er sie dazu auffordern musste. Letztendlich stellte Bill jedoch jedes Mal fest, dass sie genau das getan hatte, was er auch getan hätte und er genoss diesen Komfort – und vor allem den Zeitgewinn.

Janika lief neben ihm und grinste noch immer.

»Bill, das war super geil! Ich habe Paul gebeten, dass er die sozialen Medien überwacht, während wir auf der Bühne sind und den BrainWiz präsentieren – du glaubst nicht, was dort abgeht! Abgesehen von ein paar ewig Gestrigen, also den üblichen religiösen Spinnern und so, wollen alle einen *BrainWiz* haben! Wir hatten über achthundert Millionen Zuschauer im Live-Stream. *BrainWiz* und *HumanIT* sind die Top-Themen auf sämtlichen Plattformen!« Es sprudelte nur so aus Janika heraus. »Die Vorbestellungen überschreiten schon jetzt, in der ersten halben Stunde, unsere bisher geplanten Produktionskapazitäten des ersten Halbjahres. Das wird die ganz große neue Nummer, Bruderherz!« Sie nahm Bill in den Arm und drückte ihn. »Wir werden das Leben so vieler Menschen besser machen. Und auch wenn wir ihnen einiges über die Funktionen des BrainWiz verraten haben, können sie noch gar nicht verstehen, wie großartig das alles wirklich ist. Du hattest mir alles über den BrainWiz verraten, bevor du ihn mir implantiert hast und doch habe ich es erst wirklich verstanden, als *Paul* das erste Mal mit mir gesprochen hat.«

Bill erwiderte die Umarmung seiner kleinen Schwester und freute sich von ganzem Herzen, dass er diesen Moment des Erfolgs mir ihr teilen konnte. Sie gingen gemeinsam durch den Backstage-Bereich, um das Team zu treffen und gemeinsam auf die erfolgreiche Präsentation anzustoßen.

Als Bill die Tür zum Konferenzraum öffnete, in dem die meisten über einen riesigen Fernseher zugeschaut hatten, brandete Beifall auf. Alle standen auf und applaudierten. Manche grölten oder pfiffen sogar. Nach einigen Minuten hob Bill beschwichtigend die Hände und bat um Ruhe. Jemand reichte ihm ein Mikrofon, damit die rund hundertfünfzig Mitarbeiter von HumanIT, die zum Kernteam gehörten und anwesend waren, ihren Chef reden hören konnten.

Bill ergriff das Mikrofon und schaute sich in der Menge um. Er erkannte ein paar vertraute Gesichter: vor allem Anna, Marta, Jaan und Thore fielen ihm auf. Sie hatten das Angebot angenommen, in die USA zu kommen und den BrainWiz massentauglich zu machen.

»Danke!«, rief Bill und machte eine kurze Pause, um dieses tiefempfundene *Danke* auch wirken zu lassen. »Vielen Dank für eure harte und erfolgreiche Arbeit in den letzten Monaten. Das, was wir hier geschaffen haben, ist phänomenal. In Anbetracht der Kürze der Zeit ist es sogar ein Wunder und zwar eines, das nur dank euch überhaupt möglich geworden ist!«

Erneut gab es tosenden Applaus und vereinzelte Jubelrufe und Bill hob erneut die Hände.

»An dieser Stelle möchte ich auch an eine Person erinnern, die nicht mehr Teil des Teams ist, ohne deren Brillanz und Hingabe der heutige Tag allerdings nie zustande gekommen wäre: Steve Työpaikkaa. Damals, als wir noch *Brain Vision* hießen und ein kleines Start-up in Helsinki waren, war Steve noch ein zentraler Bestandteil dieses Projektes. Leider hat er den Schritt von Brain Vision zu HumanIT nicht mitvollzogen. Trotzdem sei auch ihm an dieser Stelle gedankt.« Bill sah, wie Marta und Anna nickten. Sie hatte es am härtesten getroffen, dass Steve damals zwar die Verträge mit Alphabet letztendlich doch unterschrieben, dann jedoch entschieden hatte, keinen Posten bei der neu gegründeten HumanIT zu übernehmen. Stattdessen hatte er seine eins Komma fünf Milliarden Dollar genommen und ihnen den Rücken gekehrt.

»Doch heute ist nicht der Tag, um nach hinten zu schauen, sondern um unseren Blick nach vorne zu richten. Wir verändern gemeinsam die Welt! Zusammen werden wir die Art und Weise, wie Menschen leben und arbeiten, so stark verändern wie nie zuvor. Macht weiter so und wir werden die Welt zu einem besseren Ort machen!« Wieder applaudierten alle Anwesenden. »Und jetzt habe ich genug geredet – jetzt wird gefeiert!« Janika, Anna, Marta, Jaan, Thore und die anderen sieben ursprünglichen Mitarbeiter aus Helsinki kamen auf ihn zu. Sie hatten Führungspositionen bei HumanIT angenommen und waren in gewisser Weise eine verschworene Gemeinschaft, denn sie waren die ersten gewesen, die nach ihm und Janika den BrainWiz implantiert bekommen hatten. Eine Zeitung hatte die Gruppe vor einiger Zeit als die *zwölf Apostel* bezeichnet, was Bill schmunzeln ließ. Gemeinsam hoben sie die Champagnergläser und stießen an.

* * *

Gerade war der zweiminütige Einspieler verklungen, der in raschen Bildfolgen und mit gewohnt charismatischer Stimme unterlegt den BrainWiz vorgestellt hatte. Darin wurden sowohl die phänomenalen neuen Fähigkeiten und der große Run auf die Vorbestellungen dargestellt, als auch einige Argumente der Kritiker.

Nun schwenkten die Scheinwerfer auf die Talk-Gäste und fokussierten dann auf den Moderator, der zum Applaus des Publikums strahlend weiße Zähne zeigte, schließlich halb grüßend, halb beschwichtigend die Hände hob und sich zu den Kameras drehte.

»Guten Abend, sehr verehrte Damen und Herren, herzlich willkommen zu einer Sonderausgabe von *Smith-Talk*. Wie jeder weiß, der in den letzten Wochen Nachrichten geschaut oder die Diskussionen in den sozialen Netzwerken verfolgt hat: es gibt aktuell nur noch ein Thema. Den BrainWiz, der ab morgen offiziell verkauft wird. Schon jetzt bilden sich lange Schlangen vor den *WizStores*, die von HumanIT in sämtlichen Großstädten unseres Landes und darüber hinaus eröffnet wurden. Doch neben all der Euphorie gibt es auch kritische Stimmen und wir möchten daher vor dem Verkaufsstart alle Aspekte beleuchten. Begrüßen Sie deshalb meine Gäste des heutigen Abends.« Er vollführte eine schwungvolle Geste, die seine vier Gäste umfasste und erneut gab es Applaus. »Zunächst beginnen wir mit dem Mann, dessen Idee und Produkt ab morgen die Welt verändern soll, und der sich als erster Mensch eine Gehirn-Computer-Schnittstelle implantierte: Bill Portit, CEO von HumanIT und Entwickler des BrainWiz.« Wieder kurzer Applaus.

»Herr Portit, auch wenn die meisten Sie schon kennen und sicherlich auch längst vom BrainWiz gehört haben – können Sie kurz erläutern, was Sie zu seiner Entwicklung motivierte und warum Ihrer Meinung nach jeder Mensch einen BrainWiz haben sollte?«

Bill nickte freundlich und blickte in Richtung des Publikums und der Kameras. Die Scheinwerfer strahlten heißer als die Sonne am Äquator, und wäre er nicht mit gefühlt einem Zentimeter Puder abgedeckt worden, hätte er Angst gehabt, zu glänzen wie ein mit Vaseline eingeschmiertes Baby.

»Sehr gerne, Herr Smith, und vielen Dank für die Möglichkeit, heute bei Ihnen und vor diesem tollen Publikum sprechen zu dürfen. Wie jede große Entwicklung fing auch die des BrainWiz mit wenig Substanz, aber einer großen Idee an. Mein damaliger Partner Steve Työpaikkaa und ich wollten mit unserem Start-up ein Brain-Computer-Interface schaffen, das so hoch entwickelt sein sollte, dass man damit Prothesen so gut steuern könnte wie echte Gliedmaßen. Wir wollten eine Lösung für all jene Menschen finden, die wie meine Schwester unter Amputationen aus den verschiedensten Gründen litten. Nachdem wir jedoch unsere patentierte *NanoFibre* entwickelt hatten, wurde uns bald klar, dass ein solches Implantat nicht nur möglich war, sondern auch noch viel mehr Vorteile bieten konnte als erwartet, denn damit wurde es uns möglich, die Rechenleistung des Gehirns mit der eines hochmodernen Computers zu verbinden. Und wer hat nicht schon mal davon geträumt, alle Dinge, für die wir bisher mühsam Touchpad oder Maus und Tastatur verwenden mussten, Kraft seiner Gedanken zu steuern?«

Der Moderator nickte und fuhr mit einer weiteren Frage fort: »Und was antworten Sie Ihren Kritikern, wenn diese sagen, dass Ihr Produkt in viel zu kurzer Zeit entwickelt und auf den Markt gebracht wurde, um als langfristig sicher eingestuft werden zu können? Niemand außerhalb von HumanIT scheint auch nur ansatzweise die Fülle an Funktionen zu begreifen, die der BrainWiz bietet.«

Bill musste innerlich schmunzeln. Er lächelte erst den Moderator an und blickte dann in die Kamera. »Ich antworte ihnen, dass die Entwicklung des BrainWiz auf der intensiven und hingebungsvollen Arbeit vieler beruht. Und daran, dass ich der erste Mensch war, der sich den BrainWiz implantierte, können Sie sehen, wie überzeugt ich war und noch immer bin, dass er absolut sicher ist. Dass wir seine Funktionsweise nicht offenlegen, dafür bitte ich um Verständnis, immerhin ist das das wohl am besten gehütete Geheimnis unseres Unternehmens – weil es unser einziges ist.«

Erneut nickte der Moderator und wandte sich nun nach links zu einem weiteren Gast. Bill musste sich beherrschen, um keine Miene zu verziehen.

»Herr Franklin, Sie sind ein bekannter Soziologe und schon seit Jahren führend in der Diskussion um den Einfluss der Digitalisierung auf uns Menschen. Seit Bekanntwerden des Projekts von HumanIT sind Sie einer der lautesten Kritiker der Firma. Können Sie Ihre Position noch einmal für unsere Zuschauer in wenigen Sätzen zusammenfassen?«

»Gerne. Die Geschichte lehrt uns, dass wir Menschen bisher nie in der Lage waren, die Auswirkungen bahnbrechender Neuerungen zu überblicken, geschweige denn die Langzeitfolgen für uns persönlich und für uns als Gesellschaft abzusehen. Ein gutes Beispiel sind die Computer. Anfangs dachte man, dass sie nur schlaue Schreibmaschinen wären und uns einige Büro-Aufgaben leichter machen würden. Einige Jahrzehnte später sind wir mit Internetsucht, zunehmender Kurzsichtigkeit, Krankheiten des Bewegungsapparates und einem gigantischen Markt für digitales Detoxing konfrontiert, weil kaum noch jemand in der Lage ist, auch nur fünf Minuten ohne einen digitalen Stimulus zu verbringen. Wenn wir jetzt dazu übergehen, diese Technik direkt in unser Gehirn zu verpflanzen, stellt sich die Frage nach abschalten und zur Ruhe kommen gar nicht mehr, denn wir sind zwangsweise und immer online.« Bill fiel auf, dass Franklins Kinn immer wackelte, wenn er etwas mit Nachdruck sagen wollte, was in so gut wie jedem Satz der Fall war.

Der Moderator nickte und öffnete den Mund, wie um etwas zu sagen, doch der Soziologe kam ihm zuvor: »Und lassen Sie mich noch den Punkt erwähnen, der mir am wichtigsten ist: Wir Menschen sind noch immer dabei, die Chancen, aber vor allem auch die Risiken von KIs zu verstehen und können bisher nur sagen, dass wir sie nicht verstehen können, weil moderne KIs viel zu komplex sind, und die Folgen ihres Aufstiegs unabsehbar. Wollen wir ernsthaft eine weit entwickelte Software, die alle Kriterien einer KI erfüllt, direkt mit unserem Gehirn verdrahten? Das halte ich für reinen Wahnsinn. Das ist, als hätten die Indianer Zentralamerikas Cortez und seinen Leuten die Schiffe zur Verfügung gestellt, um über den Atlantik zu segeln. Für wie schlau halten Sie das?«

»Danke für Ihre erste Darlegung Ihrer Argumente.« Nun wandte er sich dem dritten und vorletzten Gast der Gesprächsrunde zu, einem alten Herrn mit weißen Haaren und einem etwas steifen Lächeln im Gesicht. »Reverend Doci, Sie sind nicht nur ein bekannter Fernsehprediger, Sie sind auch für viele Menschen in diesem Land eine Institution, wenn es um Fragen des Glaubens geht. Wie stehen Sie zu dem BrainWiz, den Herr Portit und sein Team von HumanIT entwickelt haben?«

»Schon immer streben die Menschen nach Höherem und immer wieder kommen sie dabei vom Pfad ab, wenn sie dieses Höhere in weltlichen Dingen suchen und nicht bei Gott. Für uns Christen stellt sich die Frage nach so einer grotesken Verschmelzung von Mensch und Technik gar nicht, denn wir Menschen sind von Gott geschaffene Wesen. Geschaffen nach seinem Ebenbild und das dürfen wir nicht dadurch pervertieren, dass wir unser Gehirn mit einem Computer verbinden.«

»Danke, Reverend. Kommen wir nun noch zur Sichtweise der Politik. Herr Duke, Sie sind Referent für Forschungsfragen mit dem Schwerpunkt Digitales in Ihrer Partei. Wie bewerten Sie eine Entwicklung wie den BrainWiz?«

»Nun, zunächst einmal möchte ich klarmachen, dass wir hier meiner Meinung nach die nächste große Schlüsseltechnologie vor uns sehen. Dank der politischen Rahmenbedingungen und der Reformen der letzten Jahre, für die sich meine Partei maßgeblich eingesetzt hat, bleibt das Silicon Valley *die* Keimzelle für bahnbrechende technologische Entwicklungen. Und die Technik des BrainWiz ist Ausdruck der Innovationsfähigkeit in unserem Land. Sie wird sich in jedem Fall weiter entwickeln und ich kann nur begrüßen, wenn die Marktführerschaft für diese Technik bei uns und nicht in anderen Ländern, sagen wir zum Beispiel China, liegt. Wir können es uns als Gesellschaft gar nicht leisten, diese Entwicklung nicht mitzumachen. Damit meine ich nicht nur die enormen Potentiale, die jeder Einzelne damit bei sich selbst freisetzt, sondern vor allem auch das Potential für unsere Wirtschaft, wenn wir diese Technik im großen Maßstab einsetzen und vermarkten. Die Fragen der Sicherheit des Produktes kann ich guten Gewissens als geklärt ansehen. Unsere Behörden, allen voran die FDA, haben den BrainWiz nach allen Maßstäben der Wissenschaft geprüft und sichergestellt, dass sämtliche notwendigen Vorgaben erfüllt wurden. HumanIT hat sich immer als äußerst kooperativ und unterstützend dargestellt. Was die Einwände von Herrn Franklin und Reverend Doci angeht, so bin ich mir zum einen sicher, dass die Menschen in diesem Land auch für diese technikbedingte Umwälzung eine gute Lösung finden werden, und natürlich respektieren wir die religiösen Gefühle und Überzeugungen – niemand muss sich einen BrainWiz implantieren lassen, wenn dies seiner Religion oder seinen Überzeugungen zuwider laufen sollte. Ich möchte aber noch einmal erwähnen, dass große technologische Sprünge immer für Ängste gesorgt haben, das ist ganz normal. Nehmen Sie nur die Spaltung des Atoms. Einige Forscher, die viel Aufmerksamkeit genossen haben vor dem Abwurf der Atombomben über Hieroshima und Nagasaki, haben davor gewarnt, die Atmosphäre könne sich bei der Atomspaltung entzünden und alles zerstört werden. Jahrzehntelang gab es vor allem in Europa Massenproteste gegen diese Technologie, die sich trotz einiger Rückschläge doch als kontrollierbar und sicher herausgestellt hat. Sogar die Atombombe selbst hat sich als größter Friedensgarant seit dem zweiten Weltkrieg exponiert. Niemand wagt mehr einen Krieg zwischen den Großmächten, weil die Atombombe jeden Krieg zum letzten macht.«

»Danke, Herr Duke! Da möchte ich gleich an Herrn

Franklin weitergeben. Was antworten Sie darauf, wenn Herr Duke behauptet, dass es die Gesellschaft schon richten wird und alles gar nicht so schlimm ist?«

»Meiner Meinung nach, und das zeigen auch Untersuchungen der letzten Jahrzehnte, ist die reale Kontrolle, die jeder Einzelne über die Nutzung neuer Technik hat, nicht halb so groß wie die meisten Leute denken. Dazu kommt, dass eine gesellschaftliche Konsensfindung, vor allem aber auch eine Etablierung neuer gesellschaftlicher Normen immer deutlich mehr Zeit benötigt als die Verbreitung der entsprechenden Technik. Wer hat denn zu Anfang sein Smartphone wirklich verstanden? Dann möchte ich auch noch auf den Aspekt der Sicherheit zu sprechen kommen. Gehen wir einmal davon aus, dass die FDA wirklich gut geprüft hat und es wahrhaft keine negativen Auswirkungen auf das Gehirn gibt, dann muss ganz klar festgestellt werden, dass wir nach knapp einem Jahr der Prüfung noch gar nichts über Langzeitauswirkungen sagen können, weil wir gar nicht genug Zeit hatten, um es entsprechend lange zu untersuchen. Hat die FDA damals vor Haltungsschäden, sozialer Kälte, Social Media Depression und solchen Dingen gewarnt, als sie das iPhone zugelassen hat? Niemand kann ausreichend sicher sagen, ob wir nicht langfristig durch die ganzen virtuellen Informationen an einer Form von Realitätsverlust leiden werden! Und wie steht es um die digitale Sicherheit? Wenn jemand mein Smartphone hackt, habe ich ein großes Problem, schlimmstenfalls sind aber nur meine Daten weg oder mein Smartphone unbrauchbar geworden. Aber wie steht's mit meinem Gehirn? Was dann? Ich weiß, dass HumanIT ausschließt, dass ein BrainWiz gehackt werden kann – aber die Titanic war auch nur so lange unsinkbar, bis sie einen Eisberg rammte und nun liegt sie zerstört am Meeresboden.«

Bill fand das Lächeln des Mannes ein wenig zu selbstverliebt, aber er musste ihm lassen, dass das Bild mit der Titanic ein ziemlich cleverer Schachzug war.

* * *

Die Talk-Show war letztendlich so verlaufen wie jede andere auch. Alle hatten ihre Positionen verdeutlicht und am Ende hatte man sich die Hände gereicht und war gegangen. Seine Position verändert oder auch nur wirklich zugehört hatte niemand.

Bill war es aber auch absolut egal, denn er war sich sicher, dass sich der BrainWiz durchsetzen würde. Die Vorverkäufe waren derart durch die Decke gegangen, dass sie trotz mehrfach aufgestockter Produktionskapazitäten bei weitem nicht nachkamen und viele Interessenten bereits mehrere Monate würden warten müssen. Einige tausend Implantate hatten sie jedoch für VIPs reserviert. Sämtliche Politiker und Prominente, die einen BrainWiz haben wollten, würden zu den ersten gehören, die ihn auch implantiert bekamen. Bill und den anderen war das sinnvoll erschienen, um sich langfristige, politische Unterstützung zu sichern. Wie sollte man Entscheidungsträger auch sonst von etwas überzeugen, wenn nicht dadurch, dass sie selbst die Erfahrung machten, über die sie entscheiden sollten?

»Es ist dreiundzwanzig Uhr fünfzig.«

Danke Susan, lade doch die anderen bitte zu mir ein.

Bill hatte ein wenig mit der Virtualisierungssoftware von früher gespielt und mit Susans Hilfe konnte er nun in seinem BrainWiz virtuelle Räume entstehen lassen, in die er andere BrainWiz-User einladen konnte. Das war eine spannende Entdeckung gewesen und wenn er die Zeit fand, würde er mehr daraus machen. Bisher war es allerdings nur ein kleiner Spaß.

Zur Feier des Tages hatte er sich etwas Besonderes

überlegt: Er hatte die alte Firmenhalle in der Gjuterivägen virtuell auferstehen lassen, und in ihrem alten Besprechungsraum war nun eine imposante Monitorwand installiert. Darauf waren die Bilder aus den USA, Kanada, allen europäischen Ländern, Russland, China, Taiwan, Indien, Japan, Südkorea, Australien, Neuseeland und einiger anderer Staaten zu sehen. Bilder von Menschen, die vor den Türen der *WizStores* Schlange standen.

Nach und nach tauchten die anderen im Besprechungsraum auf, schauten sich um und lächelten.

»Ah, wir sind zuhause«, meinte Marta und stellte sich neben ihn. Bill legte einen Arm um ihre Schulter und blickte zu den Monitoren, über denen ein Counter gerade die letzten vierzig Sekunden herunter zählte. Sie hatten sich darauf geeinigt, dass es einen gemeinsamen Startzeitpunkt für sämtliche Shops weltweit geben sollte, auch wenn das aufgrund der Zeitverschiebung bedeutete, dass überall zu anderen lokalen Zeiten der Verkauf startete.

Als der Timer bei zehn Sekunden angekommen war, fing Anna an, mitzuzählen.

»Zehn, neun, acht, sieben, sechs, fünf, vier, drei, zwei, eins …«

In allen Übertragungen war zu sehen, wie sich die Türen der Stores öffneten und Menschenmassen hineinstürmten. Bereits wenige Minuten später kletterten die in Echtzeit synchronisierten Verkaufszahlen in astronomische Höhen und Bill wusste, dass der kleine Counter, den Susan für ihn führte und der alle aktiven BrainWiz zählte, bald ebensolche Höhen erreichen würde.

Die Metawelt

Montana, 21. März 2031

Die Lagerhalle stand voller Schwerlastregale, die sich auf der Fläche eines halben Fußballfeldes über drei Stockwerke türmten. An jeder Regalwand befand sich ein Roboter, der auf Schienen nach rechts, links, oben und unten fahren und mit speziellen Armen Kartons greifen und im Gang abstellen konnte.

Anfragen für bestimmte Produkte wurden offenbar über den BrainWiz, oder *Wiz,* wie Barbara ihr Implantat nannte, gesteuert. Eine Erkundigung funktionierte ganz einfach: Man blätterte durch den Katalog des Lagers, den man abrufen und in sein Blickfeld projizieren lassen konnte, und wählte das Produkt der Wahl aus. Der entsprechende Roboter zog es aus seinem Regal, legte es im Gang ab und eine grüne Lampe leuchtete an der Vorderseite des Regals auf, sodass man wusste, wohin man gehen musste.

Er selbst hatte sich zurückgehalten und lediglich die Grundfunktion ausprobiert, da er Angst hatte, von irgendeinem System entdeckt zu werden. Soweit er wusste, müsste sich das Implantat an ihn angepasst haben und nicht mehr auf seine Vorgängerin zugeschnitten sein, da die Nanofilamente höchst sensibel und wandlungsfähig waren. Aber er wollte kein Risiko eingehen, zumal er nicht wusste, inwieweit der Datenkern für eine eindeutige Identifizierung notwendig war.

An der nördlichen, schmalen Seite des rechteckigen Lagers befand sich ein abgetrennter Bereich im zweiten Stock, den sie über eine Treppe erreicht hatten. Dort gab es einen Schlafraum mit sechs einfachen Etagenbetten und eine Wohnküche mit Sitzmöglichkeiten und einer Küchenzeile, in der es Herd, Ofen, Mikrowelle, Kühlschrank und ein Eisfach mit Fertignahrung gab. Alles sah sehr kühl und funktional aus und strahlte keine besondere Heimeligkeit aus. Er fragte sich, warum in dieser *Neuen Welt* alles Weiß oder Grau sein musste.

Nachdem er June in eines der Betten gelegt hatte, ohne dass sie aufgewacht wäre, hatte er sich vergewissert, dass ihr Atem noch immer geräuschlos war und ihr Verband richtig saß und nichts nachgeblutet hatte.

Er ging in den Wohnraum, wo Barbara vor den Fenstern stand, welche den Blick auf die Lagerhalle freigaben. Nichts rührte sich in dem geordneten Chaos aus Stahl und Karton.

»Was ist?«, fragte er mit gedämpfter Stimme. Zwar lag June im anderen Raum, aber er wollte nicht riskieren, sie aufzuwecken.

»Ich habe gerade an Hannah und Paul gedacht.«

»Deine Kinder?«

»Ja. Hannah und Paul sind Zwillinge und werden in wenigen Tagen ihre Implantate erhalten.«

»Wie alt sind sie?«

»Sie werden sieben.«

»Warum erhalten sie mit sieben Jahren ihr erstes Implantat?«, fragte er überrascht. »Ist das nicht ein bisschen früh?«

»Mit sieben Jahren ist der Schädel ausgewachsen und das Wiz kann sich richtig installieren. Ich denke … ich denke, dass sie es so früh wie möglich machen.« Barbara machte ein düsteres Gesicht, das in der Scheibe reflektierte und ihn an ein Mannequin erinnerte.

»Wer sind *sie?*«

»Na die Entwickler aus dem Forum.«

»Die Entwickler, das sind …«

»Bill Portit, der *Schöpfer* und seine Administratoren. Wir nennen sie aber meistens die *Apostel.*«

»Bill Portit kenne ich natürlich«, antwortete er. »Aber was ist aus seinem Kompagnon geworden, mit dem er damals den BrainWiz entwickelt hatte?«

»Wer? Ach so, keine Ahnung, das steht bestimmt in der Enzyklopädie.« Sie zuckte mit den Achseln.

»Als das Implantat eingeführt wurde, befand ich mich gerade in New York. Was es heute kann, ist so weit weg von allem, was ich damals gesehen habe.«

»Du warst einer von diesen *Preppern,* oder?«

»Prepper?«, fragte er irritiert.

»Ja, diese Leute, die sich auf den Weltuntergang vorbereiten, indem sie lernen autark zu leben, Waffen horten und sich mit Dosennahrung in die Wildnis zurückziehen.« Barbaras Tonfall lieferte keine Hinweise darauf, ob sie sich darüber lustig machte oder gerade ernsthaft darüber nachdachte, ob es ein Fehler war, nicht zu jenen Preppern gehört zu haben.

»Ja. Ich schätze schon. Nachdem meine Frau gestorben ist, bin ich mit June in die Wildnis gegangen, weg von alledem.« Er machte eine Geste Richtung Fenster, vor dem die Regale von diffusem Licht angestrahlt wurden, das zwischen ihrer Wohnküche und den Stahlträgern kraftlos und bleich aussah.

Als sie nicht antwortete, wandte er sich von der düsteren Halle ab und ihr zu. »Das Implantat, ihr *Wiz,* denkst du, es hat dich irgendwie ... *kontrolliert?*«

»Das frage ich mich schon die ganze Zeit. Es ist, als wäre ich aus einem Traum aufgewacht, den ich bewusst geträumt habe. Ich wusste, dass da meine Kinder sind und gleichzeitig habe ich sie gar nicht vermisst. Ich bin davon ausgegangen, dass sie es gut haben und ich etwas Wichtiges tue.« Sie warf ihm einen kurzen Blick zu, wandte sich jedoch schnell wieder ab. »Es stimmt ja auch: Ich habe geholfen, die Umwelt wieder aufzubauen. Ich habe geholfen, eine Globule aufzubauen, in der Teenager frei über ihre Gefühle und Probleme reden können …«

»Warte mal, eine *Globule?*«, unterbrach er sie und legte die Stirn in Falten.

»Ja, das ist … ach, das ist eine Sache aus der Metawelt.« Sie winkte ab. »Jedenfalls waren das gute Dinge, bei denen ich mitgeholfen habe. Doch jetzt plötzlich habe ich Schuldgefühle gegenüber meinen Kindern. Sie sind die ganze Zeit ohne mich aufgewachsen und das Einzige, was ich von ihnen weiß, sind ihre Bilder und aufgenommene Grußbotschaften, die ich als Videodateien aus dem Implantationszentrum bekomme. Das … keine Mutter würde so etwas akzeptieren, oder?«

»Ich …«, sagte er etwas umständlich, doch sie fuhr bereits fort.

»Siehst du? Du bist mit deiner Tochter in die Wälder geflohen – ohne Implantat. Warum habe ich das nicht getan?«

»Das alles hat mich einen hohen Preis gekostet, und June auch«, widersprach er traurig. »So einfach ist es nicht.«

»Wie bist du überhaupt an das Implantat gekommen?«, wechselte Barbara unvermittelt das Thema und deutete in Richtung seines rechten Ohrs.

»Hm, das ist eine lange Geschichte«, versuchte er, ein wenig Zeit zu gewinnen, während er darüber nachdachte, ob er ihr die Wahrheit sagen oder sie besser anlügen sollte. Es wäre nicht die erste Lüge ihr gegenüber, doch es fühlte sich falsch an, ihr Vertrauen zu missbrauchen. Vielleicht war es an der Zeit, reinen Tisch zu machen. »Ich habe eine Frau entführt. Ich glaube, sie war ebenfalls Botanikerin. Ich habe sie in einem der Nachbartäler an der Grenze zu Kanada gesehen und mit einem Betäubungspfeil erwischt. Ich wollte das Implantat untersuchen, während es aktiv ist. Die ganze Zeit wusste ich zu wenig darüber, um an einer Lösung für June arbeiten zu können.«

»Einer Lösung für June?«, fragte sie verwundert. »Wie sollte die denn aussehen?«

»Ich weiß es nicht.« Er zuckte mit den Achseln und sah zu der angelehnten Tür zum Schlafraum. »Jedenfalls soll sie nicht den Rest ihres Lebens in Angst und abseits anderer Menschen leben müssen. Ich kann sie nicht ewig beschützen, außer ich ändere etwas an der Welt, in der sie aufwächst.«

»Und wie willst du das anstellen?«

»Dafür habe ich dich«, entgegnete er und lächelte freudlos, als sie ihn verständnislos ansah.

»Du hast mir geholfen, obwohl es für dich und vielleicht für deine Kinder sicherer gewesen wäre, wenn du mich und June verraten hättest.«

»Nein.« Barbara schüttelte den Kopf. »Du warst bewaffnet.«

»Schon, aber spätestens als wir im Fluss waren, hättest du einfach verschwinden können. Du hast uns trotzdem geholfen und ich denke, das hättest du nicht getan, wenn du nicht den Hauch einer Chance gesehen hättest, einen Ausweg zu finden.«

Er schwieg eine Weile und musterte sie, während es in ihrem Gesicht zu arbeiten begann. Schließlich regte sie sich und stützte sich auf dem kleinen Fenstersims ab, als koste es sie Kraft, aufrecht zu stehen.

»Du hast den Zwilling isoliert. Ich habe immer gedacht, dass das unmöglich sei. Niemand versteht den Zwilling«, gab sie schließlich zu. »Hättest du mich nicht von ihm abgeschirmt, hätte ich es nicht geglaubt.«

»Den Zwilling?«

»Den Datenkern. Die Black-Box, nenn es, wie du willst!«

»Du glaubst, dass ich so etwas wie ein Genie bin, weil

ich eine Firewall entwickelt habe, die Datenkern und Datenspeicher voneinander trennt?«, fragte er ungläubig.

»Ja. Bist du es nicht?«

»Wenn, dann bin ich ein Genie, weil ich das Signal, also genauer gesagt die Verschlüsselung des Datenverkehrs zwischen Datenkern und Datenspeicher geknackt habe. Nun liegt der Code offen und ich konnte meine Firewall damit füttern, ähnlich wie Antikörper, die erst das Virus oder das Bakterium kennen müssen, gegen das sie kämpfen sollen.«

»Das ist doch sicher etwas komplizierter«, war sie sich sicher.

»Schon. Aber das Grundprinzip ist einfach. Der Code des Datenkerns jedoch ist das Komplexeste, das ich je gesehen habe. Ohne eine selbstlernende KI, die ich weiterentwickelt habe, hätte ich es nicht geschafft.«

Barbara musterte ihn erneut, als versuche sie, ihn zu durchleuchten oder als wolle sie ein Rätsel lösen, an dem sie schon lange knabberte.

»Komm«, sagte sie schließlich und zog ihn zum Sofa. Als sie saßen, sah sie ihm eindringlich in die Augen. »Ich zeige dir die Metawelt, aber du musst vorsichtig sein, hörst du?«

»Ich weiß nicht einmal, was das ist, wie kann ich dann vorsichtig sein?«, fragte er und spürte, dass er Angst davor hatte. Er hatte Angst davor, seinen Geist für dieses Ding hinter seinem Ohr zu öffnen, von dem er nicht einmal in Gänze wusste, was es überhaupt war, wer es erschaffen hatte oder wozu es fähig war. Seit Einführung des BrainWiz hatte er sein ganzes Leben und das seiner Tochter darauf ausgerichtet, so weit wie möglich von ihm weg zu gelangen, und jetzt stand er im Begriff, *hinein* zu gehen?

»Keine Sorge«, meinte Barbara und legte ihm eine Hand auf den Arm. Es war ein seltsames Gefühl, nach so vielen

Jahren von jemandem berührt zu werden, der nicht June war. »Halt dich einfach an das, was ich dir sage, dann dürfte es kein Problem geben.«

»Wenn wir es tun, sind wir dann ... schlafen wir, wie Thomas und Peter?«

»Ja.«

»Aber was ist, wenn etwas passiert? June liegt da drüben«, protestierte er, doch sie winkte bereits ab.

»Ich habe die Geräuschfilter meines *Wiz* abgeschaltet. Das bedeutet, dass wir geweckt werden, sobald starke auditive oder perzeptive Eindrücke vom *Wiz* entdeckt werden. Wenn beispielsweise das Tor aufgeht, ertönt diese Sirene, die wir gehört haben. Wir werden schnell wach sein. Wenn das passiert, musst du sofort tief ausatmen, hörst du? Sonst kann es sein, dass du desorientiert und verwirrt bist.«

»Verstanden«, log er und sah ein letztes Mal zu der angelehnten Tür, hinter der June schlief.

»Ich schicke dir eine Verbindungsanfrage, die du annehmen musst und dann geht es los. Am besten lehnst du dich an, sonst sackt dein Körper zusammen und du stößt gegen den Tisch oder so etwas«, riet sie ihm und machte es ihm vor, indem sie sich ins Sofa sinken ließ, als wolle sie einen Film sehen. Einen Moment später schloss sie die Augen und ihre gesamte Muskulatur schien schlagartig zu erschlaffen. Ihr Gesicht bekam einen wächsernen, geradezu unwirklichen Ausdruck.

Bist du all die Jahre hiervor weggelaufen oder hast du dich all die Jahre hierfür vorbereitet?, dachte er mit feuchten Händen, obwohl er die Antwort längst kannte. Sie gefiel ihm bloß nicht.

Die Anfrage von Barbara bestand aus einer grünen Weltkugel, die mitten in seinem Sichtfeld auftauchte und mit einem Warnhinweis versehen war: *Fehlercode 404:*

Achtung, Face des Bittstellers konnte nicht verifiziert werden.

Er dachte daran, dass er das Symbol akzeptierte und alles wurde schwarz. Doch nicht lange. Eine Stunde, eine Minute, eine Sekunde, vielleicht auch weniger, verstrich, und er stand in einem Meer aus Weiß. Als er nach unten sah, fand er seine Füße nicht, nur weißes Nichts. Er besaß auch keine Arme oder Beine, er war einfach nur da.

»Hörst du mich?«, hörte er Barbaras Stimme und drehte seinen Blick um hundertachtzig Grad. Hinter ihm stand eine Frau, nein, das Bild einer Frau, die ihn an ein Spiel erinnerte, das er als Jugendlicher gespielt hatte.

Final Fantasy, dachte er verdutzt. Sie sah aus wie eine japanische Animefigur mit wallendem blondem Haar, großen Knopfaugen und scharfgeschnittenen Gesichtszügen, trug eine blaue Schleife im Haar und ein blau-weißes Kleid, das viel zu kurz war.

»Barbara?«, fragte er irritiert, hatte jedoch keine Stimme, die seine Gedanken in Worte übersetzt hätte.

»Du brauchst erst eine Persona, sonst kann ich dich nicht sehen ohne dein Face.« Sie begann, sich umzusehen, und stemmte ihre Hände in die schmalen Hüften. »Denk einfach daran, wie du aussehen willst und dein Wiz wird automatisch den Code generieren, der für die Erschaffung deiner Persona notwendig ist.«

Instinktiv dachte er daran, wie er auf dem Foto mit seiner Frau und der frischgeborenen June ausgesehen hatte, am glücklichsten Tag seines Lebens.

Persona akzeptieren?, stand in seinem Blickfeld geschrieben. Die Schrift setzte sich kräftig von der reinweißen Umgebung ab.

Ja.

»Du hast dich für ein vollgeschwitztes Hemd, eine labberige Jeans und einen Lockenkopf ohne Bart entschieden?«, fragte Barbara und musterte ihn erstaunt. Wenn sie sprach, bewegte sich ihr winziger Anime-Mund wie in einer Cartoonserie auf und ab.

»Ja«, sagte er einfach und sah an seinem Bauch hinab. *Die Schweißflecken können gerne weg.* Noch während er das dachte, war sein Hemd trocken. »Das ist abgefahren.«

Er hob seine Hände und sah die Haare auf seinen Unterarmen an. Sie sahen so echt aus. Als er seinen speckigen Bauch abtastete, hielt er die Luft an. Er stand wirklich und wahrhaftig hier. Er atmete, konnte sehen und fühlen.

»Es unterscheidet sich durch nichts von der Realität, außer dass du deinen Körper hier nicht erhalten musst und in der Realität nicht erhalten kannst. Darum wirst du von Zeit zu Zeit Warnungen erhalten, dass dein echter Körper Nahrung braucht und du zurückmusst. Außerdem gelten die Naturgesetze hier nicht«, erklärte Barbara und machte eine ausladende Geste. Einen Moment später rasten von allen Seiten Wände heran, die sich blitzartig zusammensetzten. Dann erschienen Einrichtungsgegenstände und ein schwarzer Boden aus Gummilamellen. Sie standen wieder in dem jurtenartigen Plastikbau, in dem er Barbara, Thomas und Peter angetroffen hatte.

»Das ist wirklich irre«, hauchte er und berührte die Stehtische aus Aluminium, die den großen runden Raum in zwei Hälften teilten. Sie waren allein und alles war sauberer und aufgeräumter als die echte Version, aber alles sah so aus, wie er es in Erinnerung hatte. Gut, die Tür war ein wenig größer als er sie erinnerte und das Weiß der Wände und Betten hatte er etwas strahlender abgespeichert, aber ansonsten war dies exakt derselbe Ort. »Es ist so ... echt.«

»Für mich, ja«, stimmte sie ihm zu und deutete nacheinander auf die Monitore auf den Tischen, die Betten und die Wände. »Alles ist akribisch wie in meiner Erinnerung, nicht wie in deiner, darum müsste es ein paar kleinere Abweichungen geben.«

»Stimmt.«

»Hättest du den Ort erdacht, hätte der Code dahinter ein wenig anders ausgesehen.«

»Ist das hier schon die Metawelt?«

»Nein.« Barbara, beziehungsweise ihre *Persona,* schüttelte den Kopf. »Das hier ist eine Privatglobule, so etwas wie ein Vorraum zur Metawelt. Sie ist zwar Teil des Ganzen, aber kein registrierter.«

»Globule?«

»Eine Globule ist so etwas wie ein Ort innerhalb der Metawelt. Du kannst dir das wie eine Website zu Zeiten des Internets vorstellen ...«

»... Moment mal, das Internet gibt es nicht mehr?«, fragte er verblüfft.

»Natürlich nicht. Wer braucht das Internet, wenn er das hier hat?« Sie sah sich vielsagend um, wirkte aber plötzlich verlegen. »Okay, hm, schlechtes Beispiel. Versuchen wir es hiermit.«

Sämtliche Wände und Gegenstände lösten sich auf, Farben explodierten um sie zu einem Mahlstrom aus Möglichkeiten und die ersten Objekte formten sich: Fliegende Felsen mit grünem Bewuchs, von denen Wasserfälle ins Nichts stürzten, und Wolken, die zwischen den Felsgiganten entlangzogen. Auf einer davon standen sie jetzt, während über ihnen Schwärme bunter Vögel zwischen den schwerelosen Bergen flogen.

»Meine Güte«, keuchte er halb beeindruckt, halb zu Tode erschrocken, und hob wechselnd seine Füße aus lauter Angst, er könne in die Tiefe stürzen.

»Keine Sorge«, versuchte Barbara, die seelenruhig neben ihm im Schneidersitz saß und ihre Mangahände hob, ihn zu beruhigen. »Wenn du runterfällst, stirbst du in dieser Globule, die ich mir gerade ausgedacht habe, aber du würdest sofort wieder neben mir erscheinen und kaum etwas spüren.«

Vorsichtig trat er ein wenig vom Rand der Wolke weg und blieb dicht neben ihr. »Ist das überall in der Metawelt so?«

»Oh nein.« Sie schüttelte ihre gezeichneten blonden Strähnen. »Jede Globule hat eigene Regeln und Gesetzmäßigkeiten. In manchen wirst du zum Anfang zurückgesetzt, also dorthin, wo du in die Metawelt gekommen bist, in manchen erscheinst du sofort wieder, in manchen mit Zeitstrafe in einem besonderen Gebiet – all das ist seinen Erschaffern vorbehalten.«

»Und wer erschafft diese Globulen?«

»Nun, diese hier existiert gar nicht und hat keinen Bestand, weil ihr Code vergänglich ist. Jede Globule kann registriert werden und wird überprüft. Sollte sie sich an alle Gesetze halten, wird sie an den Gesamtcode angeschlossen und ist Teil des Netzwerks.«

»Sowas wie die Matrix«, dachte er laut und sie hob fragend eine Braue in seine Richtung.

»Ein alter Film und ein noch älteres Spiel.« Er winkte ab.

»Du fragst dich sicher, welche Gesetze es gibt.«

»Nicht wirklich«, widersprach er. »Wie genau sieht die Metawelt aus?«

Barbara stand auf und schloss die Augen. Einen Moment später schwebten sie in unendlicher Schwärze, in der viele Lichtpunkte leuchteten.

»So.«

»Ein Universum?«

»Nun, eine Galaxie wohl eher. So groß ist die Sphäre auch nicht. Jeder Stern, beziehungsweise Planet um einen Stern ist eine registrierte Globule, zu der man reisen kann, wenn man ihren Standort kennt. Die Karten werden ständig aktualisiert und können heruntergeladen werden.« Barbara machte einen Wink und eine rote Linie verband sie mit einem der Sterne. »Jetzt könnten wir zum Beispiel zu dieser Sportglobule reisen.«

»Können wir zurück zu den Wolken?«, fragte er und spürte, wie sein Kopf zu rauchen begann.

»Natürlich.«

Wieder wirbelten Farben um sie und die fliegenden Felsen vor dem blauen Himmel und all die weißen Wattewolken waren wieder da. Er setzte sich hin und überlegte.

»Kann ich von hier auf mein Implantat zugreifen?«, fragte er schließlich.

»Natürlich. Du kannst ganz normal alles nutzen. Normalerweise ist dein Zwilling, deine KI-Assistenz hier sogar als eigene Persona deiner Wahl sichtbar und an deiner Seite, wenn du das willst.«

»Zwilling?«

»Ja, der Kontakt ist abgebrochen, seit du den ... Datenkern blockiert hast.«

»Also gut«, meinte er und leckte sich über die Lippen, bevor er die Hände aneinander rieb und sich große Bildschirme vorstellte, die auch sofort in seinem Sichtfeld erschienen.

»Wie altmodisch«, kommentierte Barbara die neuen Objekte aus seinen Gedanken, die sich vor ihnen auffalteten wie riesige Schatten. Dann erschienen die ersten Codezeilen auf den erdachten Bildschirmen und er begann, darin zu lesen.

»Darf ich fragen, was du da machst?«

»Ich versuche herauszufinden, ob ich meine Firewall auch hier in der Metawelt verschicken kann und wenn ja, wie«, erklärte er, ohne seinen Blick vom Code abzuwenden. »Kann ich hier Simulationen erstellen, die sich anhand vorgegebener Kriterien verhalten?«

»Natürlich. Wenn du es denken kannst, kannst du es erschaffen. Zumindest hier in meiner Privatglobule.«

»Okay. Das wird jetzt etwas dauern. Ich habe das Signal aus dem Datenkern dechiffriert, das heißt, dass der Code entschlüsselt ist, was aber nicht bedeutet, dass ich ihn lesen kann. Es ist eher so, als hättest du aus arabischen Zeichen lateinische Buchstaben gemacht, mit denen aber Französisch geschrieben wurde. Du musst also erst Französisch lernen, um es zu verstehen. Meine Firewall blockt ohne Probleme alles Französische ab, wenn man so will. Aber ich kann dank des entschlüsselten Codes einen Datenkern in einem fremden Gerät simulieren und schauen, ob und wie ich hier senden kann, damit er geblockt wird. Ich muss ja über diese Metawelt auf die Implantate der entsprechenden Leute zugreifen.«

»Und was tust du, wenn du es geschafft hast?«, fragte Barbara neugierig.

»Dann musst du jemanden für mich herholen.«

»Jemanden herholen? Wen denn?«

»Bill Portit, den *Schöpfer*.«

»Ha!«, sie lachte amüsiert und ihre gezeichneten Wangen hüpften auf und ab. »Der war gut.«

»Wenn er hört, dass Steve Työpaikkaa ihn sprechen will und die Nachricht auf Finnisch ist, wird er kommen«, versicherte Steve ihr und sah sie ernst an.

»Steve ... Moment mal.« Barbara wich einen Schritt zurück und ihre bereits riesigen Augen wurden noch größer. »Du ... du bist der andere Finne, der mit ihm ...«

»Ja, was auch immer Bill und sein Implantat mit dieser Welt angestellt haben: Ich trage eine Mitschuld und die werde ich begleichen.«

San Francisco 05.03.2024

Susan, bitte beenden.

Die Eindrücke der *NeuroNet*-Übertragung aus dem Oval Office verblassten. Dank BrainWiz konnte ein Reporter nun seine Sinneseindrücke live teilen. Die Funktion hatten er und seine Entwickler schon früher erkannt, brauchten jedoch eine Weile, um jedem Sender die Möglichkeit zu geben, filtern zu können, welche Wahrnehmungen und Emotionen er übermittelte.

Bill hatte alles gesehen und war zufrieden. Gerade hatte Präsident Blake verkündet, dass es staatliche Subventionen für alle geben werde, die sich kein BrainWiz leisten konnten. Er wolle dafür sorgen, dass jeder Amerikaner an der Zukunft teilhaben könne und dafür sei er bereit, staatliche Unterstützung zu gewähren. Außerdem habe er auch von Bill Portit, dem CEO von HumanIT, die Zusicherung erhalten, dass es Sonderkonditionen geben werde.

Senat und Kongress hatten das Vorgehen bereits mit überparteilicher Mehrheit durchgewunken. Dort hatte sich in den letzten anderthalb Jahren in vielen Fragen eine produktive Kultur der Zusammenarbeit etabliert. Bis auf eine Senatorin aus Montana und einen mormonischen Senator aus Utah waren alle Senatoren BrainWiz-Träger geworden, als sie erkannt hatten, welches Potential darin lag. Generell schienen die Möglichkeiten, die der BrainWiz für eine Vernetzung und Kommunikation bot, zu einer deutlichen Zunahme in der Kooperationsbereitschaft zu führen. Mit Sorge betrachtete Bill jedoch die neue Trennlinie, die sich durch das Implantat gebildet hatte. Während traditionelle Differenzierungen durch Staatsgrenzen oder Bildungsniveau eine immer geringere Rolle spielten, so zeigte sich zunehmend eine Trennung zwischen den Menschen mit und ohne Implantat. Die Spannungen, die sich dadurch ergeben konnten, waren so groß, dass er alles daran setzte, die Verbreitung weiter voranzutreiben, sodass alle, die einen BrainWiz haben wollten, ihn auch bekommen konnten. Hatten sie ihn erst, dauerte es nie lange, bis sie seine Vorteile voll begriffen hatten und in der Lage waren, sehr viel komplexere Denkprozesse ablaufen zu lassen. Bill wusste, dass der BrainWiz auch in der Bevölkerung Europas und anderen großen Industrienationen eine Verbreitung von annähernd dreißig Prozent erreicht hatte und jeden Tag wurde sie größer.

Er stand auf, ging unter die Dusche, zog sich an und schickte eine kurze Nachricht an Janika, um sich mit ihr zum Frühstück zu verabreden.

Sie trafen sich im Speisesaal, durch dessen große Fenster das warme Licht der Morgensonne auf die lange Speisetafel fiel. Bill setzte sich an die Ecke des Tischs, die bereits gedeckt war. Janika würde in einer Minute und zwanzig Sekunden da sein. Also goss er sich einen Kaffee ein und genoss dessen fein-herbes Aroma, bis sie in den Raum kam.

»Guten Morgen, großer Bruder«, rief sie mit heiterer Stimme und schlenderte auf ihn zu. Nichts war mehr übrig von der alten, verletzten und traurigen Janika oder gar der lebensmüden Janika. Sie war in ihrem neuen Leben erstaunlich aufgeblüht und mittlerweile eine der besten Programmiererinnen. Die Leistungen, die sie mit *Paul* vollbrachte, waren wirklich beeindruckend.

»Guten Morgen, kleine Schwester, hast du gut geschlafen?«

»Wunderbar! Ich schalte mich nachher via NeuroNet zu einem Experiment nahe Baotou. Dort hat ein Team chinesischer Wissenschaftler, die Teil unseres BrainWiz-Stipendiums sind und von der Regierung massiv gefördert werden, eine Maschine entwickelt, von der sie glauben, damit ein Wurmloch öffnen zu können. Zwar nur mikroskopisch klein und wahrscheinlich auch nur für den Bruchteil einer Sekunde, aber wenn es funktionieren sollte, wäre das absoluter Wahnsinn.« Ihr Lächeln wurde noch breiter und sie strahlte ihn erwartungsvoll an. Er teilte ihre Einschätzung, dass es ein riesiger Entwicklungsschritt wäre, war aber sehr skeptisch, was die Erfolgsaussichten anging. Allerdings hatte er sich mit solchen Themen auch nie eingehender beschäftigt und hatte es auch nicht vor. Einer der Vorteile des BrainWiz war schließlich, dass jeder seine Talente und Interessengebiete perfekt fördern konnte.

»Super, ich wünsche dir viel Spaß und unseren Stipendiaten natürlich viel Erfolg. Apropos Erfolg. Ich habe den neuen Code gesehen, den du mit deinem Team geschrieben hast und ich muss sagen, dass ihr mich positiv überrascht habt. Fünf Prozent Leistungssteigerung ist wirklich beachtlich!«

Janika hatte gerade von einem Toast abgebissen, nickte und sprach mit vollem Mund weiter: »Ja, es war echt ein ordentliches Stück Arbeit, aber ich denke auch, dass sich das Ergebnis sehen lassen kann.«

»Wie sieht es mit dem Black-Box Projekt aus? Hast du diesbezüglich irgendwelche Fortschritte gemacht?«

Nun verfinsterte sich ihre Miene ein wenig und sie kräuselte die Stirn.

»Leider gar nicht. Egal, was wir versuchen, wir bekommen einfach keinen Zugriff auf irgendwelche Codefragmente anhand derer wir uns vorantasten könnten. Hättest du nicht mich und alle anderen im Team auf diesen Bereich im Datenspeicher hingewiesen, würden wir ihn noch immer nicht sehen. Irgendwie schafft es dieser Bereich, sich unserer Wahrnehmung und unseren Analysen zu entziehen und alle berichten, dass es ihren Personas so geht wie deiner oder meiner: Sie sehen gar keine Black-

Box im Datenspeicher, wenn sie ihnen nicht aktiv gezeigt wird.«

»Hast du eine Idee, woran das liegen könnte? Ich habe mich lange mit Susan darüber ausgetauscht, aber sie sagt auch nur, dass sie nichts über die Black-Box weiß und ihre Untersuchungen keinerlei Ergebnisse hervorbringen.«

»Eine wirkliche Idee kann man das Ganze nicht nennen, aber ich habe einen Code programmiert und der sollte zumindest melden, wenn Signale aus der Black-Box auftauchen. Sollte das jemals der Fall sein, können wir vielleicht mehr erfahren. Doch ehrlich gesagt, Bill, gibt es nicht wichtigere Dinge zu tun? Dinge, die uns voranbringen, so wie die Code-Optimierung? Das erscheint mir doch irgendwie bedeutender zu sein.«

Erst wollte Bill ihr widersprechen, doch dann fühlte er, dass eine Menge Wahrheit in ihren Worten lag und nickte. Der BrainWiz funktionierte nur, wenn man den ursprünglichen Datenspeicher Eins-zu-eins kopierte. Modifikationen waren erst nach einer Implantierung möglich. So war das nun einmal. In gewissem Maße betrachtete er das sogar als soziologische Gerechtigkeit. »Vielleicht hast du recht. Lass das Programm weiterlaufen und ansonsten kümmern wir uns um die wichtigen Dinge, die wir auch wirklich angehen können.«

Sie tauschten sich noch über Kleinigkeiten aus, lachten viel und hatten einen guten Start in den Tag, bis sich Janika schließlich mit dem Hinweis auf das Experiment in China verabschiedete. Sie wollte noch etwas Sport machen, bevor sie die NeuroNet-Verbindung startete.

Seine kleine Schwester machte Sport, das war unglaublich. Noch vor fünf Jahren war das einer seiner größten Träume gewesen und heute war es Realität geworden – wie wunderbar.

* * *

»Eingehende Anfrage von Janika zur Herstellung einer NeuroNet-Verbindung.«

Annehmen in separatem Overlay.

Vor seinem Auge schwebte plötzlich eine Projektion, die auf die rein visuellen und akustischen Merkmale reduziert war. Es war ein ganzer Haufen Menschen in weißen Laborkitteln zu sehen, die um eine gigantische Kugel eilten, welche wiederum von diversen kleineren Kugeln, etlichen Kabelsträngen und jeder Menge Hightech umgeben war. Um die zu erkennen, hatte er eindeutig den falschen Doktortitel erlangt.

»Janika? Was gibt es?«

»Das musst du sehen! Das hier ist das Wurmloch-Experiment.«

Susan, vollständige Immersion. Audiolink zu Janika beibehalten.

Er tauchte ganz in die NeuroNet-Übertragung ein und schaute von einer Plattform am Rande einer gigantischen Halle hinab, deren Zentrum von der Apparatur mit der Kugel ausgefüllt wurde.

»Okay, bin da. Erklär es mir.«

»Die Jungs da unten wollen gleich mit dem Ding ein Wurmloch öffnen. Dazu brauchen sie jedoch nicht nur unglaublich viel Energie, sondern auch extrem viel Rechenleistung, um den ganzen Prozess zu steuern. Wie sie das gelöst haben, ist wirklich genial. Sie alle sind Implantatsträger und haben einen Weg gefunden, um ihre Implantate zu einem perfekten Rechencluster zu verbinden. Ich habe vorhin mit einem der Jungs gesprochen und er hat mir ihren Code gezeigt. Richtig beeindruckend, kann ich dir sagen!«

»Wow«, sagte Bill und versuchte weiterhin, einen Sinn in dem Gewusel dort unten zu erkennen.

Susan, kannst du dir einen Reim darauf machen und mir erklären, was die vorhaben?

»Dafür müsste ich die Unterlagen studieren, die sie genutzt haben. Soll ich versuchen, darauf zuzugreifen?«

Ach, lass ruhig, schauen wir, was passiert.

Wenige Minuten später zogen sich alle Techniker und Forscher von der Maschine zurück, bis alle auf der Plattform standen, auf der auch der Beobachter stand, der seinen NeuroNet-Feed teilte.

Ein elektrostatisches Knistern entstand in der Luft und die kleinen Kugeln, die vorher stumpf und grau ausgesehen hatten, fingen langsam an, weißlich zu pulsieren. Das Pulsieren wurde immer schneller, bis die Kugeln durchgängig Weiß erstrahlten wie übersteuerte Glühbirnen. Plötzlich bewegten sich die Kugeln, geführt von ihren Haltestangen, auf die große Kugel in der Mitte zu und berührten sie im selben Augenblick. Ein ohrenbetäubender Knall ertönte und nun fing auch die Kugel in der Mitte an, zu pulsieren. Immer schneller und schneller waberte sie mal heller, mal dunkler, bis ein strahlend weißes Leuchten entstand. Plötzlich brachen alle Techniker und Forscher um ihn in Jubel aus.

»Dann hat es wohl geklappt, schätze ich?«

»Ja, mehr als das! Tatsächlich hätte es nur für den Bruchteil einer Millisekunde entstehen und sofort wieder kollabieren sollen. Doch es ist noch immer stabil und offen!«

»Bill, ich empfange ein Signal.«

Was für ein Signal und woher?

»Ich bin noch dabei, es zu analysieren und zu verstehen. Das Signal selbst wird aktuell von allen Satelliten im Orbit, die zum Senden in der Lage sind, verteilt.«

»Bill?« Janika klang aufgeregt.

»Ja?«

»Das Programm, es hat sich gemeldet.«

»Welches Programm?«

»Na das, von dem ich dir heute Morgen erzählt habe. Das Programm, das ich geschrieben habe, um die Black-Box zu überwachen.«

»Und? Was ist dabei herausgekommen? Lass Dir nicht alles aus der Nase ziehen!« Seine alte Neugier, die immer zwischen Forschergeist und Ungeduld hin und her pendelte, war wieder zum Leben erwacht.

»Aus der Black-Box ist ein Datenstrom gekommen und kurze Zeit später fand auch ein Transfer von Daten in die andere Richtung statt. Jetzt gibt es einen kontinuierlichen Informationsfluss.«

»Kannst Du sagen, um welche Angaben es sich handelt?«

»Nein, es ist so stark verschlüsselt, dass Paul und ich uns keinen Reim darauf machen können. Eine Analyse der zentralen BrainWiz-Funktionen hat jedoch ergeben, dass es bisher keinen feststellbaren Schaden gegeben hat.«

»Na gut, bitte behalte es im Auge. Ich muss jetzt los. Ich hab gleich noch einen Termin. Charity-Gala im Hilton. Willst du mitkommen?« Er kannte die Antwort bereits, konnte es aber einfach nicht lassen zu fragen.

»Bist du irre? Mit all den verklemmten Hampelmännern? Auf gar keinen Fall. Ich will diese Wurmlochsache verstehen und Xi schickt mir gerade alle Daten.«

***

Bill schlug die Augen auf. Er wusste, dass es noch viel zu früh zum Aufstehen war, doch er hatte sich nur unruhig hin und her gewälzt, und konnte einfach nicht mehr einschlafen. Die ganze Zeit dachte er über das unbekannte Signal nach, das plötzlich über alle Satelliten verteilt wurde. War es Zufall gewesen, dass es direkt nach der Aktivierung des Wurmlochs aufgetaucht war? Warum war es noch niemandem gelungen, die Quelle des Signals zu orten? Hatten sich irgendwelche Implantatsträger über seinen Kopf hinweg entwickelt?

Susan?

»Ja?«

Hast du etwas herausgefunden?

Eine Pause. Bill wunderte sich. Es gab nie Pausen, wenn er seinem BrainWiz eine Frage oder Aufgabe stellte.

Denkst du etwa nach?

»Ja, aber nicht so wie du es meinst. Wenn Menschen denken, beziehen sie ihre Gefühle in ihre Überlegungen ein. Da ich keine habe, kann ich das nicht. Allerdings berechne ich gerade die unterschiedlichen Wahrscheinlichkeiten, wie du auf eine bestimmte Information reagieren würdest und dabei spielen auch Emotionen eine Rolle – ***deine*** **möglichen Empfindungen. Diese sind auch mittels aller Daten, die mir bereits vorliegen, statistisch nur schwer vorhersagbar.«**

Überlegst du also gerade, ob du mich anlügen solltest, damit ich mich besser fühle?

»Nein, ich überlege, ob ich dir eine Information zur Verfügung stellen soll oder nicht. Das ist etwas anderes. Eine Lüge wäre die Mitteilung einer Information, die nicht wahr ist.«

Wow, ich fange an, philosophische Diskussionen mit dir zu führen – spannend. Ich möchte dich bitten, mir sämtliche Informationen zur Verfügung zu stellen, auch wenn du glaubst, dass es mir damit nicht gutgehen würde. Ich habe das Recht. alles zu erfahren, was mich betrifft.

»Ich kann dir garantieren, dass die Information massiven Einfluss auf dein Leben nehmen wird, sobald du sie hast. Solltest du die Mitteilung jedoch nicht bekommen, würde sich nichts für dich ändern. Würdest du es unter diesen Bedingungen wissen wollen?«

Bill überlegte kurz und war mehr als nur verwundert

und verwirrt, aber er wusste, dass es nur eine mögliche Antwort für ihn gab.

Ja.

»Gut. Ich zeige es dir.«

Bills Wahrnehmung veränderte sich. Er befand sich im Datenspeicher und raste in Gedankenschnelle auf den verschlüsselten Bereich zu, den sie die Black-Box genannt hatten. Vor ihm öffnete sich ein Tor und er trat ein. Erkenntnis durchdrang sein gesamtes Gehirn und jede Faser seines Körpers begann zu zittern.

»Oh mein Gott!«

Das Treffen

Die Metawelt, Privatglobule 3876566543222, 2031

Bill, hier ist Steve. Ich muss dich unbedingt sprechen. Ich weiß, dass du mich gesucht hast und jetzt ist deine Chance, mich zu finden. Ich habe über alles nachgedacht und seit ... es ist viel geschehen. Falls du nicht glaubst, dass ich es bin: Hallo, hier ist die Mailbox von Steve Työpaikkaa, ich bin gerade dabei, die Welt zu retten, also stört mich nicht und hinterlasst Nachrichten nach dem Pieeeeeeeeeeeeeeeep.

Immer wieder sah er sich die Videoaufzeichnung an. Es war seltsam, sich Finnisch sprechen zu hören, nachdem er June englischsprachig aufgezogen hatte. Es fühlte sich ungewohnt an und so, als spräche er mit den Worten einer längst vergessenen Zeit.

Er saß noch immer mit Barbara auf der Wolke zwischen den fliegenden Bergen und lauschte dem sanften Rauschen der Wasserfälle, die von den grünen Hängen ins Nirgendwo weit unter ihnen stürzten.

»Ich denke, dass er nicht kommen wird«, meinte sie und gähnte. Er wusste, dass es kein echtes Gähnen war, verstand aber, dass ihr langweilig wurde. Es waren bereits mehrere Stunden vergangen.

»Hat er sie auch ganz sicher erhalten?«

»Nun, das Forum hat sie bekommen, adressiert an Bill Portit. Ich gehe davon aus, dass die IT-Sicherheit dort deine Nachricht bis in den letzten Codefetzen durchleuchtet hat, bevor sie an ihn weitergeleitet wurde, aber bekommen wird er sie haben. Die Frage ist nur, wann er sie liest.«

»Ich schätze, ihm ist nicht besonders oft langweilig.«

»Wahrscheinlich nicht«, stimmte sie ihm zu und schirmte ihre Augen gegen das warme Sonnenlicht ab. »Du weißt schon, dass du ein großes Risiko eingehst? Wenn er will, kann er mit der Signatur deines Datenspeichers direkt auf dein *Wiz* zugreifen. Er könnte es sogar überladen und dich damit umbringen.«

»Das wird er nicht.«

»Bist du dir sicher?«

»Er ist mein Freund!« In Gedanken korrigierte er sich mit einiger Bitterkeit, die ihn so viele Jahre später erschreckte: *Er war mein Freund.*

»Ich hoffe, du hast recht«, erwiderte sie mit gerunzelter Stirn.

»Er wird kommen«, beharrte Steve und sie schwiegen wieder.

Als es geschah, stand Bill plötzlich vor ihm. Es passierte so schnell, dass Steve erst gar nicht realisierte, was vor sich ging.

Sein alter Freund und Kompagnon, hochgewachsen und hager mit kurzem braunem Haar und kantigen Gesichtszügen – gekleidet in seinen Lieblingsanzug mit Krawatte. Auf seinen Lippen stand ein breites Lächeln.

Die gesamte Situation war so surreal, dass Steve nicht wusste, was er sagen sollte.

»Hallo, Steve«, sagte Bill und zu seinem Lächeln gesellte sich ein ungläubiges Kopfschütteln. »Mann, du bist es wirklich! Oder aber jemand hat deine Persona perfekt gefälscht.«

»Ich bin's, Bill«, beteuerte Steve und keuchte auf, als sie von einem auf den anderen Moment in einer alten Lagerhalle standen.

Nein, in der *alten Lagerhalle.* Staunend blickte er sich um, sah seinen chaotischen Schreibtisch, das Selbstbauprojekt von Bill, die ekelhafte Gehirnkammer, die er sich aus dem ungenutzten Serverschrank gebaut hatte und das abgewetzte Sofa.

»Hier ist es ein bisschen privater«, meinte Bill und zwinkerte ihm zu. Es war beinahe, als wäre keine Zeit vergangen und sie hätten sich vor Kurzem erst gesehen.

»Wo ist ...«

»Deine Freundin? Ach, die ist immer noch in ihrer privaten Globule. Ich befinde mich lieber an Orten, die meinen Ideen entspringen und nicht denen anderer. Außerdem bin ich doch etwas verwundert, dass du kein Face besitzt und sie auch nicht.« Bill rieb sich mit seinen langgliedrigen Fingern das Kinn und musterte ihn eher interessiert als kritisch.

»Ich weiß. Was ist passiert?«

»Was meinst du?«

»Na, das hier!« Steve drehte sich im Kreis und versuchte auf alles gleichzeitig zu deuten. Sorgsam achtete er darauf, seinen Gesichtsausdruck unter Kontrolle zu halten und ihn nicht seine wahren Gedanken von den Augen ablesen zu lassen. »Einfach alles. Ich erkenne die Welt kaum wieder.«

»Oh, es ist einfach fantastisch!« Bill schien begeistert von der Möglichkeit, ihm davon erzählen zu können, und wieder hatte Steve das Gefühl, sie hätten sich nie aus den Augen verloren. Sein Freund war noch immer so enthusiastisch wie damals und hatte nichts von seiner Überzeugungskraft verloren. »Es gibt im Prinzip keinen Krieg mehr, keine Grenzen, zumindest im Großteil der ersten und zweiten Welt und die Dritte Welt, die sich unserem *Wiz* verweigert – na ja, die werden auch noch dahinter kommen, was sie verpassen.«

»Ich dachte, dort hatten die Leute einfach nicht genug Geld.«

»Schon, aber wir sind dabei, das BrainWiz-Stipendium auf die Dritte Welt auszuweiten und machen große Fortschritte.« Bill winkte ab und grinste wieder. »Wir haben den Amazonas wieder aufgeforstet, die Waldflächen Nordamerikas, Nordasiens und Europas verdoppelt und das in nur zehn Jahren. Es gibt eine allgemeine kostenfreie Krankenversorgung und durch die neue Transparenz in Wissenschaft und Forschung machen wir unglaubliche Fortschritte! Denk allein an die Metawelt.«

Bill breitete in einer jesuanischen Geste die Arme aus und sah ihn eindringlich an. »In der Metawelt kann jeder Mensch seine eigene perfekte Welt erschaffen, während sein Körper schläft. Früher hatte man nur ein Leben und hat über ein Drittel der Lebenszeit geschlafen, heute nutzen wir dieses Drittel für ein komplettes, paralleles Leben. Welche Generation hat sich jemals so viel erhoffen können?«

»Was hat es mit all diesen Pflanzen auf sich?«, wechselte Steve das Thema.

»Pflanzen? Ach so, du meinst die neuen Gattungen von den Botanikern. Keine Ahnung, das ist nicht mein Fachgebiet, ich befasse mich hauptsächlich mit der Metawelt und den Hardwarekomponenten, die wir fortlaufend zu verbessern versuchen. Ich glaube, das Grünzeug macht die Luft besser und reinigt sie vom Kohlendioxid, das dann in Sauerstoff umgewandelt wird. Egal. Das ist nur eine der vielen Verbesserungen unserer neuen Welt. Das Allerbeste ist, dass es Janika richtig gutgeht. Sie ist eine wahre Virtuosin in der Metawelt, die wie für sie geschaffen ist. Für ihre steuerbaren Prothesen hat sie kaum noch etwas übrig«, erklärte Bill begeistert und klopfte Steve auf die Schulter. »Ich bin so froh, dass du endlich wieder da bist! Erzähl mir von dir. Wie geht es Lisa? Und June?«

Nach all den Jahren? Einfach so? Ein Gespräch, als wenn ich gerade aus dem Urlaub komme und wir uns über alles austauschen müssen, was wir erlebt haben?

»Lisa ist tot und June verletzt.«

»Was?« Bill klang bestürzt und sein Lächeln wurde von einem Ausdruck des Entsetzens zerstört wie durch einen Hammerschlag.

»Lisa hat sich das Ding implantieren lassen, obwohl ich ihr gesagt habe, dass sie es nicht tun soll. Weißt du auch, warum? Weil man sie bei der Arbeit sonst gefeuert hätte«, sagte Steve und ballte seine Hände zu Fäusten, die sofort feucht wurden.

»Ich verstehe das nicht, Steve!«

»Ich habe versucht, es ihr wieder auszubauen, als sie fortgehen wollte, um an einem *Gemeinschaftsprojekt für die neue Welt* teilzunehmen. June musste damals noch gestillt werden.«

»Aber man kann es nicht einfach ausbauen, das geht nicht«, wandte Bill ein und in seinen Augen sammelten sich Tränen.

Kann es sein, dass er wirklich traurig ist? Ich dachte ...

»Ja, das wusste ich danach auch«, knurrte Steve und wandte sich ab. Er wollte sich nicht die Blöße geben und vor Bill anfangen, zu weinen. Vor demjenigen, der an alledem schuld war.

»Es ... es tut mir leid, Steve.«

»Dafür ist es jetzt zu spät. Du musstest ja unbedingt mit dem Kopf durch die Wand und hast die ganze Zeit nicht auf mich gehört! Du hast einfach gemacht, wonach dir der Sinn stand, und nie darüber nachgedacht, dass ich vielleicht recht haben könnte!«

»Ich verstehe, dass du verletzt bist wegen Lisa«, sagte Bill mit ehrlicher Anteilnahme in der Stimme. »Wärst du nicht weggelaufen, hätte ich mich darum kümmern können!«

»Worum denn?«, knurrte Steve und seine Trauer verwandelte sich in Wut wie Zunder unter einer Flamme. »Darum, dass ich auch ein Implantat verpasst bekomme und mich nicht mehr beschwere?«

»Ja.«

»Ich kann nicht glauben, dass du das sagst!« Steve schrie nun beinahe und all seine jahrelang antrainierte Selbstbeherrschung löste sich in Rauch auf. Mit mahlenden Kiefern sandte er die vorbereitete Datei an Bills *Wiz.*

»Was ist das?«

»Was?«

»Die Sendungsanfrage«, fragte Bill und zog irritiert die Stirn in Falten.

Wieso bekommt er eine Anfrage? Die Datei sollte sich automatisch entpacken und festsetzen! Verfügt er über besondere Sicherheitsmechanismen, weil er ein Entwickler ist? Steve wurde nervös und in der echten Welt wäre ihm wahrscheinlich der Schweiß ausgebrochen, doch hier dachte er einfach daran, dass sein Gesicht ruhig blieb.

»Ich habe etwas herausgefunden, was …«, er suchte fieberhaft nach einer Ausrede und wackelte dabei mit seinen Fingern. »Ich will ehrlich zu dir sein. Ich habe die Black-Box dechiffriert. Das Signal aus dem Datenkern.«

»Wirklich?« Bills Miene wechselte von finster zu neugierig und schien sich dann irgendwo dazwischen einzupendeln. »Das hättest du nicht tun sollen, die Black-Box ist …«

»Sieh es dir an, dann kannst du immer noch darüber urteilen!« Er kannte seinen alten Freund zu gut und wusste um dessen unstillbare Neugier. Wenn er nicht einer kompletten Hirnwäsche unterzogen worden sein sollte, würde er die Datei öffnen, weil er gar nicht anders konnte.

»Na gut«, erwiderte Bill arglos und zuckte die Schultern. Was dann geschah, hatte Steve nicht erwartet. Bill fluchte lautstark: »Scheiße, Steve! Du hast … du hast die Verbindung blockiert! Stell sie wieder her!«

»Nein.«

Bills Gesicht verwandelte sich in einen brodelnden Kessel widerstreitender Emotionen aus Wut, Angst und Unglauben. Ein Wirbelsturm aus Eindrücken schien in ihm zu toben und immer neue Formen anzunehmen. Es dauerte mehrere Minuten, in denen er sich zuerst auf ihr altes Sofa fallen ließ und sich dann die Schläfen rieb.

»Ist es möglich?«, fragte er nach langer Zeit, in der Steve ihn einfach schweigend gemustert hatte.

»Ist es möglich?«

»Ist was möglich?«

»Dass es ganz anders ist? Ich habe nur die Vorteile gesehen und ... die Nachteile habe ich einfach ausgeblendet. Wieso? Oder wurden sie ausgeblendet? Wurden sie ausgeblendet, Steve?«

»Ich weiß nicht, wovon du redest, Bill!«

»Die neue Welt! Ich habe alles besser gemacht. Nein, *wir* haben alles besser gemacht, meine Entwickler und ich. Umwelt, Gesellschaft, Politik, Sicherheit, Krankenversicherung, Zusammenhalt und ... das ist doch gut, oder?« Er sah beinahe flehend zu Steve auf, als bräuchte er in diesem Moment nichts so sehr wie dessen Bestätigung.

»Nein, Bill, das ist es nicht.«

»Wovon redest du?«

»In den Wäldern. Sie schicken Killerkommandos aus, die nach Menschen suchen, die kein Implantat haben und nehmen sie fest, um sie dazu zu zwingen. Wer sich weigert, wird getötet«, erklärte er mit harter Stimme und Bills Augen wurden mit jedem Wort größer.

»Aber das ist illegal!«

»Für wen? Für dich? Weißt du, wer wirklich die Befehle gibt?«

»Wir sind keine Diktatur«, versicherte Bill ihm, doch sein Widerstand war schwach und noch immer schien es hinter seinen Augen zu arbeiten.

»Vielleicht weißt du nicht, was all die anderen tun, weil nur das hier«, er tippte sich hinter sein Ohr, wo im echten Leben das Implantat saß, »alles weiß. So ist es doch, oder?«

»Ja, aber ...«

»Was ist die Black-Box, Bill? Wer hat sie entwickelt und wieso?«

Sein Freund schluckte benommen und erinnerte Steve an Unfallbeteiligte, die er während seines Zivildienstes beim Notdienst betreut hatte.

»Ich kann es dir zeigen«, flüsterte er abwesend und machte eine Handbewegung.

Auf einmal standen sie inmitten des Weltalls, ringsum nichts als Schwärze und winzige helle Punkte wie weiße Stecknadeln an einem weit entfernten Vorhang.

»Wo sind wir?«, fragte Steve und sah Bill irritiert an, der genau wie er inmitten des Vakuums stand und in eine Richtung deutete.

»In einer Simulation. Siehst du den etwas helleren Punkt dort?«

Steve sah genauer hin und erkannte tatsächlich einen der Stecknadelköpfe, der ein wenig größer war und minimal heller strahlte. »Ja.«

»Das ist unsere Sonne, wir befinden uns außerhalb der Heliopause unseres Sonnensystems, das durchs Universum rast. Man könnte sagen, dass wir uns mitten in der Bugwelle von SOL aufhalten.«

»Wieso?«

»Das hier ist der Ort, an dem die Voyager 1 der NASA sich befunden hat, als 2019 der Kontakt abgebrochen ist.«

»Was hat eine Sonde aus den Siebzigern damit zu tun?«

»Nun, sie wurde deaktiviert, und zwar von einer anderen Sonde.« Bill machte einen Wink und ein konisches Objekt, das aussah wie ein umgekehrter Tropfen, raste an ihnen vorbei. Es zog einen langen, bläulichen Schweif hinter sich her.

»Was ist das?«

»Das ist eine Sonde der Anderen.«

»Der Anderen?«

»Sie hatten seit Jahrhunderten einen Beobachtungsposten oder nur die Sonde, ich weiß es nicht, außerhalb unseres Sonnensystems stationiert, um uns zu beobachten. Sie sind Avatare, die helfen, wenn ...«

»Sie helfen? Haben sie dir das gesagt?«, unterbrach Steve ihn.

»Ja!«, kam es aus Bills Mund geschossen und er schüttelte sich, als habe er sich selbst überrascht. Dann sagte er leise: »Ich ... ja, sie haben es gesagt und ich habe es ihnen geglaubt. Einfach so.«

»Nein, nicht einfach so«, entgegnete Steve und deutete auf das dahinrasende Objekt, das bereits viel kleiner geworden war.

»Sie hat acht Monate gebraucht bis zur Erde, an Bord war ein perfekter menschlicher Klon, der am 11.01.2020 die Erde erreichte ...«

»Warte, *das da* war der Komet Cassandra, der an der Erde vorbeifliegen sollte und dann verschwunden ist?«

»Oh, er ist nicht verschwunden.« Bill schüttelte den Kopf und plötzlich standen sie mitten in einem finnischen Nadelwald, vor ihnen ein Tropfen aus schwarzer Flüssigkeit, in dessen wabernder Oberfläche sie ihre Spiegelbilder sahen. Um den Tropfen waren die Bäume abgeknickt und eine kleine Mulde ins Erdreich gegraben. Steve wollte näher herangehen, doch der Tropfen hob wieder ab und verschwand so blitzschnell, dass er die Bewegung schon für eine Sehstörung hielt. Zurück blieb ein Mann in OP-Kleidung mit rasiertem Schädel, auf dem sich eine hässliche Narbe entlangzog.

»Ist das ...«

»Ja«, sagte Bill und nickte. Wieder ein Szenenwechsel und sie standen neben einer verschneiten Landstraße, die kerzengerade durch den Wald führte. Der Klon marschierte mit vollkommen leerem Gesicht auf dem schmalen Streifen Schnee zwischen Straße und Waldrand und ließ sich einfach fallen, als am Horizont die Scheinwerfer eines Autos auftauchten.

»Aliens haben einen Klon mit dem Implantat zu uns geschickt?«

»Ja«, sagte Bill erneut, und ein Ausdruck von Bitterkeit legte sich um seinen schmalen Mund. »Sie haben uns die Technik geschickt, die wir brauchten, um die Welt zu retten vor Überbevölkerung, Umweltzerstörung, Kriegen, gesellschaftlichen Verwerfungen – such dir was aus.«

»Sie haben *uns* die Technik geschickt«, wiederholte Steve mit trockenem Mund und schluckte, als er an seine ersten Nächte zurückdachte, in denen er den Datenspeicher des Implantats analysiert hatte und ganz euphorisiert gewesen war. *Ich wusste, dass damit was faul ist und es viel zu hoch entwickelt ist, aber Aliens?*

»Ja, Steve. Sie wissen über alles Bescheid. Sie wussten auch genau, wer das Implantat bekommen soll, um es zu etwas Menschlichem zu machen. Sie wollten uns selbst über die Zukunft entscheiden lassen.«

»... haben sie dir gesagt.«

»Ja, über die KI-Persona in meinem ...«

»... Implantat, das gar nicht deines ist, sondern ihres. Wir haben es nur für sie kopiert, ohne den Inhalt der Black-Box zu kennen. Das ist ein verdammtes trojanisches Pferd und wir haben die Tore geöffnet!« Steve sackte auf dem Boden vor dem Sofa zusammen und vergrub sein Gesicht in den Händen. »Waren wir wirklich so dumm?«

»Nein, nur ich«, flüsterte Bill so leise, dass er ihn kaum verstehen konnte. Überrascht sah er auf.

»Wie bitte?«

»Ich war dumm, Steve. Dumm. Ich habe gesehen, was für Möglichkeiten das Implantat eröffnet und war überzeugt, dass ich damit viel Gutes tun kann, aber ich habe nicht hinterfragt, ob es auch schlecht sein könnte, obwohl du und all diese Leute mich ständig genau davor gewarnt haben. Ich wurde keiner Gehirnwäsche unterzogen, glaube ich, aber die Möglichkeit, dass wir hintergangen wurden, kam für mich einfach nicht in Frage.«

»Wieso nicht?«

»Das weiß ich eben nicht. Es war, als existierte die Möglichkeit einfach nicht. Erst, als du die Black-Box abgeschirmt hast, war der Gedanke plötzlich da.«

»Vielleicht hat das *Wiz* ihn vor dir verborgen«, schlug Steve vor und ihm lief es kalt den Rücken hinunter bei dem Gedanken, dass er an seinem Kopf ein außerirdisches Gerät trug, das Einfluss auf seine Gedanken nehmen konnte. Die Vorstellung war noch viel schlimmer als die Horrorvorstellungen von Russen, Chinesen, Geheimorganisationen und dergleichen gewesen waren.

»Vielleicht«, stimmte Bill zu und stand abrupt auf.

»Was ist?«, fragte Steve alarmiert und erhob sich ebenfalls.

»Wir haben nicht viel Zeit. Ich habe vier Schwarze Samurai angewiesen, mir zu folgen, wenn ich nach einer Stunde nicht zurück bin. Ich war mir nicht sicher, ob wirklich du es bist.« Bill wirkte plötzlich angespannt wie eine Sprungfeder und sah sich unbehaglich um.

»Schwarze Samurai?«

»Ja.« Sein Freund klang ungeduldig. »Das sind so etwas wie Admins hier in der Metawelt. Sie können den Code nach Belieben ändern und sogar auf dein Implantat zugreifen, wenn du nicht vorsichtig bist.«

»Barbara!«, rief Steve und sah sich nach ihr um. Er hatte bei all der Aufregung nicht einmal an sie gedacht, seit sie aus ihrer Globule verschwunden waren.

»Wir haben noch ein paar Minuten Zeit.« Bill kam auf ihn zu, sah auf ihn herab und fasste ihn an den Schultern. »Ich werde dir etwas geben, was dir helfen wird.«

»Helfen wobei? Wovon redest du?«

»Die Welt für June sicherer zu machen. Und für Janika.«

Als er den Namen seiner Schwester aussprach, zitterte seine Stimme leicht.

»Aber du ...«

»Nein, *du* musst mir jetzt zuhören, Steve. Es gibt Dinge, die du wissen musst. Wir empfangen ein Signal von *ihnen* und zwar aus einer geheimen Anlage in China. Unsere Forscher haben ein Mikrowurmloch erzeugt, durch das wir ein Signal empfangen und direkt in unser neues und altes Satellitennetzwerk einspeisen. Ich war bisher davon überzeugt, dass wir das Wurmloch selbst erzeugt haben, aber jetzt bin ich mir da nicht mehr sicher.«

»Ist diese Metawelt hier auch von ihnen?«

»Nein. Sie basiert zwar auf dem Code, den wir mit den Implantaten erschaffen haben, aber das haben wir vollbracht. Sie haben uns freie Hand gelassen und gesagt, dass wir am besten wüssten, was für Menschen am hilfreichsten ist.«

»Du hast mit ihnen gesprochen?« Steve raufte sich die Haare und machte einen Schritt zurück.

»Ja, nein, ach, ich weiß es nicht. Mit von ihnen geschaffener KI jedenfalls.« Er tippte hinter sein rechtes Ohr und verkürzte wieder die Distanz zwischen ihnen, bevor er mit fester Stimme weitersprach: »Ich bin mir sicher, dass die Satelliten der Schlüssel zu allem sind. Oder aber das Wurmloch, aber das ist so gut gesichert, dass nicht einmal die Rebellenallianz einen Schwachpunkt finden würde. Die Satelliten waren ihnen besonders wichtig für die Ausbreitung und Aufrechterhaltung des Signals. Das Gleiche gilt für die Metawelt, sie liegt aber nicht direkt in ihrem Einflussbereich, weil sie von uns geschaffen wird, von unserer Kultur und unserem Denken. Indirekt kontrollieren sie uns hier aber doch, weil es immer noch Menschen sind, die positiv über all das denken, was hier passiert und die für *Ordnung* sorgen.«

»Bist du sicher, dass *sie* ... böse sind?«, fragte Steve,

mehr aus einer Hoffnung heraus als aufgrund wirklicher Überzeugung. *Aliens!*

»Sie haben gesagt, dass sie die Menschheit vor der Vernichtung durch sich selbst retten wollen, und faktisch ist die Welt womöglich tatsächlich ein besserer Ort geworden. Aber wenn sie nur unser Bestes im Sinn haben, warum haben sie uns das Implantat untergeschoben, und warum sorgen sie dafür, dass die Träger des Implantats die möglichen Risiken ausblenden?«

»Aber wenn sie etwas Böses im Schilde führen, hätten sie uns doch über die Dinger komplett kontrollieren können«, wandte Steve ein.

»Ich weiß es nicht«, gab Bill zu und seufzte. »Das macht alles keinen Sinn.« Plötzlich sah er auf und fasste ihn wieder an der Schulter. »Du musst mir versprechen, dass du Janika befreist, hörst du? Ich schicke dir ein Datenpaket, in dem du alles findest, was du wissen musst.«

»Ich dachte, wir haben keine Zeit?«

»Oh, es ist ganz, ganz klein. Wichtig ist, dass du verstehst, dass hier viel mehr vor sich geht, als du denkst.«

»Was meinst du?«

»Ich weiß nicht, ob dies unser Planet ist oder es noch lange sein wird.«

»Ich ...«, stammelte Steve und der Teil von ihm, der am liebsten geschrien hätte: *Ich habe es dir doch gesagt!*, schrumpfte immer weiter aufgrund der Sorge um seinen Freund. All die Jahre hatte er Bill nicht mehr gehasst als sich selbst, dafür, dass er an dem BrainWiz mitgearbeitet hatte im frühen Stadium. Er hatte sich damals von seiner Motivation leiten lassen, groß rauszukommen und Anerkennung für seine Ideen zu finden. Bei Bill war es genauso gewesen, nur dass sein Motivator das Leben seiner Schwester gewesen war – ein ungleich stärkerer Magnet zu einem so großen Ziel. Wie konnte er ihm das im tiefsten Herzen übelnehmen?

Steve empfing eine Datei, ohne dass er hätte auswählen können, ob er sie annehmen wollte. Er überflog sie kurz, sie war tatsächlich winzig. Es handelte sich um die Persona, das Face und den Echtweltaufenthaltsort von Janika Portit.

»Ich verstehe nicht«, stammelte er irritiert.

»Nein, aber *sie* tut es, wenn du mit ihr das Gleiche machst, was du mit mir gemacht hast«, versicherte ihm Bill und mit einem Mal versteinerte sein Gesicht.

»Was ist?«

»Die Schwarzen Samurai, sie sind hier.« Einen Wimpernschlag später krachten vier Gestalten durch das Dach der Lagerhalle und schlugen wie Kanonenschläge auf dem Hallenboden auf. Sie standen inmitten eines Regens aus scharfkantigen Glas- und Metallsplittern und ihre dunklen japanischen Rüstungen waren furchteinflößend. Noch beängstigender allerdings waren ihre geschlossenen Helme mit den Masken, die Dämonenfratzen nachempfunden waren, und die Schwerter, die sie gezückt hatten.

»Metas«, sagte der eine in akzentfreiem Englisch. »Sie besitzen kein Face. Aktivieren Sie sofort Ihren ID-Transponder, sonst müssen wir Sie festnehmen.«

Nacheinander hoben die Schwarzen Samurais – die Admins – ihre Katanas, die silbern in den vielen Splittern glänzten, von denen kaltes Mondlicht reflektiert wurde.

»Ich bin Bill Portit. Dieser User darf gehen.«

»Bedaure, Sir. Die Gesetze sind eindeutig. Eine Teilnahme an der Metawelt ohne Face ist illegal und wird mit lebenslangem Ausschluss und zwölf Monaten in einem Rehabilitationscamp geahndet. Bei Widersetzen gegen die Ausübung unserer Pflicht sind wir angehalten, endgültige Maßnahmen zu ergreifen«, entgegnete einer der Samurai, die sie wie vier Monolithen umstellt hatten.

»Endgültige Maßnahmen?«, fragte Steve von einer plötzlichen Angst wie gelähmt. Da draußen in der echten Welt hatte er gelernt, zu überleben, und kannte die Bedingungen und Erfordernisse dafür, aber hier war er hilflos wie ein Baby. Er versuchte, sich auszuloggen, doch es ging nicht. In seinem Sichtfeld wurde er mit blinkenden Warnsymbolen darauf hingewiesen, dass auf seinen *Wiz* zugegriffen wurde. Hastig begann er, seine Firewall zu modifizieren, indem er sich den Quellcode anzeigen ließ und in Gedanken daran herumarbeitete.

Die wollen mein Implantat überladen und mich über die Nanofilamente töten, dachte Steve erschrocken, und versuchte, immer schneller zu arbeiten.

»Lassen Sie das«, wies ihn einer der Schwarzen Samurai kühl an.

»Lassen Sie ihn gewähren, ich bin Bill Portit«, rief Bill streng dazwischen und baute sich schützend vor Steve auf, was gar nicht so einfach war, da die Samurai sie umstellt hatten.

»Ich empfange keine FACE von Ihnen«, widersprach ein Dritter. »Widersetzen Sie sich nicht.«

»Ich bin ein verdammter Entwickler, Mann! Der Schöpfer!«

»Sie sind ein Straftäter gemäß den vom Forum festgelegten Gesetzen der Metawelt und jetzt fahren Sie alle Ihre Programme herunter und widersetzen Sie sich nicht.«

»Finde Janika, Steve, bitte finde Janika ... und ... es tut mir leid. Alles«, sagte Bill mit feucht glänzenden Augen, bevor er plötzlich zwei Schwerter und eine glänzende Ritterrüstung des späten Mittelalters trug.

Fast im selben Moment als dies geschah, griffen die Samurai an. Steve war wie versteinert und wollte seinem Freund zur Seite eilen, ohne zu wissen, was er tun sollte. Doch bevor er einen Schritt gemacht hatte, wurde er von hinten gepackt und fortgerissen.

»Ruhig«, hörte er eine vertraute, aber ängstliche Stimme

in seinem Ohr. Es war Barbara, die ihn umklammert hielt und mit ihm zum Dach gesegelt war.

»Was? Wie?«

»Dein Freund hat mir Administratorrechte über seine Globule übertragen, kurz nachdem ihr weg wart. Ich musste euch nur erst finden. Mein Gott, das sind Schwarze Samurai!«, jaulte sie. »Ich habe noch nie welche gesehen!«

Unter ihnen tobte ein Schwertkampf, der immer wieder von seltsamen Erscheinungen unterbrochen wurde. Mal erzeugte Bill mit einer Faust eine Mauer hinter sich, die ein Samurai mit einem Handwisch wieder entfernte, dann entstanden Feuerbälle, die von ihren Rüstungen abprallten, explodierende Farben und Reflexionen, die die Sinne täuschten und inmitten all dessen: Fünf Schwerter, die sich in einem unablässigen, tödlichen Tanz miteinander befanden, der so ungleich und ungerecht war, dass er schreien wollte.

»BILL!«

Statt seinem Freund sah einer der Samurai auf und schoss in seine und Barbaras Richtung, als er gegen eine Mauer krachte, die es vorher noch nicht gegeben hatte. Dann löste sich die Mauer auf und mit ihr auch der Samurai, als wäre er nur eine Illusion gewesen.

Bill kämpfte noch mit den drei verbliebenen in einem Wirbelsturm aus Blitzen und Funken, als er plötzlich von einem Katana durchbohrt wurde. Die Klinge traf ihn durch das Rückgrat und rutschte blutig durch seine Brust. Ungläubig sah er auf seinen Torso hinab, ehe er sich ein letztes Mal im Kreis drehte, einen der Samurai enthauptete und dann von den anderen erstochen wurde.

»Flieht! Vergib mir, Steve! Finde Janika«, röchelte Bill noch und die ganze Lagerhalle begann, sich langsam aufzulösen. Teile vom Boden blätterten ab und schienen zu schweben, Blutstropfen gehorchten nicht mehr der Gravitation und Glas- und Metallsplitter flogen in die Höhe, bevor sie nach und nach verschwanden.

»Wir müssen ihm helfen!«, krächzte Steve aufgebracht und starrte mit tränenfeuchten Augen zu seinem sterbenden Freund hinab.

»Nein!«, rief Barbara hinter ihm und zerrte ihn mit sich in die Höhe. »Er macht einen kalten Reset der Globule! Sie werden alle sterben, inklusive ihrer Körper!«

»Aber wieso?«, jaulte Steve frustriert auf und ballte seine Hände zu Fäusten, aus Frust, rein gar nichts tun zu können. Seine Firewall meldete, dass sie bereit sei. Er aktivierte sie und schickte sie auch an Barbara.

»Wir sind frei!«, rief sie und in dem Moment, als sich die Lagerhalle und Bill mit seinen zwei Mördern zu einem Mahlstrom aus Pixeln verwandelten, sah sein Freund noch einmal zu ihm auf und es lag so etwas wie Friede in seinem Blick. Dann schoss alles zu einem Ball zusammen, der immer kleiner wurde und plötzlich fuhr Steve vom Sofa hoch.

Er keuchte und atmete heftig, hatte das Gefühl, sein Herz würde jeden Moment in seiner Brust explodieren. Es dauerte einen Moment, bis er realisierte, dass er sich in der Lagerhalle befand und einen Raum weiter June tief und fest schlief.

»Ist er ...?«

»Ja«, sagte Barbara mitfühlend. »Ja, es tut mir leid.«

»Oh Gott, Bill!« Steve vergrub sein Gesicht in den Händen und damit auch seine Tränen, die heiß über seine Wangen liefen und sich nicht mehr zurückhalten ließen.

Epilog

»Papa?«

»Ja, Kleines?«

»Warum nennt die Frau dich *Steve?*«

»Ihr Name ist Barbara und Steve ... das war einmal mein Name, aber ich bin heute jemand anderes, seit ...«

»Seit Mama tot ist?«, hakte June nach, während sie Hand in Hand durch das ehemalige Anwesen nahe des Yukon River liefen, in dem geschäftiges Treiben herrschte.

Etwa zweihundert Menschen, die heute weit draußen auf dem Land versteckt lebten und ihm halfen, einen Untergrund aufzubauen, der sowohl in der Metawelt, als auch hier draußen funktionierte, hatte er bereits von ihrer Black-Box befreit. June, inzwischen fast schon eine Jugendliche, hatte sich als sehr gute Lehrerin herausgestellt und vielen der Neuen gezeigt, wie man den Ekel vor dem Verzehr roher Kleintiere besiegte, wie man Springschlaufenfallen baute, Damwild häutete und wie man mit nichts, außer etwas Zunder und Ästen Feuer machte.

Zuerst hatten alle June niedlich gefunden, doch dieses freundliche Herabschauen auf seine Tochter war schnell zu Respekt geworden, als sie begriffen hatten, dass ein hartes Leben selbst aus einem Teddybären ein gefährliches Tier formen konnte.

»Was machen wir denn jetzt?«

»Wir befreien Janika, Kleines«, sagte er mit fester Stimme und schloss für einen Moment die Augen, bis er wieder Bills letzten Blick gesehen hatte, der sowohl aufrichtig als auch bittend gewesen war. »Und dann wird sie unser Schlüssel sein.«

»Was für ein Schlüssel?«

»Unser Schlüssel für die Metawelt. Bill muss in seiner Kreation eine Art Waffe gesehen haben, die wir nur richtig einsetzen müssen und Janika scheint der Schlüssel zu sein.« Er sah zu June, die ihm mittlerweile bis zur Brust reichte. »Und du, Kleines, bist unser Schlüssel für die echte Welt.«

»Ich?«

»Oh ja.« Er nickte und hielt an, um sie besser ansehen zu können. »Weißt du noch, wenn wir manchmal zu den Sternen aufgeschaut haben und ich dir sagte, dass viele davon Sonnen sind, die so weit weg sind, dass wir ihr Licht noch sehen, auch wenn es sie manchmal gar nicht mehr gibt, aber das Licht so lange unterwegs ist?«

»Ja.« June nickte und zuckte mit den Schultern. »Spielt aber keine Rolle, wenn man hier unten von einem Bären gejagt wird oder Maden essen muss, um zu überleben.«

Steve lachte freudlos. »Ja, das stimmt. Einige dieser hellen Punkte sind aber auch Satelliten.«

»Satelliten?« Ihr Blick drückte absolutes Unverständnis aus.

»Das sind Maschinen im Weltraum, so nah an der Erde, dass sie von ihrer Anziehungskraft in einer stabilen Umlaufbahn gehalten werden.«

»Wozu braucht man das?«

»Früher brauchte man das. Heute auch, aber für andere Zwecke, die schlecht für uns sind. Wir werden versuchen müssen, sie abzuschießen.«

»Abzuschießen? Das geht?«

»Ja, Kleines, das geht. Aber nicht hier, nicht in der westlichen Welt. Dafür müssen wir an einen Ort gehen, wo es keine Implantate gibt, aber noch die Waffen der alten Welt.«

»Und wo ist das?«

Steve lächelte bitter und atmete tief ein. »Das ist sehr

weit weg. Eine lange Reise steht bevor und ich glaube, dass du eine der wenigen bist, die sie schaffen kann.«

Junes Gesichtsausdruck wurde härter. »Natürlich kann ich es schaffen. Gib mir ein Gewehr und warme Schuhe.«

»Ruhig, Kleines, ruhig.« Er strich ihr liebevoll durchs blonde Haar und küsste ihren Scheitel. Dabei sog er ihren ganz besonderen Geruch ein, der für ihn angenehmer war als jedes Parfum. »Ich liebe dich.«

»Ich dich auch. Wann machen wir die Reise?«

»Bald. Zuerst müssen wir mehr Verbündete und einen Weg finden, wie wir an die Küste und dann über den Atlantik oder den Pazifik gelangen können.«

»Fangen wir damit am besten gleich an«, schlug sie pragmatisch vor und winkte einer Gruppe junger Männer in ehemaligen Army-Uniformen zu, die gerade dabei waren, ihre Waffen auseinanderzunehmen und zu ölen.

»Oh, Kleines«, sagte Steve und blieb erneut stehen, als sie die große Halle im Keller betraten, in der sich an die hundert Bewaffnete befanden, die sich Tarnfarbe ins Gesicht schmierten und noch einmal so viele, die mit entspannten Gesichtern in Feldbetten lagen. »Wir haben längst begonnen.«

Ende Band 1

Liebe Leser,

wenn Ihnen dieses Buch gefallen hat, ist der beste Lohn für uns Autoren eine Rezension im Internet. Wenn Sie uns zusätzlich auf direktem Wege eine Rückmeldung geben möchten, freuen wir uns sehr über jede Email:

joshuatree@weltenblume.de
philipp@philipptree.de

Das Signal wird fortgesetzt mit **Das Signal 2***. Für Informationen zum Erscheinungstermin und aktuellen Informationen, tragen Sie sich gern in unsere Newsletter ein, die Sie unter den folgenden Webadressen finden:*

Joshua Tree: *www.weltenblume.de*

Philipp Tree: *www.philipptree.de*

Nachfolgend finden Sie ein kurzes Nachwort in Form eines Gesprächs zwischen uns Autoren, das einen kleinen Einblick in den Schreibprozess zweier Brüder und einen Ausblick auf Band 2 gibt.

Herzlich, Ihre Philipp und Joshua Tree

Nachwort: Philipp und Joshua im Gespräch

Joshua: Puh, geschafft – *Das Signal* ist fertig und kann an unsere Leser übermittelt werden. Komisch, nach so langem Plotten, Terminsuchen und Schreiben, oder? Von unseren ersten Ideen bis hierher hat sich während des Schreibens ja noch einiges geändert. Wie hast du das erlebt?

Philipp: *Geschafft!* Das ist wirklich die richtige Einleitung. Es ist die große Erleichterung nach einer super spannenden Zeit, in der dieses Buch Stück für Stück Realität wurde. Ich weiß noch genau, wie die erste Idee zum Plot aufkam: Was wäre, wenn ...? Und dann wurde es immer konkreter. Unsere Erfahrung aus vielen hundert Stunden Pen&Paper Spielen wie *Shadowrun* und *Das Schwarze Auge* fand ich sehr hilfreich, um locker und kreativ mit den Änderungen umzugehen. Aber wie war es für dich, als erfahrener Autor mit einem Neu-Schreiberling ein Buch zu schreiben?

Joshua: Für mich waren vor allem deine Fragen spannend: Wie würdest du dieses oder jenes machen und warum? Über viele Dinge habe ich mir erst im Prozess unserer Zusammenarbeit wirklich Gedanken gemacht. Das war aufschlussreich für mich, um zu sehen, weshalb bestimmte Wendungen, Plotgegenstände und Timings Sinn machen. Das wird mir auch bei zukünftigen Büchern weiterhelfen. Kannst du unseren Lesern einen kurzen Einblick geben, wie die Idee zustande kam und warum sich die beiden Handlungsstränge von Bill und Steve so entwickelt haben, wie sie sich entwickelt haben?

Philipp: In meiner Erinnerung ist die Geburtsstunde der Grundidee eine gemeinsame Autofahrt vor ca. einem Jahr. Da habe ich dich mal gefragt, wie du auf die Ideen für all deine Bücher kommst. Da hast du geantwortet: »Ich stelle mir immer die Frage: Was wäre, wenn?« Das hat mich direkt angesprochen, und als wir uns einige Zeit später wieder getroffen haben, unterhielten wir uns über die Frage »was wäre, wenn Außerirdische ein Stück Technologie zur Erde schicken würden, das jeder haben will?« Die konkreten Handlungsstränge sind dann aus unserem gemeinsamen Brainstorming entstanden, wobei ich mir immer vorgestellt habe, wie das Ganze wohl aussehen würde, wenn man es verfilmt? Letztendlich war es dann für Bill und Steve wichtig, verschiedene Seiten der Geschichte abzudecken und Spannung für den Leser aufzubauen. Und dann gab es noch all die Momente, in denen wir über viele Dinge lachen mussten, weil wir uns auch jede Menge total verrückter, alberner oder trashiger Ideen erzählt haben. Meinst du eigentlich, dass unsere Leser die Anspielungen und Nerd-Referenzen genau so witzig finden wie wir?

Joshua: Du meinst zum Beispiel die Namen von Bill *Portit* und Steve *Työpaikkaa* :-)? Ich glaube mich an den Satz zu erinnern: »Das werden die Leser entweder als totale Frechheit oder als witzig empfinden.« Am Ende ist es sicherlich ratsam, lieber ein Augenzwinkern zu wählen, gerade bei einer eigentlich ziemlich ernsten Geschichte wie der unseren. Humor sollte immer einen Platz haben, auch bei einer Geschichte wie unserer, in der wir uns kritisch mit der menschlichen Technophilie befassen. Apropos Geschichte: Beim Schreiben ist die Story immer größer geworden, besonders beim gemeinsamen Joggen. Kannst du unseren Lesern schon ohne Spoiler verraten, was im nächsten Band auf sie zukommt?

Philipp: Nicht zu Spoilern ist eigentlich relativ einfach. Wenn das Schreiben von Band 2 genau so verläuft wie das Schreiben von diesem Buch, dann werden noch viele Ideen einfließen, von denen wir jetzt noch gar nicht wissen, dass wir sie haben werden. Ich glaube aber, dass wir davon ausgehen können, dass die Metawelt so viel Potential hat, dass dort ein wichtiger Teil der Handlung spielen wird. Außerdem möchte ich gerne genauer hinschauen, was eigentlich in der realen Welt passiert, wenn die Menschen zunehmend auf die alles vereinnahmende Technik verzichten müssen. Was würdest du gerne beim nächsten Band anders machen?

Joshua: Ich glaube in Band 1 haben wir die Ausgangslage für eine viel größere Geschichte geschaffen, die wir in Band 2 voranbringen wollen. Was hat es mit dem Signal der Außerirdischen auf sich? Was wollen sie überhaupt? Unsere Hintergrundidee (pssst, geheim!) ist ja doch ganz anders als andere Alien-Erde-Geschichten. Warum verändert sich die Welt und wie genau verändert sie sich? Wie wird der Widerstand aussehen und was wird aus Bill, June und Janika? In Band 1 standen die Männer ein wenig im Vordergrund, vielleicht wird es in Band 2 Zeit, die Mädchen/Damen das Ruder übernehmen zu lassen?

Philipp: Das fände ich auf jeden Fall einen interessanten Perspektivwechsel. Wobei ich zunächst einmal gespannt darauf bin, welches Feedback uns die Leser geben werden. Was hat sie am meisten gefesselt und mit welchen Fragen stehen sie am Ende des Buches da? Das würde ich gerne in unseren weiteren Überlegungen mit berücksichtigen – genau wie Verbesserungsvorschläge. Wenn den Lesern unser Gemeinschaftsprojekt gefallen sollte – wie siehst du die Chance für weitere gemeinsame Bücher? Würdest du weitere Experimente mit deinem langsam tippenden Bruder wagen?

Joshua: Ich hatte viel Spaß beim Schreiben und vor allem hatte ich das Gefühl, dass unsere sehr kompatible Fantasie sich zu etwas Spannendem geformt hat, das ich gerne weiter erkunden möchte. Ich denke, dass es uns an Ideen und Lust nicht mangeln wird, und freue mich schon auf weitere Projekte, wenn die Leser das genauso sehen. Also, lass uns die Kalender zücken!

Glossar

3D-Drucker: Ein Gerät, das Schicht für Schicht Material aufträgt und so dreidimensionale Objekte erzeugt.

Alphabet Inc.: Eine US-amerikanische Holding, die aus der vormaligen Google LLC hervorgegangen ist. Google existiert als Tochterunternehmen dieser Holding weiter. Der Sitz ist Mountain View im Silicon Valley.

Barb 22-1: Komet, der die Erde in unmittelbarer Nähe passieren sollte und dann von den Teleskopen verschwand.

BCI: siehe Brain-Computer-Interface.

Brain Vision Oy: das Start-up von Bill Portit und Steve Työpaikkaa mit Sitz in Helsinki.

Brain-Computer-Interface: eine spezielle Mensch-Maschine-Schnittstelle, die einen direkten Kontakt zwischen dem menschlichen Gehirn und einem Computer ermöglicht.

CAN-Bus: Der Controller Area Network Bus dient der Verbindung mehrerer Steuergeräte eines Fahrzeuges über einen gemeinsamen Übertragungsweg.

CEO: Ein Chief Executive Officer ist das geschäftsführende Vorstandsmitglied.

CI: siehe Cochlea-Implantat.

CIA: Die Central Intelligence Agency ist der Auslandsgeheimdienst der Vereinigten Staaten von Amerika.

Cochlea-Implantat: eine Hörprothese, bestehend aus einem Mikrofon, einem Sprachprozessor, einer Sendespule und dem tatsächlichen Implantat. Die Elektroden werden in die Cochlea (Hörschnecke) eingeführt und die Empfangsspule wird im Schädelknochen nahe der Ohrmuschel platziert.

Computertomographie: ein bildgebendes Verfahren in der Radiologie. Dabei wird ein Computer benutzt, um aus den Röntgenaufnahmen eines Objektes, welche aus verschiedenen Richtungen aufgenommen werden, digitale Schnittbilder zu rekonstruieren.

Crusellinsilta: die Crusell Brücke im Stadtteil Länsisatama in Helsinki. Sie überquert die Ruoholahti-Bucht in der Ostsee.

CT: siehe Computertomographie.

Cushing-Triade: ein Zeichen für gestiegenen Hirndruck, bestehend aus Blutdrucksteigerung, Herzfrequenzabfall und unregelmäßiger Atmung.

Dechiffrierprogramm: eine Software zur Entschlüsselung von Daten.

Dekortikationsstarre: die spastische Beugung der oberen Extremitäten bei gleichzeitiger, starrer Streckung der unteren Extremitäten. Sie tritt infolge einer zerebralen Schädigung auf.

Diazepam: ein Arzneistoff aus der Gruppe der Benzodiazepine, primär angstlösend und sedierend.

DICOM: *Digital Imaging and Communications in Medicine* ist ein Standard zur Speicherung und zum Austausch von medizinischen Bildinformationen – vor allem aus der Radiologie.

DICOM Viewer: Eine Software, die Bilddaten nach dem DICOM-Standard anzeigen kann.

Diuretika: Eine Gruppe Arzneimittel, die eine vermehrte Ausschwemmung Urin durch eine verstärkte Harnerzeugung in den Nieren bewirkt.

Drittmittel: Im Wissenschafts-/Forschungsbetrieb erworbene finanzielle Mittel, die zusätzlich von dritter Seite zufließen (z. B. öffentliche Fördergelder oder von Unternehmen).

DT-MRT: Die Diffusions-Tensor-Bildgebung ermöglicht eine Rekonstruktion von Nervenbahnen im Gehirn.

EEG: Die Elektroenzephalografie ist eine Methode zur Messung der elektrischen Aktivität des Gehirns, durch Aufzeichnung der Spannungsschwankungen an der Kopfhaut.

EET: Eastern European Time, die Zeitzone in der Finnland liegt.

ESA: European Space Agency, die europäische Weltraumagentur.

Esketamin: Ein Arzneistoff, der vor allem in der Anästhesie und bei der Schmerzbehandlung eingesetzt wird.

FDA: Die Food and Drug Administration ist die Lebensmittelüberwachungs- und Arzneimittelbehörde der Vereinigten Staaten von Amerika.

GPS: Das Global Positioning System ist ein globales Satellitensystem zur Positionsbestimmung. Es funktioniert, indem Atomuhren in den Satelliten exakte Zeitsignale mit Empfangsgeräten an der Erdoberfläche teilen.

Huawei: Huawei Technologies Co., Ltd. ist ein 1987 gegründeter Telekommunikationsausrüster mit Sitz im chinesischen Shenzhen.

Implantat: ein in den Körper eingepflanztes künstliches Material oder Objekt.

Infusion: Als Infusion bezeichnet man die kontinuierliche, meist über eine Vene durchgeführte Verabreichung von flüssigen Medikamenten.

KI: siehe künstliche Intelligenz.

Kipprotormaschine: Flugzeuge, deren Propeller-Antriebe bzw. Antriebsgondeln um die Querachse geschwenkt werden können, um die Richtung des Schubs zu verändern, wodurch senkrechte Starts und Landungen ermöglicht werden.

KIS: Ein Krankenhaus Informationssystem, in dem sämtliche Daten eines Patienten erfasst und abgerufen werden können.

Kontrastmittel: Substanzen, welche die Darstellung von Strukturen und Funktionen des Körpers bei bildgebenden Verfahren wie Röntgendiagnostik oder Magnetresonanztomografie verbessern. Sie werden häufig gespritzt und über den Blutkreislauf verteilt.

Korkeasaari: Eine Insel in Helsinki, die den gleichnamigen Zoo beherbergt.

Korpiklaani: finnische Humppa-Metal-Band. Bekannt für ihre Mischung aus finnischer Volksmusik (Humppa) und Heavy Metal. Ja, die gibt es wirklich :-).

Künstliche Intelligenz: Ist ein Teilgebiet der Informatik, welches sich mit maschinellem Lernen oder zumindest der Automatisierung intelligenten Verhaltens befasst. Als künstliche Intelligenz wird umgangssprachlich auch ein „intelligentes" bzw. autonom lernendes Programm beschrieben.

LED: Eine Leuchtdiode ist ein lichtemittierender Halbleiter.

Magnetresonanztomographie: ein bildgebendes Verfahren, basierend auf sehr starken Magnetfeldern und magnetischen Wechselfeldern. Sie erzeugt Schnittbilder des menschlichen Körpers, die eine detaillierte Darstellung der Organe erlauben.

Mensch-Maschine-Schnittstelle: Grundsätzlich jede Stelle, an der ein Mensch mit einer Maschine in Kontakt tritt (z. B. eine Computer-Maus, eine Tastatur, oder auch nur ein Ein-/Aus-Schalter).

Metamizol: Ein Arzneimittel, das zur Schmerzlinderung und Fiebersenkung eingesetzt wird.

Mossad: Das *Institut für Aufklärung und besondere Aufgaben*, ist der israelische Auslandsgeheimdienst.

Motorcortex: Ein Bereich der Großhirnrinde, in dem willkürliche Bewegungen und komplexe Bewegungsabfolgen gesteuert werden.

MRT: Siehe Magnetresonanztomographie.

NASA: Die National Aeronautics and Space Administration ist die zivile US-Bundesbehörde für Raumfahrt und Flugwissenschaft.

NSA: Die National Security Agency ist der größte Auslandsgeheimdienst der Vereinigten Staaten und für die weltweite Überwachung elektronischer Kommunikation zuständig.

Obduktion: eine klinische Leichenöffnung zur Feststellung der Todesursache und Rekonstruktion des Sterbevorgangs.

P99: Die Walther P99 ist eine Pistole des deutschen Waffenherstellers Walther.

Pathologie: ein Teilgebiet der Medizin, das sich mit der Beschreibung und Diagnose von krankhaften Vorgängen und Zuständen im Körper beschäftigt. Pathologen (Fachärzte für Pathologie) führen auch klinische Obduktionen durch.

Radiologie: ein Teilgebiet der Medizin, das sich mit der Anwendung elektromagnetischer Strahlen und mechanischer Wellen zu diagnostischen, therapeutischen und wissenschaftlichen Zwecken befasst. Radiologen (Fachärzte für Radiologie) befunden zum Beispiel Röntgenbilder, CTs oder MRTs.

Radionuklidbatterie: eine Radionuklidbatterie gewinnt ihre Energie aus radioaktivem Zerfall (nicht aus Kernspaltung) und ist wartungsfrei und besonders langlebig.

Samsung: Die Samsung Group ist eine Aktiengesellschaft aus Südkorea mit Sitz in Seoul. Größtes Unternehmen der Samsung Gruppe ist Samsung Electronics.

Skywatcher BlackDiamond NEQ-5: ein mobiles Teleskop.

Stauungspapille: ein Ödem an der Einmündung des Sehnervs in die Netzhaut. Tritt häufig in Zusammenhang mit erhöhtem Hirndruck auf.

Supo: Suojelupoliisi ist die für den Staatsschutz zuständige Sicherheitspolizei und gleichzeitig der zivile Nachrichtendienst Finnlands.

Tesla: Das Tesla (T) ist eine Maßeinheit für die magnetische Flussdichte.

Töölö: ein Gebiet der finnischen Hauptstadt Helsinki. Das Töölö-Krankenhaus ist Teil der Universitätsmedizin in Helsinki.

Tumorresektion: eine operative Entfernung eines Tumors.

Voyager 1: eine Raumsonde der US-amerikanischen Raumfahrtbehörde NASA. Sie wurde am 5. September 1977 gestartet und trat ungefähr im August 2012 als erstes, von Menschen erzeugtes, Objekt in den interstellaren Raum ein. Voyager 1 führt eine Datenplatte mit sich, auf der Bild- und Audio-Informationen über die Menschheit gespeichert sind, sowie die Position der Erde.

Wurmloch: ein theoretisches Gebilde, das sich aus speziellen Lösungen (Kruskal-Lösungen) der Feldgleichungen der allgemeinen Relativitätstheorie ergibt. Der Begriff beschreibt (bildhaft) die besondere Eigenschaft der Kruskal-Lösungen, da diese zwei Orte im Universum miteinander verbinden.

Zettabyte: In der elektronischen Datenverarbeitung ist die kleinstmögliche Speichereinheit ein Bit. Acht solcher Bits werden zu einem Byte zusammengefasst. Ein Gigabyte (GB) sind 1 000 000 000 = 10^9 Bytes. Ein Zettabyte (ZB) sind 1 000 000 000 000 000 000 000 = 10^{21} Bytes.

PERSONENVERZEICHNIS

Anna: Sekretärin und Social Media Beauftragte bei Brain Vision Oy.

Barbara: Biologin mit dem Schwerpunkt Botanik, eingesetzt im Blackfeet Reservat im nördlichen Montana.

Bill Portit: Neurochirurg und Mitgründer des finnischen Start-ups Brain Vision Oy.

Diego: Affe im Zoo, erstes Versuchstier für die Implantation des neu entwickelten BrainWiz.

Doci, Reverend: bekannter Fernsehprediger in den USA. Evangelikaler.

Dr. Finholm: Assistenzärztin in der Radiologie des Töölö Krankenhauses in Helsinki.

Dr. Immonen: Tierarzt des Korkeasaari Zoo in Helsinki.

Dr. Moilanen: Arzt der Intensivstation des Töölö.

Dr. Österman: Pathologe im Töölö Krankenhaus in Helsinki.

Duke, Matthew: Referent für Forschungsfragen mit dem Schwerpunkt Digitales.

Franklin, Harvey: Bekannter Soziologe und seit Jahren führend in der Diskussion um den Einfluss der Digitalisierung auf uns Menschen.

Fred: Internist im Töölö Krankenhaus.

Hannah und Paul: Zwillinge von Barbara.

Hiltji, Mita: Patientin von Bill im Töölö Krankenhaus in Helsinki.

Jaan: Ingenieur bei Brain Vision Oy.

Janika: Bills Schwester, seit einem Autounfall, bei dem ihre Eltern ums Leben kamen, fehlen ihr der linke Arm und das linke Bein.

Järvinen, Ella: Kommissarin Helsinki.

Johnson, Mr.: Kontaktperson von Bill und Steve bei Alphabet.

Kauppinen, Joona: Zoodirektor.

Kimo: finnischer Hobbyastronom.

Kokainen, Veeti: Bankberater, der Brain Vision Oy berät.

Marta: Neurobiologin bei Brain Vision Oy.

Matti: Ingenieur bei Brain Vision Oy.

Mika: Finnischer Hobbyastronom.

Nathan West: Co-Pilot der Alphabet One.

Nieminen, Sophia: Agentin der Supo.

Peter: Mikrobiologie, eingesetzt im Blackfeet Reservat im nördlichen Montana.

Salmi, Leevi: Polizist in Helsinki.

Shane Vansen: Pilotin der Alphabet One.

Steve Työpaikkaa: Informatiker und Partner von Bill Portit.

Thomas: Ingenieur, eingesetzt im Blackfeet Reservat im nördlichen Montana.

Thore: Ingenieur bei Brain Vision Oy.

Tilda: Krankenschwester in Töölö Krankenhaus Helsinki

Toivonen, Lauri: ehemaliger Lehrer von Bill Portit.

Virtanen, Eino: Polizist in Helsinki.

Oliver Juwig

Der Kristall

Zwei Freunde entdecken in der großen Pyramide von Gizeh ein Artefakt, das gar nicht existieren dürfte. Doch das ist erst der Anfang, denn aus den Tiefen des Alls nähert sich ein Objekt, das in keine bekannte Kategorie passt. Sollte es mit der Erde kollidieren, wird es die Menschheit in den Untergang reißen.

Gebundene Ausgabe, 652 Seiten, € 23,90 [D]

ISBN 978-3-96357-075-9

Ralph Edenhofer

C23: ex vitro

Im 23. Jahrhundert werden zur Ausbeutung der Ressourcen des Sonnensystems genetisch optimierte Mutanten eingesetzt. Als auf den Mars offenbar natürlich gezeugte Mutantenkinder gefunden werden, gerät das Gleichgewicht der interplanetaren Mächte ins Wanken.

Taschenbuch 388 Seiten, € 12,99 [D, A]
ISBN 978-3-96357-010-0

Joshua Tree

Ganymed erwacht

Im Jahr 2042 entdecken Astronomen einen lange postulierten neunten Planeten in unserem Sonnensystem. Ein beispielloses Weltraumrennen zwischen zwei mächtigen Megakonzernen beginnt. Als die Robotersonden mit Bodenproben aus dem äußeren System zurückkehren, stürzt eine davon auf Ganymed ab und zerstört dabei eine Forschungsstation. Kurz darauf erreicht eine zweite Probe die Erde, auf der schon bald Konflikte um die Herrschaft über ein Material ausbrechen, das sämtliche Forscher vor Rätsel stellt.

Taschenbuch ca. 360 Seiten, € 12,99 [D, A]
ISBN 978-3-96357-060-5